丽泽人文学术书系

浙江师范大学中国语言文学一流学科建设成果

浙江省社科规划“之江青年行动计划”、“之江青年课题”研究成果

小说类型与“当代叙事”

徐勇 著

商務印書館
创于1897 The Commercial Press
2017年·北京

图书在版编目（CIP）数据

小说类型与“当代叙事”／徐勇著．—北京：商务印书馆，2017
（丽泽人文学术书系）
ISBN 978-7-100-14984-6

Ⅰ．①小…　Ⅱ．①徐…　Ⅲ．①长篇小说—小说研究—中国—当代　Ⅳ．①I207.425

中国版本图书馆CIP数据核字（2017）第180208号

丽泽人文学术书系
小说类型与“当代叙事”
徐 勇 著

商 务 印 书 馆 出 版
（北京王府井大街36号　邮政编码 100710）
商 务 印 书 馆 发 行
三河市尚艺印装有限公司印刷
ISBN 978-7-100-14984-6

2017年6月第1版　　开本 710×1000　1/16
2017年6月第1次印刷　　印张 17 1/4

定价：56.00元

谨以此书献给九泉之下的老母亲

目　录

导　言　“当世叙事”与“现世主义”写作

文学史上常常有所谓的“现实主义”或“浪漫主义”之类的说法，作品也煞是写得像模像样，对于前一类，我们常常会用“史诗”来称赞其中的佼佼者，而后者的杰作也会被冠之以“牧歌”或“田园曲”之类的美称。就“史诗”性的创作而言，其作品必须气势恢宏大气磅礴，但于生活的开掘上却不妨浅尝辄止，最为典型的莫过于柳青的《创业史》，或如茅盾的《子夜》。对于这类作品，很是让文学史家踌躇不已。就以文学性而言，这类“史诗”无可挑剔指责，甚至可堪典范，但就趣味及质感论之，却是读者少有问津甚至往往束之高阁如高头讲章。这类作品往往只能“活”在文学史上，而“死”在读者手中。“浪漫主义”则似乎不同。它没有现实主义那种向外向上扩张的野心，而是视角向内向下，把放大镜或显微镜对准人心的幽微，不厌其烦也不胜其烦。这一种探索当然有益于对深幽人心的认识，但在任何时代，“人”还是那个“人”，故而浪漫主义往往就具有了超越时代的意义。相比有些“史诗”躺在图书馆，它虽永远“活跃”在人们的内心——因为任何时代都需要浪漫主义——但却不能活在某一个具体的时代，这不能不说是浪漫主义的悲哀。

表面看来，“史诗”和“牧歌”截然两立，但其内里却是根须相连的。就对生活的简化和本质化而言，“史诗”是另一重意义上的“浪漫主义”。这样也就能明白，文学史上很多作品既可以看作浪漫主义也可以视之为现实主义，这时，我们再去指责“革命的浪漫主义”与“革命的现实主义”相结合，其实是很没有道理的。这两类作品，于社会人生，都少有余韵可供回味。故此，我们在这里提倡一种姑可称之为“现世主义”的文学写作，即那种立足现世写作并指向现世的写作。

这一现世主义又并非一般意义上的自然主义。自然主义虽表面“忠实”于自然或现实，却其实是为自然而自然，并非真的“为现世”而写作。现世主义首先是一种态度，一种针对现世的全新的态度。它有别于一般意义上的现代性体验。它不虚妄未来和承诺，不以将来或革命或理想的名义牺牲当下和现世的幸福。相反，它更注重当下和此在，更看重庸碌而琐碎的日常生活。相对于那种脉络清晰简明的现实（主义）呈现，它更愿意关注那种不可化约的繁复的现世。它并不反对线性前进的时间（观），但对复线和多面甚至滞缓的空间更感兴趣；它并非不关注家国之外的大事，而是国家大事只有在家国之内才有意义；这样一种写作，从推崇时间转而崇尚空间，随之而来的是生活多面立体的展现和人生繁复驳杂的表征。

笔者虽反对以往的“本质主义写作”倾向，但并不反对宏大叙事。相反，提倡现世主义是因宏大叙述的倾颓和人类家园的失落而感发。20 世纪八九十年代以来，随着“新写实小说”唱响文坛，宏大叙述也不可避免地从此衰颓下去。虽然说宏大叙述无论如何带有安抚人心和制造幻象的意识形态色彩，但其本身并不能因为携带意识形态色彩而在价值上稍减半分。现世主义代表一种从对现世的理解和关注中获得力量并走向未来的冲动。从这个角度看，现世主义也是一种宏大叙述，一种立足现实但又不限于现世的更高意义上的宏大叙述。

“文化大革命”结束至今已有三十余年，对于这一时段时空，彼时的作家并非没有意识到或想过要加以表现。这三十余年来，是时代风云变幻的三十年，也是百姓生活发生巨变的三十年，对于这一段时空的文字留影，文学特别是长篇小说创作有其不可替代的责任。小说家们往往本着“现实”而非“现世”的态度加以观照，故而很多特别是长篇虽然表现了那一时段的社会生活，但却并非真正意义的“生活原貌”。他们从“现实”的角度加以呈现，故而其折射的生活毋宁说是一种“现实观”下的“现实呈现”。现实主义在很多时候都是一种立足将来而非当下的写作倾向，故而其作品也多从将来的角度描摹构想“现实”，其“现实”与当下并不一定十分吻合。我们所以提倡“现世主义”的创作态度，是想表明小说写作中“反本质主义”的重要性。虽然说，完全意义上的现世主义在实际上很难达到甚或不能，但作为一种努力，一种意识，其在文学史上、在作家们的创作中却并非虚妄，而是切切实实的存在。

本着这样一种构想，笔者将结合“新时期36年以来书写新时期的长篇小说”创作实践，分别从改革题材类、市场经济题材类、官场题材类、底层题材类、社会风俗与综合反思类等类别入手，具体探讨这三十多年来的长篇小说创作在反映“现世生活”方面的成败得失，及其在现实和现世之间的矛盾和摇摆。笔者相信，只有通过系统地清理，正本清源，厘清其脉络，辨明其价值，方能对这三十余年来的小说写作有一宏阔的认识，或能对今后的写作是一个很好的参照！这是笔者想要努力的方向。

第一章　改革题材类

第一节　改革小说的现实与“现实性”

按照文学史的理解，所谓改革文学（小说）指的是出现在“文化大革命”结束后的，呼唤或表现农村与城市改革的小说创作潮流。[①]可见，呼唤改革是改革文学之“改革”的关键所在；但既然名为改革，就必然有一个谁去改革，以及改革什么的问题，就像当时一部改革小说中的人物所言：“现代写改革的作品都是这样：一个厂长，或者一个书记，到了一个新的单位，大刀阔斧地推行改革，于是，就招来对立面的反对，或是告状，或是造谣。这中间再加上一点爱情的佐料，要么是个独身的女工程师，要么是个寡妇。最后，总是以这个厂长或书记的胜利告终。”[②]但这往往只是说对了一半。改革诚然有一个改革者和对立面的矛盾结构，但还需把这一结构放在历史时间的脉络里才能把握清楚。对于不同时期的改革写作，其所呈现出的改革面貌总与彼时彼地的现实处境息息相关，如若撇开现实社会的一极，显然是不能更好有效地理解的。

一

从文学史的描述来看，改革小说要略晚于伤痕叙述和反思写作，这就出现了一个问题，即改革叙述的时间起点问题。也就是说改革是从“四人帮”

---

① 参见洪子诚：《中国当代文学史》，北京大学出版社 1999 年版，第 258 页。

② 张贤亮：《男人的风格》，百花文艺出版社 1983 年版，第 295 页。

被打倒时（1976 年 10 月）、“文化大革命”结束时（1978 年十一届三中全会的召开为标志），还是从“文化大革命”结束后（即所谓恢复到十七年的秩序）开始？在这里，对改革前混乱局面或现状的认识决定了改革叙述的不同类型和改革的展开方式：混乱是由“四人帮”造成，经营管理不善，还是由传统力量的束缚所致？故而与其说改革写作是对现实的反映，倒不如说是对现实观的反映。而事实上，三种不同的回答，其实也就是三种叙述，因而形成了改革叙述的三种主要类型（故事）。这三种类型，也是三组矛盾的展开方式。

第一种类型，可以称之为“乱 / 治型”。在这一类型的改革叙述中，“文化大革命”之“乱”是造成社会停滞的根本症结，因此，只要“文化大革命”之“乱”得到纠正，社会就会出现快速而迅猛的发展。从这个角度看，这一改革叙述常常与伤痕、反思写作有一定的重叠之处。其中最为典型的就是鲁彦周的长篇《彩虹坪》，“文化大革命”的激进政策和所谓的“革命”实践非但没有使得彩虹坪更富有，反而是更加的贫困，甚至连基本的温饱都不能保证，改革就是在这种情况下被提上日程，其在某种程度上也就等同于拨乱反正。在这一改革叙述类型中，如何看待“文化大革命”往往成为关键，是只批判“文化大革命”的非人性与非人道，还是直指新中国成立以后的左倾思潮。这样又形成了“乱治型”的两种主要模式。第一种表现为，如果只是批判“文化大革命”的非人道与非人性，改革则从“文化大革命”之“乱”获得合法性，改革就是改“文化大革命”之“乱”了，社会秩序恢复了，现代化和社会生产也就不成为问题；严格意义上讲，纯粹是这一类型的并不是很多，叶辛的《在醒来的土地上》、《拔河》和《基石》（三部均为长篇）和鲁彦周的《彩虹坪》某种意义上属于此类。第二种表现为，如果矛头直指向“左倾”的，则通过追溯“左倾”的错误，说明正是“左倾”阻碍了新中国成立后的现代化建设和改革进程，“左倾”错误至此成为改革合法性的前提和保证。这一类型的小说比较多，鲁彦周的《天云山传奇》（中篇）、张一弓的《张铁匠的罗曼史》（中篇）、王滋润的《鲁班的子孙》（中篇）等，周克芹的《许茂和他的女儿们》（长篇）某种程度上也属于此类。

第二种类型，是"数字决定型"。在这一类型中，改革的一切指标均以数字和效率为准则，任何与此无关的都要被否定和摒弃。仿佛数字就是一切，就是现代化的关键，而改革的乌托邦承诺也往往在这种数字和效率的神话中得以实现。这一类型的改革叙述最为普遍，蒋子龙的很多小说都属于此类，如《乔厂长上任记》、《弧光》、《赤橙黄绿青蓝紫》、《燕赵悲歌》（长篇），等等。此外，柯云路的《新星》（长篇）、邓刚的《阵痛》（短篇）、贾平凹的《鸡窝洼的人家》（中篇）、张一弓的《黑娃照相》（短篇）、张锲的《改革者》（长篇）、张贤亮的《男人的风格》（长篇）、李国文的《花园街五号》（长篇）、张洁的《沉重的翅膀》（长篇）某种程度上也属于此类。

第三种类型，可以称之为"传统/现代型"。在这一类型中，改革针对的是传统的力量和惰性。在这里，传统可能作为一种秩序和惰性存在，缓慢而又强大地阻碍改革的进程，因此，要想改革首先就要向这些传统秩序及其代表宣战。即使如此，改革叙述针对传统的态度也并不一致，这种不一致，某种程度上形成了"传统现代型"的两种模式。第一种是告别传统型。在这一类型中，传统无论从哪个方面看，显然都是需要被否定和革除的：传统往往作为某种主导秩序，严重阻碍了一地一区的发展，不革除则不能前进。其中，如柯云路的《三千万》、《新星》、《昼与夜》、《衰与荣》是典型，另外，像张锲的《改革者》、张贤亮的《男人的风格》、鲁彦周的《古塔上的风铃》（长篇）和李国文的《花园街五号》某种程度上也属于此类，由此可见，这一类与第二种改革叙述"数字决定型"有某种内在的联系。第二种则是"无望的怀旧型"。在这一类型中，传统虽然终究要被时代历史所遗弃和否定，但作者/叙述者往往表现出态度上的犹豫不决，乃至于小说处处笼罩在一种无望的怀旧气息之中：虽然明白时代向前发展的不可抗拒性，但对美好而无用的传统又报以无限的乡愁和留恋；现代虽然代表着历史的潮流，但也可能蕴藏着某种邪恶和污秽。因此，这一类小说相对于前面几种改革叙述，在文化内涵上则要显得丰富深刻得多，也最为难以阐释。代表作有贾平凹的《腊月·正月》（中篇）、《浮躁》（长篇），王滋润的《鲁班的子孙》，周大新的《家族》（短篇），张一弓的《流星在寻找失去的轨迹》（中篇）等。这种对待传统的矛盾态度，某种程度上又与此后不久的寻根小说存在某种内在的关联。

二

虽然说改革小说大致有上述的三种不同类型——事实上，很多小说都难以归类，而且三类之间常有重叠——但在以“文化大革命”作为潜在的“大他者”这一点上，改革写作却是相当一致的；而即使是80年代末写就的《骚动之秋》中，岳鹏程的改革也是以社会主义革命实践（包括“文化大革命”）的局限——即越革命，越贫穷——为前提的。在改革写作中，改革的合法性同对“文化大革命”的批判联系在一起的，这也就能理解，为什么改革任何年代都有，却独独是发生在80年代前后的表现社会改革的小说被称之为改革小说。在这一框架下，改革的提倡似乎是对“文化大革命”批判的逻辑延伸，其在数字型和传统/现代型改革叙述中也是如此。

“改革小说”作为一股文学思潮只能是在“文化大革命”结束之后才出现，其反映的不外乎是这样一种现实观，即现实的困境虽非必然源自“文化大革命”——或为传统的积弊，或为“文化大革命”之乱，或为效率低下，等等——但因“文化大革命”的出现大大阻碍了社会的（正常）发展，人民的生活非但没有好转反而更加困窘，因此改革势所必然。如此看来，改革小说的出现及其命名还是某种历史观的反映。

在今天的语境中，改革小说虽然可以从现代性的线性时间——从昨天到今天向明天——发展的脉络中加以理解，但因其终不能挣脱历史和记忆的束缚，改革的写作总不能很好地表现现世和当下本身。这似乎是某种循环/魔咒：正因为历史的沉重，改革叙述格外倾向于给人以将来美好的承诺；反过来，改革虽指向美好的未来，但又始终笼罩在历史的阴影和幽灵之中。改革叙述往往在这两极间摇摆，左支右绌，进退失据，这也往往是其让人有挥之不去的沉重感的原因。意大利哲学家阿甘本曾这样说道：“在自然科学的影响下，仅仅把以年代为指向的过程转换过来的‘发展’与‘进步’成了历史知识的指导范畴。这样的时间和历史概念必然剥去了人性的维度，无法获得真实的历史性。”[①] 作为潮流裹挟下的改革叙述，正是这样一种写作。改革写作虽然与改革的现实实践之间有着某种同步性，甚至互为“镜像”（如蒋子龙的《乔厂长上任记》在改革实践中的影响及其引起的风波），但因其深陷于历史和未来之间，无视也看不到现实本身的丰富和驳杂处。改革写作反映的毋宁说是“现实性”而非现实本身。

三

虽然说，80年代的改革写作总有一个改革受阻的“悲剧式”结局，但这并不能阻止现实中的人们对改革寄寓深切的希望。结果似乎正相反：改革（即改革叙述中的改革）越受阻，人们对改革的期望越高，改革也越在这种“悲剧式”的叙述中建构起其矗立不倒的神话。在这一逻辑下，改革无论是暂遇挫折抑或一帆风顺，都是在其特有的矛盾结构中展现自身：改革实践中所展现的矛盾斗争虽其尖锐复杂，但这并不代表或对应于现实生活本身的丰富复杂。另外，改革的意识形态某种程度上也反过来塑造了人们的“现实观”：现实本身的困窘和物质上的普遍匮乏并没有因为现实中改革实践的挫折与曲折而让人窒息，相反，改革的神话所许诺的美好未来使得现实中的人们普遍处于高扬的理想主义和积极向上的精神之中。这也是80年代的中国社会始终处于一种浪漫主义的氛围中的部分原因。

可见，对于改革小说而言，决定其历史存在的并非其是否乃对现实本身的反映，而在于其乌托邦式的承诺。故而一旦理想主义在八九十年代之交随着市场经济等一系列重大事件的到来而氤氲消散之后，改革小说也渐趋式微。改革小说应运“文化大革命”的终结而生，却不得不在市场经济的大潮中落下帷幕，这似乎是一个悖论：随着物质生活水平的好转，改革小说作为一股潮流却不可避免地随水东流。但这也正是改革小说的规定性所在。改革小说无法面对现实，故而一旦理想破灭，现实铺天盖地而来，改革小说的历史使命也即告终。八九十年代之交出现的新写实小说、世纪末的现实主义

---

① 〔意〕吉奥乔·阿甘本：《时间与历史：瞬间与连续性的批判》，《幼年与历史：经验的毁灭》，尹星译，河南大学出版社2011年版，第90页。

冲击波，以及新世纪的“底层写作”等这些迥异于改革小说式革命现实主义（现实主义和浪漫主义的结合）的“类改革写作”的相继出现，正说明了这点。这些小说创作思潮虽然在诉求上各不相同，却在不同层面不约而同地一起指向改革伟大承诺的苍白与无力：新写实和现实主义冲击波从相反的方向表明理想主义的虚妄，而“底层写作”则从阶级（或阶层）分野与矛盾的角度再次重提改革的命题。“改革”自此全然没有了理想主义的乌托邦色彩，而仅仅成为解决实际事务与事宜的手段；一旦“改革”从神话降格为手段和工具，“改革”也真正回归并着陆现实/历史地表，对此，我们似乎并没有充分的心理准备。

第二节 《乔厂长上任记》与改革文学

通过阅读《乔厂长上任记》，我们会为小说塑造的果敢、魄力和胆识兼具的乔光朴形象所感动和振奋，虽然我们国家的现代化面临重重困难，但一想到有这样一些人物的存在，一切似乎都不成为问题。

但我们也发现，这里其实存在一个令人疑惑的问题，即现代化虽然矛盾重重、积习难返，但这一切似乎都能在“时间和数字”的烛照下迎刃而解吗？小说是这样开头的：

> 时间和数字是冷酷无情的，像两条鞭子，悬在我们的背上。
>
> …………
>
> 其实，时间和数字是有生命、有感情的，只要你掏出心来追求它，它就属于你。①

而小说的结尾，叙述者又借小说人物的口说：“我们要的是实现现代化的‘时间和数字’，这才是人民根本的和长远的利益所在。”②

---

① 蒋子龙：《乔厂长上任记》（短篇小说集），湖南人民出版社1980年版，第1页。

② 同上书，第57页。

显然，小说展现出了方方面面的问题，首先是现代化建设中的技术层面的问题，此外如人事问题、制度问题，另外还有厂里厂外之间的问题，即社会综合协调的问题，甚至个人恩怨等。这些问题都是在乔光朴重新上任为厂长后一一呈现在我们的眼前，可以说，小说中的重型电机厂其实就是当时整个中国的象征，经历了“文化大革命”劫难后的中国千疮百孔，问题层出不穷，这些问题一个叠一个，重重压在了中国的头上，而随着改革开放的到来，这些问题更是纠结在一起，既令每一个有识之士扼腕和愤怒，也同时为他们提供了舞台，无疑这个重型机电厂就是乔光朴施展自己本领的舞台。

如乔光朴所说：“咱们厂像个得了多种疾病的病人，你下这味药，对这一种病有利，对那一种病就有害”，如果经历了“文化大革命”的中国也是一种多种病候的隐喻的话，那么，显然只用一味药是不能解决所有问题的。但小说的叙述却无时无刻不在暗示我们，只有也只能是“时间和数字”这一味药才是解决这一切问题的根本。如果说乔光朴深入工厂而后进行的改革是卓有成效的话，显然这种改革除了技术、效率层面之外则收效甚微甚至适得其反，他到厂外去攻关外交无功而返；他把冀申调到服务大队，结果闹得不可收拾；他对待各种态度果断，但也表现出粗暴、简单的一面，结果各种矛盾接踵而来。对这一切“时间和数字”果真能解决吗？毫无疑问，“时间和数字”在这里成了解决各种问题的灵丹妙药。

我们知道，所谓“时间和数字”，是相对于西方现代文明而言的，在时间的坐标上是相对于西方的现代化的滞后，而在空间的坐标上是效率的低下，因此，与其说是“时间和数字”能解决一切，不如说是现代化的承诺给我们以未来的希望。这是改革文学所呈现出的典型的叙述模式，传统或积习是阻挡社会的障碍，而改革和现代则是利剑，任何问题都能在其中迎刃而解。现代化在这里成为一种超验的神话，我们不仅要在效率上（即数字），即在小说中是向西德的专家学习，而当我们的改革遇到困境时，我们想到的也是“先进国家的做法”。因此，这里既是传统和现代的对立，更是中国和西方的对立，传统中国的落后迫使英雄主人公产生了急起直追的焦虑情绪，自然，任何问题在他们眼里都成了传统 / 现代之间对立的表现，这种毫不妥协的现代性断裂姿态既使得主人公，也使得叙述者不可能在“传统”之中发掘出合理的因素，一切问题都在这种对立中凸显和尖锐起来。这也是为什么改革会变得困难重重的原因，可以说，是改革使得各种问题呈现出来而成其为问题的，也是改革使得各种问题变得尖锐起来而不得解决。改革提出了问题，而又以改革作为解决这一切的最终的承诺，改革显现出不可解决的悖论："改革"既是一种世界观又是一种方法论。

因此，与其说是各种问题阻碍了改革的进度，不如说是改革构造出各种问题，正是在各种问题的解决中显现出改革的存在，这是一组互为前提的二元对立，一方是以另一方的存在为前提的，改革构造出的问题自然不能在改革中得到解决。而小说通过叙述告诉我们通过改革能解决一切其实是创造了一个现代性的神话，其困难重重其实也正彰显了改革的悖论所在：改革既制造出问题同时又掩盖了种种问题，"改革"注定要成为一个永远无解的神话，改革没有终结！现代化的改革既能消弭乔光朴和郗望北之间的个人恩怨，也"生产出"（凝聚）乔光朴和童贞之间，乔光朴、霍大道和石敢之间的感情；现代化既能推进生产，又能促进社会进步；但现代化不也使得冀申和乔光朴的矛盾加剧难以解决？不也制造出难以驯服的身体——工人"杜兵"吗？显然这些并不能通过现代化得到解决。

我们还是回到小说开头。小说开头说"时间和数字"冷酷无情是因为现代化的无形的压力使得我们不能不改革，改革迫在眉睫！而说这"无情"的"时间和数字是有生命、有感情"则毋宁是一种现代性的神话，是这神话下我们产生的想象和希翼，此正是"天若有情天亦老，人间正道是沧桑"，天之于人，恰似时间之于感情，时间不会止息，我们的希望自然不会终止！

第三节　时间和数字的神话能走多远

在被称为改革文学的潮流中，柯云路的《新星》（1985）是一部分量很重的作品，至今读来仍让人感触良多。

改革开放是"新时期"以来延续至今的基本国策，对于文学创作而言，是反映改革现实，干预或者为之献计献策，已作为摆在改革文学面前的重要问题被提出。事实上，作为与这一方兴未艾的改革同步展开的文学进程，因为不可能站在一定距离之外回头冷静审视，故而改革文学不可能做到针对改革现实的冷静客观的反映，但也正因为这种身处其中的表现，在今天看来也格外具有警示意义和寓意。

一

《新星》讲述的是李向南上任古陵县委书记后着力于大刀阔斧的改革，以及同反对派展开斗争的故事。李向南到任后的第二天，首先处理的是经年累积的信访案件，“一天内亲自解决了十四个老大难的群众上访案件”①。李向南从信访案件入手推进改革，这一点值得玩味。

这里至少隐含了两方面的意图。第一是借此彰显工作效率和时间数字。李向南做事向来注重工作效率和时间数字，下属汇报工作需要“统计数字”，每天的工作安排、各种现场会，甚至远景规范都能看出时间和数字的影响。在他看来，时间是可以安排的，数字能说明一切。很多问题都能在时间和数字面前迎刃而解。问题是，这些案件很多并非是悬疑难题不好解决，有些案件甚至十分清晰明了，可为什么一拖再拖呢？那些经年累月迟迟不能得到解决的上访案件，表面上看是时间观念的不够和效率低下，但其实另有其他深层的重要原因。这除了说明政府官员对人民疾苦的冷漠忽视之外，还有一个重要的原因就是官僚主义，是互相推诿。这样一来，李向南通过对信访案件的处理，其实是把矛头指向了官僚主义。他的真正意图是要向官僚主义开火。这从紧接着着手召开的“提建议、提建议大会”中可以看出。在李向南这里，也是一体两面的，是官僚体制导致了效率的低下和时间的浪费，致使社会发展迟缓。反过来，又于无形中更加牢固了官僚主义体制。他之所以从信访案件入手，恰恰表明了官僚主义和时间效率正是他的改革所欲破和立的两个向度。事实上，他接下来的改革实践也是从这两个方面展开的。

---

① 柯云路：《新星》，人民文学出版社1985年版，第37页。

稍微回顾历史便会发现，对官僚主义的批判自中共建党以来就一直存在，其在文学创作上最有代表性的事件，是20世纪50年代中期王蒙创作发表的《组织部新来的青年人》，及其引起的争论。这篇小说折射的是“百花时期”批判官僚主义的社会思潮。小说中的青年主人公林震就是这样一个批判组织部中的官僚主义习气的英雄典型。虽然说，在这部小说中，官僚主义同样导致效率的低下，但对其所展开的批判并不指向改革和现代化的提出，故而这部小说并不能被视为改革小说。现在的问题是，为什么在《组织部新来的青年人》中对官僚主义的批判不能导向对改革和现代化的提倡呢？关于这点，对照蒋子龙发表于1975年的《机电局长的一天》即可以明白。这部小说中同样也提出了现代化，但现代化在小说中是作为革命的补充手段被提出的，即所谓的“抓革命，促生产”，革命是第一位，生产次之。这也是为什么小说虽然倡导现代化但不能作为改革小说的部分原因。解放战争的结束虽标志着新中国成立的完成，但革命/继续革命仍旧是一以贯之的口号，这一逻辑一直延伸到“文化大革命”。以此观之，在《组织部新来的青年人》中，官僚主义也是作为革命的对立面被表现的，也就是说，所谓官僚主义的出现，是革命意志和激情衰退的结果，故而批判官僚主义其实是为了重提继续革命的主张。这样来看，也就能明白，只有当发展，而不是革命，成为全体社会的首要目标时，对官僚主义的批判才能导向对现代化和改革的呼唤。就像李向南在常委会上所说的那样：“我们目前的中心工作是搞经济建设。现在搞改革、整顿，目的是要提高我们的经济效率和为它服务的政治效率、行政效率。一个小小的问题，群众上访几十次解决不了，……还暴露了我们有些环节的官僚主义低效率。”[①] 故此，他提出：“上下级关系要在工作中，要在适应现代化建设的全新的工作基础上加强、改善、甚至重建。”

二

李向南上任伊始，顾荣作为长辈曾这样对他建议道：“用两个月时间先

① 柯云路：《新星》，人民文学出版社1985年版，第126—127页。

熟悉一下县委机关、县政府……然后呢，用两个月时间熟悉一下农村……再用两个月时间摸一摸工交财贸。还有别的，就顺便吧。……这样算算，有半年时间的调查研究，你对古陵的工作多少就有点发言权了。”[1] 半年的时间，这对改革家们而言，是不可想象的。改革家与保守派之间在对待时间上的重要区别于此不难理解。李向南的目标是要用时间和效率来“改善”和“重建”政治格局，而这，对因循守旧的保守派顾荣而言，无异于对他的否定。李向南对时间和数字的推崇明显来自“现代性”的线性发展时间观（即昨天、今天到明天的线性发展），在这一观念的支撑下，改造当下就成为通往未来的必经之路，而时间和数字恰能对未来做出承诺，故而改革就意味着否定现实和当下，意味着时间和数字的神话。而这，对于事事讲究“条件和机遇”的保守派顾荣而言，当然不能接受。他积累的几十年经验得出的结论是“万事适度”，所谓既不能冒进，也不能急躁；这样一种观念虽然也相信未来，但更推崇现状。虽然说，保守派顾荣并不反对改革，他也是“文化大革命”的受害者，但改革在他眼里，却是要尊重传统，要维持秩序，要循序渐进。他和李向南之间的矛盾注定无法解决。

应该说，《新星》中这种对时间和效率的推崇，在改革叙述上十分普遍而有代表性。蒋子龙的诸多改革之作都是这样的例子，“我们要的是实现现代化的‘时间和数字’，这才是人民根本的和长远的利益所在”（《乔厂长上任记》），小说借人物之口这样说道。但也不禁让人疑惑：现代化的改革事业矛盾重重、积重难返，这一切是否都能在“时间和数字”的烛照下迎刃而解？虽然说，时间和数字的伟大承诺的确能给人以大希望和大振奋，但终究在这一逻辑下，生活丰富的一面被牺牲和忽略掉了。《乔厂长上任记》中乔光朴的生活几乎只剩下改革，《改革者》（张锲）中的徐枫、《男人的风格》（张贤亮）中的陈抱帖和《新星》中李向南的形象都是明显的例子。李向南三十多岁仍旧单身一人，虽身为热血男儿，但始终压制个人的情感，即使偶尔流露也常用理性加以克制。日常生活在改革家的生活中，往往不被重视。而事实上，对日常生活和人的欲望的否定，也正是四个现代化提出时的一种

① 柯云路：《新星》，人民文学出版社 1985 年版，第 115—116 页。

预设。在“现代化理论”提出的西方语境中，消费和消费水平是其中相当重要的一环，而在20世纪80年代中国的四个现代化的构想中，这一环却是缺席的，甚至在潜意识中是需要加以抑制的。这样也就能理解大凡表现改革的小说或电影中常常表现出的对日常生活丰富性的简化这一倾向了。

但另一方面，柯云路同许多改革小说家又不太一样。他并非没有注意到日常生活的丰富性的一面。他写李向南，注意到了李向南生活中情感的需要，他对顾小莉和林虹不时流露的冲动就是典型的事例。小说中像高良杰、闷大爷、潘苟世等很多次要人物都写得丰富多彩，极富生活地气和底气。柯云路还注意到了一个严峻的问题，即人物内心情感与改革事业之间的矛盾。他一方面写出了李向南通过时间和数字构想改革蓝图的伟大实践，这一实践当指向人之外部的世界时往往是卓有成效且立竿见影的；可一旦面对具体而微的一个个鲜活的个人 / 个体时，这一时间和数字的神话就暴露出它的弱点。它的力量仅止于事物的外表，并不能深入到人的内心。至少，对于人们内心微妙的情感世界和隐秘的欲望，时间和数字是无能为力的。而也正是这里，显示了柯云路高于其他改革作家之处。李向南能于一天之内解决数十起积压的案件，开若干个现场会，发出多项指令；但当面对人物的内心隐秘和欲望时，他却束手无策、无计可施。他既无力重新唤起林虹那被侮辱和损害的对生活的信心，也无法控制顾小莉起伏不定的少女情感波动，更不用说当面对顾荣及地委书记郑达理微妙复杂的内心时是那样的无能为力。而也正是这种人物内心的丰富的一面，其对看似简明而美好的改革事业是潜在和意想不到的危害。时间和数字可以规划世界，却不能管理人心。李向南在改革过程中遇到的挫折和困窘，虽然在《新星》中没有完全展现或暴露出来，但已然埋下伏笔。个人内心的隐秘，甚至扭曲的心态，往往成为他人的地狱之门：李向南的改革受挫，与周边各色人等微妙复杂的内心隐秘密不可分。对于这一点，在《新星》续集的后两部——《夜与昼》和《衰与荣》——中有淋漓尽致的表现。而也正是因为这个原因，在《新星》中，柯云路从数字和效率的角度思考改革的可能，到《夜与昼》和《衰与荣》中，则转移为对社会生活的多面立体性和人的世界的丰富性的探索。社会生活的多面往往是数字和效率所不能化约的，任何改革或雄图大略看不到或忽视之，便极可能遭遇失败。对于一个改革者而言，只有充分认识到社会生活的多面立体和人心的深渊幽谷，才能认清事实，辨明社会，开创新局。柯云路以他的《新星》和稍后的《夜与昼》与《衰与荣》告诉了我们这一点。

三

柯云路本欲塑造一个新时代的改革“新星”，但通过对生活的向下挖掘，愈益感到了生活的丰富性和人心的深邃的一面，他对这方面的探索和兴趣越深，越加意识到改革的艰难，也就于无形中越来越偏离对改革的表现；小说写到最后，竟完全像是在展现当时社会人心的“清明上河图”了！这种转移，虽然于小说的创作而言是一种“减损”或“耗损”——就小说的凝练和剪裁而论，后两部却是无论如何不及第一部《新星》，其影响所及也远逊不少——但对社会历史风貌和生活矿藏的保留却是功莫大焉。不夸张地说，就对80年代中期前后社会风貌縻细的展现而论，《夜与昼》和《衰与荣》是不可多得的标本。而这，其实也向文学提出了这样一个恒久的命题，即生活的丰富性同小说的剪裁之间孰轻孰重孰先孰后如何取舍的问题。对于这一问题，至今仍没有完美的答案。

第四节　两种改革及其合法性问题

在茅盾文学奖的评选中，表现改革之作似乎比较受青睐。继张洁的《沉重的翅膀》（1981）之后，山东作家刘玉民的《骚动之秋》（1990）成为再一次获得“茅盾文学奖”的改革题材长篇。较之张洁写作小说时的为改革鼓与呼，此时的改革之作似乎已到了为改革沉淀反思的时候；毕竟，作为潮流的改革文学已然被新的文学流派取代，改革也已历经文学为之书写合法性而进入纵深发展的阶段。当不论是“文化大革命”之“创”，还是传统的沉疴，都已不再成为改革所欲针对的主要对象时，改革的书写如何延续下去，已成为摆在改革书写面前的议题。《骚动之秋》这时出现，应该说，其意义和局限都与此有关。

一

在《骚动之秋》中，最让人争议的莫过于被号称为“农民改革家”的主人公岳鹏程这一形象了。其之所以让人棘手，正在于性格上的复杂和评价上的矛盾。“他在改革中处理问题的大胆、果断、魄力、远见等等，的确使乡镇企业有了较大发展，然而又的确在商品经济的冲击下，受到不正的社会风气的影响，采用了一些非法的手段进行了倒卖紧缺物资的活动；他在管理方法上确是严格要求，然而又不免独断专横，甚至打骂工人；他既懂得要获得领导的支持，却又不免由此去观察、掌握领导者种种心理，甚至庸俗地迎合领导的趣味……”[①] 虽然说，改革英雄的命运大都显得悲壮沉重，但对 80 年代初期的改革英雄家族，比如像乔光朴（《乔厂长上任记》）、李向南（《新星》）、郑子云（《沉重的翅膀》）等，他们的成败却非源于自己的性格弱点，而更多是社会情势和社会积弊使然。他们越是失败，越加表明改革的必要性和艰巨性。而对于岳鹏程，其“悲剧色彩”却更多与自己的矛盾性格有关。在他身上，优点和缺点都很明显，而且反差极大。他能带领其所在村的村民快速致富，但其遗留下的问题同样触目惊心。他虽然取得了成功，但他的成功换来的是众叛亲离和更加的孤独。

对于这样一个人物，如何评价当然是一个问题；但如果换一个角度，即，作者是在何种背景或情境下表现他这种性格的，又会发现，他的“性格悲剧”其实与我们对改革的认识有关。

二

与同类改革题材小说相比，这篇小说独特的地方，在于没有贯穿始终的改革派同保守派的斗争。改革有阻力，但阻力并非主要来自反对派或保守

---

① 荒煤：《骚动之秋・序》，载刘玉民：《骚动之秋》，人民文学出版社 1991 年版，序言第 2—3 页。

派。此前的改革写作，包括《沉重的翅膀》（张洁）、《花园街五号》（李国文）、《新星》（柯云路）、《燕赵悲歌》（蒋子龙）、《男人的风格》（张贤亮）、《改革者》（张锲）等，大都限制在改革派与保守势力的斗争框架中表现改革，似乎不这样，就不称其为“改革”：改革必须要有对立面，即反对派。而事实上，现实本身包括改革在内，并不总是在矛盾的对立面中展开和发展的，现实本身的复杂也并非总是矛盾交织贯穿始终的。《骚动之秋》虽然表现农村改革，但并没有贯穿始终的矛盾冲突。从这个角度看，是现实本身的丰富性塑造了岳鹏程性格的多面色彩。岳鹏程性格的塑造，某种程度上正是改革的现实反映和折射。

但这并不意味着岳鹏程的改革之路中就没有矛盾冲突。事实上，没有矛盾冲突，既难有小说创作，也不会有改革。岳鹏程的改革中，当然遇到过种种阻碍。这一阻碍似乎来自于既支持他又反对他的大桑园村原支书肖云嫂。但肖云嫂并非什么保守势力，她并不阻碍也不反对改革，她只是对岳鹏程改革中的有些过激做法十分不满。而事实上，她的阻挠也并不真正构成岳鹏程改革之路的绊脚石。即使是她倾尽最后的心血写成的临终遗言式的上书信，送到县委书记祖远的手中，也终没能起到应有的效果。对于岳鹏程而言，阻碍他的也似乎并非什么体制或传统。因为体制对他是一盏路灯，而事实上他通过某种“不正当的”手段，可以令体制为其服务。至于传统，不仅显得柔弱不堪，更是被他视之如敝屣。不论这传统是革命传统（肖云嫂和岳鹏程的父亲岳锐为代表），或传统文明。在小说中，矛盾似乎无处不在，但始终没有一以贯之的矛盾，也没有决定改革成败的关键矛盾。

岳鹏程的改革之路并不存在什么实质性的外力阻挡。而若如他儿子岳嬴官所言，说他是一个悲剧性的人物的话，这一悲剧因素显然来自他自身。是他的“性格悲剧”造成他最后的众叛亲离：他的性格上的独断专行和狂妄自大导致同父亲的决裂，儿子的反目，妻子的叛离和情人的远走。他容不下任何异己，不论这“异己”是否对他有恩；他不能忍受他人的挑战，即使这挑战来自他自己的亲生儿子也不行；他听不进忠言逆耳，这让曾经全力支持过他的市报文艺部主任陈越也不得不摇头。他的身边没有构成威胁的外力，但也没有朋友，没有亲人；他成功了，但终究成了孤家寡人。

三

在小说中，岳鹏程着手于改革伟业的合法性，与大多数改革小说的叙述如出一辙，无非是越大干狠干越贫穷落后，看来改革势在必行且刻不容缓。想当年肖云嫂把村里几百户老小十多年积攒下的八百元存款交到岳鹏程手里时，尽管他拼死拼活，“学大寨”，夺标兵，大桑园村并没有因此而富裕起来；相反，八百元家底贴进去了。更有甚者，作为支书，他的儿子继续升学的钱都弄不到，以至于不得不辍学在家。虽然说，岳鹏程的改革势所必然，但这并不必然表示他的改革的方式方法就合理合法。改革的合法性并不等于改革手段的合法性。

或许，正因为改革不是在同传统和体制的对抗中展开，改革似乎也就显得轻而易举。而事实上，岳鹏程的改革初始阶段——也即所谓原始积累阶段——竟多半靠投机倒把钻营取巧而侥幸成功。改革虽大势所趋，但他们改革的成功并非历史的必然。不仅是岳鹏程，甚至包括他的儿子岳赢官在内的改革家们的事业也大都是在某种偶然因素的作用下取得成功的。在这里，个人的才智和胆识，而非时代历史，似乎成了决定改革成败的关键，其他都属多余。但问题随之而生，一旦改革的成功是在各种偶发因素作用下的结果，这样的改革是否具有代表性，抑或象征性？即若撇开大的背景，以及中国的改革之路，这样的改革仍否值得提倡？显然，小说虽写了岳鹏程和他儿子的改革成功之路，但并没有联系时代，没有从大的时代背景和历史脉络下展开，这样的改革既不具备普遍性和典型性，也无从表现或象征中国的改革必然成功。相比柯云路的《新星》和张洁的《沉重的翅膀》那样的“史诗性”的改革之作，《骚动之秋》虽写的是改革这样的宏大叙述，但其实是由诸多“小叙事”构成，这是大时代的微小故事的展现。相比前者表现改革的必然性和可行性，《骚动之秋》中的改革叙述，其合法性很值得怀疑。

四

虽然说，改革的成功充满了各种偶然，但因其更接近或切近实际中的改革现实，小说也更让我们深思。小说中岳鹏程同父亲岳锐和儿子岳赢官的冲突和决裂很有症候性。下面一段是岳鹏程同父亲针锋相对的对话：

> 他（指岳鹏程——引注）无法接受父亲这种审讯式的指责。你有你的感情，我有我的感情，你否定我，我也否定你；……“八百块钱家底是谁留下的？几千万家业是谁创下的？‘企业家’‘改革家’也不是我封的！千秋功罪得让老百姓说话，让事实说话！你倒革命、云婶（指肖云婶——引注）倒革命，你们干了那么多年革命，老百姓吃饱了穿暖了，还是买上电视机、电冰箱了？大桑园盖起几座大楼、公园，还是建起了几个工厂、学校？你们那是么个？
>
> “你混蛋透顶！”岳锐成了一头毛发怒竖的狮子，跳起，急促地来回走着。①

在岳鹏程的逻辑中，革命等同于落后和匮乏，改革则能带来物质上的丰厚甚至繁荣。而这，应该说是彼时甚至当下十分流行的观点。虽然说这种逻辑不无问题，但因为革命实践遗留下的各种积弊确实大大阻碍了经济发展，面对这种悖论与强大的现实 / 逻辑，岳锐虽义愤填膺，但也只能不断地大骂“混蛋透顶”，最后不得不“仓皇出逃”。

相比同父亲岳锐之间冲突的“简单明了”，岳鹏程同儿子之间的较量和斗争则要深刻而复杂微妙得多。表面看来，这只是父子间的较量，其间掺杂了诸多情感因素——父亲不仅专断蛮横，毫无人情味，还背叛了母亲，抢走了儿子的心上人（秋玲），等等。但从深层次看，这一矛盾背后展现的，其实是两种不同的改革之路的选择和思考。一种是只求结果，不问过程，只求

① 刘玉民：《骚动之秋》，人民文学出版社 1991 年版，第 318 页。

物质，无须精神，只讲效率，不问人情的改革之路，这种改革依靠投机倒把、倒买倒卖、行贿受贿以及个人的魄力和胆识，虽也能获得成功，但其实失道寡助，很难持久。这一改革的代表是岳鹏程。另一种则与之相反，以岳赢官为代表，他们依靠群众，讲求知识和民主作风，追求精神，他们的改革之路虽没有岳鹏程的改革更易见成效，但其实有很大潜力。

诚然，在小说中，两种改革都能带来繁荣和发展，而且都获得了政府部门的大力支持，但从话语实践、理论资源以及发展前景来看，实质并不一样。岳鹏程的失道寡助，一方面是他的性格使然，另一方面也是他的合法性渐失的表征。作为子辈的岳鹏程，虽然通过个人才智获得了成功，但并不代表父辈特别是以他的父亲和肖云嫂为代表的老一辈的革命先辈所创立的革命传统及其革命承诺的失效。因而，在这里如何重新激活革命传统并为改革效力，就作为一个问题被提出。岳赢官的成功，虽然说也充满了偶然因素，但因为他“偶合”了革命传统（肖云嫂和他爷爷的支持，岳锐最后走向他并认同他即是象征）和现代科学知识（以他的女朋友小玉也即肖云嫂的孙女为代表），他的改革更具“可持续发展”的潜力。以此观之，小说中岳鹏程同儿子间的较量和斗争，其实也是在争夺改革合法性的斗争，是改革走向纵深阶段中不可回避的问题的表征。当改革只是为了改变贫困的物质条件而无视精神生活的质量的时候，改革的合法性再一次作为尖锐的问题摆在我们面前。岳鹏程的改革获得了巨大的成功，但这一成功留给人们的，却是更大的隐患和不安。用今天的话来说是，紧随着岳鹏程的改革带来财富的增加的，却是幸福感的下降。

改革是只计后果或成果，还是同时兼顾过程或质量，这是刘玉民的《骚动之秋》留给我们最大的思考。对这一问题的思考，今天远没有过时。

第二章　农村题材类

第一节　想象农村的现实及其多种可能

一

中国文学自现代以来，乡土或农村题材一直是最为重要的一脉。早在“五四”时期，即有鲁迅开创的乡土小说派，他们从现代都市文明的角度返观乡土，满眼“看”去尽是闭塞落后停滞的景观；而废名及沈从文一派，则从批判现代都市文明出发，“看”到了温情脉脉、富有人性的宗法制乡土社会。这两个流派所描述的乡土景象虽然不尽相同，但其背后都存在着一个乡土和都市对立的模式，乡土是作为都市的对立面存在的：不论乡土的风貌如何，若没有都市这一“他者”的参照，便很难见出乡土景观的意义。都市一直若隐若现的存在，始终是制约着现代中国文学乡土写作的关键因素，这种状况一直延续至今。一定意义上说，这两种模式左右了整个中国现当代文学中的乡土叙述，而其中，都市与乡土之间的对立，又和传统与现代之间的对立相互缠绕，使得现代以来的乡土写作呈现出丰富复杂的一面。

事实上，不论是进步的抑或落后的乡土叙述，其实都是知识分子驰骋想象的方式，因而一定意义上说，乡土小说自近代以来的变迁史就是一部中国知识分子想象中国、回应现实及历史的心灵史，折射着不同时代知识分子的心路历程。早在“五四”时期，以鲁迅为代表的乡土小说流派，本着“立人”的思想，从西方获取了启蒙及进化等进步思想。他们笔下的传统乡土无疑寄寓了他们对中国国民性问题的深切思考，这种落后的乡土想象发展到后来成为改造农民及动员农民的想象；而以沈从文为代表的乡土写作，则表现了他们对现代都市文明及资本逻辑的深切忧虑，乡土又成为他们于现代文明中刻意营造的美好人性的“希腊小庙”和孤岛。

新中国成立以后，现代乡土写作经历了一个巨大的变化，传统和现代之间的对立一变而为阶级斗争的试验场，中国广大的乡土上从此上演着一幕幕剥削阶级和无产阶级之间你死我活的殊死斗争。自此，中国广大的乡土在这种阵线分明的阶级划分中日趋明晰，此前乡土世界显现出的丰富复杂的一面被极大简化，甚至连乡土世界的自然风景和民俗也带有阶级的色彩和烙印，乡土题材从此也被易名为“农村题材”，乡土小说遂自此消失于中国文坛。但这并不意味着都市（或城市）随即退出乡土小说写作的视野。中国共产党领导的民主革命对现代都市的矛盾态度——既要在城市建立政权机构，又对其充满警惕——一定程度上也影响了农村题材小说的创作：都市中潜藏的罪恶以及对都市生活方式的拒绝（而不是对都市工业的拒绝），若隐若现而成为制约农村题材小说创作的一个重要因素。对现代城市的复杂想象——既欢迎其工业建设，又对其生活方式保持警惕——一定意义上就使得当时的农村题材小说呈现出较为复杂矛盾的一面，这也是今天看来其仍有价值的地方。

二

随着“文化大革命”的结束，中断了近三十年之久的乡土小说重新浮出历史地表。其间虽有汪曾祺等对沈从文京派一脉乡土叙述的延续，但这也只是一场隔代的尘梦，终成最后的挽歌。此时的中国大地，正在进行着一场轰轰烈烈的改革开放，农村或乡土在这种现代化的建设中再次被重新想象和塑形。这种乡土中国的叙述和想象，见证了中国自改革开放以来现实发展的巨大变迁。《许茂和他的女儿们》（周克芹）、《在醒来的土地上》（叶辛）、《拔河》（叶辛）、《基石》（叶辛）、《彩虹坪》（鲁彦周）、《湖边》（周建民）、《燕赵悲歌》（蒋子龙）和《骚动之秋》（张玉民）等长篇，以及贾平凹的中篇《腊月·正月》、《鸡窝洼的人家》，《张铁匠的罗曼史》（张弦）、《老人仓》（矫健）和《秋天的愤怒》（张炜）等都是这方面有代表性的小说。在这些小说中，农村的改革总与“文化大革命”的记忆和阴影纠缠在一起，故而改革叙事某种程度上就成了清除“文化大革命”残余重回正常轨道中来的讲述模式。此时的乡土写作总体上仍不能摆脱表现改革的时代主题及时代精神的限制。随着改革向纵深推进，改革中涌现出的问题和深层次的矛盾，也越来越多地为农村改革小说所关注，刘醒龙的《痛失》等是这方面的代表。这一写作模式一直延续到90年代末被称为“现实主义冲击波”的乡土小说创作中。

在这当中，路遥的《平凡的世界》是农村题材小说中极有症候性也极具象征的文本。这部小说以恢宏的视野呈现了“文化大革命”后期至“文化大革命”结束后十年间发生在中国农村大地上的翻天覆地的变化。这是一部可以从多个角度多个层面加以解读的文本，在这部小说中，既呈现出农村改革开放这一时代精神的面向，也于不经意间展现了中国在全球化时代中的独特处境，还对社会转型期城乡结构的变动有形象的表征。这在小说中的三个人物——孙少安、孙少平和他们的常年流浪在外的姐夫——身上得以显现。特别是孙少平的形象，他作为“文化大革命”结束后第一代被从土地中解放出来的农民代表，极具象征色彩。孙少平显然并非一般的农民，他有知识，受过在当时看来非常不错的高中教育，有过大量的对书本的阅读和对社会人生及时代的思考，这些都使得他不再满足于做一个视野狭小的农民，他发现自己作为“个人”的伟大价值，故而“到城里去”就成为他实现这一价值的方式和方法。但由于城乡二元体制的束缚，他来到城里，最初却只能作为“揽工汉”的形象出现。他辛辛苦苦从大山深处走出，来到黄原地区，不正是全球化时代的今天数以万计的打工者们的原型写照吗？他所遭遇的城乡“交叉地带”的问题，不也正是今天数以万计的打工者们还在经历的难题吗？从这个角度看，孙少平“老是感觉远方有一种东西在向他召唤。他在不间断地做着远行的梦”[①] 这段话就不妨理解或解读为是全球化的远方在向他招手和询唤。而从他从事的行业——建筑和能源（煤炭）——来看，孙少平无疑已内在地成为了全球化时代的组成部分之一了。

---

① 路遥：《平凡的世界》（第二部），人民文学出版社2004年版，第92页。

更为重要的是，这种个人奋斗的“个人主义”话语，其实也正是全球化时代的意识形态所亟须的。就全球化的意义而言，这种“个人主义”话语的意义在于它“生产”出了一个个不安于乡村现状的农业“劳动者”个体，它使得中国数以万计的青年劳动者摆脱了土地的束缚，纷纷来到现代大都市，这显然为全球化的社会分工创造或提供了最大量的“劳动力”。虽然这种个体有其独立的自我意识，但是这种独立的自我意识也只是在全球化时代社会分工的意义上才能显示出其价值——即作为有一定文化的自由地等待被雇佣的劳动者这一意义上来。这样来看当下以孙惠芬和葛水平为代表的乡土小说写作，其间的精神上的联系十分明显。“歇马山庄”（孙惠芬）作为一个文化符号，某种程度上已成为全球化时代中国乡土农村的现实写照了。现实中的中国农村，青年男女常年在外打工，留守儿童的现实问题，城乡矛盾，城市情结，乡土结构及其伦理的巨变等都在这一文学形象中有极其鲜明而生动的呈现。

三

虽然说，“到城里去”（刘庆邦有一同名中篇）一直都是乡土农民们的夙愿和目标，但在不同时代，其意义并不一样。新中国自 20 世纪 50 年代以来实行的城乡二元制，使得城乡之间的界限十分明显而不容跨越；而城市的丰裕与乡土的贫乏，同西方的富强与中国的落后之间具有广阔的想象空间，也使得乡土小说对城市的想象，相当程度上就成为中国对西方的想象。它表现出的欣羡和抗拒，都代表了中国对西方的复杂情绪。另外，城乡之别与地区差异——内陆与东南沿海及长江流域等地区的差异——糅合在一起，在中国改革开放及市场化进程进一步加快的背景下，又催生出乡土农民外出打工的持续热潮，这些都在乡土小说的写作中留下了深刻的印记，因而使得 80 年代以来的乡土小说中表现出明显不同于现代乡土小说的地方。

乡土叙述自改革文学经寻根文学及知青写作而来，几经变化，传统与现代、乡土与城市以及中国与西方之间等多重因素纠结在一起。而不论其对乡土现实的想象如何，相较于西方而言，它表现出的“时间上的滞后”和“空间上的特异”[1]的一面，都使得乡土中国的形象一定意义上成为了第三世界民族国家的寓言及象征。如果说，孙少安还可以在改革的承诺中发家致富的话，孙少平的未来则注定了前景黯淡，因为他其实就是当前中国数以万计摆脱了土地的束缚，纷纷来到现代大都市的青年打工者的原型，而这正是全球化的今天所亟须的；全球化在孙少平身上已经显露出了最初的伟力，这一状况在今天已然变得十分明显。

其实，《平凡的世界》也已显示出乡土中国的农村在全球化时代的结构性位置，即作为为“全球空间”（或全球化大都市）输送劳动力的“地域空间”。从这个意义上看，在全球化时代，农村已经从整体上被置于附属的位置，以及被剥夺的处境。此时的农村显然已经不再是80年代以及更早时期的农村，虽然其在落后上一仍其旧；在今天，全球化无疑已将其敏锐的触角伸向了中国的每一个村庄，而不管这个村庄在地理位置上是多么的遥远，多么的偏于一隅。这从新世纪以来的乡土小说中已有非常明显的表征。而实际上，即使是像李锐的《太平风物》这样表现古典乡土意象在现代社会遭遇困境的小说，也都不可避免地带有全球化时代写作的味道，“我能在毁灭和新生，悲怆和欢欣中，找到文学的绿意吗？我能在全球化的滔天巨浪里用方块字立定脚跟吗？这就是我的追求，也是我的困境”[2]。因此，不妨说，在全球化的时代，纯粹意义或传统意义上的乡土写作已经不复存在了，而毋宁说乡土写作已被从整体上置于了“全球化”的框架之内。乡土中国的每一个青年或不再年轻的农民，都在潜在可能的意义上作为全球化时代的劳动者而存在，而不管他的身份及其处境如何；即使是像白连春的《拯救父亲》（中篇）的农村党员干部，也不可避免地成为全球化结构中的一个打工者，其作为一个共产党员和生产队长，以及父亲，这样的三重身份，使得他的打工之路也特别的富有寓意。

当然，这些都是在时代主题及其精神的层面上显现出来的农村景观。事实上，重返乡土（回归自然）或表现乡土静美的一面也一度成为作家们想象

① 张颐武：《从现代性到后现代性》，广西教育出版社1997年版，第29页。

② 李锐、骆以军：《骆以军六问——与李锐对话录》，载李锐：《太平风物》，生活·读书·新知三联书店2006年版，第155页。

农村的另一种方式。贾平凹的《商州》，张炜的“葡萄园”书写（如《人的杂志》等），迟子建的《额尔古纳河右岸》等，这些小说虽然并非纯粹的乡土小说，但因饱含对乡土的深情，仍不妨从这一层面去理解。在这之外，还有那些很难本质化的面向，贾平凹的《商州初录》、《商州再录》，莫言的《天堂蒜薹之歌》，及其他们的近作《蛙》（莫言，2009）和《带灯》（贾平凹，2013）都是这一乡土叙述中的经典作品。而也正是因其保持同时代主题间的审慎的距离，它们在今天读来也更加亲切而经久耐读。至于像刘震云的“故乡”系列，抑或阎连科的某些乡土景观（如《黑猪毛 白猪毛》），虽也是乡土写作中的佼佼者，但这里表现出一种明显的对乡土的寓言化倾向，并不在本论题的讨论范围之列。

第二节　乡土社会现代转型中的缩影及宿命

《黄泥地》（《十月》长篇小说2014年第2期）是刘庆邦的最新长篇力作。虽然说这部小说仍旧写的是乡土农村的现实生活，但其思考的方向并非城乡二元对立框架下的现代乡土社会的结构变迁（《到城里去》），也不是历史和现实纠缠下的农村苦难（《平原上的歌谣》、《遍地月光》），更非原乡想象中的静美的乡土景观（《遍地白花》、《梅妞放羊》）。这部小说思考的，是现代转型中的乡土社会的困境及其宿命，所谓“黄泥地”，即这种困境——一旦陷入其中，便难抽身——的象征性意象和表征。

一

小说从房户营村的政权更迭起笔，村里的换届选举，老支书房守本的儿子房光民成功上位，这一父权子替现象引起了村民们的普遍不满，因而掀起了一场自下而上的“倒阁”运动。表面看来，这是一部描写乡村权力斗争的小说，所谓你方唱罢我登场，有点像关仁山的乡村小说（如《天高地厚》、《日头》），及其刘震云的“故乡系列”小说，重写现实的意味很浓。确实，

“倒阁”成功后房光金治下的乡土农村，同其前任房光民和房光民的父亲房守本“在野”时的农村，并无本质上的不同，甚至可以说反而更毫无约束和肆无忌惮。这样一来，从结果反观村民们当初所展开的“倒阁”运动，其实是合法性不足的。

这当然不是说村民们当初的“倒阁”就不合理。就权力的父子相替而言，这一现象本身有其诸多可圈可点之处，其封建主义的阴影难免让人浮想联翩。而事实上，村民们当初反抗房光民房守本父权子替的背后，有其历史和现实的所指。房守本治下的农村，处于特定历史与现实的交接，“文化大革命”的阴影及其专制主义的噩梦，是部分村民们萦绕不去的幽灵。可以说，正是这一历史遗留赋予了村民们的反抗以道义上的合法性：他们反抗房守本的儿子房光民接替村支书这一行为折射出竭力走出历史阴影的渴望和努力。但问题是，他们反抗，既没有彰显“极左”思潮所造成的精神肉体上的双重创伤，也没有明确的主张。只是为反抗而反抗，其结果就变成了所谓“城头变幻大王旗”，变化的只是当权者的个人，权力的压迫本质及其功能并没有任何变化，而民意——村民的意志——也仅成为权力斗争的武器，并无实质的意义。

这就涉及两个命题，一是民意的滥用和限度问题，二是权力的主体问题。就这部小说而言，民意虽具有表面上的合法性，但既不能无限夸大，也不能没有限制。任何以民意之名而并不为民谋利的行为，其实都是对民意的强奸。《黄泥地》的写作正是在这一方向上展开了对民意的深刻反思。刘庆邦通过这部小说告诉我们，民意一旦同权力斗争纠缠在一起，其危害性往往会更大也更具迷惑性。而这背后其实也表明，民意只是一种标榜和填充物，权力才是真正的主体。

在这里，显示出来的正是福柯意义上的权力观，及其生产性的结构主义特征。权力是一种结构系统，而至于权力结构中的个人或个体，并无根本的主体性可言，其充其量是一个功能位置，因此，权力斗争所推动的只是权力的客体——行使人——的变化，权力的功能并不发生改变。从这个角度看，如果不能对权力的本质进行反思，所谓父权子替与民主选举，本质上并无不同之处。可见，权力的核心问题不在于是否真正选举，自下而上，或自上而下等形式，而在于权力本身。房户营村村民鼓动同乡中学教师房国春挑头“倒阁”，房国春并未意识到他已不由自主地卷入其中，所以他失败了，并且失败地很惨。相比刘震云式的隐喻书，和关仁山的现实与历史的纠缠，刘庆邦显然别有怀抱，他既无意于解构或嘲讽，也并非仅仅在反思现实和历史。

二

在小说中，还有另一条线索，就是房国春的抗争之路。他先是被村民哄抬出来挑战村支书一家，而后演变成为自己的诉求上访，又被别的上访户鼓动，他的后半生都是在不断的上访和抗争中度过。近几年来，表现上访题材的小说日渐增多，官场类型（包括反腐题材小说和官场小说）之外，刘震云的《我不是潘金莲》（2012）、贾平凹的《带灯》（2013）以及刘心武的《飘窗》（2014）等小说都有涉及。上访或信访是中国现有政治体制和权力模式中的特殊现象，就其初衷而言，是为解决人民内部矛盾应运而生的一种制度性补充。但若从历史的渊源来看，上访现象中的自下而上的模式，带有中国古代权力结构中的拦轿告状乃至告御状的历史痕迹，其反映的是民众对朗朗乾坤公平世界的一厢情愿式的想象：寄希望于包公式的青天大老爷或上达天听以解决现实中的矛盾和不公正现象。小说中房国春的上访就带有了这样原乡式的想象，他不断的接二连三的上访，就是寄希望于某天某个大人物的明察秋毫，使问题得到解决。但终究，信访制度不同于古代告状的地方就在于，其虽可以逐级上告，但最终问题的解决却必须依靠低一级的权力机构（如县乡政府）。这是一种自下而上和自上而下的方式的结合。换言之，信访制度是现代官僚科层制度中的一部分，而非古代统治制度的现代传承。房国春看不到这点，他的失败不可避免。另外，房国春的悲剧性处境还在于，他的反抗和上访这一“能指”缺乏一个明确而稳定的“所指”，其对象不断变化，他的上访所指向的对象包括村支书、乡长、乡党委书记、学校的党委书记等“上告的对象越来越多，告状的雪球越贵越大。同时，他从反面获得了继续上访的新的动力，下面的官僚们这么不讲理，不上访真不行啊，不上访真的对不起党啊！”至此，他的上访就不再仅仅是为了现实诉求或利益，而逐渐演变为一种姿态和仪式，某种程度上就成为对整个现代官僚制度的反抗的象征。这里需要看到，房国春的上访，也是一种德里达意义上的“延宕”。当上访的对象不断变化和游移，上访成为一种姿态时，这时的上访显然已经距离其原初意义上的公平公正的诉求很远。从这个角度看，房国春上访的展开其实是对其上访行为的内在颠覆和解构。这与《我不是潘金莲》和《飘窗》等小说中的主人公的上访截然不同，而带有一种“后寓言写作”的倾向。

另一方面我们还要看到，房国春的思想中有一种浓厚的封建士大夫的“天下兴亡匹夫有责”的兼济思想。这一思想在古代并没有问题，但若放在当今可能就有问题。在古代，士大夫阶层是国家权力阶层的重要组成部分，兼济思想是内在于他们的群体存在的抽象，古代士大夫的兼济天下并不指向具体的个人：其天下并非天下人的天下，而只是儒家构想中的天下。房国春则不同。他只是一名现代民族国家中的教师，是现代性的社会分工下的专业知识分子。随着社会分工越来越精细，和现代科层制度的建立，人们往往只能各司其职，各务其本，房国春作为教师，他的本分被限定在教书上，是传道授业解惑，而不是其他。他不是权力阶层的代表，他的兼济思想就显得荒谬且荒诞了。房国春的悲剧正在于时代的错位及其身份认同的混乱。他以古代士大夫的抽象的人生信条加之于现代社会分工下的庞大而严密的技术社会，其悲剧不可避免。

但问题是，房国春为什么会这样的固执？他是否真的高尚？显然，他的人格和个人修养并不见得多么的伟大，他既非梁生宝、萧长春式的农民社会主义新人，也非《白鹿原》中朱先生那样的传统道德的化身，他的固执背后，是中国知识分子（士大夫阶层）的精神传统在起作用：传统知识分子的清高孤傲、自命不凡和精神上的优越感使他挺身而出，以身对抗现实。在当代中国，有些知识分子题材小说多从这个角度塑造知识分子形象。阎真的《沧浪之水》和刘醒龙的《天行者》都是其典型。在这些小说中，知识分子主人公常常依靠其背后强大的知识分子精神传统介入现实；以精神对抗现实，是这些知识分子现实困境及其宿命的重要根源。如果说对于《天行者》中的乡村知识分子（民办教师）而言，知识分子精神传统还多多少少是他们安身立命的前提——他们非工非农，不如此不能显示自身的存在价值的话，那么对于房国春而言，知识分子的精神传统则是自我虚妄中的自负和自大。民办教师作为乡村社会中的边缘群体，他们必须依靠知识分子的精神传统以获得身份上的认同和自我的定位。房国春则不同。他作为公办教师，处处觉得高农民一等，这一优越思想是他被鼓动起来的内在原因。他自认为可以为村民“代言”为苍生立命，就像古代的兼济天下的士大夫阶层一样，但他其实是充当了村民权力斗争的工具而不自知，其荒谬可悲之至，让人扼腕！

在这几部小说中，《沧浪之水》尤其具有象征性。小说中，主人公（也包括作者叙述者）在想象中虚构预设了一个知识分子精神传统同现实的尖锐对立，知识分子似乎只有在同现实的对立并对其展开的批判中才能显示自身的存在，这样一来，主人公在现实面前的连连挫败就不可避免，而其要想改变厄运，就必须摆脱自身的精神传统的束缚：其主人公迟大为最后官运亨通也是其义无反顾的抛弃知识分子精神传统的逻辑结果。小说正是从这一结构框架表现知识分子的困境及其悖论。对于这些小说而言，其象征意味正在于预设了知识分子的精神上的优越性及其同现实的格格不入，似乎不如此，就不能显示知识分子的合法性。但这样一来，其实也就置知识分子于不可挣脱的困境之中：知识分子注定了要为现实所不容，知识分子也不可能真正与现实对接。以此观之，《黄泥地》展现的与其说是房国春同现代官僚制度的矛盾，毋宁说是知识分子精神传统同现实语境的矛盾对立。

事实上，这也是一直困扰知识分子写作的难题所在。虽然说强大的精神传统的存在，使得知识分子并不总能很好且没有障碍地认取现实，但也正是这一矛盾，某种程度上构成了知识分子题材写作的张力结构，始终制约着知识分子们想象现实介入现实的方向与程度。就其与现实的关系而言，也大致形成了几种模式，它们主要有介入型（“干预生活”）、若即若离型、疏离型、融入型和隐喻象征型等。近几年来，知识分子写作又表现出了反思启蒙的倾向。思想启蒙所指向的某种程度上就是现实批判。现实诚然有各种问题，但我们的知识分子写作如果仅仅停留在批判或简单的启蒙、救赎等层面，这样的现实叙述并不能解决任何问题。

刘心武的近作《飘窗》很有代表性。刘心武是新时期以来率先高举知识分子启蒙者大旗的作家，其主人公班主任张俊石那句“救救被‘四人帮’坑害的孩子”（《班主任》）让我们想起了鲁迅“救救孩子”的大声呼喊。但也是刘心武，在经过了几十年来的社会思想启蒙的探索思考之后，在《飘窗》中开始重提启蒙的反思的命题。在这篇小说中，刘心武试图告诉我们，启蒙者如果以高高在上不介入的姿态（飘窗的位置）俯视众生，这样的启蒙其实是苍白无力且不具备现实的阐释力的，其既不真正理解阐释中国当前的复杂现实，也不具备真正向现实提问的能力。《黄泥地》虽然没有提出反思启蒙的命题，但其从知识分子的虚妄的想象入手探讨知识分子的无力无能及其失语，却是让人警醒而震撼的。两部小说都提出了现实的阐释及其如何提问的问题。房国春以批判的高高在上的视角看待现实，其实是距离现实很远。他被一种虚妄的知识分子的精神传统支配，既不了解事情的来龙去脉，也缺少真正认识现实的勇气，从这个角度看，他的失败不仅仅是个人的失败，而毋宁说是知识分子精神传统的失败，是知识分子传统面对现实失去阐释、分析、判断能力的失败。房国春的悲剧在于，他并不是活在现实生活中的人，既不懂得乡土社会的村情、世情和国情，也不懂得现代社会的权力制度的复杂性。他以他的精神世界对抗现实的强大，其失败不可避免。小说以房国春的悲剧告诉我们，面对现实，知识分子首要做的不是批判或批判的姿态，而是分析、阐释并提出自己的真正的问题。知识分子如果失去了针对现实的提问题的能力，其存在的合法性其实是很可疑的。小说正是从这个意义上，向我们提出了现代知识分子的现实位置问题。

三

虽然说刘庆邦的乡土小说多有批判现实及历史的地方，但其更多的还是在思考乡土在现代的转型中的命运及其宿命。他的小说中的乡土，综合起来，常常呈现为一种分裂的景观。要么就是《遍地白花》和《梅妞放羊》等之类未受浸染和侵蚀的乡土，全然看不到现代世界的光芒。要么就是像《到城里去》那样，不懈地做着“进城”的梦，再就是苦难、野蛮和封闭，如《遍地月光》和《平原上的歌谣》等。这样一种多面的乡土景观，彼此各不相同，显示出乡土的不同侧面。但乡土真的容许不同侧面呈现吗？其实在这些小说中，刘庆邦一直在思考着一个命题，那就是乡土的现代转型及其宿命。随着城镇化运动的加快，传统乡土不复存在，乡土已成为城市文明的附属存在，在这种情况下，乡土的意义何在？其意义又如何呈现？

刘庆邦的小说很多都有题材上的开拓，像《平原上的歌谣》直写三年自然灾害，《遍地月光》写地主阶级在“文化大革命”中的命运，等等。但题材上的拓展并非刘庆邦小说的主要价值，其主要价值还在于写出了乡土农村在现代社会中的不可逆转的宿命及其悖论所在。《遍地月光》中金种的最后一次还乡，虽然是作为结尾一笔轻轻带过，但其实是点睛之笔。金种虽作为改革开放后最先来到城市（县城也是城市的一部分）并首批获益的象征，但其回到乡土却不被认可。这样一种错位，当然是金种悲剧性宿命的隐喻，但其显示出来的却是城乡对立框架下的悖论所在。乡土农村观念的顽固虽然显示出金种的宿命的强大，但其实也从反面提醒着金种：“到城里去”，“到城里去”，不要回头。刘庆邦以金种的不可改变的宿命象征了乡土农村的观念的强大，却不期然间把金种推向城里：乡土的颓败势所必然。而这，恰恰是其另一著名中篇《到城里去》表达诉求。到城里去，不被城里人接纳，而回到乡土，乡土也不认可。这就是金种式的宿命，是处在城市和乡土的边缘人的尴尬处境。

这样一种尴尬既造就他书中主人公的悲剧性的命运，也内在地形塑了他的主人们的倔强性格。这可以说是互为因果的关系。正因其尴尬，他书中的主人公才要抗争、才显得执着，但也正因为其倔强，又导致他们的悲剧性的宿命的延续。金种的一而再再而三的出逃如此，宋家银（《到城里去》）的漫漫进城路如此，《黄泥地》中的房国春的不停地上访也是如此。但正是这倔强的叙述，显示出刘庆邦的独特的思考所在。倔强在他的小说中，从两方面显示出其存在，一是对所处现实的不满，一个对自身内在信念的执着。刘庆邦以其倔强的主人公的形象显示出其对现实的批判，但又不局限于此。对于现实主义题材小说而言，要做到对现实的批判并不难，难就难在批判之后的思考和真正有效提出问题的能力。余华的《第七天》和盛可以的《野蛮生长》，就其对现实 / 历史的批判力度而言，确实尖锐，但小说的写作如果仅止于新闻事件的集锦式的显现、并置或倒影，其与新闻报道之间并无本质的区别。刘庆邦虽然在这些小说中并没有有效地提出问题，但他却通过这一倔强的形象呈现出了历史发展的“势”之所在。倔强的形象的意义正在于彰显其背后的推动力的内涵。推动宋家银的是中国现代化进程中的城乡差距及其两者间的内在冲突。对于金种而言，其内在的矛盾则在于他认识不到历史激荡的时代（如继续革命的激进现代性进程）自己争取主宰自己命运的不可能。同样，对于房国春来说，他的悲剧则表现在坚硬的现实面前他过高估计了自己的能力，以至于一败再败。房国春所面对的并非个别官僚，也非愚昧的村民，而是现代权力机制、利益考虑以及人心的冷漠所织就的无形的网，他被罩在其中，如陷入雨后的“黄泥地”一般，无力无能且不可挣脱。

而这，其实也提出了另一问题，即固执背后的对自身困境的反思的可能。宋家银和金种们认识不到其背后的历史推动力，所以只能被动前行。但房国春则不同。他是知识分子，他的固执和倔强表明他实际上缺乏对自身信念及行为的反思。他被情势推动，却不自知，他的悲哀乃至悲剧，从这个角度看，就不仅仅是他自己的，而毋宁说知识分子乃至人类命运的象征。他不仅不自知，还以此教育子女，对待妻子，以至于无形中充当了历史情势的独裁者和实践者的角色。他的家庭，没有任何温情可言，有的只是知识分子的精神上的不近人情的高傲倔强。他的儿子房守良，从小被他打骂、苛责，以至于主体性丧失，而变得懦弱不堪；妻子则始终处在他的精神的优越性的笼罩下，作为一种附属性的存在，过着一种隐身人的生活。可以说，这是一个被知识分子的精神传统严重异化以至于达到对日常生活的压制、改写的形象。日常生活与精神传统的“偶合”使得房国春及其家庭严重分裂。自己的世界中既没有日常生活，而又在现实世界中另辟出一个精神传统的存在，自己寄寓其中。这是一种双重意义上的自我阉割：以精神传统阉割了日常生活，又拒绝进入现实日常，其结果可想而知。

房国春虽然说代表了“传统乡村文化”的可贵的方面，但他既不了解中国的复杂现实（乡村现实），也缺乏反思反省的能力，其走向个人乃至家庭的毁灭并不是偶然的。小说以他的悲剧性命运的书写，其实是提出了知识分子面对现实的有效发言（而非仅仅质疑）及其反省反思的命题，从这个角度看，其与刘心武在《飘窗》中提出的知识分子启蒙角色的反思的命题有彼此呼应暗合之处。两部小说都提出了知识分子如何面对当前现实语境并安置自身的问题。这是摆在当今知识分子面前的亟待解决的难题，不容回避。

《黄泥地》中的房国春，显然是费孝通意义上的传统“乡土中国”社会中的社会贤达，但他所处的却是现代意义上的现代性乡土社会。这一时代的错位，纠缠于权力的斗争、知识分子的精神传统及其同现实问题的复杂关联中，使得小说格外具有症候性。现代转型中的乡土社会，其所面对的不仅仅是权力的更迭，人事的变迁，更是观念的更新，和人的宿命的重现，刘庆邦在这部小说中以乡土型知识分子房国春作为主人公，显示出来的正是作者自身对这些问题的理解、困惑和深入的思考。从这个角度看，这也是“乡土中国”向“现代中国”转变的寓言式书写及其表达。

第三节 城乡二元对立的全球化想象及其悖论

东西向来有自己的文化上的自觉，他始终在一种看似悖论的“走出南方”的南方写作中展开他的思索。正是基于这样一种自觉，在《篡改的命》这部长篇新作中，东西尝试在一种独立的封闭的南方语境中来表现这样一种全球化时代困扰中国农民的命题：当空间上的流动已经不再成其为障碍而且变得十分便捷的今天，空间上的差异及其存在的意义何在？这部小说中虽然表现的是城乡之间的文化冲突，但其展现的却是全球化时代或进程中的区域文化认同这一复杂问题。

一

小说讲述的是一个名叫汪长尺的农村高三毕业生因高考填报上的“幽默”和“失误”而导致人生命运的不断受挫，以至于到最后，为彻底改写这一农民的出生及其带来的逆境，不惜以自己的生命为代价去换取下一代命运的重写。就汪长尺的努力的结果来看，显然，他是成功了。他不仅成功“篡改”了儿子的命运，也顺带“篡改”了自己的后世。真可谓一举两得！

诚然，小说中汪长尺改变自身及下一代命运的努力和执拗让人感动甚至触动，但也让人不禁感叹和疑惑：农民的出生就真的卑微，而非要改变吗？假使汪长尺真的考上大学走向城里，其结果又会怎样？就历史的角度看，汪槐的城里人情结无疑是长期以来形成的文化上的城乡差距造成的。“到城里去”在文学史上也并不是什么新鲜的话题。诸如徐改霞（《创业史》）、田留根（《苍生》）、孙少平（《平凡的世界》），到宋家银（《到城里去》）等，这些都是“到城里去”的农民的典型。但让人悲叹的是，他们的“到城里去”的路艰难曲折，他们不断地在城乡之间游荡、徘徊，所谓“还去来”，他们代表了以招工或打工的途径进入到城里去的农民的典型。这是汪长尺的父亲汪槐所竭力阻拦汪长尺的地方。对于汪槐而言，“到城里去”的最好途径是通过考上大学而进入。但通过考上大学进入城里，就真的能够成功并进而获得城里人的认同吗？方方的《涂自强的个人悲伤》和孙频的《同体》、《假面》与《无相》让我们看到，对于农民而言，走向城里，并不像汪槐想象地那么容易，以为考上大学就可以毕其功于一役。这条路事实上十分漫长！

即使如此，《篡改的命》还是提供了很多新的思考。这样一种思考集中表现在作为农民的原罪意识以及成为城里人的文化自觉上。对于东西书中的主人公们而言，成为城里人，首先意味着一种文化身份，而不仅仅是在城里站稳脚跟。因此，在汪长尺身上集中体现了前面提到了两类人 —— 通过打工和读大学而改变农民身份 —— 的命运的象征。他最开始也想通过高考走向城市，但他的这一梦想还是破灭了。这一破灭不是因为他填报志愿时的“幽默”，也并非他不努力，补习一年更比一年差，而是因为他的高考梦被招生制度中的腐败现象给生生掐死。因此，对于他那样一个没有背景的农村高中生，要想走向城市，就只剩下打工这一条路可走。他意识里的作为农民的原罪意识被父亲汪槐的一跳（跳楼）而激起，但又没有正常的渠道摆脱，其悲剧性的结局不难想象。事实也是如此。汪长尺有头脑、善钻营，能吃苦，就此而论，他的走向城市之路并不必然一直都是很失败的。其间虽然遇到讨薪、摔伤等挫折，但经过他的不懈努力，他还是获得了一定的成功，他学会了漆匠这门手艺，以他的这一手艺，奋斗几十年并非没有可能改变自己的命运，并在城里站稳脚跟。那他为什么还要不惜一切代价地要“篡改”儿子汪大志的出生呢？这只能说是原罪意识在作祟。成为城里人，对于他是一种信念和价值判断，而非事实考量。汪长尺的命运的悲剧性根源正在于意识到，他能改变的只能是自己的后天的命运（诸如经济地位等），对于他的先天出生（他终究是农民出身）他却是无能为力，也不可能有所作为。

但无论如何，汪长尺又是自觉的。他不想重复他父亲的命运，他也不想发生在他身上的悖论，延续在后代身上。但正如作者在后记所说：“汪长尺不想重复他的父亲汪槐，就连讨薪的方式方法他也不想重复，结果他不仅方法重复，命运也重复了。”[①] 可以说正是这一可悲的重复使他幡然醒悟，如果不从根本上——也即出生上——改变，他儿子的命运也将是他的命运乃至他父亲的命运的重复。他十分清楚，即使他在城市里站稳了脚跟，但他作为农民的文化身份是无法改变的，他的儿子也不可避免地永远打上农民的儿子这一文化烙印。正是基于这种考虑，他才不惜以自己的身体的死亡（跳河）来换得儿子命运的改变，因为只有这样他儿子的农民身份才能彻底抹消。显然，从汪长尺的这一“惊人之举”中让我们看到了他对农民身份的深深绝望。他虽然不一定意识到城乡之间的对立冲突，既是长时期的历史造成的，而且也不仅仅是一种经济、政治地位的对立，它还是一种文化上的冲突。但他坚决而艰难地选择了把亲生儿子送给有根基的城里人已显示出了这一点。汪长尺的行为虽然荒唐，但这背后却是历史数十年来形成的积淀所致。在他身上，城乡之间长期形成的对立以一种迂回也更彻底的方式显示出其不可化约的存在。从这个意义上，东西的《篡改的命》显然比前面提到的作家的思考有更进一步的探索。某种意义上，这也是身处南方的东西所特有的思考。

二

在东西此前的文学写作中，空间上的全球背景，使得他的主人公们往往

① 东西：《篡改的命·后记》，上海文艺出版社2015年版，第311页。

具有了全球化的维度。《伊拉克的炸弹》中，通过电视，中国南方的一个偏僻的村庄（谷里村）同万千里之外的伊拉克战争发生了联系。《目光越拉越长》则把农村小孩马一定被拐卖的命运放在柳州和全球化大都市广州这样一个空间关系中表现。就时空关系的角度而论，这两篇都是一种开放结构式的小说，但在《篡改的命》这一小说中，东西则采用一种完全封闭的方式，主人公们虽往返于乡村、县城和省城之间，但其实只是重复乡村和城市之间的空间位移。这样一种封闭空间的故事，某种程度上决定了这是一部具有高度隐喻和象征的小说。

对于这种象征性，不能只从城乡之间文化冲突的层面加以理解，因为城乡之间的文化冲突并不仅仅指涉城乡二元对立的传统模式，它更是多重矛盾的显现。就汪长尺的决绝及其悲剧而言，他的命运的艰难所显现出来的，不仅仅是一个文化认同的问题，更是一个全球化时代深层的结构性问题。城乡之间的地位上的不平等，并非只是城乡间的二元对立所造成的，其背后不仅涉及一系列诸如现代 / 传统、文明 / 愚昧、西方 / 中国、进步与落后等等二元对立间的纠缠，更是全球化进程中的中心化与边缘化双向趋势下的文化冲突的反映。在这里，多重矛盾在两代人的身上以一种象征的方式呈现。

小说中，黄葵的失败（被杀）同汪长尺的悲剧之间具有某种同构性。他们是高中同学，都想走出一条不同于父辈的路，最终却发现他们的命运其实早已底定，容不得“篡改”。就像黄葵，虽打出的是具有全球化气度的公司招牌“环太平洋贸易公司”，其实所从事的仍不过传统意义上的投机倒把抑或黑社会性质的帮会。在这里，黄葵的失败，显现的是《伊拉克的战争》中的主人公的失败：他们以为在小县城或偏远的农村，通过电视的观看或名称的变化就能获得全球化的想象，其实不过是虚妄。全球化虽造成全球范围内的“同质空间”的文化想象，但更是空间的差异、等级及其不平等的表征。他们看不到这一点，故而只能以失败告终。这一悖论对于汪长尺，也同样如此。他一厢情愿的以文化人的身份想象自己是一个城里人，却发现这背后横亘着数十年来形成的鸿沟。他不想重复父辈的老路，却发现方式方法不同，结局却是一样。

就汪长尺而言，他的进城史既不同于他的父亲，也不同于他们村里的其他村民比如张惠。对于张惠而言，她的进城史就是通过赚钱而成为一个具有城市户口的城里人的过程，而对于汪槐来说，进城则更多为了光宗耀祖（当干部之类）。进城对于他们，往往只是空间的转换，而随着户籍制度的改革，这一差距实际上已越来越不明显。汪长尺的进城史则具有另一重含义。他以一个知识文化人（高中毕业生）的身份进入城市，却只能作为一个体力劳动者显现。这样一种落差，决定了他以文化人的身份想象自己是一个城里人的虚妄：城市接纳他或者说赋予他的，只是他的体力劳动者的身份，和对他作为底层的有距离的审视。对于汪长尺而言，他的痛苦都源于他的知识身份和体力劳动者的差距，他虽有意区别于父辈或同辈那样的打工者，但仍只能承受他父辈那样的打工者的遭遇，某种程度上说，身份意识的觉醒成了他的痛苦和悲剧命运之源。这时，他才深刻地认识到，只有改变文化上的身份差异，及其背后的不平等，才能是最终意义上的农民身份的改变。

从汪长尺的身上，我们看到空间上的差异造成的文化认同的差异，并没有随着城乡一体化时代的到来而消弭。全球化的进程虽然带来了人们之间空间上的距离的日渐缩短，但却改变不了这一因空间差异而造成文化认同上的深刻冲突；实际情况是，随着空间距离的日渐缩短，这一文化认同上的冲突反而可能被凸显和放大，因为当空间上的隔离明显时，文化认同上的差异反而可能被遮蔽。这样来看，就会发现，在汪长尺身上，农民的身份同南方之间具有某种同构性。在他的身上，体现了作者对农民 / 南方在全球化时代的共同宿命的认知及其困局的思考。所谓走不出的“南方”的命运，其症结就在于这空间差异背后的文化认同上的困境。随着全球化时代的节奏以几何数字的方式递增的，是这背后长期以来形成的文化认同上的差异这一命题的缓缓衍生和持续发酵。汪长尺妄想以一种断裂式的方式实现这种突破，其实是更加凸显了这种差距的鸿沟：他能“篡改”他儿子的命运，却无法抹去这数十年来因空间上的差异而形成的文化认同上的裂痕。在这里，全球化进程的“快”与文化认同的“慢”之间构成一种张力关系。这或许就是作家东西在后记中所特别强调的快与慢的辩证关系吧。“快”的节奏下虽然会滋生出新的一系列问题，但同样，其表象下老而又老的“老生常谈”也会重现甚至被凸显放大。

第四节 全球化进程中的乡土寓言写作

作为《上塘书》的姊妹篇，虽然说《后上塘书》（《人民文学》2014年第11期）中可以看出作者孙惠芬的一贯思索和叙事风格，但其所指涉的问题却非这部长篇所能解决。这部小说与关仁山的近作《日头》（长篇，2014）一起，再次提出了一个让人警醒而不可回避的问题：当“原乡”意义上的家园不再或面目全非时，如何返家的问题。对于这一困境，研究者在谈到孙惠芬的《吉宽的马车》时早有察觉。“家园丢失了，而眼前的城市又不是他们的，如此，他们被城市和乡村撕扯着，被记忆和现实折磨着，被不同质地的文化塑造着。于是，不断地有人踏上回乡的路，不断地有人迈上进城的路，当然也有人不断地候鸟般定期往返，而另有一些人，他们走在城市的街上，却踩在乡村的道上。”[①] 这一问题与新时期以来中国农村的全球化、城市化进程及其新一代农民企业家发家致富后的自我救赎等命题彼此勾连缠绕，使得故事情节原本并不复杂的两部小说具有了某种隐喻和象征的色彩。从这个意义上讲，《后上塘书》和《日头》或可理解为全球化时代乡土叙述中的总结之书和精神上的反思之作。

一

通过比较孙惠芬和关仁山的乡土题材小说可以发现，他们的小说中都有一个普遍存在着的离乡与返乡的结构。离乡和返乡的结构，在中国自近现代以来的小说创作中并不鲜见。鲁迅、沈从文、贾平凹、路遥等代表了其中的几种重要倾向。对于鲁迅式的乡土写作而言，这一返乡结构中因为内在地糅合了中与西、现代与落后、文明与愚昧等多重二元对立的纠缠，及其启蒙诸命题的投射烛照，其主人公的返乡之旅因而也显得格外悲凉慷慨“沉郁顿

---

① 韩春燕：《在街与道之间徘徊——解析孙惠芬乡土小说的文化生态》，《当代文坛》2008年第1期。

挫”；另一类则是沈从文（如《边城》）和贾平凹（如《秦腔》）的原乡（愿乡）式的乡土写作，其虽很少直面或写到城市的现实场景，但因有了城市作为“他者”的参照对立，这一乡土往往又会成为一种隐喻。这些乡土写作虽不免受到城乡二元对立结构的限制，但其却主要是作为隐现的“潜在结构”存在，城乡的诸种对立并不能真正得到呈现。此外，还有一种乡土写作，如刘庆邦的《到城里去》、路遥的《人生》、铁凝的《哦，香雪》、罗伟章的《我们的路》以及方方的《涂自强的个人悲伤》等，这些小说都写到了“到城里去”或正准备“到城里去”的乡土子民们的故事，但对于这些故事而言，不管是未去或去而未成，这一“到城里去”的历史进程都因主人公的“执拗”而被赋予了“单向度”的象征意义：或者作为期望，或者作为无望，城市都一再显示出其作为乡土对立面的存在。乡土的主体性始终不能得到呈现。孙惠芬和关仁山的乡土叙事与这些都不尽相同。

对他们的小说叙事而言，这一返乡有多重指向，一重是外出打工的农民们候鸟式的离乡和返乡的交替，一重是外出打拼获得成功后的“英雄”主人公们的精神上的返乡，一重是历尽繁华或浮华后的回归乡土。就第一种情况而论，这一种离乡 / 返乡的二重结构联结着农民们进城之旅中所饱受或备尝的希望、失望、屈辱、挫败和无可奈何等多种情感的交织，这一相关叙事作为全球化进程中的乡土叙述和“底层写作”的重要部分而显示出其特定时代的意义，其对于认识全球化进程和城镇化进程之于中国乡土农村的巨大影响具有不可替代的思想史价值。对于孙惠芬和关仁山的乡土叙事而言，这一种离乡 / 返乡的二重结构虽至关重要，但却并非他们的关注中心。这一结构作为背景、前景或前史，为主人公们的粉墨登场、演绎他们的人生传奇提供或泼洒了必不可少的参照和底色。就此而论，这一结构下的人物形象们常常充当的是主人公们的配角与衬托，他们就像星云一样环绕在主人公的身边，大多都是些无名无姓的角色，甚至只是作为“到城里去”这一历史进程中农民命运的象征符号出现。他们有吉宽的大哥、二哥、三哥、鞠福生、鞠广大等（孙惠芬：《吉宽的马车》）、麦圈儿（关仁山：《麦河》）、老轸头的儿子猴头和孙子大跳（《日头》），张十四、王月（《后上塘书》），翁正安、张老大（孙惠芬：《歇马山庄》）等。

这样一些人物形象在小说中必不可少甚至可以说不可或缺。因为作为农民进城的失败的象征和代表，他们以他们的失败启事或警示着跃跃欲试按捺不住的乡土男女们：不要盲目跟风，城市并不像想象中的那样友好而充满机会。但也恰是这种不由自主的“到城里去”的冲动，其背后所显示的是那不为人力所能改变的社会历史进程。可以说，正是这一潜在的二重结构或者说历史进程下某种不可改变的个人宿命，推动着孙惠芬和关仁山们在努力思考新的社会时代中中国农民的出路问题。他们的小说明白无误地告诉我们，走向城市显然不是中国农民的最佳选择。对于中国的农民而言，其不仅要跨越现实中和经济上的成功，还要面对这背后潜藏着的知识、文化背景上的巨大差异。在这方面，山西女作家孙频有她独到的展现，她的小说《同体》、《假面》和《无相》等对城乡二元对立结构下的文化冲突的表现惊心动魄让人不忍卒读。

那么他们的出路何在呢？孙惠芬和关仁山这几年来的小说一直在思考这个问题。一种是以《歇马山庄》（孙惠芬）和《九月还乡》（关仁山）为代表。立足农村大力发展乡村经济，但这其中的难处十分显见。另一种就是引进外来资金，但其对于乡土经济的推进也并不像想象中的那么简单，《天高地厚》和《白纸门》（关仁山）中对此有过探索，韩国客商和日本客商的到来，既没有带来明显的经济效益，相反却加重了对农民的掠夺。在这种情况下，只有先走出去，成功后再回乡参加对家乡的建设，或许是一条可行的道路。借用孙惠芬形容自己的话说就是“从乡村到城市”和“由城市到乡村”的“两个阶段”的结合①。他们小说中所谓外出打拼获得成功后的“英雄”主人公们的精神上的返乡，和历尽繁华后的回归乡土，就是在这个意义上显示其独特价值。“到城里去”只是一个过程而不是目的，这是关仁山和孙惠芬的小说所不同于当前很多乡土写作的地方：他们小说的主人公们“到城里去”往往是为了更好地返乡。但问题随之而来。乡土农民如何才能走出去并能获得成功呢？他们成功后的返乡具有什么向度的意义？

① 张赟、孙惠芬：《在城乡之间游动的心灵——孙惠芬访谈》，《小说评论》2007年第2期。

二

孙惠芬和关仁山十分清楚，农民走向城市之旅并不平坦，其大多只能以失败后的返乡结局。要想成功，必须付出超常规的巨大代价。这就必然涉及乡土叙述中的“原罪”问题和自我救赎如何展开的宏大命题。关于乡土叙述中的“原罪”问题，很多作家都已有深刻认识并有探讨。阎连科在这方面有他独到的表现。虽然说他的小说常常不免因为其中的隐喻色彩而显得“真实性”不够，但也正是这一隐喻或寓言特征，使得其提出的问题格外突出而不容回避。《日光连年》和《炸裂志》是这方面的两种倾向。前者（《日光流年》）以蓝四十和司马藤“到城里去”用出卖肉体的钱输送给村里用以修渠以拯救村庄，但即使这样，三姓村修渠行为终究是一次无果的事件：引来的渠水臭不可闻，三姓村的村民仍无一幸免皆活不过四十。虽然说这一“预设”看似有些荒诞或荒谬，但其作为一种宿命式的存在似乎在告诉人们：乡土农民们无论做出怎样的努力，农村社会的落后现实一仍其旧不可能有根本的改变。从这个角度看，蓝四十和司马藤的付出就像一场献祭式的仪式，其献身（蓝四十因得性病而暴死）并没有换来涅槃式的重生，小说中悲剧式的反讽意味十分明显。后者（《炸裂志》）则以靠扒途径火车上的货物而迅速致富的“炸裂村”的传奇隐喻现实中国的掠夺式发展。显然，这一写作尽管带有极浓厚的文化政治色彩，但其提出的问题却有其现实针对性，即农村（某种程度上就是乡土中国的隐喻）的掠夺式发展中的“原罪”问题。两部小说虽然带有象征色彩而不能从现实主义的角度加以阐释解读，但其提出的农村发展中的两种倾向却具有现实指向的意义，一种是指向自身的献身或献祭（出卖肉体），一种是针对外界的掠夺。这都是一种超常规或杀鸡取卵式的发展模式，其与生俱来或携带的“原罪”问题令每一个严肃的作家皆不能回避。从这个角度看，孙惠芬和关仁山的乡土叙事，与阎连科的乡土小说有其内在的关联处，但与阎连科不同的是，他们的小说是沿着现实主义的道路发展而来，因而也就别具现实的广度、深度和力度。

就孙惠芬和关仁山的乡土男女青年主人公们而言，他们走向城市之路是不一样的。如果说男人们通过个人奋斗还能成功的话，那么对于女性而言，她们的成功则更多注定了只能以肉体的沉沦为代价了。就其笔下的女性叙事而言，他们的小说提供了女性进城的几种想象方式。一种是《九月还乡》和《天高地厚》中那种偶然成功的模式，即通过给城里人做保姆，偶然的原因用所得工钱买股票而积累起第一桶金。但这样的想象方式，就连关仁山本人也感到苍白无力。这种无力感在他的《麦河》中有最明显的体现。小说中桃儿和麦圈儿的遭遇——麦圈儿的跳楼和桃儿的跳河——最鲜明地诠释了这一点，她们的进城之路充满血泪、创痛和屈辱。这一种想象方式在他们的小说中最为常见，孙惠芬的《吉宽的马车》、《天河洗浴》（小说中的女主人公吉美）等，都是如此。

《吉宽的马车》中的许妹娜和黑牡丹是两个具有象征性色彩的形象，某种程度上代表了乡土女性走向城市的两种道路。许妹娜想通过嫁给城里人（但其丈夫仍旧是农民，是成为城里人的农民）的方式，以摆脱农村生活的苦境，但她发现并逐渐明白，这一“交易式”的婚姻于她不幸福。可当她毅然离婚，想回到她的恋人的怀抱时，他的恋人吉宽却并非毫不犹豫地接纳她。“痛定思痛”后她决定放纵自己。小说中她的再一次毁灭和沉沦，格外让人震惊。黑牡丹是另一种典型。她一开始就是以自己的身体的沉沦换来城里生活的安定，其虽伤痕累累，付出巨大，并一度身陷囹圄，但最后换来了成功。这一成功里显然有太多的可圈可点之处，而她的名声特别是她在家乡更是臭名远扬。小说最后，一个返乡（黑牡丹），一个沉沦下去（许妹娜），显示了农村女性走向城市的两种命运：女性要想真正走向城市，并能站稳脚跟，仅靠身体的沉沦是远远不够的，在这当中，还要有手段，要有狡黠的智慧，以及感情上的决绝，黑牡丹具备了这些，所以她最后成功了。许妹娜没有，或者说不彻底，所以最终失败。对于农村女性而言，要想走向城市，爱情或感情最是靠不住的，许妹娜的失败某种程度上源于她的感情上的摇摆不定。关于这种无奈，关仁山和孙惠芬虽有表现，但似乎并不甘心。小说《麦河》中桃儿的死而复生就是一次涅槃的仪式，预示着乡土妇女可以通过这种堕落——毁灭救赎式的过程获得某种新生。而《吉宽的马车》中的黑牡丹，她的成功后的“华丽”转型也不妨看成涅槃的仪式，小说最后她的成功返乡，正是这一自我重生的象征。

相比之下，作家们笔下的乡土男人们的成功则要简明得多，也相对具有更大的现实针对意义。作家们深知，就当前的现实语境而论，一个乡土男性要想成功地走向城市，仅仅靠读书考取大学是远远不够的，方方的《涂自强的个人悲伤》（2013）最为悲切地表现了这点。如果说乡土女性走向城市是以被侮辱被损害为代价的话，那么乡土男人们的成功则更多或必然带有原始积累过程中的罪恶或邪恶。《麦河》中的曹双羊、《日头》中的权桑麻、《后上塘书》中的刘杰夫、《天高地厚》中的荣汉俊、《白纸门》中的大雄，等等。对于其中有些人而言，因为本质上的邪恶，如权桑麻或荣汉俊，他们到死都不会忏悔，但对于大多数主人公们如曹双羊、大雄和刘杰夫来说，他们在参与对农村的掠夺的同时，也会不时想到自身的罪恶并感到不安。这些人是孙惠芬和关仁山所一直关注的主人公，可以说，正是通过对他们的命运变迁及其自我意识的觉醒的表现，作家们在努力思考获得成功后的农民洗去“原罪”、脱胎换骨的可能及其途径。从这个角度看，这些主人公的成功，及其成功后的精神返乡，就不仅仅意味着衣锦还乡（像黑牡丹）或者涅槃重生，更是脱胎换骨、自我救赎和主体建构的完成。虽然都倾注于中国农村及农民命运的思考和展现，但对孙惠芬和关仁山而言，他们的叙述却有着明显的不同。首先，关仁山的农民发家史总是同农村中的家族历史、权力关系构成及其斗争联系在一起的，这使得他的小说往往能直面农村现实并注重在历史时空的交错中正面表现农民企业家的艰难发家史。孙惠芬则不同。她的小说也写农民的成功，但这一成功更多置于一种隐喻式的叙述和表现中。《吉宽的马车》中吉宽的“成功”似乎源于他的“傻气”，这与小说对这种执拗的“傻气”的张扬有关。或者要么作为一种前史，略去过程以一种结果的形式出现，刘杰夫（《后上塘书》）和林治帮（《歇马山庄》）即此。相比之下，孙惠芬更擅长于女性命运的表现，和她们内心世界变化的刻画（就像孙惠芬自己所说，“抒写人物心灵的历史，捕捉人物瞬间的情感变化”是她的“独特之处”[①]），她的小说中女性主人公的命运虽说也充满某种宿命或悲剧色

① 张赟、孙惠芬：《在城乡之间游动的心灵——孙惠芬访谈》，《小说评论》2007年第2期。

彩，但似乎更真实，而关仁山的女性主人公则要么理想化、简单化如《天高地厚》，要么则充满隐喻如《麦河》。两个人叙述上的差别，决定了他们的小说在农民命运表现上的两种倾向。一种倾向是，通过对成功后主人公的内心变化直接表现作者所寄寓的某种思考（孙惠芬《歇马山庄》、《后上塘书》），一种是通过直面人生命运的曲折变化来审视主人公内心的历变（关仁山《麦河》、《日头》）。正如批评家所言，“《麦河》的成功在于作家没有简单化地处理新乡土与新现实，而是始终把乡土、现实的复杂性与人的复杂性结合在一起进行审视，在对新型农民心路历程和精神历程的解剖中完成了对于土地蜕变和人的蜕变的双重揭示”[①]。两种倾向都力求表现新一代农民自我意识的诞生过程。

《麦河》中几次写到曹双羊的“灵魂与精神世界”的蜕变[②]，但这一蜕变与《歇马山庄》中对林治帮（曹双羊和林治帮都是农村中最早富裕起来的一批代表）的转变的写法明显不同。每一次成功之后，曹双羊都会来到瞎子三哥那里，他的蜕变的动力不仅源于自身的成功，还来自瞎子三哥的点拨。与关仁山的小说以行动推动人物命运的转变相比，孙惠芬的小说则多以内省指引主人公的内心变迁。《歇马山庄》中开头一场黑眼风（稻草被烧）彻底改变了林治帮：从自动提出辞去村长职务，到整日无所事事，乃至最后的彻底垮掉，都与他的内心的世界的变化有关。对于孙惠芬的小说主人公而言，其主人公的命运变迁不仅源于能力的大小，还与内省的有无息息相关。可以说，孙惠芬的小说主人公们（《歇马山庄》中的林治帮、翁凡书、月月、小青等，《吉宽的马车》中的吉宽、黑牡丹等）的命运某种程度上是由性格决定，而关仁山的小说主人公则多是行动决定命运。

《吉宽的马车》是孙惠芬的一部很有代表性的文本。里面除了表现黑牡丹的涅槃重生后的自我意识的觉醒外，还表现了吉宽的人生命运的巨变。他从一个农村的“懒汉”，到一个城市定居者（城市里站稳脚跟）身份的转变的过程，也是他的自我意识的觉醒并形成的过程。她的小说能写出主人公内心变化的细微，及其起承转合。孙惠芬写出了主人公们从自在自足状态向自

① 吴义勤：《新乡土史诗的建构——评关仁山长篇新作〈麦河〉》，《当代作家评论》2011年第1期。
② 参见王春林：《艰难痛苦的艺术蜕变——评关仁山长篇小说〈麦河〉》，《文艺争鸣》2011年第7期。

为状态的转变的过程。在这当中（典型如《歇马山庄》和《吉宽的马车》），虽不免常常显示出孙惠芬（叙述者）介入或人物分析的痕迹，一度使得小说中主人公的失真——故事的失真和农民身份的失真——但却相对完整地表现了一个人内心意识变化的全过程。这是孙惠芬小说的突出特点，它一方面使得她的小说文人气重或知识分子腔颇浓，但也带来意识的连贯、流畅、绵密而多变，不像关仁山的小说如《天高地厚》，其主人公梁双羊、鲍真等的思想意识的变化常常处于一种断裂的状态。这就是关仁山和孙惠芬的不同之处。一个注重故事情节的表现，一种侧重人物内心世界的探微，一个直面时代的变迁和人物命运的变动，一个回到内心探求人生的救赎，一个注重叙述，一个注重描写。合起来看，时代及其倒影在他们的小说中有比较完整地呈现。

三

这样来看，就可以把《日头》和《后上塘书》放在一起考察。某种程度上，《日头》是《后上塘书》的前史和序曲，而《后上塘书》则可以看成是《日头》的逻辑故事的延伸，这样两部小说合起来，就可以看成是“文化大革命”至今天中国农村的历变、农民命运的变迁及其精神发展演变的“心史”之作。

《日头》写的是权金两个家族半个多世纪以来的矛盾斗争过程及其在这背后呈现出来的如何保存家园的故事。这既是现代城市文明向乡土传统文明入侵的隐喻，也是现代机器向乡土土地一步步近逼的素描。农村家族矛盾是关仁山乡土写作的惯常角度，其所试图探索的却是这背后的乡土文明如何既被保存，而乡土经济又能得到长足发展的问题。就关仁山的大部分小说而论，《日头》中对这一矛盾冲突的展现是最为彻底也最为触目惊心的。权桑麻死后的遗骨，作为幽灵，飘荡在日常现实中日头村的上空，这也使得日头村的命运具有了某种宿命论的味道。权桑麻的遗骨，就像那不可化约的历史之残余或“剩余”，时刻提醒着人们历史的遗留之强大，足以影响并左右着现实中的人们的命运之变迁。如果说权桑麻代表的是权力、金钱和仇恨的混合，是物质性力量的强大存在的话，那么小说叙述者似乎更钟情于另一种神秘力量，即乡土传统文明的精神力量，所谓天启大钟、状元槐和魁星阁是这种传统的象征。小说中以围绕魁星阁的重建作为贯穿始终的情节线索展开矛盾冲突，正在于表达对当前时代物欲横流下精神萎缩的深深忧虑和思考。虽然作者作为叙述者也深知，任是谁都不能阻挡现代机器向乡土世界的一步步逼近，但通过魁星阁的重建终究让人看到希望：传统或精神可以超越现实与历史的束缚获得某种再生。魁星阁的重建正是这一再生的表征。从这个角度看，权桑麻之子权国金的蜕变某种程度上正是在这一精神象征力量召唤或感召下的提升：对于权国金而言，他的原罪（或罪恶）的逐渐洗去是以回归传统重建人生信念为前提的。

与《日头》中主人公权国金的忏悔源于权金两个家族间的矛盾冲突及他与火苗儿的感情纠葛这一外在 / 内在推动力的激发相比，《后上塘书》中则是通过突发“事件”的形式迫使主人公停下脚步反省自身从而获得自我意识的觉醒。有趣的是，两部小说都写到了神秘或宿命的存在，《日头》中的神秘是传统社会中的那种天人间的合一与应和，而《后上塘书》中的神秘则来自于对突发“事件”的阐释、解读和启发。对于这两部小说而言，神秘是主人公自我意识得以产生的重要背景和前提：神秘的无所不在警示并启发着主人公们。《后上塘书》中开头刘杰夫妻子徐兰的猝死使我们想起《歇马山庄》开头发生在林治帮家的那场黑眼风（稻草失火），虽然说两件事有大小轻重之别，但对主人公的影响都是巨大而深远的。一件事而影响主人公的巨大变化，这在孙惠芬的小说叙事中并不少见。《吉宽的马车》中素有“懒汉”之称的吉宽从拒绝城市到走向城市的突变，就源于小说开头吉宽和许妹娜的情变所受的刺激。但《后上塘书》与作者的前几部小说又不太相同。这一不同表现在，《后上塘书》中情节的推进十分缓慢。在这部小说中，情节的缓慢推进，是与主人公的内心自我意识的觉醒相伴始终。在这之前，他一心想着发家和赚钱，忽略了妻子徐兰。徐兰的死，让刘杰夫猛然警醒。让他停下脚步，四顾环视。在黑格尔看来，怀疑主义是自我意识生成的必备阶段[①]，刘杰

① 参见〔德〕黑格尔：《精神现象学》，贺麟、王玖兴译，商务印书馆 1979 年版，第 136—140 页。

夫的自我意识的生成也经过了这样的自我怀疑阶段。对于刘杰夫而言，这一怀疑源于他妻子的猝死而引起的自我反省。这一猝死，在他的事业如日中天之时，因而对他的影响也是双重的。首先是放慢了扩张发展的步伐，另一方面也让他开始不断地反省自身。反省的过程随着妻子死因谜底的逐步揭开而同步展开；事实上，自我反省的展开和完成，某种程度上也有赖于妻子的死亡谜底地揭开：小说采取的是一种谜底不断延宕的方式，以促成主人公自我反省的持续发酵并底定完成。小说结尾，叙述者借徐兰大姐徐凤的口吻（书信的形式）表达了对刘杰夫反省后重生的期盼："为了子健（即刘杰夫和徐兰的儿子 ——引注），为了你身边的所有亲人，你需要获得重生。"① 这一"重生"当然不是物质层面的，其显然是指涅槃式的精神上的重生，随着这一重生而来的即所谓自我意识的诞生。

但这里，我们需要看到，促使刘杰夫走向"重生"的，与其说是对自己犯下过失所进行的忏悔，毋宁说是代获利者对"被侮辱和被损害的"表达的忏悔。小说在这里，采用的显然是一种可以称为"提喻"式的手法。

> 想知道凶手是谁吗？我今天就告诉你。但是，在告诉你谁是凶手之前，我得先讲讲我的故事。你必须先听听我的故事。你这样的人，永远不会关心别人的故事。②

这是徐兰死后，刘杰夫收到的四封"陌生人"来信的几乎相同的开头。小说借信之笔端，分别讲述了上塘人疯小环、小王屯人王吉阳、县剧团演员宋佳和徐兰的姐姐徐凤四个被牺牲被伤害的女性的故事。小说正是通过这四封信中故事的讲述推动着刘杰夫的内心的变化。有意味的是，这些人的悲剧人生并不与刘杰夫有着直接的关联。既然无关，小说为什么要借这些女人的悲剧式人生故事来启发刘杰夫呢？显然，这都是女人受伤的故事，徐兰的死与她们的故事间具有了某种同构关系。从这个角度看，小说其实是以五个女人的故事间某种暗含的逻辑来"启发"刘杰夫。其次，这些女人所受的伤害都来

① 孙惠芬：《后上塘书》，《人民文学》2014 年第 11 期。
② 同上。

自男性或者说男性社会。再者，这些人的故事及其所受的伤害都与城乡二元对立格局和资本的扩张密不可分，可以说，是资本的逻辑在推动这些女人的命运的转折。因而不难看出，这三个层面与刘杰夫并非没有关联。作为个人，他不是杀人凶手，但作为男人，他妻子的死，与他有莫大的干系，这是男性社会的逻辑所内在的决定的；而一旦这一逻辑同资本结合一起，女性就不仅仅要承受来自男性的伤害，更是常常不免成为资产（者）的牺牲者的形象。在这里，从个体，到男人，到有产者，显示了刘杰夫忏悔的方向和身份认同的转化，而这，恰恰是所谓“提喻”式的手法。按照海登·怀特的说法，与“换喻”和“隐喻”相比，“提喻则沿着另一方向运动，它将所谓显然是个别的现象整合为一个整体，这个整体的性质使我们相信，可以将个体理解为一个宏观总体的微观世界，而这恰恰是一切有机论解释系统的目标所在”[①]。换言之，小说在这里，正是通过“提喻“式的手法，表达了农民资产者成功后的自我反省和自我意识觉醒的自我救赎的过程。从这个角度看，小说《后上塘书》其实就是一部农民资产者的精神成长史诗。

四

这里，需要看到，农民命运的变迁及其精神发展演变是与城市化和全球化进程息息相关的，看不到这点，就可能忽视《日头》和《后上塘书》的时代意义及其内在悖论。他们的主人公走向城市，获得成功，并进一步向外拓展，而后回乡，开发乡村，流转土地，兴办工矿。乡土在一步步缩小，城市在一步步逼近。所有这些，其实都是全球化进程和城市化进程在中国乡土农村的叠加的表征。这一点，在关仁山的《天高地厚》中有极为明显而象征的表象。小说中写到因为加入 WTO（2001），美国麦子大量进口中国，导致麦子价格下滑，农民纷纷破产被迫外出打工的故事。但这一故事又是重叠在 90 年代末 21 世纪初的城市化进程中的原始积累的早期阶段，因而农民们的外出打工，及其他们自身所遭受的创伤，总是指涉或关联着 20 世纪末和 21 世

① 〔美〕海登·怀特：《话语的转义》，董立河译，大象出版社、北京出版社 2011 年版，第 84 页。

纪初的中国全球化背景中的处境。从这个角度看，孙惠芬和关仁山的小说中主人公们遭受的累累伤痕就不仅仅是他们自身的伤痕，同样，那些成功的农民企业家们所面临的问题也不仅仅是他们自身的问题。明白了这点，就可以重新思考《后上塘书》和《日头》背后的全球化和乡土化间的悖论关系。对于大多数的农民而言，他们的外出打工注定了悲剧性的结局，这一结局是全球化所内在决定的，只有那些少数人像刘杰夫、权国金、曹双羊才能获得成功。关仁山和孙惠芬都看到并写出了农民们外出打工的血泪艰辛及其打工之路的悲剧性结局，故而他们宁愿或希望他们的主人公留守农村，走出一条立足农村的发展道路。这一道路，在孙惠芬和关仁山看来，只能寄希望于那些成功后回乡的农民企业家。但对这些人而言，他们的成功背后又有资本原始积累所携带的累累罪恶（如刘杰夫、权国金和曹双羊），因而洗去他们的罪恶并获得一种精神上的重生就成为小说中必须处理的核心问题所在。因为只有这样，他们才能担当带领广大农民走向富裕的重任。故而对那些成功后的农民主人公而言，他们的回乡建设就不仅仅是衣锦还乡，更是罪恶洗去之后精神上重获新生的象征。从这个角度看，孙惠芬和关仁山通过对原始积累过程中农民企业家或资本家的精神上的自我救赎的展现所呈现出来的，其实就是对全球化时代中国广大农村发展道路的思考及其农民如何获得自身主体性的探索。

第三章　城市题材类

第一节　想象都市的形象与镜像

一

中国自古以来就是一个宗法制农业国家，文学的想象空间里虽然不时点缀有都市的繁华，但这一繁华背后仍旧是农业社会的精神形态居于其中。这样的都市景观，某种程度上仍是宗法农村 / 乡村的形态延伸。这一状态自近现代以来才有根本改观。这一改观在以鲁迅为代表的乡土小说流派中有极为反讽式的呈现。他们笔下的乡土景观，因现代理性之光的烛照而更显愚昧闭塞停滞落后，如此乡土景观反衬下的，其实是现代都市文明的灿烂与辉煌。在鲁迅前后，有更多的作者开始把文学想象的眼光放之于都市的星空，现代城市真正成为文学特别是小说表现中重要的文学意象之一。矛盾的《子夜》、老舍的《骆驼祥子》和巴金的《寒夜》等，都是其中最为著名的例子。而像现代海派的几代作家们，更是对大上海情有独钟，他们中的佼佼者如张爱玲，以及新中国成立后的王安忆，上海的形象在他们的笔下呼之欲出，长久活在读者的心中。

尽管如此，真正意义上的都市小说在现代中国仍不是很多。相比农村题材和知识分子题材的繁荣，其真可谓小观。这一状况，在 80 年代以来的中国，特别是 90 年代以迄至今，有了根本的变化。都市越来越成为文学表现中的首选对象。

二

新中国成立以后，现代都市小说一度销声匿迹，取而代之的是工业题材小说的出现。与之相应的，工业题材小说的主人公也从现代都市小说中的资本家、现代市民阶层一变而为工人阶级。虽然说，故事的背景仍旧是城市，但因为主人公群体以及表现主题的变化，城市也从生活消费的空间变为生产的空间：都市越来越呈现出单一性的倾向。萧也牧的《我们夫妇之间》（中短篇，1950）的意义，正在于其以形象的叙述手段表明了这一过渡。在这之后，虽有周而复的长卷《上海的早晨》浮出地表，但终只能在现代都市小说的当代变体的意义上加以理解，都市小说正逐渐走向历史的终点。

都市小说的“重出江湖”，是在80年代中后期。在这之前，工业改革题材小说延续地是十七年工业题材小说的传统，蒋子龙的《沉重的翅膀》、李国文的《花园街五号》、张锲的《改革者》、张贤亮的《男人的风格》都是这方面的代表。在这期间，较早把现实都市从生产的空间重新变为生活的私人的空间的，是刘心武的《钟鼓楼》（1985），以及在这之后的王朔，和以池莉为代表的新写实小说。随着这一批小说出现的，是现代城市多面性和丰富性的敞开，以及人性矛盾一面的幕启。在这一脉络当中，王朔的小说创作尤其值得注意。王朔的小说背景，虽然大都不脱现代都市景观，但这一现代都市早已不是昔日体制森严的机关单位，抑或意识形态的生产空间，王朔的小说最鲜明也是最彻底的一次嘲讽了现代体制及其代表的宏大叙事，体制外的都市空间从此获得立锥之地。这样来看池莉的当代都市景观，其小说中的芸芸众生“活着就好”的生活状态也就不难理解。池莉的小说，一方面表征了传统领导阶级——工人阶级——视角向下的一系列改变（其中如《来来往往》中的主人公康伟业所经历的体制内的改革到向体制外——下海经商——的转变，《烦恼人生》中发生印家厚身上的“烦恼人生”对理想的挤压，等等），以及“小我”从“大我”形象而来的蜕变，另一方面也预示并表明了新的欲望主体和市民阶层的诞生。可以说，正是池莉的小说，接续并发展了现代中国以来的市民阶层文学传统。

在这一文学都市空间的敞开中，全球化的影响最大也最为隐蔽而无形。路遥的《平凡的世界》虽然常被视为乡土农村题材小说，但因其主人公孙少平从农村到城市的空间位移，与全球化进程在中国的登陆之间恰成某种同步对应关系，仍不妨从都市想象在全球化时代中的独特处境这一角度加以理解。就全球化的意义而言，孙少平的形象所呈现出的“个人主义”话语，其意义正在于它“生产”出了一个个不安于乡村现状的农业“劳动者”个体，它使得中国数以万计的青年劳动者摆脱了土地的束缚，纷纷来到现代大都市，这显然为全球化的社会分工创造或提供了最大量的“劳动力”。虽然这种个体有其独立的自我意识，但是这种独立的自我意识也只是在全球化时代社会分工的意义上才能显示出其价值，即作为有一定文化的自由地等待被雇佣的劳动者这一意义上来。他辛辛苦苦从大山深处走出，来到黄原地区，不正是全球化时代的今天数以万计的打工者们的原型写照吗？他所遭遇的城乡“交叉地带”的问题，不也正是今天数以万计的打工者们还在经历的难题吗？

在这一脉络中，王刚写于90年代初的《月亮背面》和近期的《福布斯咒语》，是全球化在中国当代文学表现中的极好例子。同样，池莉的《来来往往》（1998）中康伟业所从事的跨国公司业务，也可以在全球化的视野中得到解释。这一文学想象，在新世纪前后出现的关于“底层文学”的写作（如曹征路的《那儿》和《问苍茫》）中再一次被强化；只不过，这一次的全球化想象，是被作为“底层”生产者的意义上被凸显，自此，全球化在当代中国的文学想象中更趋立体多面，非一句简单的判断所能道尽。而至于像近几年来方兴未艾的商场/职场小说，比如《杜拉拉升职记》等，其呈现出的全球化时代的都市景观，早已超出了传统文学所能想象的极限，另需去专门的研究。

三

随着都市空间的敞开，都市形象的独特面貌也日趋显现出来，在这当中，有关北京、上海、武汉和西安的文学想象尤为突出。在这之前的都市题材小说中，都市形象的特征并不明显，其作为生产的空间往往在城市风貌上具有趋同性，这在80年代的城市电影中有极为形象和集中的呈现，典型的有《都市里的村庄》、《逆光》、《邮缘》、《街上流行红裙子》、《快乐的单身汉》、《笑比哭好》、《血，总是红的》、《邻居》、《雨后》等。

城市性格在小说中可以是城市地标的呈现，这在池莉、王朔以及陈丹燕等创作的很多城市小说中都有表征。但这只是浅层次的表现，而按照丹纳的环境决定论的观点看来，城市还具有塑造作用，其既塑造城中的人物性格，也形成某种文化氛围、人文环境，而这两者之间并不总能协调一致，故而就有了冲突和矛盾的产生。这样来看王朔的小说，其背景中的北京城就常常给人以窒息感，它的保守固执迂腐而强大无不让主人公们心生反抗和调侃之意。相反，池莉笔下的武汉，则因其冷热的截然不同，而造成生活于其中的芸芸众生的泼辣性格和爽直脾性。在这之外，是贾平凹《废都》中的西安文化形象。虽然西安以文化名世，但因其既非沿海，又非都城，这就造成了文化在西安城市性格中的矛盾特质，而这恰恰与传统之于老大中国的尴尬位置相似，贾平凹的《废都》充分展示了文化在八九十年代之交西安城市转型期的独特景观。

相对而言，上海的文学表现在90年代以来的小说中尤为明显。王安忆是其中的佼佼者。上海作为近现代以来中国最为繁华的国际大都市，一直以来都是文学/电影竞相表现/呈现的对象，其不断变换的面孔，让读者见识了上海丰富驳杂的一面。奇怪的是，在王安忆的笔下，上海的性格反越来越趋向于怀旧的一面。这或许正是上海的独特之处，在她那里，前卫和怀旧常常交互缠绕于一起，见证着时尚的变换。近几年来，又出现了以夏商为代表的上海叙事，他的上下两卷本的《东岸纪事》（2013）堪称表现上海浦东自80年代以来社会变迁的史诗之作。这是一部富有地方风情而又极具时代感的作品，其在小叙事愈益泛滥的今天尤其显得突出而突兀，其在文学史上的地位也会日益显示出来。

近几年来，中国改革开放的窗口城市深圳，越来越成为文学表现的热点。曹征路的《问苍茫》和盛可以的《北妹》是这方面的代表性作品。只不过，对深圳的表现，是同关于“底层写作”的讨论几乎同步并彼此关联，而这，恰恰见证了全球化在中国的长驱直入以及引起的巨大而深刻的影响。在这之外，作为集体出场的“80后”作家，也表现出对都市越来越浓厚的兴趣。春树的《北京娃娃》、笛安的“龙城三部曲”（龙城即太原）、文珍的《第八日》（中篇）、石一枫的《恋恋北京》（石一枫虽不是“80后”，但因其与“80后”作家有某种精神相似性，故不妨放在“80后”作家群中讨论）等，都是这方面有代表性的作品。有趣的是，在这些作品中，一方面是表现出的对城市的热诚，另一方面，城市又往往仅成为上演个人情感纠葛等“小叙事”的背景或舞台，城市的面貌并不鲜明，相反，倒常作为全球化背景下的空间得以呈现出来。这是“80后”城市书写中常有的悖论。

四

相对于人们居住于期间的现实中的城市景象，文学的想象所能及，总是更贫乏更片面，但也更丰富更感性更有人情，因而也更让人回味眷恋抑或愤恨不已。相比农村/乡土景观的单调和相对稳定，城市景观的变幻与多彩更能见证人性的丰富复杂与矛盾，因而城市题材的小说在人性的表现上也更多呈现出驳杂而多变的一面。从这个角度看，城市题材小说自80年代以来的变迁史，某种程度上就是一部放大和浓缩的人性在当代中国的变迁史。这一文学想象中的城市虽不免情绪化道德化或朦胧迷茫不够“真实”，但因其包括对人类精神本质的外化于其中，对于认识城与人之间的关系，以及“围城”中“人”的境况，仍具有不可替代的意义。以此观之，书写城市，其实是在书写城里的“当世”的人，是人性的投射才更使得城市生气蓬勃也更加躁动不安。城市生活的空间不仅是我们生活于其中的舞台，它更像一面镜子，它吸纳了来自现实的侧光或逆光，以及现实中的我们于其内，我们只有正视并重视它，才能对现实及当下我们人类的真实处境有一个更好的认识。

第二节　千年古都与文学想象的最后辉煌

在贾平凹的创作历程中，应该说，没有哪一部小说比《废都》（长篇）更充满争议也更让人兴趣盎然了。对于这样一部作品，可以谈论的地方当然很多，而且实际上也远没有穷尽。小说出版后，很受读者欢迎，但也遭到了很多人的批评，特别是庄之蝶的形象尤其引来颇多非议。毕竟，小说虽建构了一个世界，但终究不是现实的照搬，而事实上，小说也并不是从完全写实的角度去构思推进的。小说伊始即以西京的异事开头，这其实是预设了一个亦真亦幻虚虚实实的背景，回过头来，再去深究庄之蝶形象的讽刺意义其实十分无趣。

一

贾平凹在小说《后记》中坦言，这是他城里“住罢了二十年”后的第一部“关于城的小说”。在这之前，贾平凹以写商州（《商州初录》、《商州再录》、《商州》等）闻名，之后又有《土门》、《白夜》和《高老庄》等，可见，这篇小说在贾平凹的小说创作中意义重大。他以前写商州的山山水水，是带了城里人的眼光，其虽对城市文明的弊病不无批评，一旦面对乡土世界内心仍不免有某种审视的距离和优越感存在，这在《商州初录》和《商州再录》里有淋漓尽致的表现；而到了《废都》的写作，他却要逃离都市：他在城市中遇到的现实窘迫使他以一种逃离城市的姿态写作城市，这决定了《废都》中的都市于现实的描摹之外更多了一层象征寓意。

城乡之间的对立，既是中国20世纪以来的现实语境，也是主宰并制约小说写作/想象城市与乡土时的“隐形结构”。已有研究者注意到贾平凹都市小说中的乡下人视野这一维度，而若仅仅看到这种对照，其实并不能真正说明问题。事实上，城乡之间的结构对立，往往只是故事上演的舞台背景，是作者借以思考或表达的基底，重要的是作者站在什么位置，以一种什么身份来思考。就《废都》而论，贾平凹的命题在于对城市之“病”——即“废”——和病城的重生问题的思考；这当然是一种对城市的现代批判，但其显然并非要回归自然，故而就不能简单地视之为乡下人的视角。小说中刘嫂的奶牛形象是一个很好的象征。这是一头会思考的牛，它被买自终南山，供应鲜奶给西京人饮用；它既惊异于都市的繁华，也能一眼洞穿都市繁华背后的颓败；它以来自深山的眼光打量西京，但也清楚这只不过是一厢情愿的想象；它怀念深山，也明白这终不过是回不去的从前。奶牛在小说中是以“叙述代言人”的身份出现，作者在这一形象中充分寄予了对城市的矛盾复杂态度。小说的结尾，庄之蝶选择了逃离西京，但并非要回到乡土世界，而是往南方无目的的迁徙。南方，对于彼时的中国人而言，是一个开放的窗口，改革的窗口，创新的窗口，是现代化程度更高的都市。作者选取南方作为庄之蝶逃离文化故城西京的出口，一方面充分表明了南方作为当时集合了中国人所有的热情和对美好未来的文化想象的形象出现，另一方面也表明了贾平凹的内心矛盾。贾平凹身处于八九十年代的社会现实，他的思考显然也不能脱离时代的痕迹，但他又同时表现出对这种“时代精神”和文化想象的困惑。小说结尾，他让庄之蝶倒毙于去往南方的候车室中，这注定了是一次没有目的和结果的文化想象。

这种困惑，与他对知识分子及其文学的思考密不可分。作者立意写作一部“关于城的小说”，而又选取庄之蝶这样一个知名作家作为小说的主人公并以他为轴心实际上编织起一个城市的生活扇面，于此不难看出作者对城市与人文知识分子之间关系的思考。一个城市，可以用各种不同的面向，其表现于小说中尤其如此。有池莉的小市民的武汉，有王安忆的怀旧的现代上海，当然也可以有贾平凹的文化西京。这是一个文化之城，西京深厚的历史文化传统与庄之蝶之间，是一种相得益彰互为镜像，也相互耗损的关系。而事实上，西京的文化既能成就庄之蝶，最终也能毁了他。

二

小说虽写于 1992 年至 1993 年间，但故事的发生却是 80 年代末，对于这种时间上的落差，历来并不为研究者所关注；因为毕竟，对于任何一部小说的写作而言，这一情况始终存在。但问题是，80年代末同90年代初，这在当代中国的思想文化界，却是翻天覆地的变化的几年，其在小说的折射，并不是可以忽略不计的。

对于今天的读者，想必会对书中庄之蝶与众多美女的艳遇及其所受的大众崇拜困惑不已，或许反以为是作者的极度自恋使然，但对80年代的过来人来说，这却是文化记忆的一部分：80年代的文学黄金时代随着90年代的到来早已一去不返。这种转型的原因当然有很多，从这个角度来看小说，其表现出的转型时代的症候性无疑相当明显。就像小说中多处出现的"□□□□"，这些空白既表明了需要读者的想象去填补，其实也可视为时代或社会的症候，只有联系了小说的故事背景及写作时间才能更好地辨明。

小说的创作当然不是论文写作，虽然尽显了时代的巨变，但却只能是从精神的角度入手。即如作者卷首的声明：

> 情节全然虚构，请勿对号入座；
> 唯有心灵真实，任人笑骂评说。①

这对解读小说十分关键。小说虽然写的是"心灵"上的"真实"，尽可以从象征的角度加以理解，情节上也"全然虚构"，但作为情节置身于其中的时代背景却是真切而触手可及的。时代的巨变因应折射于内心"心灵"，特别是敏感而脆弱的知识分子内心，必会惊起惊涛骇浪。小说的主人公庄之蝶就是这样一个人物，书中屡次出现的痛哭流涕，即是他内心敏感多变的明证。而事实上，庄之蝶这一内心的波动却是现实促成的。细言之，是现实逻辑推动下的庄之蝶的言行和环境促成的。他先是允诺把柳月许配给赵京五，后又为了官司转而介绍给市长的残疾儿子；龚靖元赌博入狱，他一方面假意言救，一方面却乘机把他家中大部分古玩字画以凑赎金为由据为己有，最终导致龚靖元出来后的精神失常及死亡；他为了可观的润笔费给101农药做宣传，

---

① 贾平凹：《废都》，作家出版社2009年版，卷首页。

却不问产品是否实至名归；现实的利害及欲望的驱使，往往使庄之蝶身不由己，而事实上他又想在精神上保有自己的追求和向往。他的每次的忏悔和痛哭——如对唐宛儿和阿灿——也确乎十分真诚，这就造成了庄之蝶的分裂人格：他的精神上的向善与他的实际上的趋恶，使得庄之蝶始终处于矛盾之中不能自拔。他的最后逃离就是不可避免的选择，但逃离并不能真正解决问题，而毋宁说是困境的悬置和延宕。这样来看，逃离中的猝死或许就是最好的结局和解决办法了。

三

对于《废都》而言，时代的转折及其引起的错位还在文学的社会影响的表现上得到呈现。《废都》以它的文本形式见证了文学“轰动效应”如明日黄花般凋零，及其市场化的象征。小说中因周敏一文而引发的“景雪萌事件”就是一个极好的象征。这是一篇表现西京名人庄之蝶和官员景雪萌之间似有实无/似无实有的恋情的纪实文学作品，最后却成为商业炒作的象征资本。名人趣事竟至成为八卦，这一“炒作”事件于此时当下见怪不怪，但对彼时彼地的当事人庄之蝶却是毫无心理生理上的准备，其最终身心疲惫几近奔溃终只能从时代的转折和过渡中得到解释。庄之蝶的悲剧正在于，文学的时代遭遇市场社会的冲击下的猝不及防和进退失据。文学如不能很好而迅速地适应或调整，只能像庄之蝶般堕落，或如“馒头事件”中的文学爱好者般沉沦底层。倒是像阮知非们，一旦没有了精神的坚守或操守，艺术便也能服务于市场或与市场沆瀣一气了。

文学与市场之间，向来是一个诉讼纷纭的命题，人们对此各有其不同的观点，很难说孰是孰非。就八九十年代中国社会的转型而言，这一问题尤为复杂。这里首要的背景，是80年代的文学盛世。80年代的中国，是一个精神理想极度高扬而物质经济层面却相对贫乏的社会，这一状况的集中呈现便是文学的奇特而畸形的繁荣。其中一个十分显著的事实是，中文系是当时的大学生们竞相追逐的首选，而从柯云路的《新星》、《昼与夜》、《衰与荣》等小说中也可看出，从事写作是当时的一项时髦而荣耀的事情，小说中省委书记的女儿顾小莉，县委书记李向南的办公室主任康乐都是这类人群。文学爱好者在当时的社会，其独特的意义并不在于经济的层面，而更多与一种社会认同有关，经济上的考虑并非他们的主要诉求。但问题是，随着八九十年代的社会转型，一方面是社会经济和物质上的越来越繁荣，另一方面是文学的迅速边缘化的大势所趋，社会的发展，使得任何忽视两者之间的距离都已不再可能，在这种情况下，文学与市场之间的关系才真正引起并进入人们的视野。

而事实上，在小说中，时代的转折也在文化 / 文学的功能中得到呈现。小说中，庄之蝶等文化名人们为西京的发展向市长献计献策，其中关键一条，即文化搭台，经济唱戏。这种把文化和经济糅合在一起的做法，显然非80年代的中国社会所有。刘震云的《一地鸡毛》（中短篇）、王刚的《月亮背面》（长篇），以及池莉的“汉味小说”，等等，形象生动地表现了文学理想破灭后知识分子的困惑彷徨，以及如何投入市场的过程。在这些小说中，文学 / 文化是同市场背道而驰的，要么文学，要么市场，两者不可兼得。这里的逻辑是，文学的坚守，意味着贫穷困顿，市场则相反。而在小说《废都》中，文化 / 文学与市场之间的关系则似有不同。如果说，《月亮背面》等表现的是文学与市场的格格不入的话，《废都》中文学 / 市场间则是一种亲密合作的状态。应该说，这两类作品都表现了社会的转型期文化 / 文学的奇特位置。对于《废都》来说，其意义尤甚。这当然是因其与象征的融合。西京作为中国历史文化名城和重镇，自有其不可替代的象征意义。小说选取这样一座城池作为故事的背景 / 前景，而又取名“废都”，其寓意自不待言。

另一方面看，这种对文学与市场间关系的思考，又是同他对知识分子使命和命运的困惑，以及文化传统的现代困境联系在一起的。这其实又是一部知识分子 / 文化的“废都”，庄之蝶之无所事事无所作为正是这最好的例证，他一方面受着极好的社会崇拜，另一方面其实又极度的无能（性无能只是这一无能的表征），他内心情感的丰富与他的无能恰成对比，而事实上，情感的丰富恰是他无能的表征。情感丰富既是知识分子的财富，又是他们的软肋，一旦遭遇80年代文学时代的终结，以及90年代社会现实与内心的分道扬镳之后，知识分子命定的结局就不难想象了。庄之蝶暴毙于候车室实际上也成为90年代知识分子的一个隐喻和象征：庄之蝶的分裂及其命运，其实已然预示了90年代知识分子的分裂——人文精神大讨论即是这一分裂的标志性事件——及其不同走向。而这，是否正是这座文化名城的命运的象征，对此我们不得而知。

第三节　以象征的方式重新介入现实

虽然说《黄雀记》中有《河岸》和《城北地带》的影子在，“南方作为一种想象的疆界日益丰饶。南方是他纸上故乡所在，也是种种人事流徙的归宿……南方纤美耗弱却又如此引人入胜，而南方的南方，是欲望的幽谷，是死亡的深渊”①，这部小说的出现仍能看出苏童小说创作的新的变化与变故来。他此前的小说居短，即使是长篇，也大都不超过20万字，而且以中短篇居多，这几年来的苏童，开始专注于长篇小说的创作，而且一部比一部长，《黄雀记》的诞生，在在书写了长度、厚度与深度互为印证的神话。就作者自《菩萨蛮》和《蛇为什么会飞》以来表象现实的各种尝试来看，《黄雀记》的成功还在于，其创造出一种以象征的方式重新介入现实的有效途径，而这，既是对贾平凹、刘震云、余华、韩少功和马原等作家近年来小说创作的呼应，也为文学如何面对现实发言提供了一种新的可能。

一

这仍是以香椿树街作为背景或前景，仍旧以青少年主人公的成长历程作为表现视景的小说，但故事发生的时代布景却于无形之中腾挪转移悄然生变。说其是无形，是因为小说的时间流转虽不甚明确，但仍能让人大致判断。小说讲述的显然不再是20世纪六七十年代的香椿树街的遥远的故事了，作者视点前移，开始专注于自己一代人的成长主题及其遭遇的生存困境。这

① 王德威：《南方的堕落与诱惑》，《当代小说二十家》，生活·读书·新知三联书店2006年版，第107页。

一倾向，使人想起了余华几年前颇引人热议的小说《兄弟》(2005)。两部小说在时间的跨度上有其共通之处，都是在“文化大革命”前后到新世纪初的背景下展开叙述。这一时间上的跨度，既是分割小说结构布局的分水岭，也是制衡青少年主人公的成长视域。所不同的是，在《兄弟》中整个80年代几被忽略，时代的转折是以跳跃的方式呈现，而在《黄雀记》中，时代的变迁却是以明暗对照虚实相生的方式在不同的主人公身上体现或呈现：八九十年代转型的数年，既是保润陷于牢狱的刑期，也是柳生人生暗淡的“秋天”，更是仙女置身改革开放前沿深圳下海的弄潮十年。这样来看，两部小说展现的其实是跨越前后两个时代的青少年的成长的故事。时代的转折是理解成长的关键。

在小说中，虽然我们对保润的成长背景一无所知，但从他的体验中仍能感觉到时间的发展。在他到井亭医院去陪祖父前，他的青少年时期是模糊而不明的，同样，我们对这一时期香椿树街的社会背景也是一无所知的。就在这样一种光影朦胧明灭间，哐啷一声我们感觉到了时间的脚步。我们对时代社会和保润的认知是从他到井亭医院监护祖父开始的：

> 保润驻守井亭医院，不知家里的变化的日新月异。那天他被父亲替换回家，骑车到了家门口，一时不敢下车了。祖父的房间似乎被某个怪兽一口吞噬，消失不见了，临街的窗户与墙体经过扩张改造，变成了豪华的玻璃移门，移门里侧，是花花绿绿的时装森林。一个黑暗而衰败的世界被精心粉饰，旧貌换新颜，却是别人的世界。①

社会的发展给予保润的是一种震惊体验（“怪兽”）。这似乎是一种悖论，生活于日常现实中的保润并没有感觉到什么沧海桑田，时间的流转以一种潜移默化熟视无睹的方式呈现，而只有侧身与世隔绝的井亭医院一段时间后，返回家中以一种陌生的眼光打量这一切时才会发现其中的变化。震惊在这里其实是一种陌生化的审美距离产生的效果，保润完全可以置于时代之外，而事

① 苏童：《黄雀记》，作家出版社2013年版，第67页。

实上他也自始至终生活在井亭医院或监狱之中。这正可以挪用改写王德威形容苏童的说法，“偏安在时间之外”，保润“凸自发展了自己的神话”[①]。从他驻守井亭医院起，在保润的一生中，自己的世界日趋同外在的世界呈现一种错位的关系。我们从保润的短暂的一生中可以看出，他的一生大部分都被放逐于时间之外：一部分是在井亭医院度过，另一部分是在监狱里度过。放逐之外的结果，是与时代的彻底脱节和错位。因此当他从监狱放出来后，他的震惊只会增加而不会减少。他活在自己的时间中，既显得超然也格外悲壮了，他被时代最终抛弃也就注定。在这里，“怪兽”这一隐喻已然预示了保润后来的悲谬结局。

保润震惊于时代的变迁，故而他宁愿躲在或自我放逐于精神病医院（井亭医院）。这是互为映射的关系，时间越是罔顾向前，保润也就越是执守井亭医院，这样来看，他对“捆绑”的痴迷与执着也就有了精神分析的意义。在本雅明看来，震惊体验是一种典型的现代社会的经验方式，人们生活在由震惊体验构成的社会生活中，进退失据，而为了防范或抵制震惊，各式各样的艺术形式便被发明出来[②]，从这个意义上讲，保润的“捆绑”艺术就是一种抵制震惊的象征方式。他以他自己所能掌握和控制的捆绑方式——民主结或法制结等——创造出一个自我想象中的优游自如的世界，以防范种种可能的越位与出轨。他把对时代的震惊转移到对“捆绑”的执着中来，这一“捆绑”就具有了想象或镜像中自我完满的表象。但事实上，这一“捆绑”/禁锢只是针对他自己，欲望和时间并没有因此而停滞不前。而即使是从象征的意义禁锢了自身，他仍不能避免青春荷尔蒙的影响和制约。他最终因“捆绑”仙女而被嫁祸于强奸即是这一例证。时间和欲望，在这部小说中是以异己的力量呈现出来，保润对“捆绑”的痴迷因而也就具有了自我想象和作茧自缚的双重象征意义。保润以他自己“捆绑”式的象征行为对抗时代的时间和欲望，其最终的悲壮可想而知。

---

① 王德威：《南方的堕落与诱惑》，《当代小说二十家》，生活·读书·新知三联书店2006年版，第107页。

② 参见〔德〕本雅明：《发达资本主义时代的抒情诗人》，张旭东、魏文生译，生活·读书·新知三联书店2007年版，第129—175页。

从前面的分析可以看出，保润的成长是以时代的缺席的形式出现的。但这一缺席并非缺无，而毋宁说是以一种“缺席的在场”的形式影响并决定着保润。保润幻想在时间之侧冷静自守，但终被时代与欲望的“怪兽”所吞噬。但即使是以一种“在场”的方式与时代社会的变迁保持同步，也并不一定为社会所接纳。仙女 / 白小姐的一生正说明了这点。香椿树街之外的井亭医院虽是一个精神病院，偏僻而闭塞，但生活于其间的仙女，却格外地敏感于时代的变化。她与保润不同，她对时间与时尚格外敏感。小说中有一段保润眼中的仙女的描写：

> 仙女在窗后，屋里有隐约的音乐声飘出来。她或许坐着……只有一条腿架在窗前的桌子上，随着音乐的节拍轻轻摇晃。阳光照耀着她的腿。那条腿被流行的黑色健美裤包裹着，修长，神秘。……她的脚尖在桌上舞动，与风对话，与阳光玩耍，脚趾甲上新涂了猩红色的指甲油，五颗脚趾不安分地张开了，像五片玫瑰花瓣迎风绽放，鲜艳夺目。[①]

在这段文字中，音乐匣（即收音机）的象征意义十分明显。音乐匣在当代文学中，向来有其象征意义。古华的《爬满青藤的小木屋》中，音乐匣就是作为沟通大山与现代文明的象征出现。这一意象容易让人想起联结乡村少女香雪（《哦，香雪》，铁凝）与外面神秘世界的“铅笔盒”，铅笔盒既是现代城市梦的象征，也是幻梦的开始，如果说“铅笔盒”“唤起”了香雪们的“个人意识”，最终却“又在‘实体化’的过程中走向了它的反面”[②]；同样，音乐匣虽然在偏于一隅的仙女与时代之间架起一座沟通的桥梁，但这并不是真正的契合或联结，而毋宁说是一种象征的关联。仙女的奶奶把这个音乐匣视为摄魂的东西，“从早到晚守着那个音乐匣听啊，她的魂不在身上了，让那个匣子吸进去啦！”魂魄的摄取即表明这样一种象征性的转移和关联，其意义正在于以象征的方式完成了对仙女的浪漫气质——音乐某种程度上

---

① 苏童：《黄雀记》，作家出版社 2013 年版，第 76 页。

② 罗岗、刘丽：《历史开裂处的个人叙述——城乡间的“女性”与当代文学中“个人意识”的悖论》，《文学评论》2008 年第 5 期。

联系着时尚与浪漫——的塑造，尽管她时髦而实际。一旦仙女从这种象征的关联走入到现实中去，她的失败也就预示于其中了。从这个意义上讲，《黄雀记》的出现，重写了当代文学中想象孤独个体与外界之间关系的象征系统。

在小说中，如果说保润的刑期是被时间放逐的数年的话，那么仙女则恰恰相反。她消失后到以公关小姐的身份重回井亭医院前的十年，则是置身改革开放最前沿的深圳的十年。一个是被时间放逐，一个是身处时间的激流之中，但他们的结果却出奇的相似。十年的深圳经历，最终以落寞失败的方式重回井亭医院，但即使是这样，她仍不被香椿树街人接纳。这里的悖论在于，她被以音乐匣为象征的现代时尚所“召唤”或摄取，她已不再是原来的仙女了，她是以白小姐的身份回到香椿树街和井亭医院的。在这里，虽然仙女和白小姐都指向同一个人，但她们作为对同一个所指的不同的能指，其意义却是截然不同的。作为“仙女”，其联结的是屈辱和历史，人们会给予她充分而必要的同情；而作为“白小姐”，则意指当下，她出现在香椿树街就不是重返而毋宁说是以“外来者”的身份侵入，人们对她自然报以审慎的态度了。而事实上，当她以白小姐的身份出现在香椿树街和井亭医院时，无意间充当了秩序的破坏者的象征，她使本不宁静的香椿树街再度波澜四起。她逼死了驯马师瞿鹰、破坏了庞先生的家庭，最后又弄得柳生被杀，保润再度受难。其必然结果，是香椿树街视其为妖精和红颜祸水，最终围攻她，把她逼上了绝路。

虽然白小姐时尚而妖娆，实际上她的人生理想其实十分简单而简朴。但当她看到柳生为她熬粥并为她晾洗衣物时，竟然十分感动：

> 她和柳生在一起，其实没什么不好。他们未经恋爱，未经婚礼，未经相处，竟然像一对恩爱夫妻那样默契了，他在天井里晾衣服，她在厨房里喝粥。她咬一口榨菜，说，滑稽，真滑稽。怎么不滑稽呢？这是她想象过很多次的家庭生活场景，这是她心目中女人最起码的幸福，她曾经以为驯马师瞿鹰会给她幸福……到头来，承诺者已经不见踪影，为她

准备早餐的男人，为她洗衣服的男人，竟然是柳生，这怎么不滑稽？[①]

但这其实只是她一厢情愿的想象，柳生早已决定另寻女人娶妻生子，他的这一行为至多不过是在为自己赎罪。她的带有原罪意味的“不洁”前史（被强奸过）已然预示了她的结果：她以残缺幻想完满，即使这完满是多么的微不足道其实也是枉然，最终只落得以破损造就破坏，再度出逃了。看来，仙女/白小姐的悲剧或在于她以她的最简单也最“不切实际”的想法介入现实，最终被现实击碎。社会在飞速发展，但香椿树街上的居民却似乎仍没有变化，社会的变迁呈现于人们眼前的只是空间景象上的改变，现实仍似乎是混沌执拗而不明的。这就是社会的强大而悲凉的地方。白小姐最终被香椿树街上的人所遗弃和围攻正说明这点。

二

这样来看，小说最后保润醉酒杀死柳生一幕值得玩味。保润出狱后，他并没有马上去找柳生和白小姐报仇；相反，他们似乎成了好朋友。但在柳生的婚礼上，保润醉酒三刀捅死了柳生。保润在最有理由报复柳生的时候，却表现出延宕的姿态，这一延宕说明了什么？延宕与其说是以过程的推延否定了复仇（结果），毋宁说是不断强化了复仇。延宕在这里某种程度上显示出过程与结果的辩证法来，而复仇的意义也在这一不断延宕中发生着悄然的变化。小说最后保润的三刀所代表的复仇，早已不复指向当初的诬陷，而毋宁说是向柳生所象征的现实秩序的奋力一击。

保润短暂的一生由两次牢狱之灾构成，如果说，他的第一次身陷囹圄是不由自主的话，第二次的犯事则是他的自觉自发的结果。他本已看似放弃了向柳生报仇，但又为什么婚礼上杀死新郎呢？十年的牢狱之灾，虽然令保润失去了很多，虽被时间放逐，但这种放逐于他未尝不是一次自我保护。他以他的被放逐抵制时间的流转与时代的变幻，他的内心虽固执执拗，但其实也

① 苏童：《黄雀记》，作家出版社 2013 年版，第 278—279 页。

是坚守和坚持的表征。仙女虽欺骗了他，但却保留了青春时代的爱的记忆，她以她的易名白小姐显示出的决绝姿态，未尝不是一种对“过去”的隔离和保护，保润正是靠这种记忆活在了“当下”。但这样一种完满，最终被柳生给生生破坏。在保润眼里，柳生强奸了仙女，而后又玩弄她，去与其他的女人结婚，这无论如何都是对他牢狱十年的讽刺，是对他的坚守的嘲笑。在保润看来，柳生只有娶了仙女，或者远远走开，才是对他的交代，但事与愿违，保润最后杀死柳生也就情有可原了。

保润的两度入狱和白小姐再次出走（失踪）一再凸显出他们的人生是一种重复和回环。希利斯·米勒在《小说与重复》中通过分析指出，“哈代和弗洛伊德两人，借助柏拉图的思想，一个在小说中、一个在科学论文中思索着这样一个问题：每个男人或女人在跋涉他们的生命旅程时，都重复着再次回到仿佛失去了的原始整体中去这一失败的尝试。然而，依照这两位作者提出的相反的可能性，那个整体或许只是作为每个人想象中与他匹配者最初分离所衍生的一个幽灵而存在。……和弗洛伊德的见解相同，哈代认为只有在死亡中我才能摆脱对某种失去的东西的不可抑止的欲望”[①]。米勒的意思是想表明，不论是从残缺（即不同人生经历的差异）回到“失去了的原始整体”，还是从“最初分离所衍生的”整体（“幽灵”）走向残缺（分离），这两种看似相反的“生命旅程”都只是命运在“回返”与“分离”间摇摆与轮回的不同表现形式，其本质上是相通的，“死亡”恰恰是这种相通的象征。死亡是节点，是“回返”与“分离”的错位耦合，而至于所谓“原始整体”和“最初分离”只有且只能在“死亡”中才能达到真正的和解和统一。如此看来，保润和白小姐毋宁说是以互为分离的镜像关系表明他们的存在。他们只是在死亡（入狱或神秘失踪）的一瞬间才最终完成镜像式虚幻的“原初”同一。他们的命运的相似最终表明了他们的和解的可能，而事实上白小姐最后也是在保润的栖居地——水塔——完成他们之间和解的象征仪式，“这样，白小姐住进了水塔。/ 就这样，从前的仙女，又回到了水塔”。水塔既是受难（仙女被强奸地）的象征，也是仙女 / 白小姐复归原初同一的空间象征，而一旦

① 〔美〕希利斯·米勒：《小说与重复》，王宏图译，天津人民出版社 2008 年版，第 154 页。

仙女和白小姐复归，仙女与保润也就最终和解并分头或共同走向毁灭。

这样来看，小说其实呈现为一种复线的发展结构，时代以声光电化的方式递变，但它的主人公们却生活于一个宿命式的人生轨迹中，任是他们如何的坚守固执左突右蹦，抑或充满浪漫的遐想，他们终被现实的强大所击败。王德威曾指出“苏童一再写逃亡与回归，离乡与还乡，不是偶然。当过去与现在、新与旧无非相互循环，永劫复归，苏童告诉我们历史超越进程的徒然”[①]。柳生虽然被杀死，但他背后呈现的是现实的强大，他的被杀就是一种象征性的死亡或者说是肉体的死亡，并不损于现实的强大。而事实上，在他身上呈现出的毋宁说是一种现实本身的逻辑。相对保润的固执与迂阔，白小姐的幻想气质，柳生则是彻头彻尾的现实主义者。他见证故事发展的全过程，保润和白小姐缺席的那些年，是他作为主人公出场生活在香椿树街。他是肉铺操刀手，家里又干起了个体户。他为接近仙女花钱请她陪伴他姐姐，后又借保润之手强奸了仙女并嫁祸于保润。他最为知晓如何把资本的逻辑同现实结合起来，从而实现利益的最大化，其虽曾因“仙女强奸事件”而受累，但并不妨碍他作为一个成功者的典型出现。如果说保润和白小姐代表的是“想象界”的镜像存在的话，那么柳生的存在则表明现实“象征秩序”的强大。保润固守和坚守在自己内心的时间里，但其实是以幻想或虚幻的方式力求在现实生活中维持某种平衡；白小姐虽喜欢时尚和金钱，敏感于时代的变迁，但她仍旧是一个纯粹的幻想气质者：她以现实俗世的滞重幻想轻盈，终究不过如水中月镜中花。小说最后，保润和白小姐，一个被抓，一个出逃，既是他们处境的表象，从另一个角度看，这也是他们的再度被放逐，其明显带有对现实的拒绝或被拒绝的象征意味。保润最后杀死柳生，虽彰显出弱者/牺牲者的最后的挣扎和反抗，但终不能改变他作为失败者的命运。

小说由保润的春天、柳生的秋天和白小姐的夏天上中下三部分构成，这既是三个人间的故事，也是时间上的隐喻。不是从“春天”经由“夏天”而到“秋天”，而是经由“秋天”从“春天”过渡到“夏天”。这并非四季的递变与循环，是一种穿插和突变，昭示着命运的无常与无望。弗莱曾把春天、

---

① 王德威：《南方的堕落与诱惑》，《当代小说二十家》，生活·读书·新知三联书店2006年版，第111页。

夏天和秋天分别视为喜剧、传奇和悲剧的交替，虽然说《黄雀记》的结尾是以主人公们的死亡或失踪为标志，但整部小说并不给人以悲剧的感受。事实上，在这部小说中，“保润的春天”和“白小姐的夏天”，也是最神秘和最具传奇色彩的部分。祖父的丢魂和寻找，保润家鬼魂的游荡，白小姐被香椿树街民围困后逃亡中的幻觉，都是构成小说中最具神话色彩的元素。小说中以神话开头和结尾，中间缀以现实意味最为浓厚的时代变迁风貌，这一三段论式结构，其实表明了叙述者/作者针对现实的认识与态度。保润的祖父这一形象，恰恰是这一现实观的象征呈现。这是一个生命力极度旺盛的人物，在他身上集中代表了春天、夏天和秋天的综合气质。他多次寻死却仍然活着，而保润和柳生这些年轻人，却一个个前仆后继地奔赴黄泉。他的魂魄丢了，没有了精神，但却顽强而固执地活了下来。他一生寻找，虽无所得，但“寻找”这一行动/实践本身，却赋予他以可怕的活力。他就像一个怪物——犹如历史的“怪兽”——足以抵抗时代历史的变迁与无常。现实恰恰是这样一种灵魂或精神缺无的象征秩序。

在苏童的“香椿树街系列”中，作者向来偏好于青少年主人公的成长的表现，但也像他所说，“所有的成长小说没有一个以完成成长而告终，成长总是未完待续”[①]，这种“未完待续”的成长，在这部小说中是以被现实抛弃表现出来。综观苏童的成长写作，便会发现，苏童以他的“未完待续”的成长呈现出来的，其实是不同时代的针对现实的不同的成长历程。他的小说的青少年主人公总不能按照现实“象征秩序”所要求于他们的那样去生活。如果说他的《你好，养蜂人》、《刺青时代》以及《城北地带》等小说以青少年主人公们的“反成长”姿态表现出针对象征秩序的拒绝和疏离的话，那么《黄雀记》中的成长则是面对现实的变幻的不同态度的隐喻。现实表象虽看似风云变幻，但并不损于其“象征秩序”本身的强大，保润和白小姐的悲剧似乎正在于面对现实表象与象征秩序的错位时的失落与失重：他们既被现实的表象所迷惑，又不能真正进入象征秩序，其结果可想而知。

如果说保润和白小姐是以循环重复显示出他们的人生无常的话，保润的

① 苏童、王宏图：《苏童王宏图对话录》，苏州大学出版社2003年版，第80页。

祖父则以他的从寻死、丢魂到不死的过程，昭示出现实逻辑（象征秩序）本身的强大。他的“丢魂”的时段，正好是八九十年代的转折期，这一看似巧合之处说明，时代的转折在小说中是以“丢魂”的形式表现出来。面对时代令人费解的巨变，最安全的做法无异于“丢魂”，柳生虽最为现实而浑浑噩噩，但他还有“魂”：他有廉耻心和罪感意识——他想赎罪，代替保润照顾他爷爷，白小姐出现后又不断讨好她——故而他最后被保润所杀死，虽然这仍是象征性的死亡。而像保润的爷爷，魂都丢了，即已意味着“人”的真正死亡，但“人”之死换来的却是生机勃勃，这不能不说是这个时代的最为深刻的隐喻与悖论。

在我们的传统里，“人”的发现以及“人”之为“人”，是与对“人”的灵魂的充分肯定息息相关并以之为前提的。休谟之所以要去证明“灵魂的非物质性”（《人性论》），正在于“灵魂”有优于物质或身体的地方。作为主体性的“人”，首先在于他的“灵魂”的纯正与伟大，灵魂是“人”的理性的寄主所在，舍此“人”便沦为动物。这就像加缪所说，“真正严肃的哲学问题只有一个，那就是自杀”[①]。祖父不断地寻死，其实已表明了现实的无意义。但自杀对于“人”而言，只是意味着“身体”的毁灭，而“灵魂”却可以永存，祖父以他的“自杀”表明以“身体”的舍弃对抗现实的无意义，但反讽的是，他的“身体”还没有毁灭，他的“灵魂”却先于“身体”而失踪了。这无异于行尸走肉，并不是真正意义上的“人”，祖父的丢魂意味着现代意义的“人之死”。但也是行尸走肉——没有灵魂的“人”——却可以永存可以具有极其顽强的生命力。小说《黄雀记》中以祖父的“丢魂”一方面表明了现代意义上的“人”的死亡，另一方面也表明了现实的重生。这是现实的强大的表征。现实以它的物质性存在，显示出它的强大而顽强及其极具生命力。

虽然我们从保润、白小姐和柳生的身上看不到宏大叙事或主流意识形态的倒影，但他们仍然是生活于现代性社会中的“主体”。他们以他们对现代性时间的不同态度表明了他们面对时代变迁的理解和把握，他们以他们各自

① 〔法〕加缪：《西西弗斯神话》，张清、刘凌飞译，中国对外翻译出版有限公司 2013 年版，第 1 页。

不同的方式和命运呈现出来的其实是时代现实的强大与无奈。而只有像保润的爷爷，这样一个面对现实的“空心人”形象——无魂之人或者说“赤裸生命”[①]——才能长存于当下。小说借柳生的肉体的死亡对照祖父的精神的死亡，以象征的形式从两个侧面表现了我们这个时代的最深刻的认识和最伟大的洞见。

这无疑是我们这个时代的悲剧。如果说对象征秩序的疏离与反抗永远都只是一种过渡状态的话，那么如何面对理想主义坍塌后的强大的现实就成为一个问题被凸显。苏童的《黄雀记》，其实是提出了理想主义溃散后面对强大的现实的窘境和困境。这既是苏童一代人必须面对的难题，也是始终困扰我们当今时代的共通的议题。而这当中，不论是保守拒绝抑或是不切实际都最终被现实所抛弃，苏童在《黄雀记》中以保润和白小姐的命运告诉我们现实的强大而令人无奈。强大的现实面前，任何幻想或顽固都将被粉碎，只有现实本身是最后的胜利者。这或许正是《黄雀记》中“黄雀”的隐喻：现实逻辑本身的强大才是这幕后真正的“黄雀”！

三

自先锋小说形式实验的溃散以来，文学与现实的关系重被凸显并被放大。如果说先锋写作以形式上的实验，完成的是对文学与现实间反映与被反映关系的颠覆和重新定位与定义的话，这一重新定位仍是作家们念兹在兹的宏大命题，其在近两年来的小说（尤其是长篇小说）创作中有极为明显的表现。在这当中，有阎连科的“神实主义”式的现实主义写作（《炸裂志》）、贾平凹的面对现实的重新浪漫化的呈现（《带灯》）、刘震云的对现实的喜剧性的存在主义式想象（《我不是潘金莲》），有韩少功的从历史反向现实的遗忘与回忆的纠缠（《日夜书》），马原的对现实荒诞性的体认（《纠缠》），以及余华式的“现实植入”（《第七天》），等等。

可以说，如何面对并介入对现实的表象，“表现他的时代”（卡尔维诺），

---

① 参见〔意〕吉奥乔·阿甘本：《生命的政治化》，载汪民安主编：《生产》（第二辑），广西师范大学出版社 2005 年版，第 217—252 页。

成为这些作家们共同关注与关心的话题。在这当中，以余华和苏童代表，形成了我们这个时代面对现实当下的最有代表性的两种倾向。在《兄弟》和《第七天》这两部小说中，余华创造了一种“现实景观”的表象方式。现实事件被以一种“景观”的方式植入或置入小说叙事进程。这是一种把现实变为“事件”的形式“植入”小说，而不是反映现实的方式。反映现实的小说，就“现实”的规定性而言，其必须构成一个相对自足的整体，必须有自己的现实逻辑可循，有相应的“社会分析”（苏契科夫）的空间。余华既想表象现实而又不想落入反映现实的窠臼，故而他选择了现实以“事件”的形式进入小说的方法。

就“事件”与“现实”的关系而言，事件表明停顿，事件是“一种产生或发生，它并不关联着某物而续存，而只发生于某一特定的时间间隙的某处”[①]。而“现实”则表明“续存”与“合乎理性”，“某种现实的事物是按照它所从属的种的内在合理性而充分发展的”[②]。《第七天》并非现实主义之作，但现实在小说的投影却是醒目而惊心动魄的。这仍可以用余华自己所说的“真实”和“虚伪”来形容，“我不再忠诚于所描绘事物的形态，我开始使用一种虚伪的形式。这种形式背离了现状世界提供给我的秩序和逻辑，然而却使我自由地接近了真实”[③]。出现在这部小说中的“虚伪”的“现实”，都是以“事件”（也可以视之为“倒影”的一种）的形式（有些甚至是新闻事件）存在。细言之，小说中杨飞遇到的亡灵，他们所指涉的生前的现实（故事）之间几无任何联系，它们出现在小说中，皆因叙述者“我”的存在，是（亡灵）“我”的游荡认识了众多亡灵，并使得他们生前的现实得以被记忆、连缀和表象。就这些呈现的现实而言，它们并不能构成一个相对完整的整体，它们只是现实的片段或碎片；但它们又有自身的表象，故而各自得以“事件”的形式被拼贴在一部小说中，形成现实的“倒影”。

相对于这种“现实景观”的表现，苏童在《黄雀记》中则更倾向于以虚

---

① 〔英〕尼古拉斯·布宁、余纪元编著：《西方哲学英汉对照辞典》，人民出版社2001年版，第338页。

② 同上书，第21页。

③ 余华：《虚伪的作品》，《上海文论》1989年第5期。

入实的表现方式。这是一种以象征的方式重新介入现实的做法。用卡尔维诺的话说，这也是“运用不同的逻辑和崭新的认知、核实方式”，“换一个角度看世界”[①] 的方法。虽然说，苏童曾一度被认为是“新历史写作”的代表，对现实的关注仍旧是他的写作生涯中的重要一脉，从其近几年的创作——《菩萨蛮》、《蛇为什么会飞》到《黄雀记》——来看，这一倾向更其明显。在这三部小说中，苏童相继探索了表现现实的不同方式。《菩萨蛮》中的亡灵叙事容易让人想起《第七天》，所不同的是，在《菩萨蛮》中亡灵世界同现实世界间彼此两隔互不相通，亡灵华金斗在天上看着子女一个个遭难，任是万分悲愤或伤心欲绝也无计可施无可奈何。这与余华《第七天》中现实世界和亡灵世界间的“互文式”关系明显不同。而《蛇为什么会飞》中，苏童则开始尝试一种反讽的方式表现现实，作者/叙述者以一种反讽的介入的姿态穿插出现在叙述中。虽然说，这两种尝试都有助于作者对现实的表现或认识，但总体上却并不成功。毕竟，不管是亡灵抑或反讽的叙述者/作者本身，他们作为现实之外的观察者或审美者的形象，虽然明智或通达，但终究与现实间构成一种紧张的关系：《菩萨蛮》是华金斗对现实的批判，《蛇为什么会飞》中则是反讽的叙述者对人物的冷嘲热讽；在这些小说中，时代现实并不能以一种恰当而完美的方式被表象。相比之下，《黄雀记》的出现，苏童才真正发明并成功地创造出一种以象征的方式重新介入现实的方式。

象征的方式，虽然看似充满隐喻、充满歧义或多义，但正是这种丰富性本身开启了表象现实的多种可能。“象征”在这里，毋宁是一种“中介过程”，它表明的是“不同层面之间象征同一性的确立”，以及“每一层面借以与下一个层面重合的过程，从而失去其结构独立性，发现其表现它的同类物的功能”。[②]《黄雀记》中，祖父从寻死、丢魂到不死的过程，集中或重叠呈现出保润、白小姐和柳生的不同命运：这一形象本身实际上已成为三个主人公多种命运的共同象征。可见，象征，在这里，并不是外在或脱离于现实逻辑之外的异己的元素，相反，它是作为现实的组成部分之一，被嵌入到现实

① 〔意〕伊洛塔·卡尔维诺：《新千年文学备忘录》，黄灿然译，译林出版社 2009 年版，第 6 页。

② 〔美〕弗雷德里克·詹姆逊：《政治无意识》，王逢振、陈永国译，中国社会科学出版社 1999 年版，第 29—30 页。

的表象之中。这就像魔幻现实主义写作中魔幻并不仅仅是手法或手段，也是本体论，在《黄雀记》中，象征也是一种类似本体论式的存在。

虽然说，象征的方式造就了一种亦真亦幻的“魔幻现实”的色彩，但用卡尔维诺的话说，这也是一种类似“轻”的文学表意策略。卡尔维诺曾以预言式的口吻告诉我们，“匮乏”并不代表空无，而恰恰是相反。“谈到匮乏，这匮乏变成轻，从而有可能飞入另一个王国，在那里一切需要都可以神奇地得到满足……事实上，它（指空桶——引注）俞是填满，就愈不可能飞翔。”[①] 余华以似乎最真实的现实表象方式（曾被嘲笑为新闻体式的写作），成就的却是浮世绘式的现实反照；苏童反其道而行之，他以象征而最虚幻的方式，完成的却是对现实的最沉重也最深重的介入。苏童《黄雀记》的文学史意义似在于这样一种重新介入现实的方式的发现与表征。他以他的象征的方法重新介入现实，完成的正是这样一次伟大的飞翔！

第四节　远离“文化塑城”的几种可能

就20世纪80年代以来的城市写作而言，“文化化”和全球化是两个至为重要的关键词。为使城市景观从政治隐喻中挣脱出来，文化曾参与了重塑城市的伟大工程，这使得那一时代的城市景观始终笼罩在文化的光环之下，但充满悖论的是，这一“文化化”倾向在市场经济的推动下，非但没有减弱反而与资本的逻辑耦合，文化也一变而为消费的夸示性符码和超级能指。“文化化”下的城市景观虽然迷人，但其实距离城市的个性很远。城市要想显示出自己的真正独特面貌，还必须经过一个“去文化化”的阶段。在这当中，全球化扮演了一个毁誉参半的角色，它在带来中国的城市空间等级关系的巨变——出现了诸如“北上广”这样的全球化大都市——并因此推动城市文学的裂变（底层写作的出现就是其最明显的表征之一）的同时，也造成了城市景观的“再度符码化”：城市景观无不因全球化的烙印而趋于“同质

---

① 〔意〕伊洛塔·卡尔维诺：《新千年文学备忘录》，黄灿然译，译林出版社2009年版，第31页。

化”的表象。这一状况，在近几年来的创作中有所改观。中国的城市文学越来越开始关注“本土性”的文化内涵，城市表象的符号化特征及其隐喻色彩日渐淡薄。城市文学愈加呈现出“本土的全球性”[①]特征来。从自身及其差异性的内部，而非仅仅从外部汲取资源，日益成为城市写作的新的趋向。

一

自现代以来，中国文学中就有所谓“京派”和“海派”的区别，虽然说这一分野是以北京和上海的各自的文化 / 文学想象为基底，但其实这样的想象中融合了中 / 西、传统 / 现代、落后与文明以及乡土 / 城市等多重二元对立的缠绕与冲突，这样的城市写作始终在城市的表象和符号化间游移，城市的文化内涵并没有被有效彰显，相反倒常常被遮蔽。这一状况自近几年来才有较根本性的改观。

新中国成立后，京派与海派的区别虽已不闻，但其曾经所指涉的文化矛盾却并没有消失，随着中国共产党从农村包围城市，在有关城市的革命化的想象中，城市空间的象征意义进一步被固化，甚至于形成所谓“保守的城市”和“革命的农村”这样一种对立。城市文学一度被工业题材小说取代，其城市的景观也进一步缩小成象征性的“生产的空间”。虽然说新时期的到来，也一度迎来了城市文学的复兴，但此时城市想象仍不脱 50—70 年代的影子，这在彼时流行的城市电影中表现尤其明显，《都市里的村庄》、《逆光》、《邮缘》和《街上流行红裙子》等以上海为背景的电影是其代表。80 年代以来城市景观的真正浮现，并不是从突出空间影像呈现的电影，而主要是从作为时间艺术的文学开始。在 80 年代城市文学的发展中，文化扮演了一个把现实都市从政治性隐喻的生产空间重新变为日常生活的私人空间的关键角色，涌现出了像刘心武的《钟鼓楼》，陆文夫的《美食家》，冯骥才的《神鞭》，宗璞的《寻找画儿韩》，范小青的《裤裆巷风流记》等一大批市井小说。

---

① 张颐武：《本土的全球性：新世纪文学的想象空间》，《当代作家评论》，2014 年第 3 期。

随着城市空间的敞开，城市的丰富性内涵日益显现出来，80年代以来，城市景观的呈现，大致经历了一个从生产的空间，到公共空间，私人生活空间，乃至城市个性的凸显的发展过程，北京、上海、天津、武汉、西安、广州、南京、苏州等开始以独特的面貌呈现在文学中，在这当中，城市的不同性格是与文化、经济及其政治等等多重因素的结合联系在一起的，文化在其中始终占据主导地位。

文化而兼历史，城市的个性虽日渐显现出来，但这一个性其实也多有象征色彩。如果说80年代中期，文化是作为政治的“他者”在把城市从生产的空间转变而为非生产的空间中发挥了重要作用的话，那么随着城市空间的敞开，文化则会造成城市个性的遮蔽和重新象征化（再符码化），城市文学中城市的景观其实十分模糊。《美食家》、《神鞭》和《夜泊秦淮》等自不必说，而即使是贾平凹的《废都》以及王安忆的《长恨歌》这样的城市文学标志性作品，其城市表象也很难说独具代表性。因为前者中的“废都”西京（西安），早已作为中国传统文化的符号，因而所谓“废都”其实也就是中国传统文化在现代转型中的悖论式命运的象征：既可以因经济而中兴（所谓经济唱戏，文化搭台），也因（市场）经济发展而沉沦。而像《长恨歌》中的上海，无论如何的旖旎多姿，都因其身处中西文化冲突的前沿和交汇地而难免带有中国文化的近现代命运的隐喻色彩。这些小说虽然都写到城市的现实处境，但这样的现实是被文化包装过滤过的，文化虽也能显示出城市的性格，但常常使得其包裹下的城市不免显出寓言性的特点来。城市景观真正要显示其独特性，必须经历一个“去文化化”的过程，城市的本土性内涵的发掘，正是这一“去文化化”的逻辑延伸。

二

如果说文化是中国早期城市文学写作中的关键因素的话，那么随着中国改革开放的进一步推进，全球化则在城市书写中越来越显示出其巨大而深远的影响。全球化与“文化化”的“耦合”，某种程度上代表20世纪90年代以来城市表象的另一主要倾向。这是自贾平凹的《废都》和王安忆的《长恨歌》为代表的作家们所创建的传统。《废都》中的文化西京的毁灭后的重生表明的正是这样一种“耦合”，而至于《长恨歌》中的上海，作为国际化大都市，其怀旧风所揭示出来的历史与现实的重叠，是全球化语境下的多重时空交叠的文化表征。这一全球化倾向，与中国的城乡二元格局及其城市化结合在一起，几乎左右了近一二十年来城市文学的走向。在这当中，形成了全球性城市空间与地域性城市空间的彼此分立的两极城市景观。

在全球化进程显示其伟力之前，中国的城市文学/文化中只有中心和边缘，沿海和内陆，以及南方和北方之间的多重关系及其空间差异的表征。这一空间差异在彼时的电影中表现尤其明显。《街上流行红裙子》（齐兴家，1984）中来自农村的姑娘阿香通过虚构一个在香港的哥哥而暴露出的内在矛盾，表明的就是城乡之间、城市内部，以及内地和沿海甚或香港之间的空间差异及其等级关系。可以说，正是从这部电影开始，现实生活中城市空间的丰富内涵才逐渐被彰显并被展现，而在这之前，电影中的城市景观更多是作为生产的空间呈现出来。这部电影，一方面表明了生产之外的空间的合理性，另一方面也表征了城市空间的内部差异的存在。在这些矛盾中，中心/边缘与沿海/内陆之间的对立互有交缠，形成了城市表象的复杂景观。在《雅马哈鱼档》（1984）和《二子开店》（1987）和《北京，你早》（1990）等电影中，发达、前卫、生机勃勃但也暗藏邪恶的沿海与边缘，同落后、保守、死气沉沉却也淳朴的内陆与中心，两种景观之间既对立鲜明，但也往往互有包含，充分显示出特定时代城市空间的多重矛盾内涵。

相对而言，彼时的文学写作则显得要滞后很多，这与彼时的文化塑城有一定的关联。贾平凹《废都》中的结尾处庄之蝶和周敏欲往南方的意图，折射或反映出的正是南方之于西安的同与不同。所谓不同，是因为西安是传统的、文化的和沉重的，而南方是发达的、经济的和充盈的，共同之处则表现在，市场经济冲击下的西安文化古城的覆灭，以及无差别的城市景观的到来。庄之蝶倒毙于即将南下的西安火车站一幕彰显的即是这一同与不同的悖论。在这之前，蔡洪声的《个体户与穷秀才》（短篇，1985），是较早地表现这一症候性的小说。这部小说中，个体户与穷秀才的鲜明对照是以两个时空——北京和广州——的相遇被呈现。在这里，广州作为改革开放的前沿与保守老旧的北京之间，既是困窘和富有之间的区别，也是理想诉求和现实考量的区别。

城市文学中，真正彰显出全球性城市空间与地域性城市空间彼此分立的两极城市景观的象征性的文本，是王刚的《月亮背面》(1996)。在《月亮背面》中牟尼和李苗，以及陈玉宗们，他们的艰辛、磨难及其极度压抑的个人内心和欲望，皆源自于他们想方设法留在（扎根）北京的悲壮与执着。他们的悲剧正在于，他们被全球化进程的神秘之手裹挟而从地域性空间（如乌鲁木齐或外省小城）流亡到全球性城市空间（北京）。全球化进程造就了一批批"北上广"的"京漂"（或"北漂"）、"上漂"、"广漂"以及"拉（萨）漂"等"漂族"——近几年来又出现了所谓的"蚁族"——而又不能合理而有效地安置他们。他们是一群身处全球化城市空间的"边缘人"的群象。这些城市的边缘人的形象已经不再仅仅是本雅明意义的现代性城市的游荡者形象，其更多是与全球化的时代进程有关。这一悖论，某种程度上正是全球化的进程所造成的全球性城市空间与地域性城市空间的等级秩序及其文化政治的表征。

在这方面涌现出的作家作品有很多，文珍的《第八日》、《衣柜里来的人》、《北京爱情故事》、《安翔路情事》、《色拉酱》，徐则臣的《跑步经过中关村》、《西夏》、《啊，北京》以及《耶路撒冷》，等等，都是相当有代表性的。而说他们有代表性，是因为他们两个人——文珍是"80后"，徐则臣是"70后"——代表了两代年轻人的空间想象；"80后"作家中的全球化想象的代表，还有郭敬明、笛安、甫跃辉、王威廉、杨则纬等，"70后"作家中则有路内、田耳、石一枫，等等。

可以说，恰恰是"70后"和"80后"两代人，其身上最为集中而典型地体现了全球化在中国的发展历程。他们以自己的成长见证了全球化给中国包括他们自身带来的巨变，其成长过程某种程度上同中国的全球化进程部分重叠，因而我们从他们的创作中也最能见出中国全球化进程的文化表征。但也正是如此，他们的城市书写，也更具有症候性。全球化所显现出的空间上的复杂关系，用徐则臣的话就是"持续的出走焦虑"和"眼睛盯着故乡越走越远”[①]，这样一种矛盾，其实也就是所谓的全球空间的旅行所内在造成的。全球化就像“无息的潮水”始终在呼唤着青年的一代“70后”和“80后”们到远方去，“远，再远，更远，无穷远”[②]，但越是远离故乡，他们的焦虑就越严重乃至发展为无限期的失眠（文珍：《第八日》），他们却又并非真的愿意回到故乡。全球化就是这样一种逻辑上的互为因果的循环，个人身在其中，往往不能自拔。他们（包括他们的主人公们）的一生往往也就表现为一种流浪和回归的交替（石一枫的《我在路上的时候最爱你》，徐则臣《耶路撒冷》，路内的“追随”三部曲，等等）。

在这些作家中，他们一方面很多都有很强的地域自觉和地域书写的倾向，像笛安的“龙城三部曲”（即太原）、王威廉的广州书写、路内的“戴城”（实际是苏州）、田耳的“佴城”（实际是凤凰）、郭敬明的上海想象、杨则纬的西安叙事、石一枫的北京传奇，等等。地域既是他们小说中故事的发生地，也是他们有意营造的特定“文学空间”；但问题是，这里的地域既有北京、上海和广州这样的全球性城市空间，也有太原、苏州和凤凰这样的地域性城市空间，这样的地域意识，及其城市书写，其间有着本质上的区别。而即使是全球性的城市想象中，也还有所谓的本土作家和外来作家的区别。就北京叙事而言，文珍和徐则臣，就与石一枫和冯唐截然不同。此外，这里还有“戴城”、“佴城”这样的虚构的文学空间与“龙城”这样的实体空间的区别。这些都是城市写作中需要加以辨析的问题。

在这当中，杨则纬的小说极具象征性。杨则纬的小说（如《躲在星巴克的猫》中的绝大多数作品）虽然有西安的古城墙作为故事发生的空间背景，但其实只是映衬了星巴克的繁华、易变和虚幻。文化而兼历史与现实，在杨则纬的小说中以古城墙和星巴克咖啡厅的对立方式显示出来，因而别具张力。如果说贾平凹发表于20世纪90年代的《废都》显示的是西安古城的现代裂变的象征的话，那么这一裂变在杨则纬的小说中则呈现为一种飘零无根的无家可归状。坚硬厚重如古城墙都只如幻影，更遑论是越来越遥不可及的历史与那不可捉摸的文化？杨则纬的小说，只有全球化的面影而无传统文化

---

① 徐则臣：《到世界去·自序》，长江文艺出版社2011年版，第2、3页。

② 同上书，第1页。

的基底，其小说创作与郭敬明以全球化的空间上海为背景的《小时代》在本质上已无区别。她的小说虽竭力写出西安的文化古韵，但其实是城市书写中“去文化化”的最坚实的代表：她的小说虽竭力凸显、强调西安的故事背景与前景，显示出来的却是距离西安越来越远。

三

杨则纬小说中的这一意图和效果的悖论，恰恰表征的是全球化时代的城市书写中的新的倾向：“去文化化”并没有相应地带来城市景观的独特性的呈现，反而越发显示出其与全球化的接轨。这一倾向的出现，当然与作为“80后”乃至“70后”的缺少历史感有关。他们的小说写作不像他们的父辈（“60后”）们那样沉重，但又受到大国崛起语境下传统文化复兴的影响，他们没有历史的债务，却又表现出对“文化化”的兴趣，其结果，文化常常只成为他们的城市写作中的标签（杨则纬之外，典型如笛安的《圆寂》），古城墙的面影意外地成为星巴克的装饰与其并行不悖地彼此共存。可见，城市写作中的城市景观的呈现，仅仅“去文化化”是不够的。因为，今天的城市空间已经成为全球化进程的一部分，要想显示出城市的独特性来，还必须另寻出路。

在这当中，有三种趋势值得注意。一是把城市的兴衰放在整个民族近代史的背景下展开，叶兆言的南京书写是其代表。叶兆言自新时期以来一直在从事有关南京的叙事，但其早期的《夜泊秦淮》，以及《一九三七的爱情》等小说的南京更多是一个隐喻或寓言，文化的、传统的或浪漫的因子过于浓烈，反不能显示出南京的真正面目。而另一端，叶兆言又热衷于南京新中国成立后的激进历史及其现实的讲述，《没有玻璃的花房》、《一号命令》属于前者，而像《苏珊的微笑》、《我们的心多么顽固》等则属于后者。如此一来，便形成叶兆言小说叙事中的民国风情、历史激进与现实迷乱的三种景观的分裂，而南京也就呈现出其不同的矛盾侧面来。所谓六朝古都、文化重镇，这些都已成为历史，叶兆言沉浸于这样的世路人情，一路写来，虽然其笔下的南京景象让人印象深刻、流连忘返，但其终究不能显出其独特的一面。南京的真正独特性在于其近半个多世纪以来同北京、上海之间的竞争关系、尴尬位置及其文化政治内涵的变迁。自近代以来，南京虽有过1937年短暂的中兴，但相对于上海的近现代崛起，却只能是映衬，而其作为古都或故都，随着新中国的都城北移北京，又永远地失落其政治、文化上的核心地位，可以说，正是在这一夹缝中的末路风情，才真正是南京的独有风格。如此种种，都在叶兆言2014年的新作《很久以来》（单行本改名为《驰向黑夜的女人》）中有所呈现。小说以民国"故"事起，以上海世博会中的相聚终，中间缀以新中国成立后的种种历练变故，可以说，正是从这部作品起，叶兆言才真正写出了南京的历史繁华、现实蜕变乃至重生的起承转合及其独特风貌来。

二是全球化背景下的底层叙事。虽然说当今的众多作家，像贾平凹、刘震云、王安忆、铁凝、余华、刘心武等作家都曾参与到底层叙事的潮流中来，但底层写作的真正浮现却是与中国经济特区的代表深圳密不可分。深圳作为一个曾经的小渔村和现在的国际性的移民城市，其虽常常显得最没有历史和文化，但也最具症候性特征。这就类似于美国的历史，及其混杂的空间构成。深圳的巨变，既表征了中国自新时期以来的翻天覆地的变化，也见证了全球化在中国的最为完整的演变。从这个角度看，深圳的文学景观既是中国崛起的文化表征，也是全球化在中国的文化症候的呈现，而所谓的底层叙事，恰恰显示出这样的复杂构成。曹征路的《问苍茫》是其中最为明显的象征，此外像吴君的《陈俊生大道》、盛可以的《北妹》、白连春的《拯救父亲》等，都是这方面的代表。在这些作家的作品中，构筑了一个来自各地的农村人口涌向深圳的城乡流动图，这既是一次全国范围内的人口大迁徙，也是一次政治、经济和文化上的大重组。作为特区，深圳的经验显示出其独有性来。曾经的共产党员，生产队长，领导干部，他们作为中国政治体制中社会主义主流意识形态的代表，在深圳的全球化的企业中，却成为维护并服务于资本生产的形象，成为压制剥削工人的工具，甚或成为被压榨的工人。如此种种悖论式的景观，都在《问苍茫》等作品中有所表征。而所谓工人为自己的权益而展开的反抗、斗争，也早已不再是无产阶级斗争的组成部分（就深圳的经验而言），而是全球化时代的底层在表达他们作为全球化生产和贸易带来的结构性存在的不满。底层作为一种结构性的存在，其面对的并非仅仅是资本家阶层的剥削，还有全球化带来的区域空间——全球性空间和地域空间——的不平等，以及全球性城市空间内部的等级秩序。全球化空间的复杂构成，使得底层叙事中的反抗常常显得悲壮而不得要领。这里的问题是，此时再去沿用或援引无产阶级斗争的理论或经验，既不具有合法性（就特区的存在而言），也不具备有效性。而这也意味着，从传统意义上的无产阶级文学挣脱出来，已成为底层叙事中不以个人的意志为转移的客观选择和大势所趋。在这里，特区的经验某种程度上成为改革开放以来"中国特色"的隐喻，因而寻找适合当前中国经验的理论资源就成为全球化时代的底层叙事中所亟待解决的关键所在。

三是全球性城市空间的本土性呈现，夏商的《东岸纪事》和张怡微的《你所不知道的夜晚》代表的正是这一种倾向。这两部小说都是以上海为背景，但又与王安忆们的上海景观不同。这是从上海的边缘展开的上海叙事。前者以浦东自改革开放以来的巨变为经，围绕几个主人公的命运沉浮展开叙述。后者则借上海的城郊田林近几十年的变迁来敷衍铺陈主人公的命运升降。而也正因为浦东和田林都不属于（或曾经不属于）真正的上海市区，这样一种空间上的内部差异，既导致一种空间上的旅行——到上海去——的冲动，也呈现出上海的全球化或殖民化想象之外的另一重景观。这是"上海的背面"的故事，是成为上海人的文化隐喻。张怡微在《你所不知道的夜晚》中，把个中的复杂微妙处呈现得纤毫毕现：

> "田林"的存在，就仿佛是上海的背面，也好像是光鲜舞台的后台，作为一个配补的要素游刃于主流精神之外……照样是充实的分分秒秒、有声有色的一生一世，却多少令人心有不甘。毕竟，舞台上的人生是别人的，是做给外人看的，真实的生活隐在其后，就好像不存在一样，各种酸楚是无人问津的。[1]

---

① 张怡微：《你所不知道的夜晚》，上海文艺出版社 2012 年版，第 8 页。

上海写作一直以来为作家们所钟爱，但即使是如张爱玲为代表的海派，也不免带有象征色彩，其笔下的上海经验常常成为中/西、传统/现代、进步/保守和城/乡等多重二元对立架构间的杂糅交缠的表征，其上海毋宁说是中华大帝国近现代化进程中的文化隐喻。这样一种倾向自王安忆以来仍没有得到根本的改观。其原因，某种程度上正在于，上海书写一直以来都是在外来影响/本土回应的模式中展开，而这，是无论如何直面或正视上海，都不可能写出真正的上海经验来的。要想跳出这样的悖论或怪圈，夏商和张怡微的小说提供了某种启发。他（她）们的小说从上海的边缘入手，这既能有效避免上海叙事中的隐喻性，又能写出上海的近现代的独有经验。用理论上的说法，就是“自我的他者化”倾向或美学上的陌生化手法。这既是“他者”的眼光，又是源自本土的诉求，是把上海当作“成为上海”的过程来写，上海永远处于一种进行时态，因而也往往是不被象征或化约的上海。

可以说，以上三种倾向某种程度上都是城市写作中的“本土的全球性”的代表。在全球化时代的今天，要想真正显示出城市景观的独有性而又能摆脱全球化的痕迹，这样的写作几无可能；即使是田耳式的停滞的“佴城”也终究成为奔波于“莞城”（即东莞）与“佴城”之间的主人公们的整休、疗伤或避难的隐喻空间，其越是显示出其象征性色彩，越是表明全球化的影响之所巨。在这种情况下，如何处理全球化与城市的独特性常常成为困扰城市文学写作的极大的难题所在。直面城市的时代巨变虽也能带来恢宏的气象，但这样的城市却很难说有其独有性的呈现。对于我们的城市写作而言，其不仅仅要“去文化化”，还要写出全球化时代的城市本土经验，“本土的全球性”就成为时代所能给出的最好的选择之一。从前面提到的“本土的全球性”的三种倾向来看，这当中，城市经验的“陌生化”是必不可少的路径之一。只有先陌生化，才有可能真正跳出已有的城市书写的经验的桎梏，才有可能真正写出全球化时代的本土性的城市经验。而如何在陌生化的同时，进一步展现城市经验，也成为城市书写中有待深化和拓展的理论难题，夏商和张怡微小说中的“自我他者化”的尝试，是一种很好的选择，或可成为日后城市书写的借鉴。

第四章　反腐题材类

第一节　"互文"现实的深度与限度

一

虽然说，反腐题材小说易于让人联想起清末民初的官场小说和黑幕小说，反腐题材小说往往有揭黑幕泼脏水以满足人们的窥伺欲的嫌疑，但其作为一个题材类型涌现于20世纪90年代以来，并不是偶然，其与现实实践之间的"互文性"仍是不容忽视的焦点所在。就反映现实与介入现实的深度及力度而言，在当代中国，鲜有哪类题材堪可比肩反腐小说。同样，反腐题材的模式化概念化倾向及其内在矛盾，也处处反映了现实政治体制本身的局限和困境：现实本身的局限决定了反腐小说所可能达到的深度。反腐小说后来被官场小说取代和覆盖，其原因也部分源出于此。

腐败现象的发生古今中外概莫能免，反映或表现腐败显然并非反腐题材小说的应有之义。反腐题材小说集中涌现于20世纪90年代以来，无疑与改革开放的深化和向市场经济的转轨息息相关。张平的《抉择》（1997）和陆天明的《大雪无痕》（2000）最为鲜明地表现了这一点。特别是前者，叙述者借主人公李高成的口吻表达了对腐败的产生与国企改革之间存在关联的困惑：

> 改革的最终结果，莫非就是使得国有资产大量流失和国有企业中的蛀虫成批出现？而如果不是这样，那么这种境况和局面又是怎样形

成的？[1]

虽然说，向市场经济的转轨，是腐败滋生的温床和重灾区，但若以为遏止了腐败、惩治了贪官，国企改革就能顺利展开与延续，这样的逻辑无疑也是极端乐观主义的表现，其与20世纪80年代初期的改革小说之间，不难看出其中的一脉相承之处。《抉择》的结尾，贪官污吏被抓，濒临倒闭的中纺集团公司也走上正轨，情况日益明朗。在这里，腐败是放在改革的对立面加以呈现的，这种结构模式，在反腐题材小说中比较普遍。虽然说，改革的深化往往加大反腐，但根除了腐败，却并不一定能带来改革的成功，这在逻辑上不是互逆的。

另一方面，腐败现象为什么自90年代以来频发不止，反腐题材小说在这方面也开启了思考和认识现实的空间：

> 这是不是你们搞腐败隐藏在内心最深处的动机之一？换句话说，正是因为你对这个党、对这个国家失去了信心，不抱有希望了，所以才开始这么腐败的？[2]

这既是《抉择》中反腐英雄市长李高成对腐败分子——中纺集团总经理姚中杰——的质问，也是作者/叙述者对现实的发问。而事实上，自80年代末以来随着乐观主义和理想主义的破灭，人们的务实精神和功利追求也日益明显，这与腐败的产生之间，并非截然没有关联。

二

就人物塑造和设置而言，反腐小说塑造了一大批有血有肉的反腐英雄和斗士，但这一英雄却非好莱坞式的个人英雄，而是“有中国特色”的典型形象。因为显然，就像《大雪无痕》中的公安局副局长马凤山所言，“这就是

① 张平：《抉择》，人民文学出版社2004年版，第266页。
② 同上书，第450—451页。

我们的现实！我们的公安工作，是在党绝对领导下的，这一点任何时候都不能动摇”，反腐同样也必须在中央和省市各级领导的统一部署下展开。反腐不可能脱离现实语境的制约，反腐英雄也必须是体制内的成员构成。而这也是为什么反腐小说往往与官场小说难分轩轾的原因所在；因为，反腐是在官场展开，反腐英雄很大一部分也都是各级官员，市长李高成、市委书记杨诚（《抉择》），代理市长黄江北、反贪局长郑彦章（《苍天在上》），县委书记刘郁瑞（《天网》），市检察长叶子菁（《国家公诉》）等都是如此。

但问题也随之而来。既然反腐英雄只可能是体制内的存在，一旦腐败分子在权力等级上要远远高于他们时，反腐又该如何继续？而事实上，就中国的国情而言，腐败现象很多时候是与权力的滥用和无所约束联系在一起的：权力不能很好地得到制衡，腐败现象便不可遏制。虽然说现实本身的局限，决定了反腐所可能达到的限度，但作为虚构写作，反腐小说仍提供了想象中的解决之道及其多种可能。其中典型的做法是，塑造了一批坚持正义而敢于赴死和倔强的人。他们既在体制或制度内——反贪局、公安局或检察院等——但他们又不为体制所束缚；他们既服从上级领导的安排，又不唯领导的旨意是从；他们执着而坚韧，常常以一己的力量，冒险从事这项工作。而也正是因为他们的努力，反腐才能最后得以顺利进行到底。这些典型有反贪局长郑彦章和他的助手苏群（《苍天在上》）和重案刑侦员方雨林（《大雪无痕》），等等。身为反贪局长的郑彦章，从事反腐和取证工作本是分内事，但因触动上级（在小说中是田副省长）的利益而被罢官，甚至受到生命的威胁，但他并没有退缩，反而是愈益顽强和决绝。刘雨林是公安局刑侦员，当他发现一起谋杀案与现任副市长有关，而又没有充分的证据时，这种情况下，要对如此一位高级领导立案，按照现行程序几无可能。刘雨林也因此而被多次“罢黜”，但他同样没有退缩。还有一种做法是，在矛盾困境/绝境中塑造反腐英雄。这样一种策略，相对于现实本身的混沌而言，虽有简化的嫌疑，另一方面看，其实也是对现实“戏剧化”的想象。他们有刘郁瑞、李高成、唐朝阳（《国家公诉》）和黄江北；他们都是党的高级干部，他们在面对腐败和正义时，毅然选择了正义，虽然腐败一方都是决定他们仕途的老领导，甚至爱妻（如李高成的爱妻吴爱珍）。第一种策略中，虽然塑造了一批反腐的“倔强”式英雄，但这些英雄同样也并非个人英雄，因为他们在反腐的过程中始终都处于辅助的功能，而事实上，他们最后也都在体制及领导的调度下展开工作。从这点来看，第一种策略仍是第二种策略的延伸和补充。而有些时候，两种策略往往是充分糅合一起的，《国家公诉》即属于这种。小说中的市检察院检察长叶子菁就是那种在体制内始终坚持原则（法律和正义的原则）而又不为上级权力所屈服的高级领导干部。

反腐题材小说中的另一种做法，也是最为普遍的策略，那就是在腐败官员的旁边，始终有一个代表正义的更高级别的力量（官员）。这既是保证反腐最终能进行到底的前提，也是一种“先设”。大凡是反腐题材小说，总有一个腐败和正义的二元对立结构，但这二元之间又并非对等的关系，占主导位置的必须是正义一方，否则正义便不能战胜邪恶。这样一来，大凡腐败的官员，到顶都只能是副职——副市长、副（县委、市委、省委）书记、副省长等等；比如说田副省长（《苍天在生》）、省委副书记严阵（《抉择》）、副省长王长恭（《国家公诉》），省委顾副书记（《大雪无痕》）等，而他们的上级，也就是省长或省委书记等则必须是代表正义的一方。反腐小说的矛盾正是这样一层一层设置出来的：反腐英雄在反腐的过程中，遇到来自他们的上级——也就是腐败官员的阻挠——反腐难以为继，这时更大的官员也即代表正义的一方出面，反腐斗争最后才得以成功进行。而这，也正是反腐小说之为“反腐”的题中应有之意。由此可见，不仅现实本身决定了反腐题材小说的深度和力度，“反腐小说”的命名也决定了反腐题材在反映现实时可能达到的限度：反腐小说虽然也反映腐败，但反映腐败并非它的目的，其目的还在于通过对腐败的斗争以彰显并弘扬正义。这一反腐题材小说的精神向度，决定了反腐小说在批判精神上的先天不足和难以进一步的推进。

三

反腐题材小说在结构和矛盾设置上表现出的倾向性，当然与中国的政治体制息息相关，另一方面其实也是官僚主义的危害决定的。作为一种“层级制”管理体制，客观地决定了权力于其中的运作模式：权力既来自上级的授予，也来自于下级的服从；这样一种特点，往往造成权力的无限膨胀和扩张[1]，腐败的产生无疑与这种扩张有关：没有层层的官僚主义现象以及官员之间的包庇，腐败如何滋生？这也是为什么腐败不唯中国所有，在全世界都是一个难题的缘故。官僚主义是直接造成腐败的元凶之一，但其在腐败产生的催化效果方面仍不可小视。如此看来，反腐题材小说与反官僚主义显然具有某种内在的连贯性。

反官僚主义在当代中国的语境中并不少见，其在文学中的表现也一直不绝如缕。20世纪五六十年代中期的《组织部新来的青年人》（王蒙）就是这一典型，小说中借助"外来者"（林震）发现并介入的反官僚主义叙事模式，甚至在后来的很多改革小说中都有延续。柯云路的《新星》（1985）中李向南走马上任古陵县后展开的改革中的一项重要议题就是反官僚主义。在这些小说中，特别是后者，官僚主义甚至被视为阻碍改革的重要因素。这一逻辑在很多反腐题材小说中仍有若隐若现的延续，《抉择》、《大雪无痕》、《苍天在上》以及《国家公诉》等小说中经常出现的下岗工人集体请愿和闹事一幕就极有症候性，只不过，在这里是以反讽的形式呈现出来：国企改革非但没有带来生活的改善，却滋养了大量腐败现象的产生。下岗工人针对政府的集体请愿行为表明，他们既对国企中存在的官僚体制强烈不满，又对更高一级带有官僚色彩的机构寄予期望；而这其实也暗示了，官僚主义若不与市场（或经济）行为相勾连，并不必然导致腐败现象的产生。这也是反腐题材小说与反官僚主义主题小说相区别的地方。

在这里，腐败造就了大量的社会底层的出现，而事实上，反腐小说也大都涉及社会底层苦难的描写，《抉择》、《天网》、《大雪无痕》、《国家公诉》等中尽皆如此。但这些小说终究不是底层写作。显然，反腐题材小说旨在反腐，而非揭露苦难；苦难在反腐题材小说中往往是作为腐败现象的"他者"出现的，大凡腐败一根除，苦难也就迎刃而解。反腐题材小说只有视角向下，把主人公放在底层民众身上，反腐小说才可能演变成为底层写作；曹征路的《那儿》对底层和腐败的描写最为鲜明而辩证地表现了这点。同样，如

① 参见〔英〕毕瑟姆：《官僚制》，韩志明等译，吉林人民出版社2005年版，第57页。

果把视角锁定于官僚主义体制的游戏规则本身，反腐题材小说则又有可能变为官场写作。可见，反腐小说与底层写作、官场小说之间，自有其内在的关联。这也是我们今天重读反腐小说时，应加以特别注意的地方。

第二节　依法治国的矛盾及其可能

一

在反腐题材小说中，周梅森的长篇《国家公诉》（2003）是一部比较有代表性的作品。说其有代表性，是因为《国家公诉》在人物关系设置上有其与同类小说不同的地方。一般而论，小说中人物关系的设置，往往体现了作者对所表现社会现实的思考。就反腐题材小说而论，主人公的位置，某种程度上寄寓了作者对反腐的思考和思想倾向。反腐小说中的很大一部分英雄主人公都是省市的党政一把手，这在《苍天在上》、《天网》、《抉择》等中都是如此，《国家公诉》中虽也有市委和省委对反腐的大力支持，但小说的一号人物却是市检察院检察长叶子菁。在这里，叶子菁的检察长身份非常重要，小说以她作为中心人物，体现了作者对中国真正实现依法治国的期翼和想象；而其作为国家公诉人对腐败分子的公诉，就有了代表国家或以人民的名义进行历史审判的象征意义。

反腐所涉及的议题中，依法治国是一个非常核心的命题，但如何依法、谁赋予以及赋予谁以法律的权利，却并不是自明的。而事实上，在中国当代的政治实践中，权力更多时候来自于上级领导部门的授予，所以依法治国在实际操作层面往往就会有偏离的现象发生。这是依法治国在中国改革进程中的困境所在。小说表现了这种困境，也提出了解决这一困境的想象方案。小说中，主人公是叶子菁而非市委书记唐朝阳，已表明了作者的思想倾向，即反腐必须是在公检法为中心的基础上展开，但在当代中国公检法又必须有党委领导的大力支持；小说中，唐朝阳虽也是反腐英雄，但只能屈居陪衬的位置，其意义也正在这里。

虽然说，叶子菁的反腐实践往往受到上级权力的干预和渗透，但她可以以法律的名义坚持独立办案，公检法的独立性至少在逻辑上是可行的。可这并不意味腐败并不会渗透到公检法内部，一旦这种情况出现，公检法也就原则上必须受到更高一级党委机关的制衡，这样一来，公检法的独立性也就难以为继。小说为避免这样的悖论出现，在人物关系设置上，采取了主/次要人物剥离的策略。即公检法的非核心人物，比如说副检察长（如陈波）或公安分局副局长（如王小峰）可以腐败或不讲原则，但主要领导如检察长或公安局长却必须是公正廉明的。在小说中，市公安局长江正流可以暂时很昏聩，甚至在不知情的情况下受贿，但在大是大非上却是毫不含糊的，其最后转向对腐败分子的斗争即说明了这点。这种策略表明，公检法系统虽然可能参与腐败，但作为最高领导层却是正义而有担当的。这其实是赋予了公检法最高领导以道德上的制高点，而事实上，如果没有制度的制约，这种道德赋予其实仍是虚妄而不切实际的。由此可见，小说虽然赋予公检法特别是检察院以反腐斗争中的中心位置，体现了作者对依法治国的期望，但其在实际操作层面仍有许多不可解决的矛盾。

就小说的结构而言，叶子菁的形象，更多时候是一个符号和功能性人物。在她身上很少有在情感与理性之间抉择的问题，而主要是要不要坚持原则和立场的问题。这与张平的《抉择》中李高成的形象明显不同。她自比为“国家机器”中一个“螺丝钉”，而为了使这部机器永远正常运转，就必须时刻警惕不要让自己“松动”和“滑丝”。可见，在她身上体现的是一种国家理性和理性之光的胜利。这一人物形象虽然不一定具有客观现实之“真”，但因为寄寓了作者真诚的理想，却有一种更为深切的“主观之真”。

二

相对于一般反腐小说中鲜明而截然对立的腐败与正义间两大阵营的人物关系设置，《国家公诉》显然有更深一层的推进和表现。虽然说腐败的产生总与权力的滥用息息相关，但权力所带来的迷幻，并非只作用于腐败分子身上，其在代表正义或正面人物的身上的折射或“异化”程度，同样触目惊心。《国家公诉》在对权力的思考上，比大多数反腐小说都走得要远也更为深刻。

反腐斗争有时候可能成为官场权力斗争的延续及其变异。这是很多反腐小说所常忽视的。《抉择》中省委副书记严阵曾这样表达过其中的关联：

> 什么叫反腐败？为什么要反腐败？……说到底，还不就是要整顿异己？一句话，就是要借运动把那些对立面全部整顿下去，把那些不属于自己圈子里的人全部搞下去。什么是运动？这就是运动！这就是反腐败的真正含义。①

只不过，这段话是出自反面人物之口，其在小说中被作者/叙述者以李高成的视角坚决予以否定了。但这并不表明其中就没有关联。《国家公诉》中原市委书记、现人大主任陈汉杰在对省委副省长王长恭的以反腐败为名的斗争中，很难说就没有派系和权力斗争的成分在。而另一方面，王长恭也常以陈汉杰的儿子陈小沐（犯事已被公安局抓获）作为交换的筹码，想在这场纠缠不清的斗争中保全自己。同样，"参与"反腐的也并非都是英雄，小说中城管委副政委方清明对腐败分子可谓痛恨至极，但这种情绪并非源自心中的正义感，而是因为他获得的腐败机会太少而心生怨气。在这背后，仍可以看出被称之为权力的逻辑在起作用。

如果说小说中叶子菁的形象多少带有符号化概念化的倾向，实际上的情况可能是，对有些人而言，他们并不总是这样立场鲜明的。在这当中，权力的逻辑常常是贯穿始终的功能因素。公安局副局长伍成义和副检察长陈波在小说中并非反面人物，甚至可以说是正面人物，但他们并非叶子菁式的脸谱形象，而是某种可以说是"中间人物"的现实典型。特别是伍成义，可以说在腐败面前毫不妥协，正义凛然，甚至不惜冒丢官之险而"垂死挣扎"，颇有几分悲壮的成分。可一旦面对权力的诱惑，要被提拔为公安局长时，竟也突然畏畏缩缩，完全没有了此前的立场。这一前一后的反差，不能不让人对

---

① 张平：《抉择》，人民文学出版社2004年版，第353页。

他此前看似“悲壮”的反腐行为顿生疑惑，而事实上，如果从后面的举止来反观他此前的行为，便可发现，在这后面，仍有权力的逻辑隐隐作用于其间。因为他十分清楚，他的前面有王长恭的红人江正流（公安局长）在，作为副局长又兼是陈汉杰一派的人，他很难有提拔为局长的可能。他的气愤和不平不难理解，一旦可能，这种不平即会转化为（针对王长恭一派的）反腐的悲情。而随着江正流的倒台，他有可能升为局长（实际上他已作为代局长了）时，他便又会为自己的权力升迁考虑而变得保守且顽固了。在副检察长陈波那里，情况也十分相似。他是叶子菁的下属，虽称不上正义凛然，但还算兢兢业业，也没有太多野心。可一旦情势骤变，叶子菁在面对王长恭一派的层层重压下可能倒台时，他也为这可能空缺的职位，而变得蠢蠢欲动。从这两个人的例子可以看出，相对于权力的诱惑，正义的坚守是多么的脆弱而不堪一击。公权所有不仅催生腐败，同样也导致人的异化，而后者，在程度上并不亚于前者。

三

相对于大多数反腐小说给人以态度鲜明与立场明确的深刻印象，《国家公诉》的意义在于，它让我们看到了一个在情感和理性、现实和理想、意识和无意识之间态度游移且进退失据的叙述者 / 作者形象。而这，在周梅森的其他小说，比如像《人间正道》等小说中也是不多见的。这样一种矛盾态度，在反腐英雄叶子菁身上表现并不明显，也并不仅仅体现在其他人物甚至是反面形象身上，相反，只有综合考察小说中的人物设置才能有更好地体会。小说以叶子菁为中心塑造了一大批人物，但事实上，现实本身却并不是以叶子菁为中心的。如果说叶子菁的形象塑造体现的是作者对反腐及其政治体制所寄寓的理想和思考的话，那么她周边的人物群像则代表了现实本身的复杂性。一边是理想的化约性，一边是现实本身的丰富驳杂，一边是理性的顽强坚守，一边是情感的微妙而易变，一边是意识的自我说服，一边是（权力）无意识的流露，等等。这样一种人性的丰富驳杂，某种程度上正与现实本身可能具有的混沌状态恰相构成“互文”和对应的关系。

而事实上，这两方面其实是很难分开的。因为作者/叙述者十分清楚，仅仅叶子菁这种对原则的无条件的坚守，在实际现实的操作上是没有多大可行性的，其上级比如说市委书记唐朝阳的随便一个决定就能使她的坚守化为泡影。虽然说，叶子菁的反腐决心得到了市委书记唐朝阳的支持，但腐败所涉及的权力仍然越过市委并直接介入到对公检法的干预中来，小说中以省委副省长王长恭为代表的一派即是典型。公检法的独立性时刻受到挑战。小说中，叶子菁可以以法律的名义下坚持独立办案，可作为国家机器的一部分，公检法的任免却掌握在上一级领导的手中。叶子菁的依法办案，往往就会出现权大于法的情况出现。小说之所以在她（市检察院检察长）和腐败分子副省长王长恭之间设置一个具有变通功能也更具现实可操作性的人物——市委书记唐朝阳——即已表明了作者/叙述者的矛盾和无奈。这种矛盾，既是现实本身的深度和人性的复杂所决定的，也是作者/叙述者在现实和理想之间构筑的一个“镜像”：现实既可能是混沌的，但其实也包含多种可能。唐朝阳，既正直，又很“中国化”，既讲策略，也坚守原则，他表面上对王长恭言听计从，但实际上却“阳奉阴违”。就其与现实的相似性程度而言，唐朝阳的形象更“现实”而普遍，但也是这种“现实”，反腐也才能更顺利地而持续地展开。从这个角度看，《国家公诉》以对现实尽可能接近的“模仿”，表达的其实是对变革现实的期翼。

第三节 “剩余”时代的文学写作与残缺

在一次讲座中，宁肯借杨炼的诗句“眺望自己出海”来形容“文学与远方的内在关系”：“某种意义你站在大海边上，当你意识到大海既是结束也是开始时，当你把自己当作他者的时候，就是在书写，就是在叙事，就是讲述自己。”[①] 某种程度上，“眺望自己出海”既是作为主体的自己把自己和世界作为“他者”加以审视，也是世俗经验（“出海”）的内在化、理性化及其被叙

① 宁肯：《文学与远方——在复旦大学的演讲》，《江南》2013年第3期。

述的过程，宁肯以此作为其文学写作的追求，他的作品往往显得特别理性、冷静而充满思辨色彩。但即使如此，他的作品也并不总是理性与逻辑所能涵盖和阐释，他的作品中有太多的“溢出”和悖论，其中既有极为严肃的形而上的思考与思辨，又有形而下的身体“性取向”上的变态与变异——施虐与受虐、性变态和恋物癖等——两者往往并存于同一主人公身上，读者震撼之余两皆茫然与失据。

宁肯是当代中国文坛中身处潮流之外而又让人侧目的作家，他创作的小说不多，属于厚积薄发一鸣惊人的那种，其甫一发表长篇，即标志着创作上的成熟。但他风格多变，出入于先锋、通俗、常态和变态之间，腾挪多变让人眼花缭乱。相对作者此前的小说创作，其长篇新作《三个三重奏》（《收获》2014 年第 2 期）显然没有大的突破，不论是形式上还是在内容上，但它在宁肯的创作历程却是一个标志，或者说是一个“事件”。在这部作品中，宁肯尝试着思考（或重新思考）文学表现与当前世界的关系，叙述者的介入的程度，元小说的写法，以及权力中的“人”的位置等问题。凡此种种虽然也在作者以前的作品中有所流露，但如此集中地展开，还是第一次。从这个意义上说，这是一部总结之书，也是一个新的起点的标志。

一

虽然说《三个三重奏》看起来同作者的上一部长篇《天·藏》（2010）有更多的关联，但还是让人想起《环形山》、《蒙面之城》和《沉默之门》。宁肯的作品一方面表现出远离潮流和时尚之外的姿态，一方面也在现实主义写作传统的框架内不断探索个人面对世界的不同方式：一种是有意识的拒绝、怀疑与疏离（《蒙面之城》），一种是批判而反讽的介入（《环形山》），一种是挫折失败后的回到内心（《沉默之门》），一种是身体与精神的对话，形而上与形而下的沟通的尝试（《天·藏》）。在这些作品中，宁肯思考的起点一直都是在主人公身上。这是一种以个人为中心的朝向世界的不同态度和想象世界的多种方法。诚如作者所言，“腐败已败坏了我们赖以生存的水、米、油、奶瓶，那些不可思议的饕餮之人或直接或间接吞噬着我和所有的人，我却认为这些和自己的写作无关。明明我已多么的愤怒，多么的惊愕，却要躲进小楼成一统。这是对的。一个绝对的人有时就得这么坚硬，有时就该有些人超越一切从事完全超现实的东西，就像维特根斯坦在炮火纷飞战壕的某些寂静的瞬间还在思考抽象的哲学问题，还在不间断地书写，战争根本进入不了他的大脑，哪怕子弹就在耳边飞。我佩服这样的超现实的人，差不多有这样的定力，五年时间我之岩石一样的‘抽象’证明这点”。[①] 世界以主人公个体的“我”为圆心，因“我”而存在，而被感知并被内在化，舍此之外，便不足观，也不重要，现实或世界往往只是作为背景存在，而至于事情的来龙去脉及其起承转合也常可以忽略不计。

《三个三重奏》则不同，首先，这部小说的主人公不是一个人，而是四个人：叙述者“我”、敏芬、杜远方和居延泽。这是一部表现四个主人公之间互有勾连的人生的三重奏——即“我”、敏芬和杜远方，杜远方、敏芬和黄子夫，杜远方、李离和居延泽这“三个三重奏”——的故事。如果说四个人代表了面对世界的四种不同态度的话，这部小说可以看成是作者创作上的一次总结和思考的结晶。小说中叙述者“我”的形象，很容易让人想到《沉默之门》中的主人公李慢。这都是生活在自己内心世界的人物形象，《沉默之门》对主人公的生活有一句经典的描述，“一个人如果可以依赖内心生活，就不需要别的生活”[②]。但事实上，“依赖内心生活”的人并不总能在“别的生活”中一帆风顺；这样的人生总会遇到困境。《三个三重奏》中的叙述者“我”四肢健全却不愿从坐着的轮椅站起来，如此矛盾和悖论正象征了这样一种生活的困境。这既是一个内心强大的智者——生活在书的围墙的包围中——的形象，同时又是一个事实上的失败者——妻离子散——“轮椅”某种程度上即是他的人生镜像，时刻昭示或铭刻着一种失败的清醒。而另一方面，“轮椅”的存在也处处暗示了某种态度：面对世界的拒绝与傲慢。“轮椅”的高度某种程度上就成为叙述者“我”眼中的世界的高度。

这部小说虽讲述的主要是敏芬、杜远方和居延泽的故事，但其实中心人

---

① 宁肯：《大雅与大俗——为什么叫〈三个三重奏〉》，《收获》微信专稿 2014 年 3 月 19 日。

② 宁肯：《沉默之门》，湖南文艺出版社 2014 年版，封面语。

物还是叙述者“我”。“我”通过强权人物的特殊关系进入到监狱的死囚犯当中，与死囚犯展开了对话。死囚犯的监狱世界无疑是一个封闭的世界，一如叙述者“我”的与世隔绝的书斋式的封闭生活。但另一方面，死囚犯的世界同时也是一个敞开的世界；通过叙述者 / 作家“我”与他们之间展开的对话，外在世界在死囚犯的冷静的回忆中以内心的敞开的方式呈现出来。这恰是《三个三重奏》的创新之处。宁肯在这部小说中创造了一种以内倾（或内在）的角度呈现世界的新的方式。从这个角度看，《三个三重奏》与《沉默之门》、《蒙面之城》之间，既有其传承处，又有所创新。

二

《三个三重奏》无疑是一部元小说。元小说在当代中国并不少见，马原和他的先锋写作在这方面有其典范性的实验意义。但元小说技巧在马原那里，并非只是形式上的创新，其背后的意识形态色彩十分明显。小说的似真性、故事的连贯性和叙事的逻辑性，及其背后的意识形态主题或意义，都是马原所反对并欲颠覆的，形式上的元小说技巧正好充当了这一功能。换言之，元小说技巧在马原那里更多是解构而不是建构，是颠覆而非承载；马原创立的这一元小说技巧在中国当代影响很大，很多作家均从中有所借鉴。

即使如阎连科的长篇《炸裂志》（2013），其中也采用自我暴露的元小说技巧来造成一种似真似假的反讽效果。相反，宁肯在《天・藏》和《三个三重奏》中所采用的元小说技巧则有所不同。首先，这一元小说的自我暴露技巧，其裸露的目的不是叙事的内在自我颠覆，而是为增强叙述的效果或起补充解释作用。其次，元小说技巧在宁肯这里，更多地是以注释的形式出现的。其一方面虽造成叙述的旁枝逸出，但却并不影响叙述的进程，而如果对这些注释置之不理的话，也并不影响叙述的似真性效果。用《三个三重奏》的小说文本中叙述者自己的话说：“您愿待在一个封闭的环境或梦里暂时忘记自己就像看一场电影，不想打断，您大可看下去，不必在意有人出来进去。如果小说是一个复合型建筑，而不仅仅是一个单体的影院或者剧院，那么这里就相当于回廊，花园，草坪，LED 屏。”[①] 显然，这是一种开放式的小说结构，因而最后，小说其实创造了一个文本内外的不同世界的对照并置和互相否定的方式。就并置的意义上说，正文的叙述部分和引文部分，分别创造了两个不同的真实的世界景观，两者互为互文性关系。所不同的是，一个是叙述者介入其中，一个则是叙述者隐退其后。一个给读者以客观真实的效果，一个则因叙述者的介入而显得主观真切。但若从引文的部分反观正文部分，又会发现，正文部分其实是一种叙述出来的真实景观，这是一种似真性而不是真实本身。《天・藏》的结尾，叙述者“我”在引文部分着重探讨了主人公实际命运的各种可能，这与正文部分的主人公的结局并不相同，可见，引文的意义在宁肯这里，似在于打破那种似真性，从这点看，宁肯与马原有其一脉相承之处。

就宁肯的创作历程而言，引文式的元小说技巧并非始自《三个三重奏》，其在《天・藏》中已有显露。如果说在《天・藏》里引文中自我暴露的叙述者并不介入叙述进程，而往往只是充当叙述的评论者的话，那么在《三个三重奏》中自我暴露的叙述者则更多是以叙述的介入者的身份出现。引文中自我暴露的叙述者身份的不同，某种程度上决定了叙述结构的差异。《天・藏》中自我暴露的叙述者并不介入叙述进程，其更多是以一种超然的审慎的甚至略带嘲讽的态度展开，两者间构成某种微妙的张力结构。相反，《三个三重奏》中自我暴露的叙述者介入叙述，因而其自身也构成了叙述的一部分，其“三个三重奏”中的重要组成部分，这时，叙述者与叙述之间不再是超然的关系，而是一种互相影响的对应关系。随着正文部分主人公故事讲述的展开，叙述者的心态也随之发生潜移默化的影响，小说结尾，主人公的故事临近尾声，叙述者的人生也出现变化：“当爱已成为往事，当一切已成为往事，也许不再有悲伤，只有微笑，只有笑对人生。和解吧，没有什么不能和解的。/ 与自己，与世界。甚至与我的轮椅。我想，我也会越来越宽容。/ 我老了。而且不仅仅老了。”[②] 可见，这既是讲述正文部分主人公的故事，也是在讲述自我暴露的叙述者的故事。从这点来，宁肯在《三个三重奏》中其实是

① 宁肯：《三个三重奏》，《收获》2014 年第 2 期。
② 同上。

创造了一种叙述的世界影响真实世界的元小说形式。小说中的叙述者的自我暴露与其说否定了小说叙述的似真性，毋宁说是从反面强化了叙述的力量：叙述的过程，既是创造虚幻的似真的世界的过程，也是在创造一个自我想象中的叙述者的形象。叙述之于叙述者，其实就是“眺望自己出海”，是自我他者化的镜像。

在这部作品中，作者通过叙述者的话探讨了写作的意义。“宇宙或图书馆的写作者是事实与事实间的缝隙的发现者，不仅仅是描述者，后者是所谓作家，前者是写作者。两者的区别在于：写作者永远处在未完成时，就像面对图书馆永远处于未完成的阅读者一样。”[①] 就作者及其创作来看，他所私慕的当然是“写作者”的角色了。这是一种敞开式的写作，宁肯以他的叙述者引文式的介入方式，所欲追求的正是这样一种“未完成”的写作者形象，写作者不是在简单的记录或叙述，他不是旁观者，他同时也是参与者，他参与到他叙述的进程当中，反过来，他叙述的进程也影响了他。这是一种叙述与叙述者互相影响互相敞开的写作方式。从这个角度看，这是一部多声部的小说，真正意义的复调：没有中心，敞开的结构，叙述者的介入，反讽式的距离，如此种种都使得这部小说显得既没有终结也没有开始。

三

如果说《沉默之门》和《蒙面之城》中的主人公们因为内心的强大而能“依赖内心生活”的话，那么《三个三重奏》中的引言中所塑造的叙述者“我”的内心则要脆弱得多，至少看起来如此。这就像《环形山》中的“垫脚”一样，《三个三重奏》中的叙述者“我”是一个“健全的瘫痪者”。“垫脚”并非瘸子，但因一条腿高一条腿低而与世界构成一种奇异的反讽关系：世界在他眼里天生即倾斜，故而他要以残缺之眼看世界，世界也显得残缺不全了，他对世界采取的是一种嘲讽的戏谑的方式。《三个三重奏》中“健全的瘫痪者”的形象则表明一种辩证：如果说世界的畸形内在于他的存在（身

---

① 宁肯：《三个三重奏》，《收获》2014 年第 2 期。

体）中，他则要以畸形世界的健全者的清醒姿态显示自身。他把自己封闭在书房中即为这种表征。虽然宁肯创造了一种以内倾（或内在）的角度呈现现实世界的方式，但他在《环形山》和《三个三重奏》中所显示出来，仍是一种现实批判的表意策略。

内倾的方式而嘱意现实批判，这看似矛盾和充满悖论，但其实符合宁肯的惯常思路。宁肯一向自觉以审慎者的姿态远离潮流和时尚，但他又似乎不能无动于衷于社会的贪腐乱象，此一调和的努力表现于他的新作《三个三重奏》中即为这样一种倾向，即，虽写到了权力和腐败，但他所关心的并非死囚犯们所指涉的贪污腐化的事件本身，他关注并聚焦的是这些事件中的“人”。换言之，他所探讨的是权力的关系网络中“人”的位置及其“人”与权力的共生关系。“从权力的角度思考人，再从人的角度思考权力，权力不再简单，不再仅仅是一个他者的问题，也是每个人内心的问题。”[①] 从“个人内心”的角度表现世界是宁肯一贯以来的做法，其在《三个三重奏》中也不例外。所不同的是，在这部作品中，这种表现是互逆的展开的，其呈现为一种互相生成生发的关系。简言之，他不仅写出了权力对“人”的压迫和“人”对权力的渴望，权力与“人”的辩证关系还表现在，它们之间互为“主体”和“他者”，用黑格尔的话就是，它们彼此构成对方的真理。

宁肯受福柯的影响很深，前引这段话中的“权力”，更多意义上是一种可以称之为“微观权力”的东西。权力不仅仅具有压迫性，权力也是生产性的，这是一种生产性的权力，它表现为一种权力和知识的共生共谋关系。其表现于《三个三重奏》中，即为权力、欲望与性别的彼此勾连。小说中有两个三角关系，两个三角之间互有勾连。一个是李离（女）同杜远方与居延泽之间的情爱关系，一个是敏芬（女）同杜远方与黄子夫之间的情爱关系，这都是一女两男的模式。小说中女性主人公敏芬和李离作为欲望的对象，是与权力纠缠在一起的。男性作为权力的代表和生产者，亦投射到其欲望的对象中去。权力生产欲望，然后在女人身上得到满足。从这个意义上说，女人其实是男人的镜像和真理。男人占有了女人便占有了权力，他在女人身上得到

① 宁肯：《大雅与大俗——为什么叫〈三个三重奏〉》，《收获》微信专稿 2014 年 3 月 19 日。

满足，也便获得主体的想象性的满足和自适。

在这两个三角关系中，杜远方是核心和关联人物。某种程度上，敏芬和李离构成了杜远方人生的全部：贯穿年轻和晚年两个人生阶段的自我的“他者”形象。这两个阶段都与权力有关。一个是权力顶峰阶段，一个则处于权力真空期。那么，敏芬是否是第二个李离，或是李离的影子？敏芬显然并非李离。如果说李离投入杜远方的怀抱是与外在压迫性的权力（杜是厂长，她是女人）息息相关的话，敏芬则可以说是一个外在权力的反抗者，她艰难决绝地反抗着来自黄子夫的强权的挤压，虽然也曾有过偶尔的动摇和犹豫。敏芬投入杜远方的怀抱与外在的权力无关。敏芬并非少女，相反，她有过多次婚史并育有一女。她投入杜远方的怀抱，显然有别的原因。

小说采用倒叙的方式，先写杜远方与敏芬之间的情爱关系，因而牵扯出黄子夫。如果说黄子夫的身上体现的是一种压迫性的权力的话，那么杜远方则表现为一种生产性的权力。这里，敏芬与两个男人的关系，其中三味值得分析。黄子夫是敏芬所在学校的直接领导（副校长，而后是校长，教育局副局长，等等），他利用他的手中压迫性的权力，渴望得到她的身体。在这当中，权力虽然也带来诱惑，但更多是一种异己性的“他者”，是屈辱和自我的丧失，故而遭到敏芬长期以来的顽强反抗——黄子夫虽借助强力强奸了敏芬，但在内心却无疑是一个失败者。杜远方则不同。他避难到敏芬家。他虽曾经有权有势，显赫一时，但如今已是大势已去的被通缉的“难民”（或“赤裸的生命”）。从权力的拥有者的角度看，他显然是一个弱者。但他却从肉体和心灵两个方面征服了敏芬。杜远方无疑是强大的（有钱，身体强壮而有强大的气场），他也是神秘（研究《易经》，为何如此有钱而又避难于此）的和风度翩翩的（举手投足皆透出不凡的气质），这样一种强大、神秘和优雅，呈现为一种表象上的男子汉（但又在年龄上作为老年人出现）的魅力和魅惑，其虽无势但有魅力。如果说外在的异己的权力容易也能明确地表示反抗的话，面对此种魅惑，却是任何女人都难以招架也无力招架的。男人和女人之间的权力关系以一种魅惑的形式呈现出来，其最终能从身体和内心征服敏芬，皆源于此。显然，在他这里，权力显示为一种“内在性”或者说生产性。

李离是杜远方的情妇，居延泽显然清楚；他以大学实习生的身份投奔杜远方，但又对李离的身体觊觎不已。欲望和权力，在这里以一种奇怪的方式纠缠一起。面对杜远方的强大和李离的美丽的身体，居延泽自感卑微而屈辱，他之对李离的身体的占有，就具有了挑战杜远方的权力（或权威），并以此建构自身的主体性的意义。这里面当然不排除情爱（或爱情）的成分，但爱情同样也是一种政治。用小说的原话来说，“这不仅是交媾，也是政治”①。对李离而言，也可以做如是理解。她之投入居延泽的怀抱，表面看来是在反抗杜远方的权威（或权力），但其实是从反面强化了它或表明了它的强大。她并非真正想要离开杜远方，她只是想以欲望的对象的形式呈现自身的主体性：她是她的欲望的支配者而非指涉物。欲望是她的主体性，她既以此显示了自身的赤裸裸的存在，也拯救了居延泽——居延泽以此建构起自身的主体性，并通过它或她而顺利进入了官场。

四

正如引注里面杜远方回答叙述者“我”的话，“我不相信单纯的男女关系，对我这种人，女人必须和我的最重要的东西联系起来我才会真正爱他们……我必须征服她们，彻底地让她们臣服。要让她们臣服首先是在床上，要让她的包括眼泪在内所有的液体都出来，最后才是我的液体。把她们钉死，钉在床上，钉得她们希望你把她吃掉，她们才会彻底忠于你，忠于你的最重要的东西”②。杜远方确实征服了敏芬的身体，敏芬也始终怀念着杜远方看似年轻的身体，但也是敏芬最终把杜远方引向了末路——敏芬带来警察一举抓获了杜远方。由此看来，身体及其身体的感觉有时并不可靠，而心灵（或内心）往往背叛甚至背道而驰。敏芬一方面依恋着杜远方的身体，一方面也并不妨碍她告发他。

而这，恰恰是宁肯的与众不同处。他的小说中充满了受虐、施虐、虐

---

① 宁肯：《三个三重奏》，《收获》2014 年第 2 期。
② 同上。

恋、性变态等身体上的“奇观”，这在他的小说的主人公如杜远方、简女士（《环形山》）、王摩诘（《天·藏》）等身上有所显露，但一方面，他的这些主人公又各个表现出精神上的深刻甚至深邃。形而下与形而上的分裂在他的小说中往往以一种极端对立的方式在同一个主人公身上显现，这一矛盾其呈现出的是世界本身的分裂和难以弥合。而如果说精神和理性表现的是人类对自我和世界的认识及其把握的努力的话，那么理性所难以控制和驯服的身体上的施虐或受虐等变态倾向，则呈现为齐泽克意义上的意识形态的“冗余物”，或巴迪欧眼中的“溢出”和“额余之物”。这是一些“不可思考、不能解释、成为碎片化的剩余”①。这并不仅仅是一些难以规训的“主体”，其更是以一种冗余物的形式呈现出的世界本身的永恒的残缺。其主人公越是在精神上（如王摩诘作为一个哲学家的形象出现）呈现出超越性的完美的一面，其在身体上形而下的层面便越显或注定残缺。

宁肯深刻地意识到这点，他一方面着意于其间的弥合，另一方面也深知个中的无望。王摩诘和简女士都是具有前瞻意识和深邃思考的哲学家式的形象，但他们在对待他（她）们的身体方面却无能为力。或许这正是世界的本真：当世界以一种深邃的思想的面目呈现自身的时候，其是否意味着物质或身体上的苍白，或者说世界的深邃是否必须以物质上的残缺作为养料？而当世界以一种平庸的形式甚或和解的姿态呈现时，其可能则会变得和谐中正。那么我们是宁愿以深刻牺牲物质，还是以粗俗成就和谐？宁肯在《三个三重奏》中通过塑造叙述者“我”这一“健全的瘫痪者”的矛盾形象表明的正是这种困境。“健全的瘫痪者”无疑是一个有关“疾病”的隐喻性形象，其表征的是身体与思想上的辩证关系，但问题是，世界是否必须以身体与思想上的矛盾形式呈现自身？虽然在结尾，叙述者“我”表达了和解的某种企望，但其真正能否从轮椅中站起来，并能坚持下去，终究还是疑问。而至于寄希望于佛教及其佛教中的涅槃重生与悟道静坐，叙述者／作者自己似乎也并不自信。

---

① 〔法〕阿兰·巴迪欧：《哲学宣言》，蓝江译，南京大学出版社 2014 年版，第 7 页。

第四节 反腐困局与人性幽暗

一

《曲终人在》(《人民文学》2015年第4期)是周大新的最新力作。对于这一作品，一般倾向于认其为官场小说。因为这是在给一位已故某省省长立传，而且确实也揭露了某些官场生态和官场规则(或潜规则)。官场写作在中国其来有自，渊源久远。对于官场，或揭露，或讽刺，或批判，或感叹，甚或把玩，各种态度都有。可以说，态度上的不同，往往决定了官场写作的不同倾向。晚清以降的官场小说，整体上流于讽刺或揭露；近些年来的官场叙事则近于把玩和炫耀，很多简直可以当成官场指南或入门手册之类。客观上讲，这两种倾向都不好，与日常生活意义上的官场相距甚远。虽然说，近几年的官场写作有所谓雅俗之分，雅中有以王跃文为代表的《国画》和《大清相国》等，俗中有小桥老树的《侯卫东官场笔记》(8册)。前者文人的气息较浓，常常不免带有精英式的傲慢和对官场那种既爱又恨的复杂心态，后者则显得简单明晰，在营造曲折离奇的故事的同时，对官场的态度上也很鲜明。周大新的《曲终人在》与这些都不太一样。在这部小说中，作者/叙述者的态度比较复杂，它既非民间意义上的猎奇甚或炫耀，也非精英式的审慎或俯视，而毋宁说是一种平视视角下的探究及其表现出的深深的无奈与绝望。

官场写作大都倾向于把官场视为一个社会生活中的核心场域，其他场域都是以此为中心并围绕着它转动。其似乎就给人以这样的印象：没有官场，就没有生活，自然而然，中国也确乎就是一个以官本位为主的国家了。按照费孝通的说法，中国自古以来就是一个差序格局的社会，在这样的社会，个人、家庭、国家和天下其实是数位一体、彼此勾连的，换言之，官场并不仅仅是官场，它是同社会生活的其他方面彼此关联难以分割开来的。中国古代的各级官衙中，官员办公和生活的空间紧靠一起就是最为形象的表征。虽然说《曲终人在》有如上一般官场写作的通病，所有情节设计与人物关系都是围绕官场和主人公展开，但因其视角的平移，及其探索的热情，并不给人以造作或隔膜，相反，其给人的感觉是，这是一部日常生活化的官场小说，不乏给人温馨之处。

应该说，日常生活化是这部官场小说的最大特点。这一日常生活化体现在它是把官场视为日常生活的一部分加以表现的。也就是说，虽是以官场作为背景，但其表现的核心却是“人”及其人性的丰富性内涵。这是一个以“人性”作为主人公，而非意在揭露官场规则或潜规则的官场写作。时下一般的官场写作，虽也写到官场中的人性的扭曲，但其关注的焦点不是人，而是官场规则或潜规则。这似乎是一个模式，即使是王跃文的《国画》式精英官场叙事，以及像刘庆邦的《黄泥地》，都是如此，人性不是他们关注的焦点。对于这些官场写作，写人是为了突出官场规则。因此不妨放开来说，这样的官场写作某种程度上都是些反人本主义的写作。周大新的《曲终人在》则相反。他表面上写官场，其实是写人。换言之，这是一个由人构成的官场，同时也是一个人的官场。某种程度上，是人性的复杂性赋予了官场的复杂性，官场与“人”之间构成某种同构性。同时，这一官场又是围绕一个人而展开。整个小说都是围绕欧阳万彤展开，这是以欧阳万彤为中心，以与他有关系的人为边界构筑的官场景观。这样的官场，与我们通常意义上看到的官场景观截然不同。就官场的网络和整体构造而言，这一“个人的官场”确实是小而又小，甚至可以说想从管中窥豹都很难，其间虽也有因官员与官员之间的关系而构成的官场网络，但这样的官场网络，既不全面，也不典型。因为无论是从纵或横的意义上，它都不完整。就横的意义上，它没有全面展现某一级的官场，就纵的意义上，各级官员也不是彼此勾连错综影响的。说得直白点，这里有“官”，而无“场”。但若从其“人”的意义上而言，这一个“人的官场”并不显得残缺不全，因为有“人”在，“人”与“人”之间的关系网络构成了这部小说探讨人性的角度。从这个角度看，官场只是周大新探索人性的角度及其试验场。这与周大新一直以来的小说实践有一脉相承处。他的小说始终都以“人”及其“人性”为核心，因而其小说题材虽历经多变，但始终都给人以似曾相识之感。日常生活的各个侧面徐徐展开，人的丰富性内涵也逐一显现。

可以说，是在官场与“人”的关系上，使得《曲终人在》区别于一般意义上的官场写作。这一小说中的欧阳万彤首先是一个“人”，而不是政要。这里并不是有意要在政要和普通的人之间划清界限并做出区别，而是因为，政要要想在官场如鱼得水，就必须服膺某些官场上的通例或规则，因而就必须把自己伪装起来，其结果也就不可避免地显得有别于普通百姓了。欧阳万彤不是这样，或者说他不完全这样。他不是整天端着个架子或戴着面具生活，他是一个活生生的“人”。他也不为某些官场的规则或潜规则而掩盖自己的个性，他也是一个“真实的人”。在某些时候，欧阳万彤也会为了仕途而甘愿做出某些牺牲，比如在普通农家女赵灵灵和县长的女儿林蔷薇之间，他会放弃他曾深爱着的青梅竹马的赵灵灵而选择后者。同样，他又很有策略或者说很有谋略，他帮助同乡魏昌山设计同某一神秘高官的女儿恋爱，就是为了给自己日后的仕途发展做好充足的铺垫，其一生仕途能不断化险为夷就与此有关。但他更多的时候会显得很真实。他并非没有个人的欲望。他的欲望会在醉酒的时候显露出来，比如说在同原豫剧演员段菁菁的独处，可当段菁菁在不慎说出“市长”（他那时候是市长）的时候，他会突然惊醒并为自己的冲动深深后悔。他会在个人的欲望和利害得失之间做出权衡，因而会显得很自律。这些似乎都是源于前妻林蔷薇的身陷囹圄。是他前妻的前车之鉴让他明白，手中的权力是一把双刃剑，既能带来巨大的好处，也会令他永劫不复，这使得他时刻保持惊醒、警惕和谨慎，不为利益和权势所左右。他选择和单亲离异警察常小韫再婚，其中既有爱情、感激的因素，也有现实诸多方面的考虑。另外，他又很有抱负和操守以及自己的为官原则，这也并不仅仅出于他前妻给他带来的反面警示作用，而是与他一直以来的读书思考有关。如此种种，对于欧阳万彤这样一个人物形象，很难用我们贯穿看到的官场中人来衡量他。他虽然看似清正廉洁、刚正不阿，是一个通常意义上的好官，但他更是一个真真切切的有缺点、有好恶，也有不俗追求的“人”。他是在“人”的意义上显示自己的官员身份。从这个角度看，这是一部别出心裁的官场之作，自有其不同凡响之处。

表面看来，小说确实塑造了一个清廉正直的好官形象，这与当前反腐倡廉的时代主题有一定的应和之处，小说也看似非常的“主旋律”。但细细想来，其实不然。好官的形象虽然被树立起来，但人性的深渊却立于其旁。也正是从这里，使我们看到，这虽是写官场，其实是在写人性，是在对人性的探讨。欧阳万彤之所以能始终守住道德的底线，是因为有前车之鉴，他的前妻因受贿而身陷囹圄，故而在欲望面前，他能有效地克制自己。可以说，在他身上，体现地是社会规范（某种意义上是“超我”）对“本性”的克制。人性的深渊正体现在这“本我”的强大而持久，常常令人猝不及防不可索解。从这个角度看，这部小说实际上提出了一个严肃的问题，即官员如何约束自己的欲望以达到自律的问题。人皆有欲望，问题是如何约束并使之沿着正常的渠道或轨道宣泄。周大新没有回避这个问题。有些（准）官场写作，要么是从一套宏大的命题或追求出发，而把某些官员塑造成近于完人的英雄，如张平的《抉择》和陆天明的《大雪无痕》中那样。这并非不好，而只是说这些作品其实是回避了个人的正常欲望问题。英雄既然非神，就可能沦为彻底的人，这又容易导致另一种倾向，有些官场讽刺之作，如刘震云的《官场》、《官人》和“故乡”系列，这些所谓的官场中人，又被描绘成仅有欲望或贪念，这样的结果，虽也看似真实，但其实距离日常生活的原生态已经很远。周大新的与众不同之处在于，他既没有从超人的角度，也没有从隐喻出发，而是把官场及其官场中人放在日常生活的洪流中加以表现，官场虽有别于其他场域，但它更是日常生活的构成部分，这样一来，所有“人”所具有的优缺点都在官员身上得到体现，因而其所谓的好官就不仅仅是一个好官而更是一个真实而真切的“人”了。

二

《曲终人在》始终围绕欧阳万彤展开，但却不是一部传记体小说。因为所谓传记体，对于传记作者而言，他对传主的一生甚至他的内心都是了然于心的。这样一种了然于心，是因为在写作前有作者明显的意图——或讽刺、批判，或者赞美——存在。意图的明显，决定了这是一种封闭的文体。但这部小说却并不如此。首先，这是以对与欧阳万彤有关的各人的采访记录组合而成的对一个人的拼凑。它不是一个完整的整体，既无时间上的先后顺序，采访的对象也不是按照亲疏程度展开。它也没有从正面强攻或进入传主的叙事，而都是些侧面的呈现，甚至都不能说是叙事。如若按照小说的叙述者（周大新）说，这充其量是采访录音整理稿，它们是作为传记的素材而非传记本身存在，其颇类似于福柯意义上的文献，叙述者某种程度上是隐蔽不见的。

但另一方面，整部小说的叙述者又并不隐而不彰，因为他常常以问题的方式显示自己。他以问题的方式，引导被采访者的讲述。其结果，被采访的叙述虽看似随意而散漫，但有其某种讲述的大致方向。这一大致方向就是欧阳万彤一生中的几个充满谜一样的事件，比如说前妻被抓后的反应和官复原职，同单亲妈妈常小韫的缘分（从认识到结婚的过程），仕途得意时的突然提出辞职，退休后不久在没有征兆的情况下突然死去等。这些都是欧阳万彤一生中作为结果呈现出来的大事，小说的叙述者——也即答应给欧阳万彤做传的写作者——想弄清楚这些事情的来龙去脉。从这个角度看，这是一部探索解密之书，它试图通过多个不同视角的叙述，力求还原出欧阳万彤一生真实的面向和不同侧面。对于这些事情，有些通过对各个采访者的口述，可以复原拼凑出某些完整的答案，有些却只能作为疑点存在，如欧阳万彤为什么曾提出辞职？叙述者（作者或所谓的小说中提到的“周大新”）试图探索这些疑点，但到最后，综合这些疑点及其各人的讲述，却发现，并不能连缀成一个明确的答案，反显得扑朔迷离。欧阳万彤确实是一个好官，但对于这样一个好官的养成，其某些人生的选择，他的隐秘的内心，他的恐惧和隐忧，我们不得而知。而这些，恰恰是这部小说所想要呈现出来的。人性的复杂性及其隐秘的机制是这部小说所要探索的问题，最终却发现几不可能。这与周大新此前的小说都不太一样，从这个角度看，《曲终人在》是周大新小说创作中的一次总结。

采访体小说在中国当代并不鲜见，邱华栋的《正午的供词》就是一例。两部小说都很相似，《正午的供词》是从知名电影导演杀妻自杀后开始写起，也是以对死亡相关人员的采访连缀而成，也是以问题式的探索作为贯穿始终的主线，也是以人性的深渊和复杂作为表现的目标。这与侦探小说既同又不太一样。同之处表现在都是试图揭开事件的谜底，不同在于，侦探小说最后总能找到某件悬案的答案，而这类采访体小说则往往不能提供确切的答案。而也正是这后一点，决定了其文学上的品格。这一写法的好处是，能提供认识一个人的不同的视角，而给读者一种立体化的塑造人物的效果。但这一写法也往往带来一个问题，即当疑问得不到合理或准确的解释，反而是越来越迷惑时，随着采访的深入，传主或主人公形象的复杂性、多面性会造成对整个小说的内在解构。也就是说，通过整部小说的写作，作者 / 叙述者不是对人性了解得更深入更透彻，相反，是更不能把握，人性就像深渊一样，让人无法触碰无法叙述。虽然说《曲终人在》的写作树立起了欧阳万彤这样一个好官的形象，但作为欧阳万彤身上的人性的深度一面却并不是十分清晰，也就是说，小说带给我们的只是冰山一角，对于他的思想性格中的很多方面，我们知道得并不是很多。换言之，他行为处事是清晰的，至于为什么这么做，却不得而知，也不可能知道。“曲终人在”中的“人”还是那个人，做的事也还是那些事，但为什么这么做却是不甚了了。小说的写作似乎是想建构这一内在的联系，但是越写（采访）到后来，越发现难以达到这一目标。这一目标似乎是不可企及的。其难以企及，部分原因或正在于人性如深渊一般难以把捉。

人性的探索是周大新小说创作的一贯主题。恶与善的纠缠，真与责（责任）的冲突，某种程度上构成了其自《走出盆地》、《21 大厦》、《湖光山色》和《第二十幕》等小说的主线。在这些小说中，他既直面人性中被隐藏和包裹的恶（如《湖光山色》中的暖暖的丈夫，《第二十幕》中的土匪栗温保），也呼唤一种伦理上的真、善和美（如暖暖《湖光山色》），追求一种忍辱隐忍的美德（如《第二十幕》中的盛云纬）。他深知，人性中的善恶并非天然天生，而毋宁说是隐藏于身体中，比如说暖暖的丈夫和栗温保，他们本性纯真而质朴，但因为权势和钱财的刺激，而使得他的身体中的某些恶的东西得以催生并被放大而至膨胀不可收束。可以说，正是从这点出发，他的小说一直都在思考、探讨人性的激发和约束问题：人性需要约束和制约，没有约束和制约的人性，是无的放矢的邪恶的人性。欧阳万彤的自律呈现出来的正是这方面的内涵。对于他的某些主人公如《第二十幕》中的尚达志而言，责任或许比人性的真来得更重要。但对于大多数人来说，是缺乏责任感的，而一旦社会制度或规则的约束不够，人性就会无限膨胀。从这个角度看，他的小说某种程度上其实是提出了人性的缺陷和恶如何约束的问题。就此而论，《曲终人在》与他的其他小说相比，似乎并没有提供更多新的内涵。

通过阅读整部小说，可以发现，在这部小说中，除了传主欧阳万彤始终没有正面出现（因为其已死）外，还有另一个关键人物简谦延也是始终没有正面出现。他的存在构成欧阳万彤一生中挥之不去的阴影和噩梦，但这样的人并没有被采访。这是否作者 / 叙述者或采访者无意的疏漏？显然不是这样，因为小说中通过别人的口，多次提到或出现过简谦延。他就像一个笼罩在欧阳万彤身上的幽灵，始终是欧阳万彤人生中的“他者”式存在。他的存在构成了欧阳万彤的或隐或现的威胁。他是邪恶的化身，他与那些所谓暖暖的丈夫，《第二十幕》中的栗温保，以及欧阳万彤的老乡魏昌山等人截然不同。对于后面这些人，他们虽然体现出被隐藏的邪恶，但他们并非生而如此。简谦延却是一个异数，他在欧阳万彤的一生中可以说是无处不在，在同前妻林蔷薇的关系中有他，在同段菁菁的关系中有他，在一次险些造成的车祸中有他，但小说又始终没有正面去叙述他。既无处不在，而无法靠近并有效把握，这样一种存在，颇类似于康德意义上的“物自体”。或许正是因为他是这样一个邪恶的“物自体”式存在，小说才去采用虚化他的方式。而这，恰恰表露出作者的对人性的深深的绝望及其无能为力。对于这样一种人，即使是那神秘的权可通天的北京某位公子也无能为力，更遑论欧阳万彤了。这是一种恶的极致，是我们的人性所不能把握的存在。这样一种无奈，是这部小说所能给我们的强烈的震撼。而这，恰恰是周大新此前的小说所没有过的。他以前的小说中，人性的恶可以理解，可以解释，可以规避，但在这里，却是无可奈何也无能为力的，无力感是这部小说给人的最大感受。欧阳万彤的最终无疾而终或许正是这种无力感压迫所致。这样来看，《曲终人在》就不仅仅是官场写作，而是一次对人性的拷问、探索和无望的混合。

三

新时期以来，我们的文学总以塑造人性的丰富性作为自己的目标和价值上评判上的标准，似乎是，“人”的形象越立体，性格越多面或多变，内涵越难以把握，价值就越高，成就就越大。这当然有其合理的一面。但我们也要看到，这一预设的背后是对文学作为“人学”的肯定和对“人”的认识的变化。因为有20世纪50—70年代的文学实践的参考及其“他者化”的反衬，我们总倾向于认定，“人”应该是圆形而非扁平的，“人”的真实性体现在其内心世界的丰富性上。这一方面是“人”的观点的改变所致，另一方面，我们也要看到，不管如何，有一点，自始至终都是一以贯之的，那即我们的人性是有机的、统一的和协调的，即使是对那些敏感或脆弱的人，也是如此。人物的内心世界与外在行为之间是一种一致的、彼此呼应的一体关系：所谓行止体现人的内心世界的变迁，而人的内心世界的微妙变化也必然会在行为上曲折地体现出来。在这之前，我们的文学总是倾向于外在事件的表现，我们对人物的内心世界所知甚少，为改变这一倾向，我们的文学开始表现出向内转的倾向，开始以对人的内心世界的挖掘为能事乐事。即使是表现梦境的小说，我们也总是从梦境中看出现实的逻辑上的倒影来。这一小说最为典型的就是王蒙的所谓意识流小说诸如《活动变人形》等。而即使是《正午的供词》中，人性的丰富性，也能从这点得到阐释。但《曲终人在》却并不是这样。

应该说，这背后体现的是一种现代性的“人性观”：我们对“人”和由“人”构成的世界是可以认知的，因而是可以把握的，也即安全的。但事实上果真如此吗？周大新的《曲终人在》告诉我们，事实并非总是如此。《曲终人在》确实是塑造了一个好官，但通过对这一好官的多方面的综合，却让我们看到了人性的不可化约的一面。也就是说行为和这行为背后的动机、心理动因并不总是一致的。在这一部小说中，我们从来无从得知欧阳万彤的内心世界，只能从侧面或别人的讲述中去推测去想象。可以说，正是从这一人物身上，我们发现人物的内心世界并不总是与行为一致的，虽然这行为让人觉得这是一个好人或好官，所谓人性的深渊的部分表现正在于此。

另一方面，像简谦延那样的人，却是我们的“人性”观点所难把握或阐释的。他就像“冗余物”，在我们的人性观点阐释之外，但却又高踞于我们的天空，如幽灵般存在，对于这样一个“人”，我们该如何把握？对于他，显然是不能用变态简单地加以限定的，他是一个无所畏惧的毫无底线没有原则的人，既不讲章法，也不按常理出牌。对于他，他的内心世界是一种什么样的图景？这或许是就是这部小说所给予我们的最大命题？我们既不知道正面人物欧阳万彤的内心，也无从知道反面人物简谦延的真实内心。他们都是例外，生活在我们的经验之外，等待我们去有效地阐释。

而事实上，小说也似乎告诉我们，并不是任何事情都有合理的解释的。欧阳万彤为什么会成为一个好官？他为什么在退休后不久突然毫无征兆的死亡？简谦延从骨子里都浸透着邪恶，为什么还能屡屡成功以至于成为不倒翁？一方面是亟待我们去合理有效地解释，一方面却又告诉我们很多东西根本就无法解释，这或许就是《曲终人在》这部小说所能给我们的最大的启示，抑或最大的悖论吧。

第五章　社会风俗与综合反思类

第一节　时代与社会的倒影、逆光及其前景

一

新时期以来，社会风俗一度成为文学表现的热点，出现了冯骥才、陆文夫、邓友梅、汪曾祺和莫言等众多知名作家和一大批耳熟能详的作品。但在此前，十七年或“文化大革命”时期，却难以出现这样的景况。周立波的《山乡巨变》和梁斌的《红旗谱》虽被分别视为具有潇湘灵韵和燕赵气概，但这里面的民俗民风充其量只是副产品，当时的语境及文学环境下，鼓励或推崇的其实是社会风俗之外或之上的时代精神——阶级斗争与冷战国际。

虽然说，时代精神与社会风俗之间并非彼此对立互相排斥，但其在特定语境下，却是互不兼容的。因为显然，所谓社会风俗常常只是特定历史时空地域下的产物，而时代精神却追求某种超越地域之外的普遍性。十七年或“文化大革命”时期，文学往往被以题材——如工业题材、农业题材、军事题材、知识分子题材等——或主题——阶段斗争或反右倾等——的层面划分出高下优劣的等级，在这种情况下，地域因素常常被忽略乃至遮蔽。这也是为什么新时期以前的文学作品中虽偶有民俗风俗的表征，却绝难出现专事或追求社会风俗的作品出现的原因。作品中的地域，如京剧样板戏《红色娘子军》和《智取威虎山》，虽差异明显且并非可有可无，也偶能让人感觉到民风的不同，但这只是背景或远景，其前景中凸显的却是时代主题。

只是到了新时期，当“题材决定论”和“主题先行论”真正成为一纸

空文或只是一种主张而不再是禁令时，热衷于社会风俗的文学作品才会浮出历史地表。从这个角度看，民俗民风的表现，与社会反思之间有其一脉相承之处。而也是在这个意义上，刘心武的《钟鼓楼》（1985）堪称滥觞和典范。虽然说这篇小说中仍能看到“问题小说”——问题小说也是题材决定论和主题先行的表现一种——的影子，但以此著称名世的刘心武，其关注的中心显然已不在社会矛盾或问题上，这从小说选择以四合院为作品的主人公即可以看出：这是一部以80年代初北京钟鼓楼附近一个四合院的一整天的市井生态为表现对象的小说。这篇小说也写到了历史，其既有“文化大革命”中的悲怆，也有民国时期的不平，但历史在这里不是供批判的对象，作者的立脚点仍在现实当下与当世。历史在这里，只是作为现实境遇和人物命运的倒影出现。历史之于现实，显然已非简单的决定与被决定的互动，而毋宁说是社会环境、个人出身和成长经历等多种因素综合作用的双向对应关系；其间民俗民风的流布与扩散，彰显的正是现实的历史的厚度。《钟鼓楼》的出现，处处表明了新时期以来政治反思到文化反思的转折，与民俗民风的涌现。

这样来看，王安忆的《米尼》（1990）和刘诗伟的《拯救》（2011）正可以在这一脉络中得到阐释。两部小说都是以“文化大革命”作为背景或远景出现，但其早已被滤去了锋芒与凌厉，甚至变得面目温和而模糊不清。两部小说虽写于不同时代，但其落脚点却都是当下，是当下现事的触动，使得作家不约而同地把笔触伸向了历史，其某种程度上代表了重述历史和现实的两种倾向：一种是回溯历史以寻求现实的合理解释，一种则是重新阐释激活历史以进入当下。

自新时期以来，王安忆虽一度侧身潮流之中反思批判历史，但她又似乎保持必要的警惕，她的《69届初中生》和《流逝》等小说都已显示出政治反思之外的“个人记忆”的面向，《米尼》表征的正是众声合唱年代的独语，让人对历史生出另一重深思。“文化大革命”中的宏大叙事和主流意识形态既没有询唤出好的“主体”，而理想的破灭也没有导向他们的觉醒，相反，历史却以一种无意识和反讽的形式把米尼和她的老公们一步步推向了犯罪的深渊（《米尼》）。在这里，推动主人公走向深渊的，既非集体或国家，也非他人，而是他们个人的行为，是历史和个人间的一次次偶然和一步步的错位底定。社会反思在这里显然具有了综合的面向，而不仅仅指向政治和文化等层面。相比王安忆的社会历史分析，刘诗伟的《拯救》则试图从浮华躁动的世纪初回溯历史，以此展开道德伦理层面上的自我救赎与重建的思考。小说虽然总体上给人以怀旧的感觉，但并不能简单地从怀旧或感伤的角度加以解读。因为怀旧常常只表明一种现实当下的趣味、姿态和距离，而并非真正意在回到过去，《拯救》则带有重新激活历史过往以更好进入当下的一面。现实的芜杂暧昧诚然让人失望甚至绝望，但并非没有希望，而历史虽然迷雾重重不堪回首，可一旦剥离出其精神性的一面时便又会显示出其面目纯净而超越的向度。在这当中，青春乃至青春时的执着、梦想和追求，往往可以穿越历史时空显示出亘古不变的意义。刘诗伟的《拯救》正是在这点上，很好地重建起历史与现实间的新的可能与关联。

二

虽然说，针对现实的反思常常指涉历史，但历史也常常只能以个人史或家庭史的不同面目出现。在这当中，“人”的因素才真正重要也多被忽略。王蒙的《青狐》（2000）和邱华栋的《正午的供词》（2001）显示了“人”的意义上的反思。《青狐》延续了作者自《活动变人形》以来的思考，作者没有简单地去质疑历史及其粗暴的一面，而是视角向内聚焦并放大了人物内心的幽微复杂处。王蒙通过《青狐》的写作试图告诉我们，正是人心的敏感而易变，及其性格的复杂矛盾造成了历史或现实中主人公命运的不同走向。这时，与其说是大历史或大历史推动下的人的行为，不如说是大历史下人心的不同态度和反应，才是决定现实的要素。这是一种以人物内心世界因应反照现实外部世界的做法。王蒙这一创作倾向的形成，其实与新时期以来“人”的发现和对“人”的丰富性多面性和立体性的指认息息相关。“人”之为“人”不仅在于他是主流意识形态的“主体”和构件，还在于他是不可测度的深渊与冰川，是意识和潜意识的合成，因而对“人”的潜意识的揭示和表现往往就成为文学表象的重心乃至评判的标准。王蒙小说的语言和句式上的繁复某种程度上正是“人”的意识 / 潜意识的波动的表征。相比之下，《正午的供词》则是以对一凶杀案动机的探寻的形式揭示出人性的复杂与深渊。这是一种以结果（知名导演杀妻自杀）寻找原因的方式。而随着探寻者渐趋深入的采访、调查和探寻，却发现越是接近对主人公的多方面了解，越是感到困惑、茫然与无措：这背后到底有无真相？如有，其真相又是什么？而这，虽一方面表明了真相本身的难索，另一方面也是人性复杂的表征，是人性的复杂导致了真相本身的模糊。

小说《金婚》（王宛平）的出现虽然受影视剧形式上的限制，但就其表现的社会现实生活及社会风尚而言，却是颇有特色的。这是一种典型的以家庭史折射或反映时代变迁史的做法。男女主人公的婚姻感情磕绊磨合的50年，既是个人成长成熟和百姓日常演变的50年，也是社会时代政治、经济、文化变迁的50年；而也正是在这多重关系中，个人既没有被简化为主流意识形态或社会变迁的对应物，也没有被表现为仅仅受意识/潜意识的支配。每个人都生活在这多重关系的网络中，既被塑造也塑造自身。

三

虽然文学的价值往往被认为体现在其稳定性的特征方面，但其吸引人的常常还是时代风貌和变动不居的日常生活上，这对当世题材写作而论更是如此。在这当中，社会风俗和综合反思某种程度上恰成两翼，指向现实表象的不同方面。如果说社会风俗代表的只是物质层面的其中之一的话，那么综合反思则指向着某种精神上的提升，两者往往不可或缺。而事实上，就文学发展的实际情况来看，大凡能很好地协调好两者间的关系的作品，也大都是成功之作，经得起不断的阅读。

而这，其实也提出了一种判定现实题材文学高下优劣的标准之一（而非唯一）。就艺术表现而言，作品反思的层次和面向越多，越深入，反映的日常生活越丰富、立体而全面，其价值也就相应越高。反之，则不然。从这个角度看，20世纪80年代以来的中国文学，正经历了一个从政治反思到文化反思的渐进的过程，随之而来的，是现实生活日趋多面立体的呈现，和反思的日趋综合多面和向纵深推进。当世题材的发展，某种程度上正见证了这一演变的历程。

第二节　当代启示录与备忘录

一

《拯救》（刘诗伟，2011）的出现，很容易让人想起张扬的《第二次握手》（1979），也是女主人公——丁洁琼和安娜——被迫留学国外，也是数十年的隔海相望，然后是思念、煎熬和痛苦，一段美好而纯真的爱情从此延宕、经受考验并被升华。但毕竟，写作背景和表现的时代已然生变，《拯救》虽可视为一部表达爱情的忠贞的小说，又不尽然。

爱情当然是这部小说的重要主题。这是一部可以称之为表现多角恋爱的小说，宏达和黑牛都深爱着柳青，但柳青却爱刘浪，刘浪又爱着安娜，后来甚至又有另一爱上刘浪的女主人公方菲出现。本来，安娜也爱着刘浪，这样一个多角关系的链条原可以破解；但事与愿违的是，安娜始终若隐若现地缺席，其结果是导致了多角关系的不断延宕：刘浪坚持等待安娜，方菲始终不嫁，柳青虽因家庭所迫嫁给不爱的人，心里却始终想着刘浪，而黑牛则因追求未果，自欺欺人地从柳青的各种替身中寻求安慰。这显然是一部以爱的延宕表现爱之纯粹的小说：爱的纯粹正与延宕的长度成正比。但事实上爱往往又与欲望联系在一起。对于《拯救》而言，其既写出了爱与欲的转化，也写出了它们之间的辩证统一。爱既可以转化为欲，爱也具有拯救或自我救赎的功能。黑牛最是典型。黑牛下海捞金大获成功，先后娶了三房女人，虽然说他身边从不缺女人，但他实际上又是一个爱的坚守者。他始终爱着柳青，于是转而以柳青的样子在其替身中幻想自足；他虽沉沦堕落，但最终也在这种爱的召唤下完成对自我的救赎。

这一爱的纯粹，在小说中是以“处子情结”的象征形式表现。刘浪和安娜，本相亲相爱，但因安娜以处子之身怀孕，竟导致两人误会而分离十九年。黑牛虽然纵情声色，但他实际上又是一个匮乏者，爱与欲在他这里是以一种悖论的方式共存：欲望的不断满足，只会更加扩大他的匮乏，越是匮乏，越是要用欲望去填补，其结果也愈是匮乏。这一切皆源于对真爱的固执与执着，“处子情结”恰是这一真爱的象征。反过来，柳青的纯洁又会反衬出黑牛身边女人的不纯：他身边的女人既“身”不纯，又别有动机——或因钱或因共同的利益而与他走到了一起。这里，“处子情结”，显然不能从语义学的角度来加以解释，而毋宁说有其政治学的象征意义。

我们知道，爱情从来都不只是男女两个人的事情，爱情总联系着特定时代，没有特定的时空背景，我们便不能理解爱情。如果说，《第二次握手》中的爱情悲剧源于意识形态的分野的话，其最终也必然上升到民族国家（爱国）的高度。而《爱，是不能忘记的》（张洁）中，爱自与欲的分离，则只能是精神高扬的20世纪80年代的伟大神话。但对卫慧的《上海宝贝》，甚或王安忆的“三恋”系列而言，“爱”已不存，仅只剩下“欲”的外衣，可以从90年代以来的时代语境中去加以理解了。《拯救》似有不同，这虽是一部现实反思之作，但其不断在历史与现实之间穿插，历史与现实在这里实际上构成一种对话关系。现实既是历史的当世倒影，也是历史的“变态”形式，因而回溯历史并不仅仅是追忆怀旧，其更是介入并进入当下的方式。刘浪、宏达、黑牛和柳青们的爱情，发生在20世纪七八十年代，那是一个物质虽贫乏思想虽简单但精神却极丰富的年代，那也是一个“激情燃烧的岁月”；相比当今世界的物欲横流、道德沦丧和人心冷漠，那样一个时代虽有这样那样的诸多问题，但并非没有可借鉴的地方。而事实上，这部小说虽然回溯至“文化大革命”前后，却并无批判历史或政治反思的意图，历史在这里，早已滤去了锋芒与凌厉，而更多呈现出其温馨浪漫的一面。

这样一种历史与现实的相遇、对话乃至最终的“耦合”，最后在柳青之女柳叶的身上得到象征性的解决。柳叶是刘浪、黑牛和宏达们在娱乐城结识的“小姐”，就小说中的人物关系设置而论，其意义在于，她以虽置身非纯洁的娱乐厅却保持纯洁之身心——身体和精神上的双重处子——的二律背反完成了对刘浪和黑牛们的“拯救”（事实上，柳叶“沉沦”娱乐场所，皆因救母所致）。刘浪看到酷似柳青的柳叶便蓦然想起历历往事而至于不能自已。与其说是他拯救柳叶于水火（帮助其脱离娱乐场所，并为她找到工作），不如说他是借助拯救他人而得以完成自我救赎。而富有象征意味的是，黑牛的欲望——追求柳叶以满足他的原始的匮乏——最后也在柳叶的“自我指认”中终结。

我认识您，我是柳青的女儿。（柳叶）

这既是一种自我指认，也是现实和历史的遭遇。刘浪和黑牛正是在这一确认中瞬间仿佛看到了历史中的自己，在这里，柳叶是柳青的影子和转换，刘浪和黑牛正是在这相似中重新发现并确认了自我。这一确认即重生的象征，是过去自我的现实重生和再度确认。从这个意义上说，这是一部表现现实和历史遭遇并和解的小说：以过去拯救现在，以历史救赎未来。

二

事实上，对这部小说的阐释，可以从多个角度展开。从主人公的身份看，这是一部表现“回乡青年”离乡、回乡、离乡和再度回乡的故事。小说主人公刘浪、宏达、黑牛和柳青皆为“文化大革命”后期的高中毕业生，他们毕业回乡参见劳动，“文化大革命”结束后又纷纷离开家乡，读书的读书，下海的下海，只有柳青留在了农村。二三十年后当他们重回故乡，柳青却死了，只留下悔恨、遗憾和无尽的思念。

新时期以来，表现返乡知青的小说并不少见，路遥的《人生》和《平凡的世界》，以及张炜的《秋天的愤怒》等都是这其中的代表。莫言和贾平凹的某些早期小说也属于此列。当年的高加林（《人生》）和孙少平（《平凡的世界》）们义无反顾地离开家乡时，他们的姿态与背影虽然显得有力而写满悲壮但多少有些决绝，他们并没有想过有一天还要回来。而对于刘诗伟的小说中的主人公们，虽然他们也渴望离开农村，农村于他们却始终有一种精神上的关联，当他们在城市站稳脚跟，事业成功之时，他们却常常怅然若失。这当然与“那些年，我们一起追过的女孩”柳青有关。但又不仅仅如此。“那些年”于他们而言，不仅在青春朦胧的爱情，更在于它的纯真质朴。农村记忆联系着他们的青春岁月、纯真的爱情以及“原初”的信念，这些无疑都已构成他们人生的精神坐标，无论多少年后、无论他们走多远，虽会出现短暂“失忆”，但不可能真正抹除。而这，对于领略见证了现代都市的繁华、浮躁和欲望之后，更显得其弥足珍贵。从这个角度看，他们重返家乡，就不仅仅是衣锦还乡或重拾旧梦，而带有了唤醒自我及自我救赎的意义。

一个是决绝而义无反顾，一个是渐行渐远渐远俞近，这两者的差别显示的，并非只是作家们的个性差异，其间还有时代的倒影于其中。对于“回乡青年”而言，最开始的离乡读书是人生的一个关键环节。《平凡的世界》中孙少平步入县城读高中对他一生的影响至关重要，小说是这样描述的：

> 他在这期间获得了无数新奇的印象……当然，许许多多新的所见所识他都还不能全部理解，但所有的一切无疑都在他的精神上产生了影响。透过城市生活的镜面，他似乎更清楚地看到了他已经生活过十几年的村庄——在那个他所熟悉的古老的世界里，原来许多有意义的东西，现在看起来似乎有点平淡无奇了。而那里许多本来重要的事物过去他却并没有留心，现在倒突然如此鲜活地来到了他的心间。[①]

这一幕与著名社会学家曼海姆描述的农民的孩子进城十分相像。“一个农民的儿子，如果一直在他村庄的狭小的范围里长大成人，并在故土度过其整个一生，那么，对于那个村庄的思维方式和言谈方式在他看来便是天经地义的。但对于一个迁居到城市而且逐渐适应了城市生活的乡村少年来说，乡村的生活和思维方式对于他来说便不再是理所当然的事情了。他已经与那种方式有了距离，而且此时也许能有意识地区分乡村的和都市的思想和观念方式。在这种区分中，便有着知识社会学力图详细发展的那种方法的萌芽。……这种知识类型含有一种更独立的视角。”[②] 步入县城高中带给孙少平的，其实就是曼海姆所说的“视角的获得”带来的新奇感，随之而来的是，原来有意义的东西变得没意义了，原来没意义的东西变得有意义了，农村

---

① 路遥：《平凡的世界》（第一部），人民文学出版社 2004 年版，第 10—11 页。

② 〔德〕曼海姆：《意识形态与乌托邦》，李步楼等译，商务印书馆 2000 年版，第 286—287 页。

变得狭小逼仄，越来越成为阻碍个人发展的因素。正是在这样一种“颠倒”下，他们才会义无反顾地走出乡村，走向城市。

今天看来，这一从精神上对乡土与城市间关联的斩断，虽带有历史进程——改革开放——的必然，但更是全球化时代的意识形态的产物。孙少平的经历（辛辛苦苦从大山深处走出，来到黄原地区“揽工”），某种程度就是今天数以万计的打工者们的原型写照，而其当初被遮蔽或有意无意掩盖的问题，在今天的打工者们如《拯救》中的黑牛身上皆暴露无遗。黑牛虽志得意满，身价过亿，但在精神上他却是一个贫血儿或匮乏者：物质上的富足与精神上的贫乏在他这里以一种触目惊心的方式并存。这不能不让人深思。当年的高中生柳青努力而没有完成的出走计划，后来在刘浪、宏达和黑牛们身上纷纷得以实现，但实现的仅仅是否当初的美好愿望？显然，这里并不能简单的画上等号。从这个角度看，《拯救》的出现某种程度上回应并凸显了当年的《平凡的世界》中没有提到的问题，表达出作者对现实的忧虑、深思及其对精神出路的思考。

三

虽然说小说着力塑造了多个人物形象，核心主人公刘浪仍是理解小说的关键。他成长于“文化大革命”后期，历经 80 年代的思想解放运动，90 年代的下海热潮，以及新世纪以来的中国作为大国的崛起。他的个人成长经历很有代表性。他少年时代起就有忧患意识（常感“地球终将毁灭”），虽经历革命理想的幻灭，但并不迷茫沉沦。他有大雄心，想“重新叙述真理”，但因为条件和时代所限，最终不得不“下海”。他下海并非纯粹为利，他有自己的想法和追求，想为民族品牌披荆斩棘，但事与愿违，终因陷入无谓的人事纠纷而辞职，最后自己创办了咨询公司，以期帮助中小公司走上可持续发展的康庄大道。

从抽象高渺的玄思到具体而微的咨询，从“形而上”的忧虑到“形而下”的商利，其间的变化不可谓不大。这一大起大落的人生经历，从中不难看出主人公刘浪大半生的心路历程：每每有过的追求和目标，因为种种限制而不断放弃，结果一退再退，到头来只能以民间咨询顾问的身份立足。他的大半生可以说是在不断的追求和不断的后退中度过。他从当初树立“重新叙述真理”的理想到商海沉浮、情与欲的挣扎，这一人生的历练正可以看出浮士德式人生的悲谬，而随着他的一次次后退和一次次的妥协，以及“不合时宜”的执着，他的命运也尽显出堂吉诃德式的追求的荒唐。这样一种人生，某种程度上正可以看成是浮士德和堂吉诃德式双重命运的投影。而也正是在这样一种不断后退和下降的人生经历中，主人公的软弱、虚伪、人生的迷失以及道德上的污点也渐渐彰显无遗。

不可否认，刘浪并非想象和表面看起来那样的完美，但也正是这一不完美的存在，让我们看到了一个鲜活而立体的带有本真性的“人”的丰富形象。他是一个带有与生俱来的“原罪”的个体，但也是一个真诚的人。他一生不断迷失自我，不断寻找，不断反思，终于找到了自己的位置。他敢于直面自己的缺陷，自我剖析自我否定，他能正视自己的欲望，但不为欲望所囿，终于在不断的自我批判、反思和忏悔中完成了对自己的自我救赎。他的人生虽然处于不断的自我否定和下降的宿命之中，但正是这样一种自我否定，使得他获得了自我意识，最至于完成自己对自己的自我扬弃。

显然，刘浪并非生而自我完善，他是在不断面对自己的“先天”缺陷与不断的忏悔和反思中完成自我救赎的。如果说刘浪的大半生的经历显现的是作为大写的“人”的形象自新时期以来的成长历程的话，这一历程也是时代社会与个人成长间的“互文性”关系的表征。小说在这里，其实是从另一个角度提出了时代的转折、限制之于个人的理想及其选择间的宏大命题。80年代是一个物质虽比较匮乏但精神高扬理想主义盛行的年代，主人公刘浪80年代的大部分时期都是在校园里读过——从读大学到留校任教，而后是中断之后的继续读研以及重回校园——校园环境既使得刘浪书生意气挥斥方遒激昂文字，也使他看不清现实语境的限制种种和束缚羁绊。他既不能自由地表达自己的思想，也不能得到学校应给予他的承认和尊重；加之情感的挫折，如此种种，在这种情况下，他选择了下海经商。应该说，刘浪的90年代初的下海，并非偶然。八九十年代社会转型，以及市场经济的到来，使得原本理想主义的知识分子被迫回到现实语境，如何调整自己，并处理好个人、时代同社会与民族国家间的关系，某种程度上成为彼时知识分子必须面对的问题，从体制中挣脱出来一度成为很多人的选择。王朔的《顽主》和《一半是海水，一半是火焰》等作品，以及王刚的《月亮背面》，都是这一类小说的代表。如果说王朔的小说主人公是以体制外的玩世不恭来表达对体制的嘲讽、反抗和不合作的话，王刚的《月亮背面》中主人公的现实钻营则代表了曾经的理想主义人文主义者们在面对理想破灭后的极端选择。对于当时的知识分子而言，理想主义和实利主义间虽截然不同但往往只有一步之遥。《月亮背后》的主人公牟尼们带着 80 年代的文学话语方式下海经商极尽投机倒把之能事即是这样一种典型；相对而言，《拯救》中的刘浪则代表了知识分子下海的另一种选择（黑牛则代表的是后一种实利主义倾向）。他既非放弃理想主义或人生信念，亦非纯粹为了实利，他之选择下海，某种程度上是他人生理想及信念的实现空间的策略转移。虽然说曾经的“重新叙述真理”没有得到实现，但在商海沉浮中的种种经历让他深深体会到，“真理”诚然美轮美奂，但只有在不断的实践摸索中，才能大放异彩。真理虽受特定时代和语境所限，但也恰恰如此才最具生命力和自我生长力。主人公刘浪以他的人生经历和实践从一个侧面“重写”了黑格尔意义上的精神或理性的辩证过程。

时代的转折显现于外，难免五光十色光怪陆离，但如何在这物欲横流、道德沦丧、目迷五色且纷乱碎片化的“小时代”着手道德伦理上的重建，某种程度上已成为彼时 / 当下有良知的知识分子们必须且亟须思考的议题。从这个角度看，刘浪的意义不仅在于他能面对自身的缺陷而不断表现出自我否定和忏悔的激情，显示出本真性的“人”所具有的高度，他的意义还在于，他以一个“在野”或民间知识分子的身份着手并开启了针对这一命题的思考，而这，常常只是官方意识形态或学院派知识分子们所必须负起的责任。他的咨询公司出版的内部刊物《无限未来》，对如下这样一些宏大命题的探讨很能说明问题：

在人们谋求和享有财富带来的较大自由度的过程，应当如何建构符合文明社会共契的价值观与行为操守——坦白地说，就是对那些正在获取较大财富或已经获取较大财富的人，除了及时给出法律和制度的约

> 束之外，可否或怎样实施非说教的、非宗教的、以理性和道德体系为据的心理纠正或指引，从而使之具有正面的、恰当的人格。[①]（刘浪语）

刘浪所从事的思考的价值在于，他的这些议题具有极大的可行性，这是依托咨询公司所展开的实践，有其可行性和效果性的充分评估，并非那些书斋中知识分子的向壁虚构夸夸其谈所能比，同时又有政府官员时效性思考问题之外的宏阔与深广的视野。在今天，当知识生产早已经变成学院派知识分子的专利乃至科研成果考量的时候，这一探讨尤其显得难能可贵而具借鉴意义。这是一种既无功利又有时效、既有人文情怀又有市场追求的新的知识生产实践方式或模式，具有极大的生机和向外拓展的空间。

四

小说取名《拯救》即带有托尔斯泰《复活》的含义在。刘浪见到柳叶的一刹那，犹如聂赫留朵夫重遇玛丝洛娃时一般，历史如电光火石般瞬间闪现，“复活”并照亮了另一个“我”，两个“我”的相遇，既是记忆之河的重启，也是反思自身自我救赎的开始。小说一面讲述现实当下中叙述者刘浪如何解救“小姐”柳叶，一面沉浸于历史往事的回忆与回溯，在结构上呈双线交错展开。这既是历史与现实的对话，也是当下的“我”反观反思历史中的“我”，是两个“我”之间的对话、质问与和解。

这种以历史与现实的对话关系和组织结构小说——历史回溯与现实展开——的做法，在文学史中并不少见，其在新时期以来伤痕写作、改革文学和知青文学如《花园街五号》（李国文）、《雪城》（梁晓声）等文学创作中常有表征。相比这些小说，刘诗伟的《拯救》的贡献在于，其创造了“悬意识”的范畴从而把这一结构理论化。概念范畴的出现在思想史上并非可有可无，法国著名哲学家阿尔都塞有过非常详细的阐述。在他看来，作为一种新的阐释符码，概念范畴呈现的往往是“理论体系”或“理论总问题”的变

① 刘诗伟：《拯救》，作家出版社 2011 年版，第 90—91 页。

化的表征（《读〈资本论〉》）。“悬意识”是叙述者（刘浪）自造的新词。这一新词的产生当然与弗洛伊德的“意识”、“潜意识”等范畴有关，但又明显不同：

> 悬意识是个什么东西呢？……它不像潜意识那样具有囊括性（包蕴“人类过去所有的生存情报”）、中性性（对信息的作用不加选择），它是个体的（个体对“情报”的贮存）、悬置的（时常搁置在大脑的一隅，看似不作为地存在）、有取向的（它默默看着、听着、不着一字地支配着它的主人）；它不是人的本质——本我，它是人此生的意志——自我，终于更像是本我或本质；它的样子或形式与潜意识颇为不同——悬在上，潜在下；悬可查，潜不逮；悬者悠然作用，潜者无端制人。①

换言之，“悬意识”其实就是“意识”之外的另一个“自我”，它介于意识和潜意识之间，是“我”的一部分，但又保持一定的距离外，故而它能客观与理性地看待此一“自我”。显然，这里自造的“悬意识”其某种程度上是自我反省和反思的可能性或前提条件。而事实上，作者也有意识地在第三人称（刘浪）客观叙述和第一人称（“我”）——即刘浪——主观叙述之外，另设置了一个第二人称（“你”）叙述。

关于第二人称叙述，在文学史上并不常见，就中国新时期以来的文学创作而言，“80后”作家王威廉有过持续的探讨，其《非法入住》、《无法无天》和《合法入侵》等小说在这方面堪称典范。但真正把这种第二人称理论化的，当属《拯救》和他这一“悬意识”的提出。就此而言，《拯救》有其文体上的创新和实验的意义。第二人称叙事的运用，在小说中其实是虚拟了一个“不在场”的第一人称视角，当说“你”在干嘛的时候，已然预设了一个“我”的存在。这一第二人称的引入，即是这种“悬意识”的表征。“你”在做着事，作为叙述者的“我”在“你”之后冷眼旁观默默注视。“我”和“你”之间是一种镜像关系，这是两个“我”的对话、辩驳和警醒。小说中

---

① 刘诗伟：《拯救》，作家出版社2011年版，第96页。

刘浪之所以能最终完成自我救赎与拯救他人，某种程度上即是这种"悬意识"在起作用，而叙述者之能顺利完成现实和历史间的穿梭、对话乃至和解，也莫不与此有关。

我们虽生活在一个日益平面化和同质化的世界，但这样的世界并不可能真正做到对一切历史痕迹的抹除，而事实上，伴随着现实的不断向前推进，人们也总是趋向于从追溯过往中寻求慰藉，这样一种现实和历史间的辩证张力，表现的毋宁说是物质和精神的双向互逆互补关系和历史的永恒回归。从这个角度看，《拯救》中以其体裁形式上的复调对话和双线结构，呈现的其是这一运动轨迹的精神地貌和地形图，其作为历史 / 现实的备忘录与启示录也正在于此。

第三节　社会分析与现实表征

一

对民俗民风的表现，在 80 年代的文学中并不少见，或如邓友梅、冯骥才和陆文夫，其小说中的故事多置于历史纵深的背景中展开，或如寻根文学中的李杭育、郑万隆，则偏于从僻野和边地生发奇观式的表象，刘心武的长篇《钟鼓楼》（1985）与这些都不太相同。刘心武把视角后移向下，既从历史拉回到了现实当下，这现实又并非他一向热衷的"问题"现实，这一民风民俗某种程度上是寓于市井民众"当世"日常生活中的日常风俗。

如果说以"问题"的形式呈现出来的现实，更多是矛盾和难题的集中表象的话，那么《钟鼓楼》中的现实则是寓于无事而平淡无奇的。在这里，虽也有人物之间的矛盾冲突，但并无贯穿始终的主要矛盾。矛盾大都以生活中的烦恼和对烦恼的克服的形式表现出来。对于小说而言，矛盾并非可有可无，其常常是所叙事件的有效黏合剂和必要线索，否则事件便很难被组织成叙事。向来擅长以"问题"的角度表现现实的刘心武当然知道这点，但他在《钟鼓楼》中另辟蹊径，他没有采用以矛盾集中表征的"问题"的形式组织情节，而是以人物先后出场的方式展开叙述。这就颇为类似于老舍《茶馆》中的叙事结构。只不过茶馆式的空间在这里变成了钟鼓楼附近的一个四合院，而这，也似乎更为切近北京市民百姓的日常生活。茶馆里虽有三教九流出没其间，但其更多是传奇人生的演绎舞台，相反，四合院则更多是市民百姓的栖居空间，更富有生活的原汁原味和“原生态”色彩。从这个角度看，《钟鼓楼》更像是新时期初期北京市民的日常风俗风情画卷。

风俗之不同于传奇，大凡源于其混杂和市民气息。如果说传奇富于时代的变幻色彩，风俗则是一个社会相对稳定的积淀，其与市民阶层间的联系最为密切。相比社会中精英阶层的热衷于弄潮精神，市民阶层则是最不敏感于时代变迁，也是最为具有自足性的阶层。市民阶层最没有历史感，但他们又是最易于感应日常现实的细微变化，他们是活在日常现实而非“宏大叙事”中的人。《钟鼓楼》以这一阶层的市民作为表现对象，这是小说中风俗味道特浓的部分原因。

二

小说虽是以钟鼓楼边一个四合院中居民一天的日常起居为核心展开叙述，但其起点却是历史。这是一部从现实当下回溯历史寻求其间关联的社会分析小说。历史并非用于批判或反思，历史是作为解释当下的手段呈现。小说中虽不时提到“文化大革命”，甚至民国时期，但并不能从伤痕或反思写作的角度加以解读。80年代以来的文学写作，现实与历史的关系是作家们常关注的问题，他们虽放眼当下，但批判或反思的锋芒却直指历史，这样一种先设，往往导致历史与现实之间复杂关系的简单化，其间的丰富复杂性被极大压缩：历史与现实之间往往简化为一种决定与被决定的关系。相比之下，刘心武的《钟鼓楼》虽也从历史起笔——小说开头即一段有关历史传奇的叙述——但他的落脚点却是当下。历史作为此时当下的背景而非前因，呈现于“当下”之侧，处处显示出传统的力量和历史感的所在。小说中文化反思的意味很浓，其与彼时文化寻根之间自有某种内在的关联和呼应在。

在小说中，人物的出场和作者/叙述者的社会分析呈相反的方向展开：

大凡主人公们出场，一步步向读者走近时，作者/叙述者却调转笔头，拿着社会的解剖刀，转向历史的深处，力求在现实和历史间建构其多重联系的桥梁来。这是从当下回向历史的追溯和分析，即使是这样，作者也没有仅仅从政治经济学的角度去建构这种关系。就小说而言，其趣味也正在于这历史与现实间的互文关系。虽然说作者也承认现实都有其历史前缘的倒影，但这前后间却非决定与被决定的关系，而毋宁说是多因一果或多因多果的关系，现实往往呈现出偶然性的一面来。这对此前受必然性视域制约下的历史决定论的现实主义写作传统无疑是一个有力的反拨。性格、文化水平、成长环境和地域空间等都是决定一个人现实处境的各种要素，小说把这些要素置于历史的背景下，人物的处境就具有了历史的厚度与深度。这样一种社会分析的方法，很容易让人想起彼时——20世纪80年代——影响深远的泰纳在《艺术哲学》中提出来的种族、时代和环境的三元素决定论的观点。就《钟鼓楼》而言，环境决定论的意义还在于民俗或风俗的生成，因为毕竟，风俗或民俗某种程度上也是广义上的环境的一部分，常常起到对人物性格命运的形塑与影响。如若置于政治学的视野下，则不可能。这样来看，社会风俗的生成其实是社会分析的副产品。其虽与彼时的寻根文学彼此呼应，但终究不同：

> 起码在北京，柜台服务人员的这两种表现构成了服务态度当中的常见病、多发病和顽症，不知有没有人从这类表现入手，探察过潘秀娅他们之所以出现这类表现的特殊心态？
>
> …………
>
> 这就又不能不追溯到她的出身教养，以及她本身的生活经历，还有对她施以有形、无形影响的具体社会环境。①

虽然说作者并不以揭示问题解决问题为旨归，但他却是以“问题”的呈现及其原因作为小说的表现对象的。《钟鼓楼》的出现，终究还是要在刘心武的小说创作的脉络中加以理解。虽然说小说也着重表现人物的性格，但其不是

---

① 刘心武：《钟鼓楼》，作家出版社2009年版，第125页。

把人物置于不同环境下加以展现，而是从人物各自不同的成长环境等诸多因素的角度寻求对其人物性格形成的阐释。阐释和分析是小说的表现核心，叙述或展现则往往显得暗淡得多。

这样来看，小说围绕叙述和分析之间的平衡和此消彼涨呈现出一种张力的结构。叙述进程的缓慢、社会分析的细致入微是这部小说的风格特点，小说之无事无奇，以及围绕一天的叙事展开，都可以从这当中得到理解。

三

但也是这种社会分析的视角，使得《钟鼓楼》得以突破“问题小说”的局限，而具有了敞开的无限可能。历史虽然是现实表象的根源，但这历史并非正史，而毋宁说是家史或野史的变奏，即使是涉及正史，如“文化大革命”中的斗争，或上山下乡，也只是放在个人的出身环境及家庭背景下展现，这样的正史往往也就具有了野史的驳杂的一面。小说之富含民俗民风的地方也正在于此。历史的驳杂是民俗民风的寄寓地，相反，大历史下的宏大叙述则多倾向于从历史发展趋势的角度展现，这样的作品虽然意气风发，但终究单调贫乏，缺少丰富立体的色调。

虽然说“愚昧和迷信”的“纠缠”（《钟鼓楼》）仍是我们这个时代的“主旋律”，但这种“纠缠”却并不一定是以一种“直线性”的方向展开，而常常表现为一种“反转或弯折”，历史和现实以一种错向交叠的方式并存。这样来看，《钟鼓楼》的意义就在于，其既是对作者对自己问题小说中“单向度”反思历史回应现实的倾向的扬弃，也是从富含多变性而丰富性的“文化”的角度提出了“人”的命运的命题。“人”的性格及其自身的命运，具有无限的敞开性，而这，无疑又是针对以往阶级决定论的现实主义传统的深化。

时间的错向，其某种程度也会造成空间表现上的延展。时空上的敞开是《钟鼓楼》的最大特点，它既把“人”视为时空交融中的具体的一点，也同时把“人”置于时空的相互错开的坐标中的无限可能的存在，“人”的丰富性正是这时空体下的逻辑产物。所以说，这虽是以一部以历史为镜的反思小说，但却不是政治反思或历史反思之作。文化仍是作者 / 叙述者切入现实反思现实的立足点。在这当中，有关“人”的观念及其“人”的性格如何形成或塑造仍是理解小说的关键。在这部小说中，作者显然没有把“人”仅仅视为政治人或经济学的主体，而是把“人”放在诸如社会环境、成长经历、遗传因素等多个层面综合考察，因而对主人公们的性格上的弱点就不仅仅是一味地批判，而多了一分体认、宽容和理解。其结论也正如小说结尾所显示的，“看来，这一切都具有某种不确定性。/ 然而有一点却是可以确定的 —— 除非发生某种难以预料的灾变，北京的钟鼓楼将成为社会历史和个人命运的见证而永存”。“人”的性格和命运即是这种确定性和不确定性的统一，而要想改变自身的性格或命运，就不仅仅在于个人素质的提高、学习和努力，也在于环境和社会的变迁。

相比刘心武此前的问题小说写作，这部小说最大的特点就是没有一个贯穿始终的主人公，也没有一个贯穿始终的矛盾。但这并不说明小说就没有中心，就像作者自己所说《钟鼓楼》的“大主角”是北京的四合院。换言之，这是把四合院里的个人的性格和命运作为自己表现的重心或中心；他们合起来，则构成一个“大写的人”的命运的象征。但这一“大写的人”又不是十七年文学传统或伤痕反思写作中的政治人或经济人，而毋宁说是文化上的“主体”。他们以个人的命运构成这主体的命运的个体呈现。作为个体，他们的命运和性格，或可把捉，且具有确定性，但在作为主体的“人”的意义上，他们却显示出模糊性和不确定性的面目来。刘心武《钟鼓楼》的意义正在于，它写出了大历史时代下个体命运的确定与不确定性来，而现实某种程度上正是这种确定性和不确定性的含混的结晶。

第四节　历史反思之后的个人主义与颓废写作

一

《风流图卷》（《收获》2014 年第 3 期）是著名女作家叶弥最新发表的一

部长篇力作，在这部作品中作者尝试以历史时空为背景彰显个人的欲望及其合理性，相对于作者以往的同类写作是一大推进。叶弥的小说中，中短篇倾向于表现自己的时代，长篇则大幅度地表现历史。就此而言，《风流图卷》堪可称之为长篇《美哉少年》（2006）的姊妹篇，两部小说有诸多延续性的地方。就情节设置、主题表达和人性深度的发掘而论，这部新作与其《美哉少年》相比似无大的突破，其甚至可以说是后者的更高意义上的重复。但从《风流图卷》反观叶弥的小说创作及其一贯诉求，其在叶弥的创作历程中又有其标志性的意义。

小说中展现的“文化大革命”前后的中国现实，当然是压抑的、束缚个人的自主性的，这是否就意味作者立意于对历史的反思乃至批判？表面看来，这是一部反思历史、表现个人主义的长篇小说，小说中结尾处有这样的表述：“我点着纸钱，灰烬很快从火堆里游离到空气里，排成清晰可辨的两个字：个人。”[①] 这段饱含作者情感倾向的文字流露，很容易让人想起七八十年代转型期白桦的电影剧本《苦恋》中的结尾那以主人公人体四肢张开而形成的大写的“人”字。确乎，“个人”是此部小说的最大的主人公，小说以“文化大革命”为背景凸显的正是个人的自主性及其正当合理的欲望（包含食欲和性欲），但表现个人却并不必然导向对历史的反思或批判。叶弥的诸多小说虽也常写到底层的苦难或主人公的非正常死亡，但其都无意于社会批判，同样，在这部小说中，叶弥虽写到历史的乖谬，其意也并不在于历史批判或反思。批判或反思皆非叶弥小说的关键词。

反思历史的作品，像新时期以来的伤痕、反思文学之作，终究在于凸显个人的伟大、坚忍和承受力，及其作为受难英雄的悲壮。在这些小说中，写历史是为了写“人”，而这“人”，又更多是作为与时代历史一同进步成长起来的大写的个人。从这个角度看，反思历史的作品中的主人公大都是成长中的主人公。相反，《美哉少年》和《风流图卷》中的主人公们则不处于这样一种成长的状态。这并不是说历史处于一种反向发展的历程，而是说个人与历史背道而驰。历史虽给人造成苦难或灾难，但小说中的青少年主人公们却

---

① 叶弥：《风流图卷》，《收获》2014 年第 3 期。

似乎是远离时代精神主潮的。时代在轰轰烈烈地向前推动，个人却躲在自己的狭小的空间，风流自赏，顾影自怜。如果说伤痕、反思之作中的历史与个人是耦合在一起的话，那么叶弥的《美哉少年》和《风流图卷》中的历史和个人却是分裂的，彼此分道扬镳的。她的小说虽然努力建构个人的主体性，但这一主体性却是以远离时代及历史作为前提的。就像作者的《成长如蜕》中显示出的那样，青少年的长大成人并不是直线向前的，成长是一种蜕变般的向后向下。叶弥无意于反思历史，她之所欲，正在于时代历史的进步表象下凸显个人及其自主性，这是她自《美哉少年》以来的创作风格。《风流图卷》中，历史作为反衬，其意毋宁说是要在最没有个人的年代凸显个人，最禁欲的年代写出欲的美好的一面。

二

叶弥的小说有多副笔墨，一副是以《市民们》、《恨枇杷》、《“崔记”火车》、《小男人》、《小女人》等为代表的表现都市市井生活，特别是底层市民的生活的小说；一类是以《向一棵桃树致敬》、《消失在布达拉宫的一头鹰》、《到客船》等为代表的表现乡村生活的乡土小说；再有一类就是以历史为背景的《天鹅绒》、《美哉少年》、《风流图卷》一类。在叶弥这里，表现现实生活与以历史为背景，既一样又不一样。她的小说，无论现实场景还是历史时空，都只是其笔下主人公们生存活动于其间的背景，她的小说虽有历史和现实的双重向度，但却无意于进一步的推进或反思。就现实题材而言，她喜欢表现底层民众的艰辛生活，但底层的苦难又似乎不是她所试图加以表现的对象，她所着力的是这生存困境背后的主人公的自负、自足与自适，乃至自怜自叹。历史背景下的写作，似乎也如此。现实或历史，总与她的主人公处于一种若即若离的状态，她的主人公都是一群生活在自己的世界中的人。他们有现实的欲望与欲求，但现实或历史却进入不了她的主人公的内心。外在的世界之于她的主人公的内心，总是处于一种分裂的状态。她的主人公们总没有什么宏大叙事的热情，其人生也散漫无聊而兼盲目、颓废，对世界消极，他们都是一群目标和信念两皆缺失的芸芸众生。

这一倾向的形成，让我们想起她的成名作《成长如蜕》。这部小说，不仅在叶弥的小说创作历程上有其标示性意义，也是中国当代文学八九十年代转型期的象征性作品。小说讲述的是一个成长中的弟弟，如何从对世界充满遐想而变得极为现实的过程，这是一种典型的“反成长写作”的模式。历史时代的痕迹加之于青少年的身上，是对世界、人生的积极态度和对理想信念的认同，但这样一种“遗留”一旦遭遇时代社会的转型与巨变，立刻就显示出其虚妄、反讽而不切实际的一面，现实中的不断受挫最终让弟弟明白，美好的原乡式的人生想象之于现实的逻辑，原来是那样的不堪一击，人生的成长其实就是不断变得现实、现实再现实而至于沉沦蜕变的过程。这部小说以故事背后的冷静的叙述者和旁观者“我”的视角展开，其既表现出面对弟弟的沉沦的喟叹，也是面对世界的冷静的观察审视和保持距离。这样一种安全的不被伤害的叙述间距和冷静的叙述者的身份奠定了叶弥此后创作的基调，至今如此。

在《成长如蜕》中，叶弥以对弟弟成长过程的叙述，表征了我们这个时代理想主义的溃散及其反向作用力。但叶弥又与新写实作家不太一样。新写实作家们的大部分作品（典型如刘震云的《一地鸡毛》）写出了理想蜕变后的现实生活的窘态与逼蛰，及其个人的渺小无助。这可以说是生活原生态的呈现，但从另一极的革命现实主义的对照的角度看，新写实的大部分作品其实也可以看作“后寓言”式的写作，终究难脱历史讽喻的含义。叶弥则不同。她的小说也直视主人公的现实窘境，但现实是背景是舞台，而非焦点，她的小说的焦点是“人”，及其“人”的丰富微妙难测的内心。这是真正个人意义上的“人”的写作。只有明白了这点，才可能真正走进叶弥的小说世界，否则便是隔岸观火，对作者的误读。

虽然无意于历史反思，但作者却似乎热衷历史纵深处的探寻，可见历史之于作者也并非没有意义。在我们通常的历史叙述及历史想象看来，历史总是直线向前的线性发展脉络，从这个角度看，历史最能提供个人成长写作的时空背景。这也是为什么很多成长小说如《青春之歌》、《红旗谱》、《三家巷》等都以历史为背景的重要原因。叶弥的历史小说热衷于个人的成长经历的书写，但她的主人公又不同于前面提到的那些成长小说中的英雄主人公，她的主人公的成长是一步步向下，是与时代精神背道而驰，是拒绝和自我放逐。由此可见，历史之于叶弥的主人公们，就不仅仅是背景，而在于提供了个人成长的反向动力，这在她的《美哉少年》中表现尤其明显。小说主人公李不安不愿上学，因为他发现上学的结果就是像他父亲那样被批判和否定，学得越多反越被怀疑，他宁愿四处游荡或流浪，一个人踏上异乡。对他而言，流浪生活中获得的知识和人生经验似乎比书本上的知识更为有效也更吸引人。某种程度上，这部小说通过对流浪中成长经历的叙述建构了书本之外的经验世界的合法性。在特定语境下，青少年的成长，与其受制于虚幻不实的书本知识的规训，不如鲜活的生活经验来得有效而切实际。这一倾向，在《风流图卷》中有其延续性且更进一步的展现。“文化大革命”前后的中国社会，风雨飘摇，青少年主人公目睹人世的乖违与生命的陨落，既不热衷于读书，也无政治上的热情，她活在自己的世界中，与时代社会保持着冷静旁观的距离，独自成长。

之所以说《风流图卷》是《美哉少年》的姊妹篇，是因为两篇小说的主人公在人生的经历上有一定的延续性。《美哉少年》讲述的是少年的流浪经历，而《风流图卷》则讲述的是少年渐渐成长中的人生故事。前者某种程度上可以看成是后者的续篇。叶弥知道，乱世中的成年，是不可能真正躲避在自己的世界而不受影响，故而她喜欢从青少年的视角表现历史的演变投影于青少年的成长中的偶然。时代虽然混乱不堪，但对于成长中的青少年却有诸种可能，叶弥正想写出这诸种的可能来。而对于乱世中的成年人来说，则似乎选择的余地并不太大。两部小说中都写到主人公们的父母双亲在现实面前的选择。虽说一个是以城市为背景，一个是讲述发生在农村的故事，但主人公们的父母的选择及命运却出奇的相似。父亲们都想在乱世中抽身，但即使如此也不能幸免，李梦安（《美哉少年》）从大学教师一贬为小学教师，天天躲在家里以研究毛衣针织的名义欣赏美女图，也仍被怀疑散布反动标语而被抓。孔朝山（《风流图卷》）虽然洁身自好，努力营造自己的世界，终仍被带到时代的混乱中去。相对而言，主人公的母亲们则大都实际而清醒，她们向乱世中的时代新宠主动献出自己的身体，父亲虽有不忍，但也无奈。这不忍和无奈，正是个人在面对乱世时的矛盾心态。好在农村中的形势不同于城市中的诡谲复杂，《美哉少年》中的母亲很快就回到父亲的身边，生活复归于相对宁静，而《风流图卷》中，母亲则倒向新贵，最终离父亲而去。这或许就是乱世中的成年人的命运的象征。女人以自己的身体，而男人则被迫做出选择，即使冷静旁观，也不能全身而退。但对于身处其中的青少年主人公们，则似乎逍遥自在得多。他们放逐于成年人的世界之外，独自成长，以自己的身心观察体验，书写自身各自的命运。

一个是写生存的经验世界及其智慧，一个是写人性的风流倜傥及其自由自在的本质。一个是相对独立和宁静的小孩子的世界，一个是想在乱世中构筑自己的乌托邦。一个是努力进入（成人的）世界，一个是竭力避（乱）世。正是在这一进一避之间，作家努力思考着个人与时代的关系。如果说小孩子还能自己的世界里孤独自守的话，随着年龄的渐长，这一自守也会变得越来越艰难，任何人都不可能脱离自己的时代而独自成长，《风流图卷》中的结尾老和尚一句"你们在劫难逃"一语双关，其既指向乱世的劫难，也旨在预示乌托邦的虚妄。从这个角度看，《风流图卷》中的成长其实就是毁灭，这与"成长如蜕"又不一样。这是一种从圆满自足到残破乃至毁灭的隐喻，风流倜傥更衬出毁灭的永恒与强大。

三

叶弥在一部名叫《桃花渡》的短篇小说中借主人公"我"的口说道："我是一个享乐主义者。风，花，雪，月；雨声，读书声，诵经声；一杯喜欢的酒，一道精致的小菜，一支不俗的香水；一个暧昧的眼神，一个漂亮的手势，一句动人的话，一份笑容……都能让我享受到此中的快乐。而世上所有让我喜欢的事物中，最爱的是爱情。"[①] 这段告白，既可以用来诠释《风流图卷》中的女主人公，也可以说是叶弥的小说的风格特征。她的小说中到处充满了这样的情调，即使是主人公身处恶境或底层，亦复如此。《美哉少年》中的被下放到农村的父母亲，一个热衷于对照食谱烹制各种美食，一个热衷

① 叶弥：《桃花渡》，中国言实出版社 2014 年版，第 3 页。

于美女图谱，即是明显例证。而像《恨枇杷》这样表现底层市民生活的小说中，下岗待业的女主人公也仍不忘为自己的生活寻找可供点缀情趣的摆设。

但问题是，《风流图卷》中为什么要在最不具情调的时代背景下表现生活的情调呢？在这里，分裂或对比的表象下，显示出来的不仅仅是主人公个人与时代的分裂，毋宁说也是作者世界观的表征和对这个世界的总的看法。如若联系叶弥的其他现实题材小说，便会发现，在作者的笔下，不论历史，还是现实，它们都是让人失望的、了无生趣的，故而她要在这枯槁淡漠的背景下表现生活的生机和乐趣。这一方面可以看出叶弥是一个最最深刻的厌世主义者，她对世界有一种彻底的绝望，但另一方面她又似乎想在这绝望中触底反抗。她以生活的乐趣反抗无望且虚妄的人生。这样两种情绪的耦合造就了叶弥的小说的颓废风格特征。在这部小说的后记中，叶弥合自己也坦言道：“我没有目标，我对现实生活不满，却不知为何不满。这样到了三十岁，我对现实生活愈发不满，又增加了对无情岁月的惊恐。无奈之下开始写小说。……我是没有现实生活的人，一切全在幻想中生存。”[①] 这样一种“不知为何不满”就是一种典型的颓废风。就其思想倾向而言，颓废是一种“对现实生活不满”而又“不知为何不满”的无所适从感及其所固有的矛盾与困惑。这是一种对任何宏大叙事都甚为怀疑的矛盾情感，其既拒绝原有的主流意识形态或理想主义，也缺乏为建构自己的真理而进一步探求的热情和毅力。但颓废又并非简单的怀旧或复古主义的思想倾向，颓废不是厚古薄今，它是典型的现代性多重面孔之一。换言之，这是一种以生活情趣的发掘和对今天或当下的享乐主义取向而表现出的对现代性的从昨天、今天到明天的线性发展历程的否定与怀疑。叶弥的小说自《成长如蜕》开始即显示出这样一种颓废风格，《风流图卷》是她的颓废风格的最淋漓尽致的表现。

虽说如此，其中还有一个重要的看似矛盾的命题，即如何看待书中到处飘扬的“个人主义”话语，这是否与作者的颓废风格不相符节？保罗·布尔热有一段分析个人主义与颓废关系的论述极有启发性：“一旦在已取得的富足和遗传的影响下个人生活变得不切实际地重要，社会肌体就变得颓

① 叶弥：《〈风流图卷〉后记》，《东吴学术》2014 年第 4 期。

废。……颓废风格是这样一种风格，在其中书的统一性瓦解以为书页的独立性腾出空间，书页瓦解以为句子的独立性腾出空间，句子瓦解以为词语的独立性腾出空间。”[①] 这段话，还可以这样延伸，有机社会瓦解以为个人的独立性腾出空间，家庭瓦解以为个人的情爱腾出空间，生命瓦解以为个人的自由自在腾出空间。颓废正是这样一种不断地从统一体中瓦解出来的矛盾表征。时代社会的沸腾与喧嚣，个人却可以在其中风流自赏独善其身，叶弥在《风流图卷》中所欲表现的正是这样一种企图和常常身不由己的无奈、退守和迷惘。叶弥虽无意于批判或反思历史，但历史却是主人公的享乐人生的追求中所必不可少的背景。有与没有这种背景，结果是截然不同的。这就像压抑和反抗的辩证法，没有了压抑的强大当不能显示出反抗的决绝。历史时代的意义正在于凸显主人公们于绝望中狂欢的救赎意义。这就有点西方世界中世纪末的毁灭前的狂欢以及自我救赎。叶弥的意图显然不是要建构一个乱世中的乌托邦，因为她深知身处乱世之中，是不可能独善其身的。乌托邦的建构也不在于其毁灭的悲剧性内涵。叶弥从来就不是一个喜欢写悲剧的作家，虽然她的主人公们一个个走向毁灭。

她是借毁灭来写救赎。她的小说中的很多主人公都走向了毁灭，《消失在布达拉宫的一头鹰》中的蒋百年的妻子葛宝珍、《恨枇杷》中的钱彩虹、《到客船》中的跳水溺亡者、《花码头一夜风雪》中的“张水痴”和他的儿子张小虎，再就是《风流图卷》中的柳爷爷、奶奶高大进和老丝瓜，等等。这些都是非正常死亡的例子，小说无意于批判导致他们非正常死亡的社会渊源，作者也无意于这样的思考。在叶弥的这些小说中，真正导致主人公们一个个走向毁灭的最终力量，是世界的无望无趣，而至于这无望的世界是如何造成的，叶弥却并不感兴趣。她感兴趣的是，只有死亡，才能给我们的生者带来希望和生趣。死亡不导向批判，死亡只导向救赎：死亡在她的小说中指向的是救赎世人的向度和意义。她并不感叹世事的无常和历史的乖谬，她感叹的是世界的令人窒息和了无希望，她所欲揭示或企图表现的，是想用日常生活中的发现之光来拯救世界。所谓“顿悟”和情趣，是她用来救赎世界的

① 转引自〔美〕马泰·卡林内斯库：《现代性的五副面孔》，顾爱彬、李瑞华译，商务印书馆 2002 年版，第 182—183 页。

稻草。从这个角度看，小说的结尾老和尚那句尖利而充满箴言式的“你们在劫难逃啊”，就不仅仅预言，而毋宁说是对主人公的顿悟式的醍醐灌顶，是对人生的再一次启发。

四

在当代中国文学的写作中，颓废写作始终并不发达。某种程度上，现实的峻急，宏大叙事的强大，及其宏大叙事坍塌后的戏谑与解构的热情，是造成颓废写作不太发达的部分原因。而另一方面，颓废又常与怀旧相伴随——王安忆的《长恨歌》堪称典范——也是其不发达的重要原因。颓废写作的真正发展，与现代派小说（或“伪现代派”）及其“反成长写作”的出现有一定的关联。徐星的《无主题变奏》和《剩下的都属于你》（长篇），以及刘索拉的《你别无选择》等，属于前者。但因这些小说中弥漫的现实批判意识及其反讽精神过于浓烈，反倒失去了颓废应有的的距离感和矛盾心态。路内的“追随三部曲”是“反成长写作”的代表，但路内也与叶弥不太一样。其小说《花街往事》也以“文化大革命”作为背景，但作者似乎疏于生活情调的发掘发现，他的小说刻意于凸显时代与个人的分裂，这与叶弥在时代的缝隙中凸显个人的自主性又不一样。就叶弥的颓废写作而言，其既需要与时代保持一定的距离，又需要介入其中，既需要游游的余裕，又不能过于严肃尖锐，叶弥在这两者之间常能保持一个很好的平衡，这是她的小说显得格外具有“味道”和“腔调”的地方。她在最没有个人的年代凸显个人，最没有风流的空间上演风流。这样一种极致与极端，就是颓废，就是审美。她在鲜明的对比中凸显享乐和情趣，而又以死亡来点缀，故而其颓废就显得既有立体感的深度，也显得摇曳多姿色彩鲜明。

叶弥显然是我们这个时代最能写出颓废中的美感的作家。这是她的独有贡献。

第六章　市场经济题材类

第一节　当前市场经济题材写作的文化历史分析

一

虽然说市场已成为人们日常生活的重要组成部分，但真正直面市场社会现实表象的小说作品却并非想象得那样多。在这当中，尤以纯文学的市场现实书写要少。这一现象的出现，并非偶然。自古以来，商贾小说虽不绝于缕，宋元话本中就有不少这方面的作品，但真正文人式商贾小说却不多见，兰陵笑笑生的《金瓶梅》或许可堪其中的代表作。

文人商贾写作不多的原因，或许与商人形象的“类型化”以及中国传统社会重农抑商的政策有关。所谓“商人重利轻别离”（白居易），这已经是家喻户晓的警句，而像见利忘义、利欲熏心、奸商等都是用来形容商人负面形象的语汇。这些从人物形象及其所属群体整体性格的角度展开的文学书写，虽说多少带有象征化的色彩，其实是提出了商人形塑中的两难悖论，即如何处理商业实践中的利益追求和道德坚守的难题。商业活动本身所具有的利益最大化的逻辑与道德追求的非功利间天生处于一种敌对关系，而也正是这一敌对关系，可以说阻碍了商人形象的正面塑造。这一现状和困境，自现代以来并没有得到根本的改观和解决。

这一困境的存在，就文学叙述而言，其实也是所谓的“叙述合法化”问题。传统文化中，虽有过“儒商”等之类的商贾正面形象的出现，但这只是从个人修养的层面所展开的努力，其对于改变商人或资产者整体形象的效果实际甚微。而若把商人形象的塑造放在民族国家的命运的象征角度加以展现，其结果就截然不同了。在这方面，茅盾的《子夜》可谓开宗立派影响甚巨。可以说，正是茅盾及其《子夜》开创了现代商贾写作的宏大叙事模式。

虽然说这部小说写出了吴荪甫的贪婪、暴戾、色厉内荏及其性格上的软弱和两面性的缺点，商人的“原罪”也毕现无遗，但这些并不重要；重要的是，作为民族资本家的吴荪甫形象，其个人的命运变迁情感纠葛，早已不再仅仅是个人的事情，而是与中华民族的命运联系在了一起，他的失败也是作为半殖民地半封建社会的中国民族资本家的失败的象征。茅盾的这一模式，开创了现代性视域中的商人写作传统，其影响至今，如王旭烽的《茶人三部曲》、陈杰的《大染坊》、成一的《白银谷》和朱秀海《乔家大院》，等等，都是如此。这些小说中的商贾形象虽然与茅盾笔下的吴荪甫相去甚远，但其把商业活动及商贾形象的塑造放在近现代以来中华民族的没落、民族经济的发展和救亡图存等宏大背景下加以展现，却是源自《子夜》所开创的传统，历史时空与个人命运纠缠在一起，商人形象自此获得较为正面的整体展现。

二

这些小说的写作虽然有力地扭转了商人形象的整体面貌，但其写作重心仍倾向于历史及历史意识的发掘，关注彼时当下现实的却并不多。这些作品的写作，与作者生活于其间的现实间的关系并无多大联系，就此脉络论，茅盾的《子夜》仍是其中不多见的“当世叙述”的典型。茅盾立足于现实当下，其努力体现在想从纷乱且不明朗乐观的现实当下的市场现实实践中清理建构出社会发展的积极趋势和主流来。这一对当前社会总体性的建构的热情，在新中国成立后的周而复的长篇巨制《上海的早晨》等小说中仍有所延续。

商人形象在50—70年代乃至80年代语境下的缺失，与彼时社会主义现代性和现代化（工业、农业、国防和科学技术的现代化）建设中市场商业建设的地位不足有关。80 年代虽提出“以经济建设为中心”的国策，但经济建设更多时候是与农业现代化和工业现代化联系在一起的，经济与市场相去甚远；而在彼时的经济构成中，非公有制经济始终处于一种暧昧不明的状态，这一情况也使得私营个体户在 80 年代一度是个十分可疑的形象。私营个体户是 80 年代文学中不多见的商人形象的代表，孔捷生的《南方的岸》（中篇，1982）是其中较早出现的代表。在这部小说中，叙述者预设了一个“南方的岸”式的存在，即表明干个体户这一行只是权宜之计或临时性的过渡选择，主人公最终离去早已底定。而之所以主人公念兹在兹地想着离去，也正因为个体户形象在当时社会上的合法性地位不足。这一对个体户或私营经济的复杂态度，也在王滋润的《鲁班的子孙》（1983）、周大新的《家族》等小说中有鲜明表现；在这些小说中，私营经济是放在改革开放的语境中加以表现，其作为公有制经济的必要补充，确实显示出极大的活力，但其追逐利益的逻辑又造成传统道德的崩解，其中的悖论是这些小说所极力彰显而又无可奈何的。对于这种纠结，贾平凹的一系列小说有极为淋漓尽致的表征。比较典型的是《浮躁》（长篇，1987）和《腊月・正月》（中篇，1984），这两部小说都写到私营经济，在后一部小说中，虽然叙述者及主人公都表现出对传统的依依不舍和十二分的留恋，但个体私营经济作为历史前进的必然性并不以个人的意志为转移，两者间的张力，以及情感和理性的矛盾，是这部小说给人最为深刻的印象。相对而言，《浮躁》的表现重心则有所转移，这部小说侧重于表现改革开放的语境下人们的浮躁不安的内心；私营老板雷大空形象上的多面性，既与人们对待私营经济的矛盾态度有关，也是这种浮躁心理的表征。

相对小说表现上的谨小慎微与犹豫不决，彼时的电影在表现个体户形象时的态度则鲜明而明朗得多。当时出现了一大批表现个体户的电影，像《雅马哈鱼档》、《女人街》、《何处不风流》、《都市里的村庄》、《西子姑娘》、《街市流行曲》、《花街皇后》，以及“二子系列”（《二子开店》、《傻帽经理》、《父子老爷车》等），等等。就市场题材写作而论，这些电影的意义在于，其既表现出了当时社会上普遍流行的对个体户的偏见和不理解，也试图建构起个体户及个体经济的合法性地位。

三

80年代，表现市场题材的小说及其个体户形象之所以合法性不足，原因或在于彼时理想主义话语的强大。理想主义话语的强大，正在于其通过对现实计量的超越而使得商业活动中现实利益追求的合法性缺失。民族国家的前途、政治介入热情的弥漫、个人价值的体现、“人”的本体论意义，是当时的文学写作中所普遍关注的宏大命题，在这里，利益追求显然被置于意义诉求的对立面而遭到否定。虽然个体私营经济在彼时早已显示出强大的活力和生命力，其也与现代化的想象和改革开放若合符节，但其始终处于“宏大叙事”之外，不能被有效地整合进叙事中。前面提到的诸多电影，虽也表现出建构合法性的努力，但终只能或大多从个人道德修为的小叙述角度入手，其收效一直甚微。

就此而言，市场表象的真正确立，只有在理想主义退潮之后才有可能。蔡洪声的《个体户与穷秀才》（短篇，1985），是较早地表现这一症候性的小说。这部小说中，个体户与穷秀才的鲜明对照是以两个时空——北京和广州——的相遇被呈现。在这里，广州作为改革开放的前沿与保守老旧的北京之间，既是困窘和富有之间的区别，也是理想诉求和现实考量的区别。80年代的文化语境下，个人的贫穷并不成其为问题。当时人们的普遍逻辑是，相比国家的欣欣向荣充满希望，个人物质上的困窘只是暂时的，微不足道的：“希望的空间”下的个人困窘常可以忽略不计。从这点来看，《个体户与穷秀才》的意义及其症候性正在于，其以一种时空错位的方式呈现出个人困窘的现实指向。其逻辑似乎表明，并非市场的优越性使得个人的困窘成为一个问题，恰恰相反，当个人贫穷真正成为一个问题的时候，市场的优越性才真正显示出来。

80年代以来的市场题材写作中，王刚的《月亮背面》（1996）是一部极具象征性的文本。这部小说写出了理想主义话语和实利主义话语在个人内心引起的尖锐冲突，及其理想主义溃散的过程。理想主义的失落，其直接的后果就是，一俟理想主义的光芒褪尽，知识分子的穷酸卑琐便被凸显，《月亮背面》中的牟尼和陈玉宗等尽皆如此。刘震云的《一地鸡毛》中知识分子小林在面对下海的诱惑时的犹豫不决的心理即是这种表征，而像池莉的很多被称为新写实的小说，知识分子的虚伪则被成功的商人尽兴无情的嘲讽。而说《月亮背面》极具象征，是因为在这部小说中，个人贫穷作为一个问题被极大地凸显。小说中的主人公牟尼和李苗并非处于社会底层，他们只是相对的贫穷。这一“贫穷感”的凸显，显然与理想主义的坍塌密不可分。在这部小说中，理想主义是文学话语的代名词。贫穷感的出现源于理想主义的坍塌，而理想主义的坍塌又使得个人贫穷成为一个无法回避的问题。两者之间互为前提，又互相彼此对立。主人公们正是在这种纠缠中，带着文学梦投身到“下海”的大潮。虽然说，这部小说写出了牟尼和李苗身上所具有的商人资产者的“原罪”的一面，但这“原罪”却非指向对商人形象的否定，是社会现实的无望及其不稳定（没有安全感）导致了这一切。这部小说既没有表现出为主人公们的利益至上开脱，也无意于批判或叙事合法性的纠缠，其表现出的毋宁说是市场经济题材的“去合法化”写作倾向。《月亮背面》的出现表明，合法化不再是困扰市场题材写作的问题所在。

牟尼和李苗的痛苦，正在于两种话语的纠缠，而即使是小林（《一地鸡毛》）抑或池莉的知识分子主人公们也概莫能外。事实上，这些小说都有一个理想作为背景或作为“他者”存在，理想的阴影下，这些小说中主人公们的现实生活并不轻松。叶兆言的市场题材写作则明显不同，其《我们的心多么顽固》（2003）写出了市场经济活动中主人公生活的另一面向：一种没有理想主义话语覆盖下的市场经济活动的乱象。这部小说虽也写到“上山下乡”等历史事件，但这只是提供主人公活动于其间的时空坐标，欲望（物欲与性欲）才是其真正的主人公和运行逻辑。叶兆言的很多小说虽然都有宏大叙事的框架，但他所着意的却是宏大叙事下的个人背离。理想主义的阙如，抑或人文精神的缺失，使得这部作品充满了含混色彩和自我指涉性，叙述者隐现和平视表现视角是这部小说的鲜明特点，其在一定程度上代表了市场经济类小说的某一倾向。相对而言，海岩的《五星大饭店》（2007）则是另一种类型的代表。如果说《我们的心多么顽固》介于文人写作与通俗写作之间的话，《五星大饭店》则是当代市场通俗写作或类型写作的代表。这是一部被拍成电视的小说，这样一种小说/影视双栖类市场经济题材写作，在当前文化/文学界十分流行，前面提到的《大染坊》、《白银谷》（改编成电影《白银帝国》）、《乔家大院》以及钟源的《胡雪岩》等皆是。这部小说虽然是以市场为表现题材，其实集合了通俗类型文学/文化的几乎所有元素，诸如爱情、绝症、凶杀、悬念、破案、传奇、遗产争夺、异国情调、俊男靓女等，小说中的五星大饭店（万乘大酒店）只是作为故事剧情发生的结点或空间而起作用。

诚然，作家在面对市场时的不熟悉是造成“当世”市场经济题材作品较少的重要原因，他们把目光纷纷转向历史，探微烛幽，但问题似不在于此。文学作为一种想象方式，其介入市场的方式方法多种多样，而所谓的“当世叙事”更多是一种立场，其呈现于人们面前的现实“当世”，因其视角的不同而会有相应的变化。

第二节　大历史、社会转型与内心变迁

一

在王刚的作品中，长篇《月亮背面》（1996）虽常常被忽视，其文学史上的价值也不被充分认知，但其对于认识中国八九十年代的社会转型期的现实，及其彼时国人心理的纠结和变化，却是没有比这更形象而具有象征意义的了。前几年，王刚的新作《福布斯咒语》（2009）曾一度引起关注，这部作品就其人物形象塑造、题材倾向和精神脉络而言，与《月亮背面》堪称姊妹篇；但毕竟世易时移，21世纪初的中国，格局早已底定，此时回过头来再去审视八九十年代的社会转型，其症候性及其诸种可能，会更其显得触目惊心而引人深思。

这部作品叙述的起点是1990年的秋天，终点与小说的出版1996年相当接近。就叙述与被叙的时间距离及其“当世性”时效性而言，《月亮背面》的出现，常让人想起张洁的《沉重的翅膀》。如果说后者对于认识七八十年

代的社会转型和经济层面的改革有其不可替代的意义的话，那么前者对于认识八九十年代的社会转型及其市场经济的震荡则有其独特的象征意义。时代的转折显然是理解并进入这部作品的重要前提。1990 年，对于中国这艘巨轮而言，显然是一个前途不明而摇摆不定的年份。虽然一场风波过去不久，但其引发的精神上的危机却远没有终结，在这种背景下，经济上的变动就成为社会变革和开放的重要信号。就此而言，《月亮背面》以其市场经济题材折射出的其实是社会变革的现实语境。经济层面的不明朗，显示出的是社会现实的不明朗，而作为主人公的牟尼和李苗，其希望、困惑乃至绝望，也只能从这个角度加以理解。

虽然这部小说表现了转型期的现实，就像作者自己在代后记中说的那样，要“去关心包括自己在内的那些生活在中国现实中的人和他们的内心，面对自己的精神要有一种忏悔意识，面对自己的内心要有仔细、认真的分析和批评”，现实表象在小说中并不像彼时（指的是八九十年代转型期）的新写实小说中呈现地那样。如果说新写实是要还原现实生活的原貌的话，《月亮背面》则可以看成是重新生成现实生活的表现的努力。这一点仍只能从话语转型的角度观察。80 年代的文学写作在总体上是一种在理想主义话语和“新时期共识”覆盖下的文学实践，这一时期的文学无论再怎么具有现实问题意识（如刘心武的问题写作），也仍是一种浪漫主义基调的写作，对于美好未来的承诺总会出现在作品的结尾。虽然说新写实多少带有自然主义式的倾向，但真正表明现实表象的“生成”过程的，还是王刚的《月亮背面》。这一现实表象的生成突出地表现在理想主义话语和现实生存话语的共存和相互冲突上。

二

当然，这部作品对于认识转型期的中国金融业和房地产业的实况有其不可替代的价值，但其真正具有症候性的还是主人公牟尼和李苗的身份。这是两个“文人下海”的典型。之所以强调“文人下海”，是因为文人的身份对于他们的至关重要性。牟尼是北京某高校文艺学硕士毕业，李苗也是文科出身，即使来到北京，也是随身带着一本米沃什的诗集。或可以说，他们是带着理想和文学梦下海经商的。在这里，诗歌对于他们，当然不是为了谋生，其意义仅在于精神上的自我平衡与自救。现实的窘境和接连不断的挫败，诗歌某种程度上就成为他们保持内心平衡的方式。但这种平衡又往往只是一种一厢情愿和自作多情，他们一边干着坑蒙拐骗的勾当，一边自我陶醉在诗歌的美好境界中，接连不断的挫折更于无形中加速了这其中的距离，他们无时无刻不处于一种精神分裂的状态。两种话语交相出现在他们的头脑中，彼此并存而又互相冲突，此消彼长。这里，读者诸君可以很轻易地说他们虚伪做作，但若联系80年代的历史语境，便会发现这其中的历史的必然逻辑。80年代是一个文学高度繁荣的年代，想想柯云路的《新星》中省委书记的女儿顾小莉痴迷于文学梦的例子就可以明白。而像张贤亮的长篇《男人的风格》中整天做着文学梦的女主人公罗海南、刘心武的《钟鼓楼》中那沉浸于文学中而至于精神恍惚的东北文学青年，在当时也并不少见。文学梦在80年代，某种程度上可以说是理想主义话语的象征和代名词。这样来看《月亮背面》中的文学话语和商业话语的冲突，不难体会其中三昧。

在这部小说中，奇怪的不是文学话语，而是商业话语。因为众所周知，商业话语在80年代的语境并不先天具有合法性。虽然说改革开放提出以经济建设为中心，但经济建设在这里只指向民族国家的现代化建设这一宏大叙事，而与个人的经济现状无太大关联，彼时表现个体户的小说/电影再现了个体户在社会上的尴尬位置。个人经济物质上的困窘与精神上的高扬，在80年代并不奇怪。个人经济上的困窘，在当是时的人们看来，只是暂时的，国家的现代化才是这一美好的远景。那么到底是什么使得牟尼和李苗的个人困窘变得真正成为一个让人难以忍受的问题呢？显然，他们的个人物质上的困窘如若放在整个80年代并不成其为一个问题，成问题的是这背后的宏大叙事。八九十年代社会转型，以及随着人们政治热情的消失，现代化的宏大叙事逐渐坍塌并失去其凝聚力，其掩盖下的个人“微小叙事”迅速得到彰显并被放大。随着“新时期共识”的失效，人们蓦然发现，原来他们是那样的贫穷而渺小，改变个人现状的要求便成为他们关心的首务。而也正是在这一语境下，市场经济的整套游戏规则才可能契合人们当时的普遍心理并迅速强大起来。这也是为什么《月亮背面》中的各色人物个个皆是物欲熏心之辈的原因，个人利益的最大化是支配其中绝大多数人物心理的普遍逻辑。从这个意义上讲，主人公牟尼和李苗的意义就在于，其再现了文学话语的残余以及商业话语如何取而代之的过程。小说中还有一个叫陈玉宗的作家。小说也写出了其内心世界商业话语和文学话语的冲突，但这一冲突是以彻底的方式存在的。现实的困境使他彻底抛弃了文学，文学话语在他身上只是作为一种记忆存在，他和牟尼一样对富人充满仇恨，但他并非精神分裂之人，他的人生目标很明确，就是追求利益，至于其他，什么都可以不顾。

我们从牟尼和李苗的身上看到的是 80 年代的荣光和意识形态残余。他们并非大奸大恶之人，李苗一边以自己的身体作为资本交换利益，一边宣称绝不出卖自己的身体，这其中并不矛盾。或者可以说，他们出卖的是自己的身体，而企图保持内心的纯洁，文学和诗歌就是在这点上成为他们的精神自救的重要手段。他们是有自我意识的人，文学话语的存在，使他们时刻与现实语境保持某种距离，并提供一种批判的立场和姿态，同时也让他们能时刻反省自己。他们既不认同于赤裸裸的商业逻辑，又对自己的文学话语抱有怀疑，内心的冲突可见一斑。王刚说的“面对自己的精神要有一种忏悔意识，面对自己的内心要有仔细、认真的分析和批评”，正是在这个意义上才能得到理解。作者写出了社会转型如何以内心激烈冲突的形式呈现在人物的一生。时代的巨变及其种种价值观念上的冲突，都在牟尼和李苗的内心得到呈现。而小说的意义，某种程度上也正在于以迷乱而矛盾的人物内心的变迁表现社会时代的巨变。

三

虽然说这是一部以北京为背景的小说，但北京在这里更具有象征意义。牟尼和李苗本可以舒适地生活在生养他们的城市，他们为什么又要奋不顾身地来到北京并想方设法待下来呢？在这里，虽然有所谓北京户口的限制的因素在内——户口的限制使他们在北京找不到理想的工作——他们待在北京只能以体制外的身份出现。但体制外在八九十年代的北京恰恰是最有活力也最有风险的部分，体制内向体制外的转化，在当时往往被称之为“下海”，王朔的小说就再现了彼时北京体制外的个体户的生活状态。牟尼和李苗宁愿在北京漂泊，这一动力来自哪里？这其中虽然有理想主义坍塌后现实话语胜利的意味存在，但在北京之外如在深圳照样可以赚钱发财，而且那里的商业环境更好，为什么非要待在北京呢？看来，北京所具有的向心力，还必须放在更大的全球时空中才能得到理解。

在小说中，牟尼和李苗的最后惨败虽不值得同情，但他们其实也只是大时代背景下的渺小而无助的棋子甚或牺牲品而已。他们的命运直接与海南房地产业息息相关。他们并没有什么实际才干，有的只是野心和冒险精神。他们坑蒙拐骗投机倒把，通过骗贷而获得第一桶金，他们倒卖钢材却一再被骗，后又想到海南房地产业中投机一把，而至于越陷越深最终以惨败告终。他们的惨败虽然有个人的因素在，但更与彼时中国社会的摇摆不定有关。主人公牟尼和李苗的发迹、危机都与彼时的社会语境息息相关。海南房地产的泡沫和危机，虽直接影响到主人公的命运沉浮，但其并不仅仅是房地产业本身或海南一地的情况，其繁荣与崩盘总是关联着当时中国金融业政策的紧松摇摆。而这一紧松反映或折射的恰恰是彼时中国政治经济上的不明朗和举棋不定。如此看来，北京在这里，其实就有了中国的象征与隐喻的意义在。虽然说彼时业已经历了邓小平的“南巡讲话”（1992），中国社会正进入市场经济的轨道，但市场与国家政策及政治之间的关系仍不明确，而金融业恰恰是这其中最为敏感而微妙的一环。北京在这里，其所具有的向心力，显现出的毋宁说是全球化初降的伟力与端倪。这是一个充满机遇和冒险并存的空间，也是一个开放而具有包容性的场域，牟尼和李苗通过投机倒把以贷还贷趁时代转型而起家，终又因时代转型的阴晴摇摆而失败。从这个角度看，牟尼和李苗的悲剧性命运，正在于时代的转型和不明朗。这仍是一部可以从黑格尔意义上的大历史的角度加以解读的作品。

第三节　资本时代的边缘书写与时代寓言

无论是就题材探索抑或作者的创作历程而言，王刚的长篇小说《福布斯咒语》（上下）都是近几年来中国文坛一部很有代表性的作品。就题材而论，这部作品显然与其90年代创作的长篇《月亮背面》有一脉相承之处；而若从作者的创作历程来看，其不仅是作者讲述的空间上的，从乌鲁木齐到北京的故事的某种延续，更是记录中国自90年代以来的全球化进程的活化石。从这个意义上说，王刚的小说为中国在这个时代的发展提供了症候式的表达空间和历史寓言。

一

在最开始刊登这篇小说的2009年第1期《当代》杂志封面上，有介绍云："看旧社会民族资本家的艰辛可读《子夜》，看新社会资本家的宿命可读《福布斯咒语》"；"富豪榜上两眼伤心泪？资本时代资本家一手肮脏血？"虽然，把《福布斯咒语》和《子夜》相提并论有点不伦不类，但对进入小说倒提供了一个绝妙的角度和入口。如果说吴荪甫（《子夜》）的时代，民族资本更多地与农民有关的话，那么显然到了今天，民族资本则与工人阶级有莫大的联系。吴荪甫的地主出身使他一直努力挣脱农民身份在他身上造成的束缚，其父吴老太爷的无疾而终正象征着那种与农民身份的彻底决裂。虽然他自始至终以民族振兴的形象自居，但恰同旧社会中国的命运一样，代表民族资本家形象的他终被象征帝国主义的买办资本所击败，吴荪甫的失败，实属必然。那么冯石呢？

在《福布斯咒语》中，冯石的身份却十分暧昧。他生于工人家庭，又有知识分子的背景，却一不小心进入了商界而成为新社会的资本家之一。他不像吴荪甫那样来得彻底，吴荪甫的身份认同相当简明，他的失败也就这种简明当中。而冯石却摇摆不定，他穿梭于各种角色之间，身份认同极其混乱，同时也造成分裂人格的形成。如果说明确的身份认同是主体形成的必要条件的话，那么显然，吴荪甫毫无疑问是典型的民族主体的表征，而冯石却不是，虽然他也毫无羞愧地宣称自己的民族身份和强烈的认同感。在冯石身上——无疑——任何概括或定位都并不适合他，在他而言，任何身份认同都只似乎是演戏。表演既是他自我认同的方式，也是他自我分裂的显影。

用精神分析学的解释，冯石只能靠不断的表演来掩盖主体之匮乏的焦虑。他扮演富豪，扮演情人，扮演父亲，扮演儿子，扮演工人，扮演知识分子，其实他什么都不是。他欠债累累可以说身无分文；他需要感情，但他只看到金钱和肉体；他扮演徐行长儿子的父亲，其实是为了获取贷款，他对待儿子，看不到血浓于水的温情，只看到金钱；他回家奔丧不是因为愧对父亲，而是为了显摆和招摇；他说他是工人出身，却从不真正为工人着想；他满口酸文腐句，其实只是装点了他内心的空虚。匮乏其实才是主人公冯石真实的状态，而正因为匮乏他才需要不停地扮演各种角色，并在这种扮演中经常获得一种自我陶醉的感觉。扮演其实就是一种精神的镜像，是自我想象的完成。在这种想象中他可能获得片刻的自我完美的形象，但随之而来的是更大的失落和沮丧，这也就是为什么小说中冯石的情绪不断变化的原因，其情绪变化之大恰恰说明他内心的匮乏之深。

而正是这种主体性的极端的匮乏，任何东西在他眼里都只幻化为欲望及欲望的满足，而每一次欲望的满足又都仅仅是自我幻觉的延续。因而一定意义上，欲望及其满足就成为冯石确定自我存在的重要方式。在这里，资本和欲望及匮乏充分地交织在一起，互为前提又互为解构，任何一次欲望的满足都是以资本为前提的；但匮乏作为永远的缺席的“在场”时刻支配着他，他越是欲望高涨，越是显得匮乏，因而就需要不断的欲望的满足，这是一个没有穷尽的过程，挣脱不断。至于“福布斯的咒语”，毋宁说就是资本所造成的永远的匮乏和满足之间的二律背反的象征：任何人都深陷其中，不能挣脱。

比较王刚早先的创作可以看出，他的作品中始终暗藏并贯穿着一种身处边缘的焦虑。这种焦虑因欲望而起，又因欲望的匮乏而加剧，这既是一种主体身份的匮乏，也是身处边缘作为他者之焦虑。少年刘爱（《英格力士》）到牟尼（《月亮背面》）再到冯石，外省青年来到北京，他们目睹并经受了全球化大潮的裹挟和挤压，费尽心血但终只能身处于一种宿命般的边缘状态——主体的无止境的匮乏。相对于北京而言，乌鲁木齐当然是一种边缘，然而对于西方世界来说，八九十年代以来的中国无疑又是一重边缘，而正是这双重的边缘身份及其内在的冲突，注定了王刚及其小说始终处于一种分裂状态和文本的永远敞开。从这个角度来看，王刚的小说及其《福布斯咒语》无疑是中国加入全球化进程的极具象征的文本，其表现出的焦虑、痛苦及其狂欢都能在冯石 / 资本和中国 / 西方的二元对立中得到理解：他从偏远贫瘠的外省来到北京，又从北京走向世界，这既是一个个体的成长痛史，更是一个民族的成长痛史，任何存在的痼疾和肿瘤令人触目惊心，无疑更是一种印迹，见证了它的成长。对于冯石而言，其面对的已不再仅仅是民族国家的认同问题，而更多地关涉到内在于全球化时代的边缘和中心的矛盾以及文化政治等诸多命题。就此而论，冯石这一形象无疑具有相当的典型性。

但问题似乎没有这么简单。

二

就王刚此前的写作而言，其显然不具备在宏阔的时空背景下，展现人物的悲欢离合与时代历史之间的错综复杂关系，至少就《福布斯咒语》而言，它也难以成为“新社会资本家的宿命”的象征性文本。因为显然，无论从哪个方面看，小说中的主人公冯石都不足以代表新社会的资本家形象，他虽然是相当独特的一个，却并非十分的典型。原因很简单，小说中的冯石身上看不出个人的成长中历史和时代的折射和聚焦。

作为小说家的茅盾，他是有意识地从社会阶级分析的角度来描摹一个时代的必然走向衰败，因此，小说《子夜》中的吴荪甫代表的无疑是民族资产阶级及其之上民族国家的形象，其失败也是中国民族资本在中国必然命运的象征。而写作《福布斯咒语》的王刚，其意则在于个人命运的不可挣脱即“咒语”式的宿命的书写，因而在小说中虽有对历史时代及资本家的思考，但其重心显然是在冯石个人的内心世界和搏斗的过程。这种差异决定了两篇小说不同的结构设置，在《子夜》中采取了复线式的结构，力图全方面地展现了时代社会的全貌，而《福布斯咒语》则采用了单线条式的结构方式，主人公的内心及其丰富复杂的一面在这种单线发展中集中展现，其任何幽微曲折处都被无限聚焦放大，相反，其身上所具有的代表民族资本家的一面却较为薄弱。这种结构方式一定意识上更似个人叙述，民族国家的形象和个人叙述之间的分离使得任何个人的言行及内心活动都难以作夸大其词的阐释。

而且，小说最为致命的地方在于，似乎整个中国及北京的各界政要都是围绕冯石而运转，其中根本见不到其他更多的民族资本家的存在，因而使得小说所叙述的生活面并不具备多大的代表性，这也决定了小说叙述上强烈的主观色彩，外部世界只有通过进入主人公的内心才成其为外部世界；从这个角度看，小说充其量只是主人公冯石的一部“自恋史”。小说是以冯石的视角来反映时代社会的方方面面，但这个大千世界并非直接呈现在冯石的头脑中，而是经过了主人公内心的过滤而被折射出来，因而大都带有主观性的色彩。因而毋宁说这是一种典型的主观性叙述，世间万物都是主人公冯石内心世界的反映和表现。

他时刻以民族资本家的形象自居，但眼中看到的只是钱和资本，而他显然又是极端个人主义的个体，民族国家最多只不过是个人获取利益和资本的说辞或叙述而已。这最为明显地体现在收购北京老酱油厂的过程中。作为国有企业的老酱油厂，濒临倒闭，各种问题和矛盾尖锐而得不到解决，冯石欠债累累反趁机提出兼并，他一方面打出为民请命为政府分忧的幌子，一方面却不断以此要挟政府，从中获得各种利益。他分文不出却捞取了大量的国有资产，一旦获得大量的资金应当解决工人实际问题时，他却置他们于不顾，把问题推向政府和社会，自己置身世外。显然，民族国家在他而言，都不过是一种叙述和包装，资本的逻辑是其内在一切的核心。虽然小说彰显出个人叙述的鲜明色彩，但这种个人叙述和资本的逻辑的结合，更加使得小说呈现出十足的象征性。资本的逻辑及其力量才是冯石的生命中真正不可解脱的“咒语”！

三

全球化时代给中国带来了巨大的利益的同时，也给中国带来巨大的风险。如果说牟尼的失败与当时政策上的不明朗有关的话，那么在今天冯石所面临的则是瞬息万变的资本的全球旅行了，其个人身上不仅纠缠着牟尼式的精神和物质等恒久不变的矛盾，更与民族国家和跨国资本之间保持着千丝万缕的关系，从这个意义上，冯石的个人命运其实也是民族国家之命运在全球化时代的表征了。因此，可以说，加于冯石身上的“咒语”也同样加之于民族国家之上，这个“咒语”即资本的魔咒，一旦深陷其中，就不可摆脱也摆脱不了。这就是宿命。

也正是在这个点上，王刚的小说就具有了本雅明意义上的寓言式写作的特征。在本雅明那里，寓言已经改变其最初的意义。“在寓言中，观察者所面对的是历史弥留之际的面容，是僵死的原始的大地意象。关于历史的一切，从一开始就是不适时宜的、悲哀的、不成功的一切，都在那面容上——或在骷髅头上表现出来。”① 也就是说，在寓言中，意义则是不存在的。其呈现的是不加褒贬的不含判断的，甚至带有陶醉色彩的丰富多彩的世界，这个世界无疑是“不适时宜的、悲哀的、不成功的”。这无疑是一个光怪陆离的世界，一个需要被救赎的世界，但并不是那种象征主义式的理想之光的救赎；对它而言，小说写作——即把它呈现出来——就是最大意义的救赎。王刚的《福布斯咒语》无疑属于这样一种写作。但问题是，作者这种不加批判甚至不无陶醉和欣赏的写法，处处使读者迷惑：这样一个世界，其希望和出路何在？本雅明曾这样形容波德莱尔：“他在其中陶醉的同时并没有对可怕的社会现实视而不见。他们保持清醒，尽管这种清醒是那种醉眼蒙胧的，还‘仍然’保持对现实的意识。”② 面对世态万象，作家显然不能“醉眼看花”，于今如此“迷乱的星空”，他更要时刻睁大双眼。如果说，小说中的迷幻纷乱仅仅只是时代的“如实”展现，这当然是时代本身之过；但作为艺术家的作家，面对这种生活不加褒贬甚至猎奇乃至迷恋，无论如何都是不可原谅不能原谅的。

---

① 〔德〕本雅明：《德国悲剧的起源》，陈永国译，文化艺术出版社 2001 年版，第 136 页。

② 〔德〕本雅明：《发达资本主义时代的抒情诗人》，张旭东、魏文生译，生活·读书·新知三联书店 2007 年版，第 77 页。

第四节　消费时代的寓言写作与“叙述”的后现代

一

看过小说《兄弟》（余华）的读者，大概很少会无动于衷于小说中夸张、滑稽、搞笑的场面描写以及放肆的语言暴力，而对于许多严肃的批评家或那些对余华有所期待的读者，则可能大失所望。实际情况却是，越是专业的批评和善意的讽刺，越是促成了小说销量的直线飙升，这既出人意料之外也在意料之中。无独有偶的是，在此之前有一个叫作“馒头事件”的，引起了人们极大的关注，其内容无非是对陈凯歌拍摄的电影《无极》的恶意讽刺和肆意歪曲，但这种恶搞似乎并没有给陈凯歌带来什么损失，反而使得电影票房持续上涨。

这里把电影《无极》和《兄弟》放在一起，或许不伦不类，但我们也应该看到，这背后有很多值得注意的问题。首先是这两个人在80年代乃至90年代初一直都是把自己视为精英知识分子，坚持所谓的精英知识分子的创作，而到了90年代以来，似乎很默契似的，他们又都开始了某种转向，虽然其中的转向不尽一致。陈凯歌作为一个电影人，对市场的转向似乎更彻底。而余华作为作家，因为书写媒介的不同，或其他原因，在进入到90年代，则开始了从先锋到传统的某种程度的回归，先后写下了《活着》和《许三观卖血记》等被广为称赞的作品。在写下了这些作品之后，有几年时间没有余华的身影，一旦重新复出，自然使很多人对他有很大的期待：这几年“磨”出来的所为何物？但结果却让人们普遍失望。究其实，这种失望某种程度上源自于人们的某种“期待视野”：即倾向于把复出的《兄弟》视为《活着》等小说的延续和拓展，如此数年的打磨之后，理所当然要有更高的超越了。从这个角度看，《兄弟》确乎表现出了某种退步，尤其是下部与上部的不协调，被人们看作是余华难以为继、力不从心的表现：看，这就是写出了《活着》之后的余华，他再也超越不了自己！但如果换一个角度，把余华的小说创作放在90年代的文化背景下来看，特别是与彼时陈凯歌拍摄的电影《无极》比较，我们就会发现这其中若隐若现的联系之处：这都是一种市场经济背景下的商业创作潮流，是一种新型的大众文化创作。其被专业评价家的热骂与市场效应的高涨所形成的悖论，就像“馒头事件”表现出的恶意嘲讽反而助长了电影票房一样，这些现象只有放在大众文化的角度才能得到较好而公允的解读。

二

“馒头事件”被看成是大众文化潮流中的一种后现代现象，小说《兄弟》的出版又何其不然呢？我们说余华的小说表现出一种后现代特征，并不是说余华有意要用一种后现代理论进行创作，而是基于这一事实，即小说《兄弟》创造了一个想象世界——刘镇，这个刘镇成了一个象征，而这种象征恰与当前社会的后现代语境不谋而合且互为指涉。小说里有一个关键的景象就是刘镇人眼里的“看”的动作，看李光头，看林红，看傻子，看选美，甚至看一切；而这“看”的过程和动作恰好就是后现代语境下的一种大众文化现象，用术语说就是“凝视”或对“图像”的观赏。与自“五四”以来鲁迅所开创的通过看与被看的模式表现的启蒙主题很不相同，在这里看与被看，甚至连看本身都成了被看的对象。一切都成了被看的对象，也就无所谓意义或国民性等问题。一切都成了观赏成了消费的对象，所以李光头才会肆无忌惮，才会目中无人，而刘镇也乐于去看。李光头的一切都是为了被看而存在，他偷看林红的屁股并大张旗鼓地追求，他在街上肆无忌惮的教训刘作家，他在镇政府门前摆放了成堆成堆的垃圾，更有甚者的是在刘镇举行了所谓选美等一系列的举动，都是为了被看，并在这被看中获得乐趣和利益，就像他自己说的要成为一根“骨头”，就是为了吸引别人的注意。

就在这“看”的视景中，小说展开了它的后现代叙述风格，举凡当代中国的各种离奇的逸闻如垃圾买卖、选美、人造处女膜、丰胸等千奇百怪的事情都在刘镇粉墨登场，而叙述者也乘机对这些进行了肆意的嘲讽，如刘镇两大作家的虚伪和狂妄，镇上居民对日本垃圾西服的崇拜，选美大赛背后的龌龊等。正是在这“看”的视景中，各类景象尽情地展现着自身和表演着。景象的纷乱，对应着“看”与“被看”的目光的迷离或迷乱。这就有点像后现代社会中的“拼帖”现象，而小说正是通过这种“拼贴”给我们制造了一个幻象：俨然刘镇就是一部中国当代的浮世图。这里有一点值得注意，就是小说多次以叙述者的身份出现的“我们刘镇”。如果从小说修辞的角度看，这只是一种作者的修辞策略，即所谓制造真实情境的似真效果。但如果从小说的叙述以及后现代角度看，这充其量是一种真实的幻觉，因为文本充满的是各种景象的“拼贴”，叙述者正是在这似真非真的景象中展开了他的文本的游戏和欲望叙述。这种景象与后现代理论家博德里拉的“类象”概念和居伊·德波的“景观”概念很相像；在“类象”中一切真实与非真实的区分已经被打破[①]，而“景观”中一切景象也都“主要体现为被展现的图景性”[②]，我们这里使用“类象”或“景观”概念突出的正是小说叙述当中对真实与非真实之间界限的打破。同时也要注意到这两个概念的提出有一个重要的背景，即现代社会的高度生产和消费状况；当这一切都成消费或被观赏的对象，就如小说中的刘镇，这时就像居伊·德波在《景观社会》所说的：“直接存在的一切全都转化一个表象”，“生活本身被展现为景观的庞大堆积”，我们已经进入到了一种被称作景观社会的阶段，在这种时候，“景观是全部视觉和全部意识的焦点”这时又必然会产生一种分“分离”：景观通过伪造现实把现实变成景观，而又使得景观成为最终的目标，“现实显现于景观，景观就是现实”[③]，在这个时候再去谈论意义已经显得无足轻重了。这种把现实平面化为景观的结果使我们自然想到了后现代主义，后现代主义正是通过各种途径，如拼贴等，通过把社会生活景观化或图像化，使得当意义最后都成为一种消费对象时，也就无所谓意义或本质了。

拼贴（collage）即把各种差异性因素组织在一个文本的平面上，这是后现代主义艺术文本的一种制作方式。雅克·德里达说：“在拼贴手法的过程

① 〔美〕道格拉斯·凯尔纳、〔美〕斯蒂文·贝斯特：《后现代理论》，中央编译出版社 2004 年版，第 154 页。

② 张一兵：《景观社会·代译序》，载〔法〕居伊·德波：《景观社会》，王昭凤译，南京大学出版社 2006 年版，序第 10 页。

③ 〔法〕居伊·德波：《景观社会》，南京大学出版社 2006 年版，第 3—4 页。

中，以直接、大量的引用法与替代法，把原作置入一个全然陌生的环境之内。”艺术家“引用的各个元素，打破了单线持续发展的相互关系，逼得我们非做双重注释或解读不可：一重是解读我们所看见的个别碎片与其原初‘上下文’之间的关系；另一重是碎片与碎片是如何被重新组成一个整体，一个完全不同形态的统一。……每一个‘记号’都可以引用进来，只要加上引号即可。如此这般，便可以打破所有上下文的限制，同时，也不断产生无穷的新的上下文，以一种无止无尽的方式与态度发展下去”①。从这里可以看出，拼贴具有两个方面的特点，首先，理解拼贴必须联系其中各种差异性因素的“原初‘上下文’”，也就是说必须在新的文本与“原初‘上下文’”之间建立某种关联；其次，这种不同的差异性因素通过“加上引号”被置入一个新的“全然陌生的环境之内”，同时又产生了“新的上下文”，我们理解这种拼贴最终还是要立足于这种新的上下文。如果用这种理论来解读余华的《兄弟》，我们也会发现其中典型的后现代艺术文本特征。我们不用论证就能知道像《兄弟》中的各种奇异的事情，特别是下部中的垃圾买卖、选美、人造处女膜、丰胸、阴茎增强术等这些显然是我们当今媒体以及网络中经常出现的“景象”，通过这些因素在小说中的“闪现”使我们感受到“时下”社会迷乱的状况，这些都与新的经济时代的到来相伴随；但同时小说又被植入很多“文化大革命”前后的各种趋于极端的“景象”，如偷看女厕所被淹死、贩卖屁股理论、“文化大革命”中的血腥场面以及人心的被异化等，这些因素的被植入显然又使我们回到了那段难以忘却的历史；所有这些构成所谓“原初‘上下文’”。现在的问题是：这些时代各异、很难兼容的“景象”被放置于一个中国的小镇（刘镇）——“全然陌生的环境”——有没有一种象征？其间又有什么联系呢？（当然这种提问的方式很有点非后现代的味道）显然余华并没有告诉我们，作者似乎也不想回答，但我们发现这各种因素之间却能产生一种奇异的对话和碰撞，它们之间互为解释，同时又互为颠覆，使我们对自新中国成立以来的各种重大问题有了一个新的思考：在各种看似矛盾混乱事物的背后潜藏着某种不为我们所理解的东西；以上只是问题的一

① 〔法〕德里达：《后批评之目的》，转引自王先霈、王又平主编：《文学理论批评术语汇释》，高等教育出版社2006年版，802页。

个方面，余华通过把这些“异质”性的因素置于刘镇，显示了作者对这些狂乱时代奇异现象的后现代式的肆意的嘲讽，作者也在这种“平面化”的场景中获得一种前所未有的颠覆的快感和乐趣。所有这些使我们感到小说的后现代文本特征。

但问题似乎又不是这么简单，首先的第一问题是，如何看待小说上下部的某种不平衡？前半部的相对严肃使我们在指出小说的后现代特征时犹豫不决；其次，小说塑造了李光头这样一个带有后现代气质的人物，在他旁边又有一个现代 / 前现代式的宋钢的形象矗立（其实这也是小说名为《兄弟》的意图），这两个人物在小说的叙述中是一种什么关系？这还是要回到我们开头的说的“景观”概念才能得到理解，在这样一个看与被看的“景观”中，当人们津津乐道于看的冲动和快感以及被看者由此获得的某种满足中，始终有一个人是游离于之外的，这个人就是宋钢；刘镇上的人看李光头游街、看李光头大张旗鼓地追求林红、看李光头被揍、看李光头揍别人，不仅李光头表现出豪迈的气魄，刘镇上的人也在这种“看”当中感受到一种快感，而忘乎所以——这里有没有鲁迅所探讨的国民性问题呢？——但这些在宋钢的眼里，却感到一种不自在、不安甚至恐惧。由此可以说，宋钢是外在于这个“景观”的，他既耻于被看，也不愿看别人，在这种情况下，宋钢最后只能远走他乡。这是一种精神上的自我流放，是一种对“景观”情境的无言的反抗。但这不禁又使我们怀疑，这种反抗有多大的可能？当我们庆幸宋钢的出走时，又发现他其实是进入到一个更大的“景观”——因为景观所赖以存在的前提即商业生产和消费无处不在——当中；他虽离开了刘镇，逃避了刘镇人的看与被看的荒谬，但他挣脱不了商业社会的资本的逻辑：为了生存，宋钢只能被迫违心的充当被看的对象，以自己的身体——男人隆胸——作为商品让人肆意的嘲讽和评头论足。这其实是一种悖论，也是在暗示我们，在这种带有后现代的“景观”社会中，当一切都成为被看的对象和商品时，任何企图逃离这种被看的企图都是徒劳的。所以小说的结尾是宋钢在经过了长时间的自我流放之后，又无可奈何地回到了刘镇。这种流放后的回来，不是一种简单的回归，而毋宁说是一种身体的屈服；而一旦得知自己精神上的依靠——心爱的妻子——也已投降了这个社会（林红和李光头关系的暧昧就意味着这种投降），宋钢的自杀就是必然：他的自杀并非仅仅是对爱情不忠的绝望，而毋宁说更是对“景观”社会中个体存在的质疑和抵抗。

从这个角度来看，我们就会发现，宋钢和他的父亲宋凡平之间其实存在一种潜在的“互文”关系，小说前半部花费了大量的笔墨写宋凡平，其实也就是在写宋钢，宋凡平的死亡预示了宋刚的最后结局。我们从小说前半部对宋凡平的描写，特别是小说在通过对宋凡平的对照写法中，使我们感受了叙述者的某种冷静的温情与平和，叙述者对宋凡平的男人气质的描写也使我们感动，宋凡平的死亡更使我们同叙述者一道体验到了某种留恋和无可奈何之处；而如果再把宋凡平的经历和对社会的“抗争”与宋钢做一个比较，这其间作者所深深表现出了矛盾和困惑也就昭然若揭了。这个时候，再简单地认定小说所表现出的后现代特征，无异于是肯定毁灭了宋钢的这个“景观”社会：小说的叙述背后深深隐藏着作者的忧虑——亦或这就是一种现时代的隐忧吧：小说通过描写宋钢的死其实也就表达了作者的忧虑——作为一个不愿生活在这种“景观”社会中的人最终只能被这个社会所埋葬。

三

如果说，小说中被移植了各种异质性因素，造成了小说中各种因素的对话，这种拼贴给我们一种后现代的感觉，这些与小说对宋钢与宋凡平的描写其实是格格不入的，这种格格不入又说明了什么呢？如果说前半部主要是以“文化大革命”为背景，讲述的是宋凡平的故事的话，那么后半部则是以“后工业时代”为背景，讲述的就主要是李光头的故事了。宋凡平的故事在其儿子宋钢身上得到延续，因而小说名为“兄弟”实际上讲的就是两个人——宋钢和李光头——在不同的时代的命运问题。从这个角度出发，我们就能发现小说的上下部之间的一种紧张关系：宋钢的故事讲述的是对事对人的执着和对信念的坚守，这种坚守在其父身上已经显得难以为继；而李光头的故事却告诉我们一种滑稽和游戏人生的态度。小说在叙述这两个类型的人物时的叙述语调也截然不同，叙述宋氏父子时是内敛的、冷静的和温情的，但在叙述李光头时却是张扬的、夸张的和嘲讽的；而这其实也是小说上下部叙述风格的不同。

这种紧张关系也即预示了身处这种不同语境下人们的困境：融入其中还是逃离？但实际情况却是：无论逃离与否我们都身处其中，逃离的最终却只能回归；从这个角度看，小说的上下部其实内在紧张地包含一种对话关系：这种关系由李光头和宋钢故事的对立所引发，前后两部因而也就成了我们这个时代的某种隐喻。如作者自述：“这是两个时代相遇以后出生的小说，前一个是“文化大革命”中的故事，那是一个精神狂热、本能压抑和命运惨烈的时代，相当于欧洲的中世纪；后一个是现在的故事，那是一个伦理颠倒、浮躁纵欲和众生万象的时代，更甚于今天的欧洲”，而“连接这两个时代的纽带就是这兄弟两人”（《兄弟（下）·后记》）一个是前现代文明（其实更是一种现代文明），一个后现代文明（比欧洲的今天更甚），但不管是什么社会什么时代，作为一个真正个体存在的人（不管是宋钢还是宋凡平）却无立足之地。宋钢选择了逃离，但也只是逃到一个更大的刘镇去；这注定了要成为后现代语境下的人们所面临的一种困境（在世界将成为一个地球村的今天，逃离更多的是一种姿态）。这时，唯一可能的途径或许只能是两条：要么像小关剪刀一样远走他乡——永远的自我流放，这在小关剪刀或许是一种幸福，虽然无颜回家，却有一个很知心的伴侣一同流浪——虽然这种可能到底有多大还是一个疑问；或者最明智的就是像“周游”变成了“周不游”——浪子回头，结束流浪的生活，是投入日常世俗生活的一种妥协，韩剧在这里倒成了挽救中国流浪汉的隐喻，是韩剧使周游产生了思乡之情，但乡关何在？周游的家乡何在？小说没有告诉我们，但这是否也预示着：在这种无家的时代中投向日常世俗生活就是一种回乡之举，一种精神还乡？

第七章　知识分子题材类

第一节　精神传统与现实语境之间

一

自中国近现代以来，知识分子题材就是文学特别是小说创作中的主要题材之一，涌现了众多名家名作。这一状况在新中国成立后的语境下有很大的改变，知识分子题材逐渐成为表现的敏感地带。事实上，这一转变，自延安时期即已显端倪，1942 年毛泽东《在延安文艺座谈会上的讲话》的发表，知识分子自启蒙者的角色一变而为被怀疑质疑的对象，其被改造（思想改造）的命运亦即拉开帷幕。

民国时期，从题材的角度把握界定文学特别是“知识分子题材小说”，常常并不能成立，因为彼时文学（包括小说）创作的主体皆为知识分子，即使表现农民的小说仍可以看出知识分子创作主体的影子和习性来。真正从题材上划分小说并订定等级，还是在新中国成立后。当时有所谓重大题材和次要题材之说，表现工农兵和工农兵参与文学写作一时成为时尚，知识分子言说和表现自身的空间其实很小，即使偶有作品（如《青春之歌》）发表，也多遭来质疑和批判。

20 世纪 80 年代以来，知识分子题材小说骤然增多。张贤亮、从维熙、戴厚英和刘心武等作家有相对集中的思考，写有一批在当时很有影响的知识分子题材小说。但这些作家多从历史的角度展开对知识分子命运及使命的思考，其现实当下意识并不强烈。这与“以史为鉴”传统有一定关联，回避现实仍是知识分子题材小说的主要问题。杨绛的著名长篇《洗澡》也是这样的作品。而另一方面，当时社会上又有所谓“问题”式写作热潮。表现社会热点问题一度成为彼时文学写作的焦点所在，知识分子问题是其中重要组成部分，涌现出一批相关作品，徐迟的报告文学《哥德巴赫猜想》是其代表。但当社会现实以“问题”的形式呈现出来时，现实其实并没有很好而全面立体地呈现，表现现实仍是亟待解决的理论现实命题。

事实上，这也是80年代知识分子题材小说写作的独特景观，历史与现实间总是以彼此纠缠的方式存在，因而某种程度上，如何从历史的阴影或影响下走出并走向现实，便成为80年代以来知识分子题材小说写作突破自身的关键所在。反讽的是，知识分子直面现实往往是以错位的方式被表征。当知识分子还沉浸在历史的反思并在这种反思中建构其启蒙地位的时候，未曾想到现实正以一日千里的速度向前发展，而随着八九十年代之交政治事件的终结，他们才明白原来自己所曾想象中的知识分子的崇高主体地位仍不过是一厢情愿与自作多情（如王刚的《月亮背面》）。他们从旧日的梦中醒转，却发现早已是“人是物非”，再也找不到自己应有的位置：与其说他们是被政治抛离从此远离了时代社会中心，毋宁说是被时间抛弃。从这个角度看，池莉的《你以为你是谁》等新写实小说中知识分子的可笑可悲的处境，正是这样一种错位的表征。

二

虽然说，知识分子在新中国成立后的坎坷命运颇让人叹惋，但若从文学与现实的关系来看，他们常取一种介入现实（改造现实）的角度表现现实，其对现实的把握和认识并不真正全面深刻。而这，其实是提出了现实和理想间的矛盾和距离问题。如果知识分子仅以启蒙者的姿态看取社会，而不本着钻研或融入现实的话，其最终常常只能落荒而逃抑或含恨饮冤至死。巴金的《家》和《寒夜》即是这一困境的最佳诠释。尤其是《家》中的觉慧，在他启蒙了鸣凤之后置之而不顾，让其在现实困境和爱情理想的落差中煎熬乃至自杀，也可以看出启蒙的悖论。

而这也从另一方面表明了中国知识分子软弱和虚伪的一面。知识分子自恃有其强大的几千年来形成的精神传统在，既不愿也不敢直面“鲜血淋漓”的现实。在这当中，精神传统的强大与现实的坚硬之间，常构成一种矛盾。表面看来，知识分子孤傲清高，但其实是色厉内荏。一旦接触现实，遭遇挫折，他们便会显示出软弱和虚伪的一面。

如此种种都一再表明，知识分子如不能很好地认识现实钻研现实，便不会有任何种类的改造现实的可能。改造现实须先从认识现实入手。从这个角度看，新中国成立以后对知识分子的思想改造并不为过。但事实上，即使经过了思想改造，知识分子也并不都总是能深刻地认识到这一点。

三

虽然说强大的精神传统的存在，使得知识分子并不总能很好且没有障碍地认取现实，但也正是这一矛盾，某种程度上构成了知识分子题材写作的张力结构，始终制约着知识分子们想象现实介入现实的方向与程度。由此也大致形成了几种模式。

第一种是介入型。在这一类型的小说中，知识分子与现实之间是一种毫不妥协的关系，这一毫不妥协是因其背后有强大的精神传统的存在，他们以这一精神传统作为武器批判现实，介入现实并进而改造现实。就新中国成立后的文学写作而言，真正属于这一类型的小说并不多见，新中国成立后杨沫的《青春之歌》是这一典型。这一类型常以一种文本（或作品）内外的“互文性”的方式表现出来，20 世纪 50 年代中期出现的所谓“干预生活”的小说创作倾向或可看成其中代表。

第二种是若即若离型。知识分子们一方面因为强大的精神传统的存在，产生了知识分子的自我身份认同，另一方面又因现实的坚硬和实实在在的困窘，而常感无奈，于是便形成一种微妙的平衡：既想介入现实，又力求某种独立，既想坚守，又为现实所改造。刘醒龙的《天行者》即是这一典型。这是一部描写表现乡村知识分子的个人操守和情感纠葛的长篇小说，而说其是“乡村知识分子”，是因为他们通常并不能称为知识分子，他们是一群乡村的民办教师以及小学教师。民办教师是乡村社会中十分尴尬的群体，说其尴尬是因为社会对他们的定位十分模糊，他们既是教师，又是农民，他们有知识，但文化程度普遍不高。而也正因如此，他们在乡村社会里的地位和身份都很模糊，他们与乡村社会间是一种若即若离的既介入又疏离的关系。正是这一若即若离，知识分子的自我认同感于他们就非常重要，他们从知识分子的传统里获得自我认同的力量，某种程度上是为了在面对困窘的现实生活（工资本就较低，而又常被拖欠）时能在精神上获得某种平衡。《天行者》极为微妙地表达了乡村知识分子的这种游移的边缘心态和矛盾处境。

第三种是疏离型。张炜、张承志的小说，宁肯的《沉默之门》（长篇）是典型代表。尤其是张炜的很多小说（如《人的杂志》），提供了知识分子在面对现实的强大坚硬面前的自我逃离和自我放逐的典型。葡萄园以及海边平原常常成为张炜小说中知识分子逃离现实的“伊甸园”或“桃花源”式的空间隐喻。如果说张承志更多表现为一种精神上的反思和逃离的话，张炜式的逃离则更多带有现实针对性，他的主人公很多都是因为在现实语境下受到迫害、挤压或打击而开始漫长的自我放逐之旅的。现实的强大而冷硬，使他们不愿且不敢面对，故而自我放逐往往就成为一种精神上的坚守的姿态，甚至是知识分子一厢情愿式的自我想象的圆满。

第四种是融入型。所谓融入型，是指知识分子完全放弃已有的精神传统而融入现实生活或现实生活的惯性之中。对知识分子而言，其融入现实，并不总是理所当然一蹴而就的，这当中有一个过程存在，所谓犹抱琵琶犹豫不决，抑或内心冲突总是必不可少的。王刚的《月亮背面》和刘震云的《一地鸡毛》（短篇）最为典型地表现了这一过程或过渡。在这当中，宏大叙事的解体及失效与现实的窘迫彼此关联互为因果，常常使得知识分子的坚守显得可疑而可笑，知识分子的猥琐窘态越是纤毫毕现，其投入现实的决心也就越是决绝而悲壮。相比前者面对现实逻辑时的欲拒还迎，张者的《桃李》则表现了宏大叙事退场后的市场经济时代声色犬马的知识分子生存境况，在这样的时代，所谓知识分子的精神传统早已成为传说被遗忘，而知识也仅止于谋生的工具，剩下的全不过被物欲包裹下的日常。

第五种是隐喻象征性。在这一类型中，不论是知识分子的精神传统还是现实语境，都是以一种隐喻象征的形式呈现出来。阎真的《沧浪之水》和阎连科的《风雅颂》皆属于此类。在这两部小说中，知识分子的命运沉浮都是以一种戏剧化的方式呈现出来。虽然说阎真的《沧浪之水》具有极为细部的写实倾向，但仍不妨把这部作品看成是一种隐喻象征。如果说《风雅颂》中的现实象征秩序是一种压迫性的力量的话，《沧浪之水》中的现实语境则以一种利益最大化的现实逻辑的方式呈现出来。在这当中，现实语境皆以一种强大而坚硬的象征秩序的形式存在。相对于《风雅颂》中的漫画化的寓言式写作，《沧浪之水》则倾向于在写实的甚至琐碎的细部刻画的基础上取意象征。一方面是戏剧化漫画化的手法，一方面知识分子身份的凸显放大，小说的隐喻象征色彩正是在这种张力或对立中被表现得淋漓尽致。

以上是一种共时性的概述。事实上，现实语境并不总是一成不变的，其常常以不同的形式呈现在知识分子面前，知识分子的精神传统也似有似无时强时弱，这之间的冲突千变万化。但对知识分子写作而言，这一冲突却是若隐若现贯穿始终的。这既可以在某种程度上看成是黑格尔式的精神与物质的辩证冲突，另一方面也是知识分子自我身份认同建构的必然结果。知识是知识分子之所以为知识分子的前提，也是其建构自我身份认同及其主体地位的重要基础，当知识分子把自己视为是知识分子时，其实已经在知识和现实间预设了一种对立，知识分子的主体地位某种程度上也是以现实作为“他者”而建构自身的。这样一种对立的存在，使得知识分子既不愿也不能真正做到融入现实。毕竟，精神传统的存在，是知识分子面对冷酷而日新月异的现实时的最后一道防护和自我保护，一旦坍塌，知识分子便不成其为知识分子，这也是为什么牟尼和李苗（《月亮背面》）在坑蒙拐骗的同时仍不忘在枕边放置文学书籍的原因。从这个意义上说，张者的《桃李》的出现，某种程度上即已标明了知识分子的终结。

第二节 现实日常与知识分子的心灵史

阎真的长篇《沧浪之水》是近几年来知识分子题材小说创作中十分引人

注目的一部。而说这部小说特别还在于，其常常又被归类于官场题材写作。知识分子而兼官场，这一组合本身就说明其象征意义和高度的民族寓言色彩。中国古代有所谓的“学而优则仕”一说即是明证。这种双重身份的重合渊源有自，其来已久，甚至可以说是有强大的传统。但若以为这是在赓续传统，则又大谬。因为这并非仅仅官本位就能说明一切，在这当中，既有官场（潜）规则和实用主义的运用，也是当前商业伦理的体现，同时也是知识分子在面对现实逻辑和理想坚守时的矛盾、无助、挣扎和妥协。如此种种，似乎只有放置于当前语境下才能获得真正意义上的理解。

一

这是一部反映表现“当世”现实的作品，小说讲述的是主人公迟大为自“文化大革命”结束以后的大学生活及毕业后人生命运的沉浮变迁。但这“当世”现实在小说中并非自然主义式的呈现，而毋宁说是一种象征式的显影，其常以“现实的逻辑”的形式表明自身。“现实的逻辑”而非现实本身是这部小说之具有象征主义的明显特征。小说中最令人触目惊心而印象深刻的，是主人公迟大为在精神坚守和现实逻辑的强大压力之间的困惑、游移、冲突和矛盾，以及随之而来的自审、自省和自弃。从精神力量的强大到现实逻辑的逐渐占据上风并最终独占鳌头，是这部小说中主人公人生命运变迁的结构线索所在。显然，在这部小说中，现实逻辑与精神力量之间是一种彼此两立互不妥协的二元对立关系，但就中国历史传统乃至新中国成立后的社会实践来看，这一对立并非不证自明，而毋宁说是一种新的时代的建构和意识形态表述。

所谓“现实的逻辑”，是一种现实生活的态度和原则，表现在《沧浪之水》中是一种实用主义、对现实利益的追逐和利益最大化原则。它只注重眼前当下，只关注个人实利，只看重实用，而与精神上的超越提升和民族国家的前途无关。撇开传统中国不论，仅就80年代而言，这一现实逻辑并不构成对精神坚守的挑战，相反，彼时个人主体的现实选择与精神导向之间往往处于一种高度统一的状态，个人的成长发展孕育于时代社会的进步进程之中。

这在伤痕写作、反思叙述和改革题材中表现明显。竹林的长篇《生活的路》、路遥的《平凡的世界》和贾平凹的《浮躁》等尽皆如此。现代化的想象既是80年代的超级话语，也是当时时代精神的表征，其往往以美好未来的伟大承诺介入现实并制约人们日常生活中的现实选择。《沧浪之水》的不同之处在于，其笔下的主人公虽身处80年代，但能超越彼时的现代化话语，而表现出一种形而上的超越。小说中迟大为和妻子的一场对话很有症候性：

> 晚上住在山上，春天里山风很大，我和她坐在大树下，她说冷，我搂紧了她说："你看天上的星星。"……我说："一个人想想星星，再想想自己，就知道自己是怎么回事了。"……她说："听不懂！"又说："要我去想星星我还不如想一想厨房的事，想星星管什么。"……在星空下我越发坚信，有一个需要用心去感受却难以说明的灵魂的空间真实地存在着，那个空间与世俗世界不同，价值不同，原则不同，眼光不同，一切都不同。那完全是另一种境界。①

正如主人公所言，"没读过大学，毕竟还是不一样。我关注意义甚于关注生活，她（指主人公的妻子——引注）关注生活甚于关注意义，不一样"。在主人公的妻子看来，厨房就是厨房，她看到的是一个个具体的事物，它关涉到每天的日常，坚实而沉重，她的丈夫也就是主人公则不同，他总是从一个抽象的层面去思考，努力赋予"生活"以"意义"，故而生活中的琐事一个个被超越和改写，生活本身的厚重于是乎变得不足道。显然，"星星"和"厨房"在这里构成一种对立，这种对立，既是现实选择与精神追求的对立，也是康德意义上的经验与先验的对立，其呈现出来的是作为一个知识分子的坚守与自信，及其对具体历史时空的超越。但若联系主人公说这些话时的具体语境又会发现，其背后显示出的毋宁说是某种逃避：这是一种以超脱的方式表现出来的对现实困境的逃避。主人公越过现代化的想象而表现出针对日常现实的超越，既表明了现实日常的趋于混乱零散而等待救赎，也预示着现

① 阎真：《沧浪之水》，人民文学出版社2001年版，第106—107页。

实日常自与现代化想象的统一状态中的剥离而回归自身。这一现实日常的变化轨迹，某种程度上恰与主人公的人生经历吻合。主人公在“文化大革命”结束后，自本科、研究生而后来到卫生厅已有四五年，他说这段话的时候，正是20世纪八九十年代的社会转型。八九十年代社会转型，其最为明显的表征莫过于人们真正回归到日常生活中去。

虽然说“回归日常”一度成为“文化大革命”后“当世叙事”的焦点，但彼时的日常叙事仍是一种本质化的建构。日常生活往往被赋予批判“文化大革命”之非人道的叙述功能，日常生活的“原初性”始终隐而未彰，被叙事所遮蔽。在这里，所谓“回归日常”是指充分释放出被“政治”话语所压抑的世俗“日常”的合理合法的一面，还原其自给自足性。正如李杨所指出的那样，这种“回归”的“日常”仍是一种“被本质化的‘日常生活’”，这一倾向，在其后的改革文学和寻根文学中有增无减。改革写作以其现代化的宏大叙事而否定日常生活中消费和享乐的一面，寻根文学则表现出极为明显的日常的象征化倾向，日常生活的丰富性和多面性仍不能被很好地表现，这一趋势至新写实小说写作中才有部分改变。

这样来看迟大为和他的妻子便会发现，他的妻子所代表的某种程度是彼时社会上相当普遍的现实主义倾向，这是一种个体意义上的日常，和去除宏大叙事之后的庸常。它表现为一个个具体而微的事物，它是碎片化、零散化的，拒绝被重新本质化和总体化。相反，迟大为虽表现出企图重构具体日常的本质化、总体化的倾向，但其呈现出来的却是现实语境下的知识分子的尴尬处境。这是一种宏大叙事解体后的重建精神总体性的无望的努力，现实的困窘，社会的无望，此外是物欲横流，如此种种，都使得迟大为的精神坚守姿态本身既显悲壮、荒谬而无妄。他以表面上的对具体历史时空的超越姿态，掩盖的其实是知识分子现实处境的困厄。

二

虽然说，迟大为的妻子表现出回归日常的一面，但这一日常仍是混沌而不明的，其既不能被把握也不能被叙事。相反，日常生活只有以它的逻辑性的一面呈现出来，才能被言说被认识被叙述，小说中把作为具有反思精神的知识分子迟大为和他的妻子并置一处，某种程度上即带有从理性上把握混沌日常及其建构日常叙事的努力。从这个角度看，小说以迟大为的人生转变，显示出来的不仅是日常生活战胜精神坚守的胜利，更是现实日常叙事的建构及其诞生的表征。

这部小说中，知识分子的角色和功能是理解的关键。显然，这是一部表现知识分子在当前语境下由坚守、怀疑、幻灭到被同化的过程，知识分子的悲剧性命运促使作者/叙述者及主人公自觉不自觉地思考“知识分子的困境及其出路”这一命题。小说中给人印象至为深刻的，莫过于主人公那种哈姆莱特式的延宕、反复思考和自省自审意识。知识分子的迂腐酸臭令人忍俊不已。但何其反讽的是，一旦主人公对现实有清醒冷彻的认识，其转变也迅疾，行动也果决。此前的落寞及其沉沦下寮，到短短几年后的仕途得意位居高位（单位一把手），从遥望星空到权力欲的热衷，这中间的转变虽多少富有戏剧性，但也在常理之中。或可以谴责说是知识分子的虚伪，是人性的弱点及其现实的污浊使然，但这些都不足为据。

现实的强大与个人的渺小之间的鲜明对比让主人公逐渐明白并不得不承认，知识分子的传统角色定位才是其悲剧性命运的真正祸首，其与现实境遇之间是一种永恒的不可调解的错位与悖论关系，用主人公的话说这就是“生活的辩证法”，“你越要脸就越没有脸”，所谓知识分子的“脸面”即是其传统角色定位的呈现，如不彻底转换，这一符咒式的宿命便不可避免，他也终将重蹈其父的覆辙。正是在这一“清醒”认识的基础上，主人公开始认真分析现实，至此，纷乱的现实在他眼里不再仅仅是一个个具体而微的“厨房”，也不再是浩渺难及的“星星”，而是实实在在的隐现其中的推动社会运转的“现实的逻辑规则”。这也是迟大为之所以高明于他的妻子的地方。如果说迟大为的妻子眼中的厨房仍只是一个个具体的事物的话，这一现实仍是碎片化、零散化的现实，那么迟大为却能看到这背后的运行规则和逻辑所谓。这一现实只有在真正俘获了主人公迟大为之后，才真正显示出其逻辑性的一面。从现实到现实的逻辑，这一跨越只有在具有反思精神知识分子身上才能得以完成。迟大为以一种知识分子的反思反省，完成的是日常现实逻辑的自我呈现。从这点看，这部小说的意义正在于用自省而自审的方式，呈现出隐藏于日常生活中的现实的逻辑之所在。

三

小说的开头一幕极富象征意义。主人公迟大为从父亲的遗物中发现《中国历代文化名人素描》一书，其中包括孔子、孟子、屈原、司马迁、嵇康、陶渊明、李白、杜甫、苏东坡、文天祥、曹雪芹和谭嗣同共十二个人，书中既有对他们的人物形象素描像，也有对他们的精神素描，其对每个人的一生都有概括，如孟子是“舍生取义，信善性善”，屈原是“忠而见逐，情何以堪”，嵇康是“内不愧心，外不负俗”等。这一名人素描的象征意义在于，其既建构起一个知识分子的精神传统，也表明了针对浊世（现实日常）的抗拒姿态。这是一种以精神传统对抗现实并介入其中的姿态，但事与愿违，主人公以此要求自己，在现实生活中却每每受挫，一再后退，从改造现实而退守内心，最终不得不走向以遥望星空的姿态来回避现实生活。

主人公的人生经历及其后来的转变表明，这既是现实日常的强大坚硬之于理想精神坚守的胜利，也是现实处境改写并重组传统的表征。这是改革开放后的中国，是八九十年代社会转型后的市场经济时代。现实当下的复杂语境，早已非古老中华帝国的经验所能应付和阐释，古代知识分子的精神传统如不与现实语境对接，变革自身，其毁灭也将不可避免。

第三节 从文学寻根到文化自觉

《蟠虺》（2014）是刘醒龙的又一长篇新作。刘醒龙的创作向来以楚地作为故事发生的背景，这次也不例外，所不同的是，这次刘醒龙不再仅仅执着现实和历史（革命史、新中国成立后历史）的纠缠，而是视角向前伸向了历史的纵深处，这就触及到文化，及其文化背后的时代底色。楚地的背景/前景而兼文化底蕴的开掘，这使得《蟠虺》在刘醒龙的创作历程中具有了与众不同的意义。

一

小说开头以主人公曾本之收到一封死去二十多年的故交写给他的信而勾连起尘封的历史。小说就是在这样一种结构中展开故事情节的，现实的矛盾起源于历史，而历史的埋伏也预示或暗示了现实的走向，现实与历史的纠缠仍是这部小说的起点和终点。

现实而历史，虽然是一种取材上的倾向，其实也表明一种对话、对接和反思的意图。时间上的跨度，既是一种沧桑感和历史感的来源，也是一种以今溯古，或以古讽今的保证。刘醒龙的作品，很多都是这一表征。《圣天门口》以重写革命史的起源的角度尝试来重写新中国成立后的"继续革命"史，《一棵树的爱情史》则把父子两代人的情感纠葛放在两个时代的角度展开，《燕子红》从时代的变迁的脉络中表现劳动的意义，《威风凛凛》中从"文化大革命"前后的语境中反思知识分子的历史命运，等等。在这些作品中，作者并没有停留在现实或历史的"单行道"上，即使是表现乡村知识分子的《天行者》，作者也没有仅从现实的困窘的角度表现乡村知识分子的坚守与困惑；刘醒龙的作品，充满一种历史的厚重感与纵深感，这是他的作品显得格外有力而有趣的地方。

对于历史，刘醒龙从来都不只是为了批判而批判抑或为了重写而重写，历史在他的很多小说里都具有现实的向度或折光，这在他的新作《蟠虺》中仍复如此。二十多年的旧事，个人间的恩怨，虽与特定时代（"文化大革命"）息息相关，但其所关乎的似乎更是知识者的操守问题。是坚守知识者的精神操守，还是为了个人利益，这其中的矛盾纠葛某种程度上才是决定主人公命运沉浮的幕后主线。历史既是背景，也是前景，其腾挪变幻只是为主人公的粉墨登场提供了舞台乃至道具，而非所欲针对或批判的对象。从这点而言，刘醒龙的小说既迥异于80年代以来的历史反思之作，也有别于肆意改写/反写历史的新历史小说。

一个死去多年的人却寄信给生者，这使《蟠虺》有了悬念而悬疑的向度，小说很有可能向侦探类型小说或反思小说的方向发展。这一封信就像一个被尘封于记忆深处的幽灵，霎时提醒了生者那现实背后的历史阴影的存在。幽灵看似不在，但又无所不在，这样一种“不在场的在场”方式，恰是80年代以来很多小说中惯用的处理历史与现实相互纠缠的典型方式。80年代的某一个明媚的白天，一个陌生人通过自我施虐的方式让人骤然想起那不堪回首的历史（余华《往事与刑罚》），精神病患者大宝的存在总能让生活于和平年代的人们时刻不忘那“狂乱而躁动的年代”（李国文《花园街五号》），等等。对于这些小说的作者乃至读者而言，施虐或精神病发作，并不仅仅是身体的病症，而毋宁说历史的铭刻及其留下的肿瘤，时刻提醒人们历史的教训，不敢稍有松懈。刘醒龙的《蟠虺》虽也有这一倾向，但其又似意不在此，如若以为刘醒龙在反思反省历史，则显然是对他这一新作的误读。历史只为勾起旧怨以寄希望于现实的解决或解脱，而非针对现实的警醒或警告。历史虽是负担和债务，需要现实的清理和偿还，但并非不可挣脱。曾本之的深深愧疚，曾小安的念念不忘，郑雄的纠结，等等；这些都联系着二十年前郝嘉的自杀以及数年前郝文章的坐牢事件，而这些又有与楚地出土的国之重器曾侯乙尊盘有关。是曾侯乙尊盘及其围绕它的研究、保存左右着这一干人等的历史与现实的纠葛。因而某种程度上可以说，只有真正解开曾侯乙尊盘的制作之谜，才能使得现实中的生者获得精神上的解脱与超脱，从这个意义上讲，这是一部以现实拯救历史的小说。是现实的问题需要重启历史，而非相反。

二

就刘醒龙的创作而论，他的小说向来擅长对乡村知识分子的表现刻画，这从《圣天门口》、《天行者》以及《威风凛凛》和《往事温柔》等小说都可以看出。他的小说对那些散落于民间的知识文化形态有细微、逼真而鲜活的呈现，相对而言，他对学院派知识分子的表现则显得有些隔膜或者说充满想象。而事实上，刘醒龙的“民间知识分子”写作也是极为成功的。这些知识分子与国家权力之间往往保持一定的距离，这使得他们与时代、社会之间始终处于若即若离的关系。而这，恰恰成为他的笔下的知识分子相对独立的精神操守的保持成为可能。知识分子们一方面因了强大的精神传统的存在，产生了知识分子的自我身份认同，另一方面又因现实的坚硬和实实在在的困窘，而常感无奈，于是便形成一种微妙的平衡：既想介入现实，又力求某种独立，既想坚守，又为现实所改造。

而如果从《天行者》、《威风凛凛》的角度来看《蟠虺》，便会发现，知识分子文化认同的建构一直是刘醒龙小说写作中的一个若隐若现的脉络，对于这一认同，其重要的前提就是强大的知识分子精神传统的存在。而也正是有了这强大的精神传统，知识分子即使备受欺辱也是“威风凛凛”（《威风凛凛》），即使物质上捉襟见肘、身份上模棱两可也是富有而高大（《天行者》）。相对《天行者》等小说，《蟠虺》无疑写的则介于庙堂与学院派之间的知识分子群体。这是一群身份和地位均处于社会上层的精英知识分子群体，但也是这一群体，他们并不总是能够经受住物质、权力和荣誉的诱惑，他们虽然较之乡村知识分子更有知识（或学识），但也是他们，更易于丢失知识分子的精神操守，郑雄就是这样一位媚俗的精英知识分子典型。小说在郑雄之外，设置了郝文章这样一个对立的知识者的角色，表明的正是作者刘醒龙对这样一个命题的思考，即知识分子是否，以及如何才能在物质、权力和荣誉的诱惑面前保持自己的人格操守问题。如果说《天行者》和《威风凛凛》等小说中，知识分子的精神传统是乡村知识分子得以安身立命并获得自我想象的平衡的重要前提的话，那么对于《蟠虺》中的精英知识分子，知识分子精神传统则成为他们必须要加以保护维持并需有意建构的对象。这并不是说知识分子的精神传统并不存在，也不是说其已式微，这种差异表明的是其背后的存在方式的不同。一个是安身立命的生存方式，一个是必须维护否则便会失落的对象。从这个角度看，刘醒龙其实是写出了现代社会中知识分子精神传统的存在悖论。这一精神传统本应留存于高头讲章，体现在社会精英知识阶层，但恰恰相反，其在知识密集的庙堂与学院稀薄，却活跃于散落乡野的民间知识分子群体身上。

正因如此，在这部小说中，作者对精英知识阶层寄托了深切的厚望。曾本之、郝文章、马跃之等都被作为挽知识分子精神传统于即倒的象征而被表现。但如果换一个角度看，这也可以显示出刘醒龙的悖论所在。所谓“楚学院”，显然是社会分工下的现代知识生产的体现，对于这样一个专业知识分子群体，刘醒龙却寄希望于他们能保有知识分子的独立人格和知识分子精神传统的坚守，这无异于缘木求鱼。这里的一个背景是，在当今，学院派知识分子早已经不再是具有精神传统的守护者的形象，而毋宁说其充当的是现代知识生产的生产者的角色。这一悖论在阎真的《沧浪之水》中有极为象征而具体的呈现。其主人公迟大为夙以精神传统的现代守护者的形象自居，可一旦面对权力及其现实的逻辑，则不得不一退再退，最后“幡然醒悟”，而飞黄腾达仕途得意。《沧浪之水》以迟大为的个人命运的悖论告诉我们，在今天，知识已不仅仅是个人修养和精神操守的前提，其一旦进入市场，就已经变成商品生产的一部分。这时，任何奢望或高蹈都只能是水中月镜中花般可望而不可即。小说中以迟大为获得国家课题作为他的人生转折的关键，就极为象征地表现出知识生产、权力而兼经济间的复杂关系。刘醒龙看不到这点，故而他在他的这一新作中对那些学院派知识分子寄予了极大的厚望与期望。虽然说，从知识分子精神传统的维护的角度看，《蟠虺》确与《圣天门口》、《天行者》等小说有一脉相承之处，可一旦涉及学院派而及上层权力的诱惑，作者寄希望于知识分子的个人操守和担当，则又似乎是一厢情愿式的想象。

三

虽然说《蟠虺》表现出对精英知识分子的一厢情愿式的想象，但作者十分清楚，真正能把握时代脉搏表现历史走向的，并不是那些散落民间的知识阶层。他们被历史裹挟，泥沙俱下，虽身处历史的潮流之中，感同身受，但却不能真正把握。他的知识分子题材小说要想显示出更大的气象，还必须把眼光放到那些精英知识阶层上来。这些人距离上层更近，故而也更能引领潮流，把握并发掘时代之精神。而事实上，也正是这些人，在他们身上最能呈现出“势”与“士”的矛盾与悖论来。小说伊始即是：“识时务者为俊杰。/

不识时务者为圣贤。/ 曾本之用尽全身力气才写出这两句话。"[①] 前面两句话对理解小说十分关键。这两句话看似矛盾，其实具有辩证关系。这就牵涉到如何看待"时"的问题了。

而所谓"时"，在这里既是指时候之"时"，时代之"时"，更是历史发展的时势之"势"。就小说《蟠虺》及其表现的时代而论，这一"势"即是中国作为大国崛起的历史必然。而其反映在文化上则就有了相应的文化自觉的要求。《蟠虺》的出现表现的正是这样一种文化自觉与自信。就近几年来的文学创作而言，这一文化上的自觉自信并不是孤立的现象。宁肯的《天・藏》(2010)、阿来的非虚构体长篇新作《瞻对》(2013)、叶兆言的《很久以来》(2014) 等作品都表现出重新审视文化特别是地域文化的倾向。这是在新的历史时代产生的地域文化认同现象，明显不同于 80 年代中期以来的文学 / 文化寻根。虽然说两者都表现出对中国地域文化的兴趣，但这里有质的区别。首先，对于寻根文学 / 文化而言，文化是他们脱政治化、建构自身主体性以及从边缘走向中心的工具[②]，文化不是目的；而对于《蟠虺》等作品而言，文化则是他们所欲表现并自觉建构的时代主题。这是大国崛起在文化上的表征。其次，就地域的表现而言，寻根文学中对穷乡僻壤中潜藏的地域文化的热好，体现的是他们对中华文化传统主流的失望与批判，而对于《蟠虺》等作品来说，地域文化特别是楚文化，其实也是主流文化的表征，是大国崛起、民族复兴之际时代精神的体现。在他们这里，文化无所谓主流支流之分，有的只是文化传统的现代转化问题。再次，就其与时代现实的关系而论，如果说寻根文学 / 文化表现的大都是时空模糊的故事的话，那么对于《蟠虺》等作品来说，其表现的都是具体时空下的（近现代）历史与现实的纠缠。时空的模糊，使得寻根文学的写作某种程度上成为第三世界的民族寓言式象征，而对于《蟠虺》等作品来说，近现代史的审视重写则具有了回溯和后续的接续意义。近现代史（包括"文化大革命"在内）一直以来被视为中国历史正常发展中的伤疤或毒瘤而被抛除在历史肌理的脉络之外，但它又像幽灵或噩梦，不论如何挣脱总是在现实的影像中显出它的倒影。一方

① 刘醒龙：《蟠虺》，《人民文学》2014 年第 4 期。

② 参见徐勇：《"寻根"的建构及其谱系》，《中国现代文学研究丛刊》2012 年第 12 期。

面，现实语境下的困窘、屈辱与悲情在对这一段历史的反复书写和渲染中被强化，另一方面则又表现出回避现实的指向和对辉煌灿烂的远古历史的遐想和缅怀，两者之间总不能很好的耦合在一起。今天看来，大国崛起的历史必然使得这一耦合成为可能。《蟠虺》等作品的意义正在这一层面上显示出来。这既是一种与远古传统对接的努力，也是一种面向当下的文化自觉与自信，从这个角度看，其很好地接续、修复并重写了近现代史在中国历史发展中的应有位置。回溯历史，是重建的必要前提，但历史在这里不是作为债务，而毋宁说是作为遗产出现。这些小说都有一个历史与现实的交织的结构。

在《蟠虺》中，刘醒龙触及到了一个命题，即历史之“势”的时代命题，但荒谬的是，作者似乎有意淡化这点，而力图在这部作品中凸显知识分子的气节，所谓“不识时务”，某种程度上成为抗拒这一历史之势的象征。

曾侯乙尊盘并非今天才被挖掘出土（在小说中，是于20世纪70年代挖掘出土），但为什么在时隔多年后的今天又成为关注的焦点或聚焦呢？虽然说，政府高层（上至中央，和省级领导）、黑道白道（江洋大盗）以及神秘人物等围绕曾侯乙尊盘而展开一场角逐，这一情节设置多少显得有些虚假不实，但如果放在大历史的角度看，这其实是中国作为大国崛起的时代的文化表征。小说中，政府斥资数千万仿制被称为国之重器的曾侯乙尊盘，这一行为，不论其直接的意图如何，其背后呈现的都是大国崛起时代中的文化自觉。但作为知识者的曾本之和马跃之没有认识到这点，相反，他们却似乎非常抵制，他们把具体负责此事的郑雄视为背离知识分子精神传统的小人而刁难鄙视，他们以为这是知识分子在向政府、政治和权势献媚。知识分子精神传统与时代，“时”与“不识”，在这里，其实构成一种内在的辩证关系。

小说中有一段被称为“老省长”的政府高层的话很值得玩味：

历史上楚国的青铜重器很多，仅仅是已经挖掘出来的就很了不得，让人叹为观止。可这些东西如果仅仅只存放在博物馆的展厅里，说得好听点，像花瓶摆在那里装好看，其实一点作用不起，与废铜烂铁差不多。任何文物，如果不能转化为生产力，成为意识形态，就不能成为真正的国宝。[①]

在这里，所谓“时务”，其实就是把历史文物转化为生产力的行为，曾本之反对这种做法就是一种“不识时务”的表征。但这是否意味着曾本之要逆时代而行呢？可也未必。青铜楚鼎“庄严与威严，散发着一股无可阻挡的正气”，更何况是国之重器的青铜重器的王冠——曾侯乙尊盘？曾本之作为青铜重器的顶级专家和权威，他恪守“青铜重器只与君子相伴相属”的古训。在他看来，曾侯乙尊盘体现的历史之正气，是时代文化的象征，是必须存放于博物馆中的，而非用来做某种实用主义的使用。在这里，呈现出来的既是两种文物观，也是大国崛起时代的文化自觉的两种倾向。

四

“老省长”之所以斥资三千万成立一个正厅级青铜重器学会，正在于要把曾侯乙尊盘转化为生产力。按照他们的说法，成立青铜重器学会是“要让青铜重器走出博物馆，走出历史教科书，真正成为时代重器”。这样一种力图把“历史的重器”变成“时代的重器”的观点，某种程度上是中国作为大国崛起时代中比较典型的功利主义文物观的体现。而在曾本之看来，文物的意义则必须是存放于博物馆，供研究或展览之用。表面看来，这是政府官员和学者在面对文物时的两种观点，但其实反映的是大国崛起时代中文化自觉的两种面向的问题。

随着大国的崛起，是必须让文物“走出博物馆”还是“回到博物馆”，某种程度上成为这部小说所加以表现的议题。而所谓走出或回到，其实都是围绕曾侯乙尊盘的复制而展开的。这里问题的关键不在于曾侯乙尊盘到底是用失蜡法还是范铸法制成，关键在于复制的合法性问题。可复制性是现代性的机械时代的最为明显的特征之一，但对于这样一个国之重器，曾侯乙尊盘表征的是神秘、威严和大气以及这背后的灿烂的辉煌的文化。对于这样一

① 刘醒龙：《蟠虺》，《人民文学》2014年第4期。

种“国宝”，通过复制而使之走出博物馆，并转化为生产力和意识形态，显然是一种大国崛起时代把文化的“象征资本”转化为实际资本的企图，文化也可以成为软实力。而在曾本之看来，他之所以开始说曾侯乙尊盘是用失蜡法，后来又自己推翻自己，其意义都在于强调曾侯乙尊盘的独一无二性：曾侯乙尊盘拒绝被复制。这也是小说中多次强调的“天意”。江洋大盗洗手不干，郝嘉跳楼，郝文章入狱，都与“天意”有关。虽然在历史上，可能有曾侯乙、曾侯甲、曾侯丙尊盘出现过，但其作为历史的象征出现在现实中的今天，却必须是“唯一的”。小说的结局，也正显示出这一唯一性：郑雄怀抱中的“曾侯乙尊盘”被“天意”倾覆在长江中，永世不能浮出水面。

那么对于中国古代灿烂的文明呢？是要原样“复制”到今天，还是让其以独一无二性留存于博物馆中？从这个角度看，所谓回到博物馆与走出博物馆的区别，体现的是对待传统文化的两种态度。而事实上，历史与现实虽然有相似之处，但其永远只能以独一无二的面貌呈现于世间。历史也永远不可能原样复制到现实当中。因而可以说，中国作为大国崛起，其显示的虽是民族的伟大复兴，但不可能是古代灿烂文化的“转世”。虽然说文物诸如曾侯乙尊盘拒绝复制，但其并不拒绝认同。而事实上，博物馆的意义也正在于建构认同。按照福柯的理解，文物陈列于博物馆中，其实也是一种“陈述”，一种话语实践和意识形态建构，而据本尼迪克特·安德森的研究，博物馆对于一个民族国家的“想象的共同体”建构有着巨大的作用[①]。

事实上，关于博物馆的文学想象，在刘醒龙之前的宁肯的《天·藏》中即有表现。女主人公最后从一个中学教师而转行成为博物馆的讲解员，其意正在于文化认同的建构的内在需要。这是一种把自己家族的历史汇入到民族国家的历史中的努力。而与刘醒龙几乎同时的叶兆言，其在他的新作《很久以来》（单行本叫《驰向黑夜的女人》）中，也以上海世博会的遥遥相望作为历史与现实纠缠中的解脱的象征。历史虽然激励甚或纠缠当下，但其对于当下的人们来说，终究只是过去时态，其既不可能“转世”，也不可能原样复制。对于大国崛起时代的中国而言，历史应该真正“回到博物馆”，而不是

① 参见〔美〕本尼迪克特·安德森：《想象的共同体》，吴叡人译，上海人民出版社2003年版，第206—207页。

走出。虽然说曾侯乙尊盘代表着中国古代灿烂辉煌的文明，其因应了现实语境中的中华民族复兴，但这只是复兴而非复制。文化复兴而非文化复制，刘醒龙以皇皇巨制《蟠虺》告诉我们的似乎正在于此。

这也使我们想起几年前引起很大争论的兽首问题，以及近几年来流失海外的文物纷纷被赎买并被献给国家的现象。"回归博物馆"，已成为越来越多的国人面对文物流失时的共识。虽然博物馆的存在，代表了某种"似乎无可辩驳的、自然的、代表本质的世界观"①，但这一世界观永远是一种未完成，而需要公众的参与和建构。从这点而言，博物馆以其所指涉的历史与现实的纠缠和对话，呈现为一种敞开，需要我们不断的参与和努力。这样来看，表现在文学寻根与文化自信中的空间上的象征，正在于山乡野地与博物馆的区别。文学寻根驻足于穷乡僻壤，落脚于山乡野地，虽然说也是一种敞开和召唤，但却是一种漫无边界和犹豫不决。相对于山乡野地，博物馆则是一种铭刻、标记和言说，这是一种文化自觉自信的构成状态。从这个角度看，从韩少功到刘醒龙，这既是从山乡野地到博物馆的距离，也是文学寻根到文化自信的距离。刘醒龙的《蟠虺》，显示的正是这样一种标记和节点。

第四节　边缘写作的困境与可能

张炜无疑是一个相当勤奋而有很大潜力的作家，其最近推出了一系列以"你在高原"为总名的十部长篇小说，仅此浩瀚的工程，就足以令人望而兴叹乃至嘘唏不已。张炜又是当代中国为数不多的始终坚持理想写作的作者，这种坚持在他这一系列作品中仍有表现而且是淋漓尽致的流露；仅就这种数十年如一日的坚守本身而言，就不能不令人感动。但张炜无疑也是一个充满困惑乃至困境的作者，这在其写作中有明显的表现，也能在阅读他的作品中明显的感觉到。张炜先生的确是一个很有勇气的作者，他能在这种不断而又反复的困境中始终不懈地前行，虽然他明知或意识到前面没有路而仍旧要前

① 〔美〕史蒂芬·康恩：《博物馆与美国的智识生活》，王宇田译，上海三联书店2012年版，第12页。

行，这种勇气在今天看来尤为可贵而值得珍惜。

一

从张炜的写作脉络来看，《家族》和《人的杂志》显然是与他此前的小说如《古船》、《柏慧》等有一脉相承之处。但这种延续并非沿袭，而是更见出作者鲜明的意识和充满焦虑的内心。先以《家族》为例，这部小说一版再版，并有过多次的修改。作者对其之倾心可见一斑，其置于“你在高原”系列之首并非随意，而毋宁说有某种内在的关联。这部小说虽然是在描写家族的历史，但在小说的叙述始终却没有出现具体的历史时间坐标，有的只是空间上的变换延伸。诚然，作为对家族史的叙述，时间的脉络无论如何都是至关重要而不可或缺的一环，否则家族的历史就无从建立；作为小说的《家族》之略去具体的历史时间，如果不是作者的有意为之，也至少是作者的倏忽。但倏忽是不可能的，因为小说作者所触及或追溯的家族前史显然离我们所生活的时代并不遥远，而且可以说与我们是息息相关地纠缠在一起，这从小说以第一人称叙述即可看出。从这个角度看，显然是作者在写作中故意略去时间的维度。

对于这种省略和空白，无疑可以读出很多东西。对小说的叙述来说，“我”的家族前史毋宁说是一部痛史，小说的写作其实是一首唱给家族的挽歌。这一家族（其实是两个家族）在先祖手中曾经有过无数传奇的故事和辉煌的过去，但在近现代以来尤其是今天却无可挽回地衰弱了，这种衰弱诚然也有某种个人的原因，但更多的是与历史的不堪联系在一起。小说中曲绡的一段心理描写很耐人寻味：

> 我们家以全部的热情、生命和鲜血投入的这份事业成功了，胜利了；但我们一家却失败了。这是真的吗？真的，虽然我不知道为什么……[1]

---

① 张炜：《家族》，作家出版社2010年版，第391—392页。

看来，“我”的家族兴衰并非与历史无关，实则是纠缠不清，正所谓欲说还休！但真的是欲说还休吗？如果那样，我们也就见不到这洋洋洒洒的几十万字的“宏大”讲述了。显然，作者是另有所“图”，是有某种宏大的思想包含其中。

在小说叙述的主部，家族的故事主要在“我”的父辈和“我”之间穿插展开。与“我”在现实中不可避免地遭受挫败相似的是，“我”的父辈的故事也有一个挫败的过程。但对“我”来说，挫败似乎从一开始就已经注定了，因此其越往后就越接近挫败，而对“我”的父辈而言，这种挫败却并不是从一开始就命定的，而毋宁说是自我选择的结果。如果说“我”的失败是一种历史宿命和必然的话（东部大开发的历史进程使我无处逃遁），那么“我”的父辈的失败就带有某种阴差阳错的反讽在内。“我”的父亲以及外祖父因为投身或倾向革命，到头来却意外地得到不伦的悲剧。革命成功了，“我”的家族却莫名其妙地失败了。这不能不让人感到困惑。此外，小说中还有一段历史叙述不容忽略，那就是陶明教授的悲惨经历。如果说“我”的父辈的故事是家族的前史，“我”的故事对应着家族的当下史的话，那么陶明教授的惨痛史则是连接这两个时间段的过渡时段。这三个时段连接起来，在时间的跨度上恰好就相当于一部中国近现代史了。但诡异的是，这三段故事却出奇地表现为悲剧的形式。这是否是叙述的偶然？显然不是。因为这三段悲痛的故事，并非仅仅个人或家族的经历，而是与中国的革命史有着千丝万缕的联系，它们之间无疑有着某种内在的关联。

但问题是，虽然这段历史与中国革命有着互相纠缠的关系，但在小说的叙述中很少出现“革命”的字眼，更无从以往同类小说中常见的革命的意识形态表述、宣传和动员了。实实在在的革命进程与革命意识形态的缺席，这看似矛盾而令人费解，其实正是这矛盾中隐含着某种深意。小说显然是在写家族史，而这种家族史又与历史纠缠在一起，从这个角度看，小说叙述家族史其实就是叙述历史。而对近现代中国史而言，对革命的叙述是无论如何都绕不过去的。与 50 到 70 年代的革命叙述相比，《家族》中革命叙述的伟大起源和合法性始终语焉不详，革命失去了以往神圣的光芒和道德上的至善诉求，在这里仅成为以“民众”的名义进行的政治动员。其中难免混杂着个人（如殷弓和飞脚）隐秘的欲望、恩怨和利益纠葛。但问题是，“我”的父亲宁珂和外祖父曲予却看不到这点，因此，当他们真正走向“民众”并为具体的人性之光辉感动不已时，他们的失败就已经注定不可避免。相反，“我”父亲的叔伯爷爷宁周义看得十分清楚，用他的话说就是“缺少根基”。但他也明白自己所参加的政党（国民党）的腐败和毫无希望，他不想卷入革命历史的洪流，但历史终于还是使他不能幸免。表面看来，“我”的父亲、外祖父和“我”父亲的叔伯爷爷，他们之间所从事的是完全不同的事业，但其实他们之间有某种内在的一致性，那就是对善和道德的追求，以及对人性的肯定；他们都对“民众”有真正的感情和义务，但“民众”从来就只是政治动员的工具，因此往往为实际的历史和某些人所玷污，因此，他们从一开始就注定了要失败。传统革命叙述（50到70年代乃至今天的部分革命历史叙述）中革命所承诺的伟大解放和进步，以及进步所展现出的线性时间观，在这里通通失去了它的合法性，历史表现出奇怪的轮回的特性。他们为了“民众”付出了生命，奔波了数十年但最终仍旧是回到了原点，“民众”还是以前的“民众”，改变了的只是以“民众”的名义进行的历史动员。这样也就能理解小说之有意略去时间进程的原因所在了。时间既然不能给人以安全和承诺，其流逝就仅仅是一种历史的轮回之表征，具体的时间标记之有无自然也就无关紧要了。

二

可能是张炜的写作中预设了这样一种历史颓败的轮回观，这使得他的小说叙述不可避免地陷入不能自拔的困境：历史既然颓败而向下轮回，任何前进和向上似乎都已注定要失败。这一困境最明显地表现为推动小说故事进程和人物行止的潜在动机上的暧昧不明。这尤其表现在其小说中的正面人物身上，这些人大都与主流意识形态保持某种距离，他们整天忙忙碌碌，上下奔波，但对到底要干些什么，为什么要这样去做等这些问题却没有清醒地意识。他们只感到有某种冥冥之中的力量在牵引着他们，推动他们前进，但这到底是一种什么力量，他们却无从知晓。这在《家族》、《人的杂志》乃至《柏慧》、《古船》、《你在高原》等小说中都有呈现。“民众”虽然始终是“我”的父亲、外祖父以及父亲的叔伯爷爷所孜孜以求的追求目标，但对到底“民众是谁”“谁代表民众”等这些问题却不甚了了，就像小说叙述现时中的“我”被“‘我们’是指哪一些人？我代表了谁？谁又需要我去代表？”[①]等这些问题困扰着一样（《家族》）。同样，在《人的杂志》中，“我”和“我”的一帮朋友虽然始终在为办一份属于自己的杂志而奔走呼号，但对为什么要这么做却始终说不出个所以然。他们跟随“我”的脚步纷纷来到葡萄园，但对为什么要放弃城市的安逸生活而来到这半岛边地，也同样是缺少内在的动机（《人的杂志》）。

而若从主体建构的角度来看，这显然是一种分裂的主体景观：作为个人主体之“我”的无所适从。“我”努力从阶级或民族集体的“大我”中挣脱出来的同时，又陷入了对家族（或种族）历史或超越家族之上的某种普遍性的追寻中。但问题是家族或普遍性的历史同样都是非个人的历史，而毋宁说是另一种集体历史的表征。既然颓败不可避免，追溯家族历史的意义又何以呈现？进而言之，追求某种具有超越现实价值的行为是否仍有价值和意义？显然，这些都是作为主体之“我”所不能解决的，这也正是“我”对身处何时何地之困惑的表征。同样，这种困惑也体现在小说的叙述者身上。《人的杂志》伊始，叙述者就反复提及“中年的功课”问题。中年相对于青年来说，显然多了一种思考和积淀，但也同时多了一份冷漠和“荒芜”，而正是这种冷漠使得本就困惑的人生更多了一重迷惘；所以叙述者“我”才会不断地提醒要警惕那种中年心态。世界既然注定了颓败向下，即使保持青年心态又能如何？个人的位置何在？可见，这种提醒其实是从另一个角度强化了诸如“‘我们’是指哪一些人？我代表了谁？谁又需要我去代表？”等这些问题，这也更加说明主体之“我”的分裂。

① 张炜：《家族》，作家出版社 2010 年版，第 68 页。

三

当然，这并非说张炜小说中的人物行止之没有动力；这种动力完全可以用“道德理想主义”的精英立场来概括。但问题是，作为一种抽象的道德诉求，其在具体的现实实践中是没有时间向度的，换言之，道德毋宁说指向的是对具体时间向度的超越和对抽象永恒的追求，它显然是排斥当下和现世的，这样一来势必造成一种不可化解的矛盾，即作为叙述文体的小说必须以时间和空间的展开作为前提，而小说所诉诸的道德理想却是排斥这种具体的时空轴的；这一矛盾决定了张炜的创作（特别是小说创作），其结果常常只能是在这两者之间摇摆不定；同时也形成了张炜小说独特的风貌，用作者自己的话就是“融入野地”。所谓“野地”，在张炜看来就是“被肆意修饰过的”城市景观，“肆意修饰”即人为的痕迹过甚，因此，“融入”首先意味着矛盾的双重境地：既身陷其中，又努力从中得到超越和升华。从这个角度看，“野地”不妨理解为颓败的现实及历史轮回，“融入”自然就意味着对这种颓败之历史的某种抗拒了。

显然，在张炜那里，“野地”这一范畴是与“故地”、“大地”、“原野”、“田园”、“平原”、“高原”等概念联系在一起的；这一概念的“星丛”某种程度上表明张炜写作的内在动力和潜在矛盾。它们作为与“土地”有关的概念“星丛”，无疑已表明张炜的写作所深深根植的厚重之现实和不竭的创作源泉，但这些概念（虽然难以区分）之间显然又是互有差异甚至相互矛盾的，它们的繁复和芜杂（张炜在使用时的不加区分和有意杂陈）一定程度上也内在地决定了张炜文学（小说）创作的矛盾：他既不能脱离这些现实的根基，但又难以抽身其外；这样也就能理解《人的杂志》中的“我”之往来葡萄园（故地）和城市（野地）之间的不间断的奔波。“我”既不能不纠缠于现实历史的颓败及时间进程，但又无时无刻不在怀想那彼岸（葡萄园）的宁静。但悖论的是，那彼岸的宁静其实也只能是现实社会中的边缘存在，这既是地理位置上的边缘，也是作者有意经营的构造物。而随着全球化的进程的加快到来，这一边缘终将不可避免地走向衰亡。张炜显然意识（有意或无意）到了这点，他的多部小说中都提到葡萄园在慢慢缩小，现代工厂在一步步逼近。这或许就是张炜写作的无望之所在，独守边缘似已不再可能，其最后的结果看来就只有退居高原了，看来只有那里还有最后的一点宁静吧。

但这样的“高原”现实中存在吗？其存在的可能性多大？其实早在八九十年代写作《你在高原》、《柏慧》等小说的时候，张炜就已经触及这一问题，即现代工业的无时无刻地入侵，和葡萄园的日益缩小。这一过程其实自七八十年代之交中国加入全球化进程以来就已经开始，其步伐在今天无疑已变得越来越快了。而全球化的时代，就像很多中西方研究者所表明的，是无所谓中心和边缘的，任何地方都有可能成为中心，全球化时代没有地理上的边缘或边界。随着这一进程在中国的推进，可以想见，任何地理意义上的“高原”都将不复存在。不知张炜是否意识到这点。或许，这一“高原”根本就不存在，有的只是作者想象中的“高原”，借以表达作者对人生不断奔波的逆旅之象形和对内心平静的追求？他的小说以“你在高原”为总题，意义或许就在于此。其不尽之意或许可以转译为：“你在高原”，“我在平原”。平原坚实而黏滞，高原其实遥不可及。“我”和“你”遥遥相望，却难企及。从这个角度看，张炜的写作其实可以称之为边缘写作，这既是一种立足现实中的边缘处境，也是一种对边缘处境的自觉和坚守。

但问题是，随着现实中的边缘逐渐在地平线上消逝，这种建构中的文化上之边缘是否可能持存？这或许就是张炜的小说在今天给我们最大的启发吧。我们随着张炜的脚步不断地跋涉，一步步走来。旅途将告一段落，人生虽然有尽时，但笔者认为，这一跋涉看来是不会有终结的。

第八章　讽刺题材类

第一节　启蒙与救亡之外的第三重变奏

一

就对现实的叙述及其反映而论，幽默讽刺类题材小说多少有些荒诞不经。塞万提斯的《堂吉诃德》是这种典型。但这一荒诞不经并非脱离现实之外，其仍旧而且必须放在现实的语境下似乎才能得到理解。荒诞之于幽默讽刺类题材小说是方法论而非本体论，这是幽默讽刺类题材小说不同于荒诞派的地方所在。换言之，荒诞是幽默讽刺类题材小说所借助的手段，其欲达到的实际是对这荒诞所折射的现实的批判或讽刺。如此看来，幽默讽刺类题材小说是一种对现实的折射式的反映，而非现实主义式的"镜中之像"。这也不是歪曲。所谓歪曲抑或忠实的反映，这只是现实主义小说成规或惯例涉及的命题，与幽默讽刺类题材小说无关。就对现实的反映这一点而论，对现实的歪曲的反映，是现实主义小说特别是新中国成立后的革命现实主义所痛恨并竭力反对的。

这一荒诞不经也并非浪漫主义或魔幻现实主义中的超现实。这是一种在现实的逻辑制约下的荒诞的表征。其所反映的，虽常常显得滞后或超前于现实当下，但现实在小说中以一种故事背景或逻辑的形式表现出来。荒诞不经是表象，现实的逻辑才是背后的理。而这，往往也决定了幽默讽刺类题材小说的结构特点，即表面上的幽默荒诞和深层次的讽刺批判。这是一种反讽式的小说结构，其表面呈现的其实是反面：荒诞后面显现的是苍凉，讽刺背后表征的是批判。

在这里，有一点需要注意。幽默讽刺类题材小说中的主人公虽常常受现实的逻辑支配，而陷于人生的困境，但又不足以被置于死地或绝境。这是一群与我们自身的经验保持一致的主人公，但却少有我们所常遇到的人生的悲地，他们的行为举止虽荒唐可笑，但并非罪大恶极抑或忧愤深广。他们是一群有缺点有瑕疵，但也可爱可叹亦可恨可悲的形象。而就幽默讽刺类题材小说所批判或讽刺的现实而言，其虽有诸多可圈可点之处，但也并非无药可救无计可施。概言之，就文类而言，幽默讽刺类小说不是悲剧，但也不是喜剧，它也不是正剧。它是介于喜剧和正剧之间的一类。从这个角度看，幽默讽刺类题材小说的出现，丰富了文学上的文类，但也给文学的分类造成了麻烦和困难。定位上的游移是幽默讽刺类小说的两难，但也促成了这一类小说在文类的种种束缚之外的种种可能。

二

就中国近现代以来的文学创作而言，幽默讽刺类小说并不发达，甚至可以说很少。钱锺书的《围城》，20 世纪八九十年代以来的二王 —— 王朔、王小波 —— 是其重要代表作家。造成这一幽默讽刺类小说长期缺席的原因，当然与峻急的现实和悲情的历史有关。对于处在启蒙与救亡的夹缝间的知识分子作家们，他们既无闲暇也无闲心写作这类可供摆设并于茶余饭后消遣的甜点式小说。幽默讽刺类小说的写作需要有充足的余裕和距离，它是对现实的审慎，而非直接的介入，这与长期以来的文学同现实之间的紧张关系不相符节。但这种距离又并非超脱。幽默讽刺类题材小说的作者并非远离现实，“躲进小楼成一统”，相反，他们有现实的关怀和悲切的情怀；但他们也知道，一旦过近又会失去自己甚或自身的主体性，故而常常躲在一定的距离之外，对现实采取一种冷眼旁观。这样一种举棋不定抑或进退有如，就是幽默讽刺类小说的情感结构。

从另一方面看，新中国成立以后幽默讽刺类小说之所以不发达，也是历史语境发展限制的结果。就新中国成立后的文学特别是 80 年代以来的文学写作而言，它既非现实主义、浪漫主义，也非现代主义。或许只能从后现代主义的角度加以讨论。它也非喜剧、悲剧和正剧所能涵盖。这是一种新的文类。因而相关的问题是，其往往只能从这背后的游戏精神的层面入手加以理解。王小波、王朔和余华的《兄弟》(下)即此。对于这些小说，只有放在后现代主义的语境下才能得到有效阐释。

所谓后现代主义语境，就当前中国而论，是指宏大叙事解体后的八九十年代之交开始的社会转型。对幽默讽刺类小说来说，这一宏大叙事的解体的意义在于，它使得原本崇高的价值、伦理等皆显得荒谬可笑、可悲而可叹。社会转型是理解幽默讽刺类小说的关键。原本崇高的，变得不再崇高，而原本可笑的，又因其煞有其事像模像样而显得真实可信。此外，对于幽默讽刺类小说而言，一旦崇高精神和追求变得荒诞不经，随之而来的游戏精神便成为理解的关键。这即变成杰姆逊所谓的“削平深度”后的游戏态度及其精神，它既嘲笑那些曾经显得崇高的，也嘲笑那些原本就很媚俗甚至庸俗，这是一种把崇高和庸俗甚至媚俗放在一起加以表现的做法，其所带来的是一种可以称之为“狂欢”的效果。

三

幽默讽刺类小说，就其“当世叙事”的倾向而论，也分为几类。一类是内容全为虚构，但以现实逼真的景象呈现出来。虚构的内容与逼真的情境之间形成一种张力，互相抵牾、互相颠覆、互相阐发。王朔的很多小说皆属于此类，《千万别把我当人》、《顽主》、《一点正经都没有》和《过把瘾就死》，等等皆如此。一类是内容看似真实逼真，但现实背后呈现的是人性本身的荒诞，余华的《兄弟》(下)是这一典型。现实的极致或极端，反映的是人性的极致。换言之，在这一类小说中，现实不是一种现状、现有和现世，现实往往以一种极端的或夸张的方式呈现。现实在这里具有可信性而非必然性。一类是内容虽不可信，甚而有夸张和扭曲，但又有现实的逻辑可循，人物往往以一种类的特征或象征显示自身，这是一种漫画式的现实表象，阎连科的《风雅颂》即此。一类是现实和人物皆真实可信，但人物被某一逻辑所推动，这一逻辑与现实之间形成某种张力，因而产生了某种幽默讽刺的效果。刘震云的《我不是潘金莲》是这一代表。

虽然说幽默讽刺类小说也反映折射现实，但其映现中的现实终究与现实本身不同。现实在其中往往只以倒影、碎片、夸张或反光的形式呈现自身，这一不同显示出的正是幽默讽刺类小说的独特类型风格。就其与现实的距离而论，其既不能过近，亦不能太远；其反映现实不必全面深刻，语调不必峻急尖锐，批判也忌过于直露而嬉笑怒骂，这中间的关键还在于一个“度”的把握。过犹不及，一旦超出某种平衡就会显得进退失据，失之偏颇。从这点而论，余华的新作《第七天》似乎并不太成功。这是一种以“现实的植入”的方式反映现实的小说，就其反映现实的深度、厚度和力度而言，显然不能与现实主义小说比肩，对现实的批判也注定远逊于现实主义小说中的现实批判之作；这部小说又想以现实之外——幽灵界——的审视的距离远观现实，但又有对现实发言的急不可待，其批判现实的意图明显，而又有《兄弟》的留风余韵，力图在现实的峻急之外显示其荒诞的本质。荒诞幽默而兼现实批判，远观而又介入，对于这样一种潜在的矛盾诉求，在这部小说中往往以一种定位上的不明显示出来，其结果只能是风格和语调上的摇摆不定、犹豫不决，乃至于“不伦不类”。

第二节　“荒唐言”与现实意

一

在王朔的诸多小说中，《千万别把我当人》（《钟山》1989 年第 4、5、6 期连载）是虚构性较强的一部，但也是这部，现实的针对性很强。这是一部有现实的逻辑而无现实性的小说，其所叙故事情节，虽属荒唐可笑离奇怪诞，但却并非信而无征只增笑料徒尔。

这是一种以严肃的话题，讲述荒唐的故事的做法。小说讲述了一个民间组织“全国人民总动员委员会”（简称“全总”）以寻找清末大梦拳的后人参加所谓“中外自由搏击擂台赛”以扬国耻的故事。爱国主义，民族认同，沉痛的近现代史，等等。宏大叙事似乎是这部小说所欲“张扬”的主题，但反讽的是，如此严肃的话题却是被“一点正经没有”的一干人等的口中说出，其结果其实是已经离“题”万里了。说其荒唐，是因为严肃的主题之下，做的却是最不严肃的事情。爱国主义在这里竟变成了可供“消费”和“包装”的对象，成了所谓“全总”借此骗吃骗喝的堂皇借口。而说是“消费”，这既是指爱国主义被包装制作成一个噱头和卖点以供赚钱，还是指这背后的文化背景。扬国耻与“擂台赛”，使人想起20世纪80年代风靡大陆的《陈真》、《霍元甲》和《大侠霍元甲》等家喻户晓的港台影视剧。通过这些影视剧的热播，爱国主义和侠客的形象作为象征资本意义上的文化符号已深入人心，“全总”以所谓大梦拳后人打擂台赛而展开的宣传包装，消费的是这背后的文化符号的象征资本。

所不同的是，《陈真》、《大侠霍元甲》等讲述的是清末民初的中国历史，而《千万别把我当人》呈现的20世纪八九十年代之交的中国现实。时空的错位，使得小说不可能真正沿着《陈真》和《霍元甲》的故事情节框架展开，彼时那种雪耻扬威的悲情行为一旦被置入新的历史语境便具有了悲剧效果之外的各种可能。其结果是，“搏击赛”先是演变为大梦拳体操表演，最后竟至于成了“自残”大比拼，草草收场。从这角度看，《千万别把我当人》其实是在戏仿、反写《陈真》和《大侠霍元甲》等“初始文本”，其背后隐藏的“意图”值得我们关注。

二

虽然说，这部小说“一点正经没有”，但并不能简单地被视之为“后现代”式的反讽滑稽之作。王朔的小说，最大的特点之一是，在现实的语境之内，另外建构一荒诞而可信的世界，两者之间往往构成一种对照对立的关系，因而不妨从彼此“互文”的角度展开理解。这部小说的不同之处在于，这虽是一个荒诞而可信的世界，但其主题却似乎冠冕堂皇。冠冕堂皇而荒诞不经，是王朔这部小说的最明显表征。这是一个方面，但若仅仅看到这点，则又是对王朔最大的误读。虽然说小说中所叙事件皆为作者虚构，但故事的背景却真实可触伸手可及。这是 80 年代中后期的北京。现实的投影在这部小说中历历可数可辨。改革的困境，经济的低迷，物质的匮乏，宏大叙事的危机，知识分子的迷茫，以及大众文化的兴起，等等。从中不难看出或有端倪。在这里，现实的困境，以一种限制和对限制的狂欢式超越的悖论的方式呈现出来。

从这个角度看，这是一部具有真正意义上的思想史小说，其以一种张力的结构 / 形式表征了八九十年代社会转型期的人们的思想状况。爱国主义式的宏大叙事在这部小说中从“一点正经没有”的人的口中说出，其虽滑稽反讽之至，但亦足见理想主义的宏大叙事在知识界的危机、坍塌和失效。这是发生于转型期的知识界的典型形态，彼时前后的很多小说——如王刚的《月亮背面》、贾平凹的《废都》等中对此亦有呈现；这是发生于知识界的思想状况，对于民间而言，情况却又复杂得多。爱国主义、民族认同等虽常常被知识界标榜论述，但也是散落于民间的情感结构，往往又兼为大众文化（如影视、流行歌曲等）所建构，后面这些都是发生在民间的层面上的，是真正的“民间文化形态”；但另一方面，民族认同等在民间又被利用、展览和消费，这并非原生态的“民间”文化形态。这种“民间”与非民间的分裂，及其民间文化形态的复杂面貌，其某种程度上表征的是新时期以来形成的“共识”破灭，以及社会思想文化上的社会转型，从中不难看出八九十年代转型期人们的思想状况的驳杂处。

事实上，民间虽被愚弄，但知识分子在面对社会转型时也并不总是聪明得多，他们的失语和无措的表征亦很明显。这集中表现在作者 / 叙述者对待现代派的态度上。王朔的很多小说，如《顽主》、《顽主续：一点都不正经》和《一半是海水，一半是火焰》等中，都表达了对“现代派”的极尽嘲讽之能事。而在这部小说中，现代派更成了大街上随处可抓的对象。小说《顽主》中借杨重、马青和于观之口这样调侃道：

“你不知道这女人是个现代派，爱探讨人生的那种，我没词了，我记住的所有外国人名都说光了。”

“对付现代派是我的强项。”马青在一边说。

于观瞪了一眼，对话筒说：“跟她说尼采。”

…………

“你们可快来，我都懵了，过去光听说不信，这下可尝到现代派的厉害了……她向我走来了，我得挂电话了。”

“记住，用弗洛伊德过渡。”[①]

这里说的女人，是某一百货公司手绢柜台组长刘美萍。她男朋友没空赴约，于是请了三T公司（即所谓替人解难替人解闷替人受过）的杨重代为陪伴。这些人把这样一个普通的没有上过大学的售货员说成是“现代派”，当然是一种夸张，但从这种夸张中不难看出作者/叙述者的潜在的忧虑。

简言之，中国式的“现代派”，一定意义上是这样一种倾向，即用西方的现代的话语来解释/阐释中国的现实语境，或讲述中国的故事的倾向，80年代中期的徐星的《无主题变奏曲》和刘索拉的《你别无选择》等表达的正是这样一种企图，其发展到极致就是所谓的“全盘西化”。王朔的小说之所以一直要揪住“现代派”不放，某种程度上正是由于面对现实语境的失语的焦虑所致。一方面是理想主义话语的失效，一方面是西方话语的大肆入侵，以至于人人皆言现代派——大街上现代派随处皆是——从这个角度看，滑稽幽默乃至反讽就成为一种策略乃至无奈的选择了。这是一种以游戏的精神表达对时代社会的深深的无奈和忧虑之情的做法。故而“一点正经没有”可以看成是转折时期中国知识分子在面对现实的变化时的茫然无措和苦苦的思索的表象，其背后呈现的其实是失语的焦虑和不平。

三

小说的主人公唐元豹在得知自己就是失传已久的“大梦拳”的传人并被要求代表中国参与搏击擂台赛以扬国威时，他心甘情愿毫无保留地听从“全

---

① 王朔：《顽主》，《收获》1987年第6期。

总”的所有安排，甚至答应做变性手术。这当然是荒诞不经，但这荒诞不经背后，表征的却是宏大叙事的“异化”及其具有的欺骗性。王朔通过虚构这样一个荒诞不经的故事，表明的正是其针对主流意识形态的现实批判精神。唐元豹是被寻找到的“大梦拳”的传人，这是一个带有男子汉式的人物形象，从这个形象身上不难看出那个时代“寻找男子汉”的时代精神的影子。这是一个未经修饰未经雕琢过的男子汉形象，反讽的是，在经过了“全总”的包装雕琢，从男子汉变成了女儿身后，其神奇的大梦拳最后变成了花拳绣腿，徒具美感而已。唐元豹在爱国主义的“询唤”下，甘愿做出任何牺牲，放弃个人的意志，无视个人的情感，如此等等，显示出的毋宁说是爱国主义式宏大叙事的“异化”作用及其荒诞的本质。

小说“第二十四章”出现频率最多的字是“仿”字——“仿监狱仿博物馆仿陵墓”、“仿中山装仿西装仿军服”，等等。这是一种可以称之为“元小说”式的信号，暴露出作者的某种意图。但这并非简单的模仿，而毋宁说是“模拟”与“戏仿”。《千万别把我当人》中所叙事件虽荒诞不经，但就其与现实的关系而论，却可以说是对现实的“仿真”。所谓“仿真”，就其内在的意义上是指“母本”已经无所谓本质时的一种混淆现象。柏拉图曾经谴责说：“诗人模仿物体，隔着真理三层。”在他看来，模拟似乎无法企及真理或理性，而也恰因为模拟无法企及真理，“摹本”才永远是对“母本”的无限接近而不可能完全吻合。现实主义小说从某种程度上说即是这样一种对或本质或真理或规律（即马克思所谓的“必然世界”）的不懈追求的呈现。

《千万别把我当人》显然并非什么现实主义所能阐释，但从其所模仿的对象的混乱——“仿中山装仿西装仿军服”——来看，这里有三点值得注意，一是，就模仿行为而言，一旦被模仿的对象模棱两可，模仿本身就显得似是而非了。二是，就被模仿的对象而言，被模仿对象的似是而非，反映的是作者或混乱或犹豫不决或矛盾或困惑的心理，而这背后所折射的毋宁说是现实本身的混乱不堪与莫衷一是。三是，就模仿的结果来看，一旦被模仿的对象似是而非，这一模仿就显示出本质缺乏的模仿与被模仿之间相互混淆无法辨认的“类象”与“仿真”的效果。这是一个没有本质没有“母本”，不知道该模仿什么，什么又都可以被模仿的年代。无序和混乱是我们这个时代的最大的现实。这是一部以荒诞不经显示作者的现实批判的小说，当下现世（或现实）是作者所欲与之对话的对象，但这现实本身似乎也混乱不堪不可把捉，更何况是对其所展开的模仿。如果说“戏仿”显示的是对“母本”的嘲弄的话，那么似是而非则又是对“摹本”的嘲弄。这是一种双重意义的解构和颠覆。模仿和被模仿的对象，都在这种解构中显示出它们的荒诞的本质。从这个意义上说，《千万别把我当人》以对现实的拼盘式的模仿，显示的是现实本身的无序、无望和荒诞不经。

小说的最后，是一场意想不到的龙卷风，“遮天蔽日，浓重浑浊，无情地增生着、分裂着、席卷着”①，如此末世景象使我们想起出现在加西亚·马尔克斯《百年孤独》中结尾处的宿命般的席卷一切毁灭一切的飓风。这当然不是说这一场龙卷风要毁灭掉整座城市上空的一切，它只是告诉我们，整部小说都不过是从来都既不真实也不足信的“荒唐言”。这是整部《千万别把我当人》中唯一一处可谓严肃“正经”的地方，但从其“正经”得似乎有点陌生的面孔来看，是否真有如曹雪芹式的忧虑：“满纸荒唐言，一把辛酸泪，都云作者痴，谁解其中味？”

第三节　寓言写作与发展主义

一

虽然说阎连科提倡一种“神实主义”的写作，他的最新长篇《炸裂志》（原载于《收获》长篇专号，2013 年秋冬卷）仍让人联想到加西亚·马尔克斯的《百年孤独》和他的魔幻现实主义。两者间的关联，渗透在小说的字里行间，读过两部小说的人自能明显感觉得到。表面看来，阎连科的《炸裂志》在文体上相较作者过去的写作有较大的变异。这一形式上的创新趋向，似与近几年来贾平凹（《带灯》）、韩少功（《日夜书》）和马原（《牛鬼蛇

① 王朔：《千万别把我当人》，十月文艺出版社 2012 年版，第 219 页。

神》）的形式试验彼此呼应。对作家而言，当各种主义/主张已不再新鲜，而生活之水常新常变时，或许只有形式上的不断创新与翻新才能因应这变动不居的现实。阎连科在《炸裂志》中开始的志书写作的新的尝试，似可从这一点得到理解。

志书的写作，虽很难说是自然主义式的实录——其间难免掺杂各种旧闻、传闻或传说——但却仍旧可以看成是现实主义写作传统的一脉。而我们也知道，这一现实主义的成规旧套，素来为阎连科所不齿，“越来越感到，真正阻碍文学发展的最大敌人，不是别的，而是过于粗壮，过于根深叶茂，粗壮到不可动摇，根深叶茂到早已成为参天大树的现实主义”[①]。《炸裂志》中选择志书的叙事体例是否说明或意味作者有重回现实主义的倾向？确乎，在小说中，作者也正尽心尽力营造一种真实的幻觉。在正文前的附篇中，作者言之凿凿地交代，这部《炸裂志》的主笔主编实乃中国人民大学教授、作家阎连科，并煞有其事地逐一列出了“编撰大事记”。这种现实中的真实人物（包括作者）进入小说的做法，确能增强作品的真实效果，而这，也似乎告诉我们“炸裂”并非虚构而是实有其事其人。但接下来，附篇中又说书稿完成后又被炸裂人视之为“荒谬、怪诞之书志”而拒绝认同，这也似乎表明，《炸裂志》所录与“实际”中的炸裂并不相符。炸裂实有而《炸裂志》所录不实，这是否如主笔所言是在试验一种“新的史志”的写作模式？对于这种反讽式的结构，该如何看待？

事实上，这颇类似于先锋作家马原写作《虚构》等小说的做法，小说中不断地出现“马原”的字样，其实是以“元叙事”的形式告诉读者，这实在是一场以真实为幻觉的切切实实的虚构：真实不过是虚构出来的效果，而不是原初的模样。从这点来看，这与阎连科向来追求的超越现实主义或“超越主义的现实”写作目标并不矛盾。换言之，作者其实是在借志书的似真模式尝试进行的新的幻想之旅。似真和幻想，炸裂实有而《炸裂志》所录不实，在这里构成整部小说总体上的反讽的结构特点。这一反讽性，尤其体现在第一章附篇、第十九章主笔导言（尾声）同市志正文之间的张力结构关系中。

① 阎连科：《寻求超越主义的现实》，《受活》，春风文艺出版社2003年版，第369页。另参见阎连科：《我是现实主义的不肖子孙》，《发现小说》，南开大学出版社2011年版，第5页。

附篇、尾声的简朴同市志正文的夸饰荒诞恰成鲜明对照；此外，在市志正文中，主笔阎连科让炸裂市长孔明亮在炸裂由市升级为直辖市之际被杀害，而在附篇和尾声这一志书写作的“元叙事信号”和介绍文字中孔明亮并没有死，他表明了对主编阎连科重写的《炸裂志》非常不满。这一文本内外的矛盾，已然颠覆了志书的真实性成规，而这，似乎也正是叙述者的意图所在，即表明这只是叙述的再一次幻想之旅和实验之举。

但问题随之而来，既然《炸裂志》的写作是作者一贯的文学幻想实践的延续，又何必非要借助这一志书的似真模式？看来，症结还在志书的写作模式本身。而除了似真和可理解的规定性外，志书最大的一个特点还在于，志书的主体并非人物，亦非事件，而是地域 / 地理。志书显然只能以一地的变迁——即“舆地沿革”——作为中心，组织人物和事件，而不是相反。这舆地中的物事只能是点缀其中的枝叶。这一特点，特别适用于某种象征的衍化，而这，似乎也注定了阎连科尝试志书写作的意图即在于借一地的变迁以表达某种寓意或象征。

二

《炸裂志》的故事情节十分简单，即炸裂由村逐步演变为直辖市的“炸裂”式的发展史和毁灭史。就历史而言，这一演变过程并非没有可能，但这一过程往往是几百年甚至上千年漫长发展的结果；《炸裂志》中把这一过程浓缩为短短的三十余年，这比《百年孤独》中马孔多镇百年的历史发展还要短了大半，由此不难察觉作者隐现其后的鲜明意图或意旨。

小说中就情节的编织和结构设置而言，孔明亮同朱颖之间的情理纠葛是贯穿始终的矛盾主线。表面看来，这是历史和现实交织中的两个家族之间的矛盾：孔父和朱父在“文化大革命”期间的矛盾，在“文化大革命”后在他们的子女身上得以延续。但事实上，真正左右小说情节进展的并不在于此，而毋宁说是某种宿命，就像《百年孤独》中记载着的何塞·阿尔卡蒂奥·布恩迪亚一家的命运的羊皮卷一样，小说中孔明亮的二弟孔明辉月夜随手扔进老柳树洞中的黄历万年书也同样是等待破解的记载着孔家命运变迁的象征密码。小说开头部分，炸裂人“做下一个共同的梦，梦中有个枯瘦精神的人，六十或七十岁，从监狱逃出来，到床边摇着他们的肩膀或拉着他们的手，让他们赶到村街上，一直前行，不回头，不旁顾，最先碰到啥，那啥儿就是他的命道或预兆”。[①] 这一月夜出门的一幕极具隐喻和症候性。孔明亮首先碰到了朱颖，而后又捡到印章石。印章石意味着权力，而朱颖做过妓女，开过妓院等娱乐场所，她于孔明亮而言即象征着欲望和女色。女色和权力，孔明亮的一生便挣脱不了这两个物事的束缚了。孔明耀“那一晚，……他一直朝南走，一出村就看见有拉练的军车从村头拖着枪炮开过去，他就知道他要参军离开炸裂了”。[②] 如此等等。这些毫无疑问地看似宿命，就像何塞·阿尔卡蒂奥·布恩迪亚一家难逃乱伦的原欲/原罪的宿命一样，孔明亮他们的一生早在这一月夜就注定了。但宿命于何塞·阿尔卡蒂奥·布恩迪亚一家而言，似乎天定，带有某种宗教意味；而对于《炸裂志》里的孔家，这一宿命则带有明显的偶然性与人为性，其中暗藏了作者/叙述者的某种寓意和预设。

这一寓意首先表现在“炸裂”的由来上。炸裂村缘起于对一次火山爆发引起的地裂或地炸的纪念，村民从火山口逃往数百里外的耙耧山脉，渐成村落，是为“炸裂村”。我们知道，不论是对于志书写作，还是完整的叙事，起源叙事向来至关重要。在某种程度上，起源规定了其后的发展方向，往往决定着一切。马孔多镇的诞生起源于因亲近结婚引发的一次流血事件，其最终的毁灭也与近亲间的乱伦纠缠不清（《百年孤独》）；炸裂（村）缘起于一次自然界的天崩地裂，其最后的陷落也与社会的天崩地裂（即人欲）有关。在这里，我们看到的是一种宿命的强大和顽固。《百年孤独》中的芸芸众生逃不脱宿命的控制，炸裂人也注定在天崩地裂中毁灭。“炸裂”在这里，可以从“炸裂”的词义上作衍生理解，其不仅可以指自然现象，还是城市爆炸式发展极速的象喻（炸裂村在短短的三十余年由一个自然村升级直辖市，非“炸裂”式的发展难以形容），更是人欲的无止境的膨胀的象征。

此外，起源的意义对于炸裂而言，还有另一层含义，即炸裂由村改为乡、由乡改为县、由县改为市、再由市改为直辖市这一进程中的起源。这一

① 阎连科：《炸裂志》，《秋冬卷》（长篇专号）2013 年秋冬卷。

② 同上。

进程的起点，在小说中是“文化大革命”结束后，其时间上的跨度与新时期以来的改革开放大致重叠。炸裂村的“炸裂”式发展与孔明亮和朱颖的发家史密不可分。但事实上，他们两人的发展却并非什么合法致富，其实是靠歪门邪道短时间暴富。孔明亮通过趴卸途径火车上的货物获得原始积累的第一桶金，而苏颖则凭借自己诱人的身体资本斩获大量的金钱。他们大获成功，由此也极为顺利踏入了炸裂的权力阶层，从此改写了炸裂的发展史。

当然，在这当中，真正推动炸裂村“炸裂”式发展的无疑是金钱的力量。“炸裂的发展和扩张，让我们认识了一个至关重要的角色，那就是金钱。”[①] 小说把炸裂发展的主部放在“文化大革命”结束后的新时期，显然暗藏了某种寓意。在炸裂的发展过程中，各上级政府看重的只有金钱或经济，经济成了衡量政府一切工作的核心：唯金钱是从，而不问金钱源自于何处。其中起作用的，是资本或商品的逻辑。这是一种只看结果，而不关心过程和起点的做法，而这，在某种程度上是当前语境下“发展主义”意识形态的某种折射和极端表现。所谓发展主义“（严格地说应该是）指的是一种源起于西欧北美特定的制度环境并在60年代之后逐步扩张成为一种为国际组织所鼓吹、为后发社会所尊奉的现代性话语和意识形态。它通过对工业化、城市化、现代化等等的许诺对广大的第三世界产生了极其深远的影响”[②]。“发展主义（developmentalism）是一种意识形态，一种认为经济增长是社会进步的先决条件的信念。”[③] 这一发展主义意识形态主导了炸裂由村改直辖市的全过程。小说中有一幕极富象征。当孔明亮为引进外资——特别是美资——不惜“下文让炸裂人见了外国人都要低头和哈腰、让路和鞠躬”，孔明耀大骂他是“叛徒、汉奸、奴相”时，孔明亮朝孔明耀吼道“经济是国家第一大事你懂不懂？”“中国穷得很，中国的真的富了，中国能把美国总统的位置买下来。”这是一种典型的发展主义意识形态，在当代中国不难找到其影子，其一定意义上与活跃于当前中国社会中的现代化理论思潮有千丝万缕的联系。

① 陈德培：《现实与超现实的‘主义’——阎连科长篇小说〈炸裂志〉的欲望叙事》，《收获》（长篇专号）2013年秋冬卷。

② 黄平：《发展主义在中国》，《科学中国人》2003年第9期。

③ 许宝强：《发展主义的迷思》，《读书》1999年第7期。

与之相对的，则是极左思潮，这在小说中也有代表，那就是炸裂市长孔明亮的弟弟孔明耀。在小说的后半部分中，他与他的哥哥孔明亮之间针锋相对势不两立。就在炸裂由市改直辖市时，孔明耀在电视中鼓动道：

> 为什么台湾想独立、日本如此嚣张，连越南、菲律宾这样的小小邻国都敢在中国的头上拉屎拉尿之根源——那就是美国和欧洲对中国的傲慢与偏见，是他妈的美国在为他们撑腰和打气，是欧洲在暗地为他们摇旗与呐喊……
>
> 同胞们——兄弟姐妹们——我亲爱的人民们——世界不会赋予我们太多的时间和机遇，而在今天美国又一次陷入无可挽救的经济衰退时，统一的欧洲各国又将解体分崩离析时，请你们跟我走。我们用三天时间去助他们一臂之力，从此他们在世界就不再傲慢与偏见，不再蛮横与无理。……这是上天赋予的机遇，世界历史赋予我们的责任。那么就让我和我们炸裂人，把这个世界担在肩上吧。①

正是如此，小说结尾当炸裂改为直辖市后，掌握军权的孔明耀刺杀了他的哥哥，把整个炸裂人拉到了战争的前线，炸裂也于瞬间归于倾颓几变成空城了。

从前面的分析不难看出作者/叙述者的寓意和意图所在。这是一个典型的家/国寓言的写作模式：一地一家一国之间具有同构同源的关系。孔明亮和孔明耀之间的兄弟之争，在这里具有了双重含义。作者其实是借两兄弟的冲突和矛盾，代表或象征了当前中国社会占主流地位的发展主义和若隐若现的左翼激进主义的矛盾；他们之间两相对立，构成了当前中国社会的权力结构和思想矛盾的象征。小说最后通过炸裂市“炸裂”式的毁灭结局告诉和告诫我们，如不保持必要的警惕，这两股思潮的发展最终都会把我们带向深渊和毁灭。

这样一种批判预设，决定了小说中地理的变迁和志书的写作其实也是寓

---

① 阎连科：《炸裂志》，《收获》（长篇专号）2013 年秋冬卷。

言写作的喻体或形式，而小说中的人物也充其量不过是被历史推动的牵线木偶和棋子。他们没有感情，不论亲情，更没有自我意志和思想，他们被某种不可挣脱的力量控制，这一力量既非原欲原罪，亦非某种神秘的超自然力，而是左右当前中国的权力政治格局和思想流派。这一方面可以说小说中的人物都是“符号书写”[①]，苍白且象征意味过浓；但另一方面我们也看到，小说中的人物并非天生即已失去了自我意识，这一自我的失落显然来自社会外力，我们是社会关系和权力结构中的存在。我们自我的失落，其过错显然来自社会外力。从这个角度看，小说其实借人物的符号化，表达的是毋宁说对人造成异化的社会外力和权力结构的批判。

三

幻想写作是阎连科小说写作的一大特色和优势。这使他的小说具有了飞扬的一面，而这，对于当代中国的很大部分作家而言并不具备，即使是作家莫言，也往往有所不及。这一幻想写作，其最为明显的表征，是一种可以被称为“感觉现实主义”风格特点。虽然说《炸裂志》中随处可见《百年孤独》的影子，但其少有《百年孤独》中的神秘和魔幻，故而不能简单视之为“魔幻现实主义”在中国的流风余韵。小说中的细节描写虽常显夸张而荒诞，但又并非毫无逻辑可言，而毋宁说是一种感觉真实意念下的现实/真实呈现。如：

> 这一笑，每一棵干枯的树木上，又都开满了红色、黄色的花。杂林里那些因故死去的草，也都活过来，浓烈如春的草味植物味，暴雨样袭在林地里。[②]

这一景象虽不尽真实，但在变化后的感觉——即笑——看来，却再也真实

① 参见陈德培：《现实与超现实的‘主义’——阎连科长篇小说〈炸裂志〉的欲望叙事》，《收获》（长篇专号）2013年秋冬卷。

② 阎连科：《炸裂志》，《收获》（长篇专号）2013年秋冬卷。

不过：这是现实在感觉中孕育变形后的产物。小说中这样的段落比比皆是。

> （孔明耀）从村街上走过去，春天为他开着春花，为他披着嫩绿和鲜红。村街上的北方槐，也都为他顶着一树繁花，开成大红的玫瑰和白芍药，飘着腥白烈红的花香味，在日光里为他闪着柔亮柔亮的光。
>
> 他（孔明耀）……绕着刚盖好了一半的世贸大厦走三圈，并让队伍默立，目光逼视，炸裂城最高的双子星座楼，就直立起来了。最后他领着队伍和城里几乎所有跟在身后的群众们，到广场另一侧的国际会议中心前……（他）用流血的嗓子对着一个电喇叭唤：
>
> “伟大的炸裂！伟大的建筑！”
>
> …………
>
> 那座地标性的蛋圆形建筑就在高呼中耸立起来了。[1]

固然，这一真实是一种被阎连科称之为“内真实”的存在，而与这一真实相关的逻辑也可以称之为“内因果”：“内因果是小说在故事与人物的进程中，依靠内真实推动人物与情节变化的原因与结果……依据不在现实生活中必然发生或可能的发生，但却在精神与灵魂上必然存在的内真实——心灵中的精神、灵魂上的百分百的存在——来发生、推动、延展故事与人物的变化和完成。”[2] 但也恰恰是这“精神”或意念太过强大，阎连科的小说虽然摆脱了“控构真实”和“世相真实”（《发现小说》）的局限，但终究不能避免寓言写作的框架制约。而又由于作者太过鲜明的写作预设——在《炸裂志》中则表现为对发展主义和左倾思想的批判——他的小说终究仍属于结构式寓言写作的范畴。阎连科的小说创作，向来追求某种鲜明的象征和寓意[3]，这一倾向在其最新长篇《炸裂志》中表现得尤为明显而激烈。他的小说虽然带有幻想写作的倾向，但因为象征意味太浓，他的幻想写作实际上已局限并固定在

① 阎连科：《炸裂志》，《收获》（长篇专号）2013 年秋冬卷。

② 阎连科：《发现小说》，南开大学出版社 2011 年版，第 157—158 页。

③ 参见王德威：《革命时代的爱与死——论阎连科的小说》，周冰心：《在戏谑隐喻和冷峻反讽里考量中国——阎连科“文化大革命”政治小说研究》，载林建法主编：《阎连科文学研究》（两册），云南人民出版社 2013 年版。

某种单一层面。幻想被限度在某一层面，幻想也往往得不到展开。他的小说是一种明显的结构式寓言写作。

而说他是结构寓言写作，是因为在他的小说中，特别是《炸裂志》中，人物不仅仅是一个个符号，更往往是一个个空位，是作者的预设决定了人物的存在，人物往往只具有功能性的存在。换言之，人物的存在，是由他所占据的位置和作者所赋予他的象征意义决定的。就《炸裂志》而论，作者赋予小说以鲜明的批判意识，故而赋予他的两兄弟以不同思潮的代表的身份出现。至于所谓朱颖家和孔家之间的家族矛盾，也最终只能附属于不同思潮流派的矛盾冲突中。

四

阎连科在《发现小说》中曾期待一种自由的写作境界：“我想怎样去讲，就可能去讲，胡扯八道，信口雌黄，真正地、彻底地获得词语和叙述的自由与解放，从而建立一种新的叙述秩序。建立新的叙述秩序，是每个成熟作家的伟大梦想。”[①] 这样一种写作，与其说追求的是“词语和叙述的自由与解放”，不如说是幻想和“秩序”的结合，“秩序”才是根本。表现在他的长篇新作《炸裂志》中，这是一种寓言式的幻想秩序，是他的新的幻想写作的文体试验。这也是他的自我“文学世界”[②] 建构的最彻底的表征。

这一文学世界，也即他的“耙耧世界”。“走进‘耙耧山脉’的阎连科，确实营造了一个自己的‘世界’，那对乡野无距离的贴近，对乡野与非乡野的生活现象的严格区分，对潜藏于乡野同样惊心动魄的权力角逐和世代恩怨的揭示，对乡民在绝境中激发出来的强韧的生命力的恣意渲染，对朦胧神秘的气氛中说不清道不明的人鬼之情的细致刻画”，这也是一个“封闭而非开放的”“世界”[③]，是静止的，对外面世界充满恐惧的世界。虽然说这一说法并

① 阎连科：《发现小说》，南开大学出版社 2011 年版，第 4 页。

② 这一说法出自他的《小说与世界的关系 —— 在上海大学的演讲》一文，以对应于“现实世界”，参见《阎连科文论》，云南人民出版社 2013 年版，第 200—206 页。

③ 郜元宝：《论阎连科的“世界”》，《文学评论》2001 年第 1 期。

不一定与阎连科的近作《炸裂志》吻合，但仍能大致说明问题。如果说阎连科此前的“耙耧世界”太过于封闭而凝滞的话，那么在《炸裂志》中的“炸裂”则又因过于开放而又同样显得凝滞。表面看来，这是一个既实又虚既真且幻的世界，这一世界全没有了此前的“封闭”性，它与外面乃至全球（化）都保持一种同步同声息的节律，但外面的“现实世界”对炸裂的影响又并不是那种具有现实的可理解的逻辑性的，而毋宁说外界是以一种寓言性的关系影响着炸裂的一举一动。炸裂正在这种亦步亦趋中丧失了自己，而实际上成了傀儡和象征。炸裂虽处时空光影的变幻之中，但又因寓言象征的先设，其实距离现实时空最为遥远，从这点来，他的这一炸裂，其实仍是与外界隔绝的，“有限”的“文学世界”。

从封闭走向开放，从“有限”到“无限”，阎连科在他的近作《炸裂志》中最终完成了他的“耙耧世界”的建构，也再一次完成并确认了他的文学想象的边界。《炸裂志》的出现，让我们看到了一个颇为不同的阎连科的形象，但也停留在形式的创新上，而就小说与世界、再造现实（真实）与再现的关系等方面，仍没有脱离作者一以贯之的诉求与追求。

第四节　符号的痛苦与历史之轻重

仅仅为了一个说法（辨明离婚的真假），一个称谓（是不是潘金莲），一个妇女（李雪莲）一生（二十年的青春）的心血，都耗在了年复一年的上访之路上。从这个角度看，刘震云出版的长篇小说《我不是潘金莲》（长江文艺出版社 2012 年版），显然可以解读为一部上访小说。而事实上，这部小说也的的确确反映或暗含了对官僚主义的批评 / 讽刺。小说中官场的百态世态，简直就是当代版的“二十年目睹之怪现状”，于焉不难看出刘震云此前的官场小说写作传统（如《官场》、《官人》、《单位》等）。但问题似乎不止如此。因为大凡官场或上访小说，总有正邪善恶之间或隐或显的区分，总有冤情的昭雪或者不昭雪，其间价值上的判断十分明显。但在这部小说中，李雪莲似乎没有什么冤情可言，官僚也并不怎么的戾气：看来，作者似乎无意于把小说写成严肃刻板的官场批判之作。

显然，李雪莲的一生也很难用悲剧或寓言等大词来概括形容之，把小说解读成对社会 / 民族的文化批判同样言过其实。虽然，李雪莲的性格塑造上，有太多的象征色彩和漫画化的倾向，但这一夸大的表现并不指向社会 / 民族的层面，李雪莲很难被说成是国民性或人性的代表。因为显然，李雪莲既不愚昧，也无太多人性之光的表现，我们很难赋予她太多的文化内涵。但李雪莲的一生，又确确实实的太过拧巴。这年复一年的坚持，持之以恒的奔告，官员“告倒”了一批，没倒的也无不因之“谈虎色变”，但就是没有人相信她，至于理解更是奢望加虚妄了。李雪莲的固执并非没有由来。如若联系作者前此的《一句顶一万句》，小说不妨看成是在写人与人之间的孤独，和理解与交流的不可能；不然，怎么会有李雪莲二十年如一日的上访，和二十年来了无一人的理解？这两者间的因果逻辑并非只是预设。显然，这两部小说，都不是以情节的精巧或奇巧取胜。事实上，两部小说中，情节的叙事部分明显少于人物之间的对话。相对于情节的朴拙和结构的贫乏，人物之间的对话则显得跌宕起伏酣畅淋漓了。小说中故事情节的推进，常常不是靠人物间的矛盾或某种外力，而往往是对话 / 语言的逻辑使然。语言 / 对话在这里，实际上具有了本体论的意义。所谓千言万语，所谓喋喋不休，更加表明人与人之间的隔膜和距离。语言的繁复并不能填补人际之间的匮乏和空白，反而是制造了更大的匮乏：繁复在这里显然是匮乏的表征，它们之间构成一种正比例的关系。

以此观之，小说似乎可以看成是《一句顶一万句》的续编，并无太多特别新奇之处。但如此结论又似嫌过早。因为显然，对于如下这样一些问题我们并不十分自信：李雪莲的背后是否隐藏某种神秘原始的力量在始终推动着她——这样一个农村妇女？而如果仅仅只是为了一个说法或者一个称谓，付出如此巨大的代价是否值得？另外一个棘手的困惑就是，这部小说在结构上十分的奇特，在中国小说史上罕见其先例。第一二章为序言部分，第三章为正文，但正文只占全书的不足百分之六。小说虽为三部分，但第二部分（即第二章）最多，其次是第一部分。正所谓“千呼万唤始出来”，粉墨登场恰好似谢幕退场了。这种前后比例上的严重失衡，与《一句顶一万句》中的前后两分明显不同，于此很难说没有作者的某种考虑在内，并不能简单地视之为后者的主题 / 风格延续。

一

虽然，《我不是潘金莲》在各方面延续了作者此前的小说创作风格，但终究不同。这一不同，不仅仅在内容上，还表现在形式上。形式上的最大不同，不仅是章节上的严重失衡，还在于章节间的重复上。这种重复不仅是内容上的重复，也是形式上的重复。在内容上，李雪莲后二十年的上访是对第一次上访的重复，但后二十年的上访，在形式上和结果上却每每不同。第一次上访表面上“成功”了：李雪莲闯进了人民大会堂，因之相关的各级领导该撤的撤了，不该撤的也撤了。但这种成功只是上访的成功，李雪莲的问题并没有得到解决：没有人相信李雪莲离婚的真假，也没有关心她是否叫潘金莲或者窦娥。后二十年中，李雪莲的上访，虽然都没有成功，但李雪莲从一个年轻妇女变为中年妇女，岁月在她身上明显烙下了鲜明的踪迹；所以这二十年的上访，虽然年年在结果上一样，但在形式上又不一样。

同样，二十年后的最后一次上访，同前二十年的上访，又有所不同，虽然同样惊动了自法院院长到市长到省长的各级官员。二十年前，是李雪莲的层层上告，同各级官员有了联系，这次却不同。这次上访（或可能的上访），使各级官员想到了二十年前李雪莲的冒闯大会堂，因而他们空前的紧张，这一紧张使得自下而上的各级官员再一次同李雪莲有了密切联系。这次是他们层层劝止李雪莲，最后逼成了上访；上次是李雪莲层层上告，最后变成了上访。这次上访失败了。失败并不是因为李雪莲被地方成功的“围追堵截”逮住抓回了原籍，而是因为突然的一场大病，意外地阻止了她；这一意外，使得她赶到北京时，人民代表大会已经结束，她的上访再一次失败。这一失败对她的打击不谓不大，但更大的打击却是前夫的意外车祸导致的身亡。这一打击不是因为前夫秦玉河的车祸让她心疼，而是因为没了秦玉河，她的上访 / 上告的整个链条，被从源头根部切断和掏空，她的上访最后竟变成根部上无以辨明说清的极大的反讽。

虽然李雪莲的上告注定了是一个悲壮的重复/反复，但使得李雪莲从反复变成反讽的，不是李雪莲，而是符号和符号引起的痛苦。对于李雪莲来说，是不是或叫不叫潘金莲，是生死攸关的；但对他人而言，她叫潘金莲、小白菜、窦娥或者哪吒，又有什么区别呢？这些称呼，在他人眼里，只是一个个分裂的符号，他们看到的是符号，看不到人。在他们那里，所指——概念——可以无限“延宕”的，至于到底是潘金莲、李雪莲或者小白菜，都无关紧要。李雪莲则不同。她追求的个人名誉，其实是一种名实一致，是能指和所指的统一。换言之，当她被称之为潘金莲时，她就已经不是李雪莲，当然也就不是窦娥或者小白菜了。而令她痛苦的是，她的“名”——所指——却是无限延宕的。她不知道自己是谁？在她那里，芝麻越滚越大，竟然变成了西瓜，蚂蚁也最终成了大象。她的痛苦，因而也就是一种符号的痛苦。

作为一个符号，李雪莲的身体和她的名字（李雪莲）分别代表能指和所指；在这当中，作为所指的这一概念名字（即李雪莲），显然是被赋予和约定俗成的，李雪莲自身并没有命名的权利；而一旦她被说成是（或命名为）潘金莲、小白菜、窦娥或哪吒的时候，她其实已经不再仅仅是李雪莲，而具有了新的“所指”——概念——了。李雪莲面临着能指和所指的分裂。而造成这一分裂的根源，是他的前夫秦玉河。因为他的倔强和背信弃义，使得李雪莲的告状（辨明离婚的真假）难以持续。但也正因为这种背信，李雪莲才会一而再再而三地将告状进行下去。而尤其令人气愤的是，她的前夫不仅背信，而且信口雌黄，她把李雪莲说成是潘金莲，因而李雪莲的告状便多了一重目的，她不仅要辨明真假，还是为自己“正名”。如此看来，李雪莲不管是上告/上访，还是不上告/上访，都是一个悖论。上告，但前夫矢口否认；不上告，又被说成是潘金莲。正所谓，告亦难，不告亦难。李雪莲注定了走上一条不归路。

这一痛苦，虽然是李雪莲一个人的，但其实也是整个时代的表征。因为从小说中各个人等来看，他们并不看重能指，他们关心的是所指。而事实上，在当今这个年代，所指又是不固定的，也就是说，所指可以无限扩张；这就是说，李雪莲这一身体形象本身，是叫李雪莲、潘金莲、小白菜或者窦娥，其实是随意的。如果说能指是一种真实和不能化约的内核的话，所指就是这一种真实的表象了，而一旦所指可以无限延宕的话，那么表象也就变成一种假象或者说仿像了。

李雪莲离婚的真假恰好就是这样一个极富症候的“仿像”。在这样一场官司中，真假其实是无法辨明的，因为离婚是真离婚了，有离婚证为证；但他们又有口头上的协议，这一口头协议后面是他们的真实意图，而一旦口头协议变成互不认账的时候，真实意图也就真假难辨了。如果说，李雪莲更看重真实意图的话，她其实可以看成是一个“本质主义者”。但对大多数人而言，他们更看重形式。离婚证是形式，因而在他们看来，如果离婚证是真的，李雪莲同她前夫的离婚也就是真的，至于其中真实的意图如何，就不是他们关心的事情了。当李雪莲还在执着于意图的真假时，周围的人却在关心形式的真实，对他们而言，形式的真实比本质的真实更重要，而至于有无本质的真实（真假离婚），其实已经不重要了。可见，这是一个形式的真实掩盖了本质的真实的年代。看来，李雪莲同大家的区别，不仅是本质主义者同形式主义者的区别，也是两种现实主义者的区别。如果说李雪莲还是一个现实主义者的话，那么她周围的人则同是“超级现实主义”者了。在现实主义者看来，不管世界的表象如何纷乱繁复，这背后总有真实的内核和深度存在。而一旦只看到表象，以至于表象掩盖并最终取消内核和深度的时候，表象和内核的区分也就消失了，真实消失在对真实的模仿中（离婚的真假消失在离婚证这一对离婚的模仿中），现实主义者也就演变为“超级现实主义”者了。

虽然，“超级现实主义”是法国哲学家波德里亚用来形容今天这个现实的范畴，但用来分析《我不是潘金莲》这部小说中却是奇怪的契合。虽然这部小说中没有直接表现时代特征的方方面面，但其以李雪莲离婚案的演变这一象征事实表明了这是一个什么样的时代。这一时代距离真实无疑已经十分遥远，不然一粒芝麻不会变成西瓜，一只蚂蚁也不可能成为大象？而当芝麻和蚂蚁变成西瓜和大象时，其本源意义的芝麻和蚂蚁却早已被人们淡忘，似有似无真假难辨了，甚至是否存在也变得十分可疑。“今天的现实本身就是超级现实主义的”，“真实和想象混淆在相同的操作全体性中”，“今天（则）是政治、社会、历史、经济等全部日常现实都吸收了超级现实主义的仿真维度：我们到处都已经生活在现实的‘美学’幻觉中了”。[1]这也是一种错位：当芝麻变成西瓜时，人们早已淡忘了芝麻，而只看到西瓜。芝麻这时已经不是芝麻，李雪莲实际已经不是李雪莲了。而一旦她不是李雪莲了，当她表示不再去上访/上告的时候，她的真话（决定不去上访了）也就变成了假话，没有人相信了。其结果是真话经过了假话的演变之后，再一次重造了真实：她从决定不上访到坚决要去上访。不过此时，真实显然已经不再同真话相匹配了，真实建立在虚假（假话）的基础上，真实变成了“仿真”。李雪莲的悲剧在于她是一个现实主义者——这与她农妇的身份相符——却生活在“超级现实主义”的时代，她是一个时代的错位者、精神分裂者和偏执狂。她生活在自己制造的幻象中，却要面对现实，自然最终碰得头破血流了。

三

虽然李雪莲耗尽二十多年的时间去证实自己的真假，最终以惨败告终，这看似一出悲剧，其实又不尽然。因为，围绕她的上访，各级官员也并不轻松，甚至比她更忙。尤其是她那二十年后的最后的上访，其虽充满悲壮色彩，但实际上是一场闹剧。先是各级官员围绕李雪莲的真话/假话——李雪莲说不去上访，他们却说这是假话——之辩，最后到对李雪莲的软禁和围堵，真可谓上下其手折腾不已。从这个角度看，李雪莲最后一次的上访，并不完全失败。她以一己的行止，把所在的全市上下搞得天翻地覆，她的痛苦也就不再是一个人的痛苦，实际上牵扯到数百千人的幸福了。

小说虽名为《我不是潘金莲》，但最后部分，也就是正文，却始终不见李雪莲/“潘金莲”的影子。显然，最后部分并不是写李雪莲。但也并不能说，最后一部分与序言部分毫不相干，至少史为民以反讽的形式模仿了李雪莲的上访。但他的上访并不是真的上访，上访于他只不过是手段和工具，目的达到了，上访也就没有意义了。这与李雪莲的上访明显不同，李雪莲是想把西瓜变回芝麻，把大象变回蚂蚁；而在史为民那里，虽然有过冤屈——因

① 〔法〕波德里亚：《象征交换与死亡》，车槿山译，译林出版社2006年版，第108、109页。

为李雪莲的冒闯大会堂而被莫名其妙地撤职——但他知道这一冤屈其实无以申辩。在他这里，西瓜（被撤职）或者芝麻（李雪莲离婚的真假），都已无关紧要，他关心的只是上访的形式和功效（帮助他达到与上访无关的目的），从这个角度看，最后一部分其实是对第一、二部分的颠覆性重复。而若从李雪莲和史为民的上访实践来看，都并不是为了“申冤”，一个是为了给自己“正名”，一个是为了自己的方便，他们的上访实践与上访形式本身的价值诉求明显不符，在这点上，它们显然又有共同之处。如果最后部分（即正文部分）仅仅只是颠覆性的重写第一、二部分（章）的话，这一重复本身便没有什么意义。因为显然，第二章的最后，李雪莲前夫的意外车祸已经使得李雪莲持续二十多年的上访成为一个绝大的反讽，史为民的上访并不能改变这个反讽本身，最多只是在反讽的基础上更多几分反讽。

事实上，如果说李雪莲的痛苦是一种符号的痛苦的话，这一痛苦并不指向自身。因为，对于到底叫李雪莲、潘金莲或者小白菜，“李雪莲”自身是没有权力的，这一权力显然来自社会和历史。如此看来，李雪莲的痛苦当中，其实承载了太多的历史的重负。就像小说中所说的，李雪莲作为一个普通农村妇女，本来和市长省长、国家大事并没有关系，但因为有了人民代表大会的召开，有了她的上访，于是就有联系了。另一方面，当李雪莲被说成是潘金莲或者小白菜、窦娥的时候，她其实已经被赋予了太多的历史意义。李雪莲以一介女子身负历史之重，这也是为什么李雪莲要不断的上访的原因（要与这一历史的恶名撇清关系）。当被称为潘金莲的时候，李雪莲被视为一个风流女子，她的上访就是为了“正名”；而一旦被视之为“小白菜”“窦娥”或“哪吒”的时候，她并不被认为有“冤情”，而是因为她的固执在各级官员眼里成了一种挑战和威胁，一种双重历史的重负，既是历史上的，也是二十年前的，这双重的重负，都使得李雪莲的“正名”不再是“正名”。李雪莲和各级官员们之间的诉求不同，其结果不同也就可想而知了。李雪莲的痛苦，虽然是一种符号“正名”的痛苦，但其实也是历史加诸于个人身上的痛苦。

史为民的上访明显不同。相对于李雪莲的以己身之轻负重，他则是化历史之重为轻盈了。他并非没有冤屈，他的冤屈同样是一种历史债务，与二十年多年前李雪莲的冒闯人民大会堂息息相关。但他也知道，历史是一笔糊涂账，他的冤屈不可能申辩。如果说李雪莲的上访，是因为历史加诸于她身上使她不得不为之的话，那么史为民的上访则是化历史之重为轻盈的灵机一动了（因为买不到票，但又必须赶回）。他的上访不论是从真假、动机以及结果来看，都是对李雪莲的上访的一种反讽。李雪莲因为阴差阳错进入了“历史”，陷入了“历史的怪圈”走不出来。就像小说所说，当芝麻变成西瓜，当蚂蚁变成大象，这样一种链条，就是历史之重的最为形象的表征。历史往往把简单变为复杂，把小事变成大事，把轻盈变得沉重：这就是历史感，就是历史的负累。这样来看史为民，他其实最为聪明。他虽深陷“历史”之中，但是他懂得如何从“历史”挣脱，下面几句话可以为证：

> 老董当头喝道：
>
> “老史，过分啊，为了打麻将，这么欺骗党和政府。”
>
> 老薛也喝道：
>
> “不但欺骗党和政府，也骗了我们哥儿俩一路。”
>
> 老史打出一张牌，说：
>
> “兄弟，话说反了，党和政府，还有你们，应该感谢麻将。”
>
> 老薛：
>
> “啥意思？”
>
> 老史：
>
> “本来我想上访，一想到打麻将，就改了主意。不然，趁你们在火车上睡着，我不早跑了？”
>
> 又说：
>
> “我要跑了，你们哥俩儿身上，会担多大的责任？”
>
> …………
>
> 老史：
>
> “当年撤我的职，就是世界上最大的冤案；二十年多年来，我该年年上访；但为了党和政府，我含冤负屈，在家煮肉；到头来，我不跟你

们计较，你们倒认真了。”[①]

按照福柯的说法，历史分析就是要把偶然的事情说成必然，把没有联系的事情说成有联系，即“如何求取两个孤立事件的关联？如何建立其因果关系？它们具有什么样的连续性及整体意义？是否可能界定事件的整体性？”[②]这样来看，老董和老薛他们其实是在代表“历史”对史为民进行宣判，要重新赋予史为民的上访行为一种历史感（即所谓欺骗党和政府），但史为民显然不吃这一套。他这种“一想到打麻将，就改了主意”，和所谓“说反了”的说法，显然是一种“去历史”的做法。且不说他这种理由的真假，他这种对“历史”“关联”（即上访和欺骗党和政府的关联）的拒绝和反写（即党和政府应该感谢麻将），某种程度上也是一种“祛魅”，“祛”历史之“魅”，以此还原事情的偶然和离散状态。

从这点来看，最后一章作为“正文”部分，就再恰当不过了。第一章和第二章的序言部分，叙述了“历史”如何把芝麻变成西瓜，蚂蚁变成了大象；第三章的正文部分则相反，它是在把西瓜还原为芝麻，把大象重新变成蚂蚁。如果没有前面两章大段的铺垫和对这种演变过程（即芝麻变成西瓜、蚂蚁变成大象）的叙述，第三章是不可想象的。而第三章的简洁也处处暗示我们，事情其实可以很简单的，历史之“重”也并非不可避免。就像李雪莲的结局，她的漫长上访路，因前夫秦玉河的意外车祸而突然告终。这一偶然事件使得历史的怪圈和重负突然之间断裂，李雪莲竟一时不知所措，其想到自杀，显然也是无法面对不能承受的轻盈与失重。同样的“荒唐”，但在史为民那里，则转变为“轻盈”，上访于他并不严肃，就像打麻将一样，其实是可以等同的。如此看来，最后一部分如果写得繁复细密反显得累赘，与化历史之重为轻并不相符。

写到这里，似乎明白，通过这种奇特的结构和重复的情节，刘震云何尝不是想告诉我们，历史之反复，虽然是一种对意义的赋予，其实正如西瓜与芝麻之两端，轻重只是相对和偶然的。他以繁复的语言和大段的对话，意在

① 刘震云：《我不是潘金莲》，长江文艺出版社 2012 年版，第 283—284 页。

② 〔法〕傅柯：《知识的考掘》，王德威译，台湾麦田人文 1993 年版，第 69—70 页。

表明，繁复之于简约，一句之于万句，虽然相去甚远，其实是可以相通的。有些时候，为了表达一个简单的道理，往往需要千言万语，甚至日复一日，而这或许就是人生的悖论吧。看来，最孤独的人，并不是一言不发，而是那些最聒噪的人；最简单的道理，不是不着一字尽得风流，而是费尽千言万语仍不得要领；同样，要想证明“我是李雪莲”，必得证明“我不是潘金莲”，不是……不是……而事实上无论“我是谁”或“我不是谁”都不是“我”所能决定了的。这注定是一个永无答案的“历史”之怪圈。史为民之外，并不是每个人都能明白这个道理的。

第九章　底层题材类

第一节　底层写作的类型与模式

一

虽然说“底层文学”或“底层写作”是新世纪以来才有的一个说法，但作为一种写作倾向及其叙述表现手法，却是早已有之渊源。因为，自有阶级以来“底层”就已存在，因而关于“底层”的写作也一直不绝如缕。问题是，为什么唯独在新世纪以来才有“底层写作”这一称谓或命名，而“底层写作”也逐渐演变成一个潮流，而为众多作家所趋从？这显然与特定时代有关。

若就渊源而论，“底层写作”当是20世纪早期普罗文学、左翼文学或无产阶级文学的隔代传人，而至于为什么叫“底层写作”，而非“新左翼文学”，这说明，其明显有迥异于左翼文学的特质所在。这一特质就是全球化语境及其文化上的表征。今天的“底层”早已非20世纪历史语境中的特定阶层——无产阶级——而毋宁说是一个结构性存在。全球化的语境，早已使得传统的阶级/阶层分化呈现出复杂易变的趋势。这一结构性存在的底层，是全球化时代资本的全球旅行所内在决定并以之作为前提的，其既表现为全球化都市空间中的边缘群体，也表现为在整体上作为“全球性空间”之外的“地域空间”中的广大农村，以及“地域空间”中被权力剔除出去的弱势群体。他们在整体上都表现出被边缘化的倾向，那些凡是被抛出全球性空间之外的“他者”的存在，都可以算作是底层。而且，这一“底层”也并非原来意义上的被剥削阶级，而毋宁说其在阶级构成上表现出某种混杂性，除了通常意义上的下岗工人、农民工，以及社会的边缘群体和弱势群体，他既可以是党员，村干部 —— 就像白连春的小说，曹征路的《问苍茫》所表明的，也可以是白领和大学生 —— 就像梁晓声的《贵人》表征的一样。如果说底层总不可避免地带有苦难痕迹的话，我们从这种苦难中却很难找到其罪魁祸首，因为这一底层面对的已经不再是单个的资本家，或剥削阶级，而是全球资本。他们面对的是资本而不是资本家，这也是今天之“底层”不同于此前阶级意义上的受压迫被剥削阶级的含义所在。简言之，“底层”就是全球化时代的“他者”之构成，这一“他者”既是被命名的，也是全球化的逻辑所内在决定，并不断变动中的。

这样也就能理解，在关于“底层写作”的讨论中，被列举的作家，既有持续写作“底层”的曹征路、刘庆邦、孙慧芬、范小青、王祥夫、陈应松、罗伟章、鬼子、白连春、尤凤伟、葛水平、吴玄、吴君等，也有早已出道并成名已久的作家，如贾平凹、刘震云、王安忆、铁凝、余华、刘心武、韩少功、林白、梁晓声等，甚至还包括那些少数民族作家如梁志玲、陶丽群、欧阳北方、肖勤、雪静、王华、德纯燕等。其实，作家名单还可以拉得更长，而这也说明，在今天，当全球化已经变得不再能被忽视或熟视无睹，“底层”作为一种结构性的存在也已日益构成我们经验性的日常对象的时候，“底层写作”作为一种创作倾向，其实就是全球化时代的必然产物。“底层”已日益成为各路作家竞相争夺、言说乃至建构的对象。这也表明，此时的“底层写作”其实也已突破原有的作家和批评家们所构想的理论预设，并渗透到各种流派风格的小说创作当中，作为一种构成性的因素而存在。

二

因而在这里讨论底层生活题材类的写作，也主要是指新世纪之交及其新世纪以来的小说创作。全球化进程的加快，以及城乡二元对立的存在，使得城市越来越成为广大农民寻梦的所在，因而底层写作很大程度上也可以看成是乡土文学与城市文学混杂而成的结晶。在今天，传统意义上的乡土小说早已不复存在，因为显然，全球化无疑已将其敏锐的触角伸向了中国的每一个村庄，而不管这个村庄在地理位置上是多么的遥远，多么的偏于一隅。这从新世纪以来的乡土小说中已有非常明显的表征。这样也就能理解李锐在表现古典乡土意象的小说新作《太平风物》中困惑所在："我能在毁灭和新生，悲怆和欢欣中，找到文学的绿意吗？我能在全球化的滔天巨浪里用方块字立定脚跟吗？这就是我的追求，也是我的困境。"[①] 李锐的困惑表明，乡土文学事实上已从整体上被纳入到全球化时代的底层写作的脉络中去。

正因如此，"农民工"这样一个混杂的身份才不可避免地成为底层写作中的一个最为主要的主人公群体，而底层写作也几可以等同于"打工文学"的代称。刘庆邦、孙惠芬、罗伟章、吴君等人是其代表作家，代表作品则有曹征路的长篇《问苍茫》、罗伟章的《我们的路》（中篇）、孙惠芬的《民工》（中篇）和《歇马山庄的两个女人》（短篇）、白连春的《拯救父亲》（中篇），陈应松的《太平狗》（中篇）等。在这些小说中，作者们展现了底层民工们的生存困境、"被侮辱与被损害"的状态及其精神上的创伤。对于这些小说中的农民工们，他们被侮辱和被损害的处境，当然已非受剥削受压迫这么简单，他们的处境的根源还在于城市化和全球化的步伐的加快。事实上，他们的命运早在路遥的《平凡的世界》中的孙少平身上已有呈现和表征，孙少平的"揽工汉"身份无疑是后来也即今天大多数打工者的原型，只不过他的形象是以个人励志的典型被表现，而其命运和人生轨迹中的全球化的面影则被有效遮蔽。随着时代的发展，这一面影越来越清晰，也更为我们所瞩目。想当初，孙少平被现代文明和知识从农村中解放出来，其实是以城市化和全球化所亟须的自由的劳动力身份出现，这就是黑格尔意义上的"历史的诡计"。所谓大山外的理想，对于大多数打工者们而言，实际上就是尽量受雇于好的现代工厂。在这当中，城乡对立其实充当了催化剂的作用，全球化的进程使得城乡的流动——具体地说就是"到城里去"——加剧并成为大势所趋。

最近几年来，随着全球化进程的加快，城市中出现了新的底层，即"蚁族"和"蜗居"族。这是由刚毕业的大学生组成的群体。事实上，就像农民

① 李锐、骆以军：《骆以军六问——与李锐对话录》，载李锐：《太平风物》，生活·读书·新知三联书店 2006 年版，第 155 页。

工们的卑微苦难是城市化推动，“蚁族”们的生存困境更与全球化有关。农民工们本可以待在或留守农村以保相对的贫穷，同样，刚毕业的大学生们如果并非一个个都想待在省会或“北上广”这样的全球化大都市，而回到生养的小城，他们的生活其实可以丰富多彩。这就是全球化时代的今天的底层（包括农民工在内）生活的宿命！他们为理想——虽然表现方式不一——所惑而来到城市、大都市，而城市的竞争状态的激烈却并不能给他们安稳的生活，他们的命运坎坷可想而知。刘庆邦的《到城里去》较早而象征性地展现了这一艰辛万难的过程，小说以宋家银的创伤性体验——身体真实的疼痛感——预示着城市的冷酷和无情。这一冷酷和无情在方方的近作《涂自强的个人悲伤》（小长篇）中更是表现得淋漓尽致，小说中农村籍大学生涂自强在城市（武汉）的悲伤经历及其死亡式的宿命，让人深思并疑惑：这究竟是否仅仅是个人的悲伤？其背后的原因何在？

此外，底层写作的另一个脉络，就是20世纪90年代末的国企改制和下岗潮，一大批的城市贫民因此而出现，关于他们的书写也成为底层写作的重要组成部分。叶弥的很多中短篇小说，曹征路的《那儿》，温亚军的《嫁女》，等等，都是这方面的代表。虽然说当代作家在这方面关注得还不是很够，但像《抉择》、《大雪无痕》、《国家公诉》等反腐小说，都涉及国企改制中出现的大量的城市贫民的生活现状，这部分小说也可以看成是底层生活的文学反映。这一方面的底层写作，与前面提到的又有不同。这一脉络的底层叙事，其实涉及一个宏大的命题，即自80年代以来在中国城市推行的改革的展开、推进，及其经验教训，和改革的出路等问题。改革并没有像当初的改革者们所设计或构想的那样一日千里或高歌猛进，而随着改革的展开和市场化的到来，经济改革又不可避免地同现代官僚制度的腐败联系在一起。这些小说的写作，某种程度上，其实是提出了这样的问题，并提请时代社会给出答案。

三

在这当中，大致形成了对底层的几种想象模式，一是电影方面的浪漫化的想象方式同小说中悲剧性处理的截然不同。贾平凹的小说《高兴》是最为明显的例子。就小说而言，这无疑是一部以乐观主义的方式表现底层的苦楚与苦难的代表。小说主人公取名“高兴”，其意就在于要以乐观主义的态度对待艰苦，但现实本身并没有主人公的“浪漫化”取向而有稍许改变，小说最后，一个（孟夷纯）被抓，一个（五福）暴病而亡，主人公的生活未见任何转机。同名电影却不同。电影中刘高兴被塑造成一个农民发明家，其最后设计成功飞机并驾机翱翔在西安的天空，以此表明他的成功。五福死而复生，孟夷纯也获救被放，电影以大团圆告终。可以说，这既是电影和文学表现现实的方式的不同，也与电影和文学的生产传播及其接受方式的不同有关。文学是个人化阅读，其往往以唤醒个人的责任、意识为己任，文学可以有多种处理苦难的方式；电影则不同，电影是群体性观赏，电影的中产阶级观众群某种程度上决定了电影的潜在取向：它常常必须以中产阶级的审美趣味为准，在某种程度上电影必须既正视又必须美化生活的矛盾、艰苦或苦难。这方面的代表还有《人在囧途》（2010，叶伟民导），《神通乡巴佬》（2012，皮建鑫导，曾志伟、王宝强主演），《天堂凹》（2009，安战军导），《农民工》（2008，陈军导），等等。

一种想象模式是苦难的宏大叙事与隐喻性写作的对照。就苦难的宏大叙事而言，《问苍茫》、《那儿》、《我们的路》、《涂自强的个人悲伤》、《野蛮生长》（盛可以）等是其代表，在这部分小说中，作者通过对苦难的反复书写，企图复归苦难的宏大叙事及其背后的意识形态内涵，批判色彩是其典型的风格特点。相对而言，这一类底层叙事是底层写作中的主流。用方方在《涂自强的个人悲伤》中的话说，就是涂自强的悲惨处境并非仅仅是他个人的悲伤，而是时代社会使然。他的处境的造成显然并非源于自身。这是一种正视苦难，并试图从苦难或把苦难上升到社会经济、政治、伦理道德和文化的层面。相对而言，另一类隐喻性的写作，则是对苦难的有意回避，而突出底层生活、底层民众在面对生活的困境时的不同反应。王安忆的《民工刘建华》、铁凝的《逃跑》、刘震云的《我叫刘跃进》、刘心武的《榆钱》等是其代表。

在底层写作中，关于“底层能说话吗？”一直是众说纷纭且困扰作家/批评家们的话题。针对这一议题或命题，王安忆在《民工刘建华》（短篇）中有自己的理解。在小说中，叙述者“我”冷眼旁观刘建华，竭力想把其纳入到想象和叙述的框架中去，但最终发现，刘建华的形象既不能用憨厚质朴也不能仅仅用狡黠或蛮狠加以形容，这一复杂含混表明，任何对民工的想象和叙述，某种程度上都只是本质化的表现，都只是知识者们驰骋想象，或出于使命感、责任感下的有意无意的“代底层发言”的原始冲动，其情可嘉，但有时候其实颇“隔”，就像《民工刘建华》中所显示的那样。显然，这既是经验叙事与想象虚构的对立，也是“独语”与代言之间的矛盾与困惑，其所提出的问题早已超出了“底层写作”的范畴。毕竟，所谓的“打工诗人”、“打工作家”其实很少，底层写作的大部分，都像王安忆那样，因而其作为一个潜在的难题，会一直困扰着底层写作的作家们，最终直至“底层”的消失。

第二节　现实的表象与名实之惑

一

自新历史写作和官场讽喻而转向现实题材以来，刘震云开始思考名与实之间的辩证转换关系，《我叫刘跃进》（2007）是其中有代表性的一部，这部小说连同《一腔废话》（2001）、《手机》（2003）、《我不是潘金莲》（2012）等一起构成了刘震云小说创作中的“当世叙事”系列。现实虽常以“本真”的状态持存，但真正被人们体验、把握、理解和言说，却必须出之以名称或概念的形式。这就是名实之间的矛盾。现实只能被标识或表象，而不能自己涌现，这一悖论，构成了贯穿刘震云“当世叙事”系列小说的总的主题，其某种程度上也是造成小说主人公们内心困惑的重要根源。

粗读小说《我叫刘跃进》，再联系改编成的同名电影，很多读者很容易产生一个印象，即刘震云是一个讲故事的高手，他的故事讲得丝丝入扣、跌宕起伏、扣人心弦，即使置身于擅长故事讲述和情节设置的好莱坞电影，也毫不逊色，甚至有过之而无不及。但若仅止于这样的认识便又是对刘震云的绝大误解与大误读。刘震云确实是精于讲故事，但故事的讲述和编织并不是他的真正本意，就像语言幽默是他而非他的主人公的风格一样。他的本意是借故事的讲述以思考人类在面对现实“本真”时的普遍存在的困境：纵是千言万语甚或“一句顶一万句”（刘震云小说名），却终究常常不过是言不及义“一腔废话”。“废话”及其面对名实矛盾时的孤独，某种程度上成为人类面对现实“本真”时的真实处境的象征和寓言。正因此，他的小说普遍潜在一个反讽式的结构，表面呈现出来的，其实是其反面。从这个角度说，“我叫刘跃进”显示出来的，正是“我不是刘跃进”。小说中各路人马虽都在寻找刘跃进，但真正找的却只是他捡到的包，他们也不是要找包，而是要找包里的 U 盘。或者说，他们要找的也并不都是 U 盘，而是自己各自的理想。这就像德里达所谓的不断的“延异”，此“刘跃进”不是彼“刘跃进”，人生的困惑也正因此而产生。

虽然说这一对现实表现方式及其困境的呈现是作者自己长期思考和文学实践的结果，但却并非直露的说教，也非隐喻式的象征，这就是刘震云的独特性。他的小说极具可读性，但又深蕴哲理意味。这一哲理意味也并不是作者强加于其主人公身上的，而毋宁说是寓于主人公的行止及丰富的内心世界中的。名实困扰下的主人公们（甚至包括底层民众），一个个看似哲学家，但他们并非思想家，他们以他们的行动实践着他们对世界的体认、感悟与认知。这一“废话”与孤独的苦恼，就是名实之间的辩证，用刘震云小说的话即“是”与“不是”，或“叫”与“不叫”之间的腾挪变换而带来的困惑。这一变换至少在三个层面上展开，一是物体或事件的存在方式，二是名与实的矛盾，三是名实的转化。从某种程度上看，《我叫刘跃进》展现的正是这三个层面间的问题的复杂变换。所谓物体或事件的存在方式，即特定时空的规定与限制，这是一特定时空中的独特存在，超过了特定时空，物便不是原物，而是物换星移、昨是而今非，乃至物与人皆非。就以小说中贯穿始终的寻找 U 盘这一事而论，同是一件事，虽然都牵涉到或指涉着金钱，但因各拨人有各拨人的诉求和愿望，因而就显得不是一回事。富商严格追要它，是为了要挟贾主任以求其支持；贾主任是为了消除威胁，贾主任的秘书老蔺的目的又不尽相同，警察老邢是为了查人，鸭棚曹哥是为了所谓的“江东基业”，而杨志是为了不再阳痿，韩胜利是为了还债，如此等等，一件事就变成多件事，故事及其叙述也因此而显得摇曳多姿跌宕起伏。这看似热闹而诡异，但其实骨子里透着孤独和寂寞。世界还是这个世界，事情还是那件事情，但因面对的人不同，便呈现出不同的面目与名目来，人与人之间的矛盾冲突虽然由此而衍生发酵，但这矛盾其实不过是错位和自行其是，矛盾冲突的演变使人和人之间的关系南辕北辙，每人终究都只能独自面对这个世界，别无他法。

二

在《我叫刘跃进》中，刘震云创造出其特有的“是……，而不是……”或“不是……，而是……”的衍伸文体。如韩胜利跨区作业偷窃被新疆人抓住，“几个新疆人先把韩胜利打了一顿，头都打破了，接着罚款两万。韩胜利自知理屈，但偷三百，罚两万，多出六十多倍，世上又没这道理，这就不是罚款，而是刁难韩胜利。韩胜利将这道理说破。韩胜利不说破道理，这事还好商量，一经说破，几个新疆人恼了，不是两万，也成了两万”。这一文体，在其后来的长篇《一句顶一万句》和《我不是潘金莲》中有更为淋漓尽致的展现。

表面看来这是一种语言文体风格，但正如杰姆逊所强调的那样，形式的背后呈现的是其特定的意识形态内涵，“不是……，而是……”的文体，某种程度其实也是一种认识世界和把握世界的独特角度的反映。如果把“是……，而不是……”看成是一种“语言事实”的话，便会发现，这一“语言游戏”下反映的是“语言人”的不能自主性和茫然失措。语言人（即思考者）并不是主体，它既不是广义上的权威，也不是“知者”，它是接受信息的人。但问题是信息有其多个层面的内涵甚或多义性，其向接受者敞开，便具有了多种可能：“是”与“不是”任意滑动，它们之间其实并没有严格的界限。如此看来，所谓从“是”到“不是”，或从“不是”到“是”的转变，反映的正是人类对变动不居的世界的不能把握的感喟：事情既易变而莫测，人们对事情的把握也常常出现偏差，人既不能表象世界，也不能把握自身，人们的困境往往由此而生。刘震云主人公的困境，某种程度上正是这一认识的困境的表征。这当然可以看成是现代性语境下的人生认识的困境，现代性的变与不变、瞬间与永恒的矛盾，的确是给人把握世界造成绝大的困难，让人无所适从，但问题似乎又不仅如此。

虽然说刘震云笔下的主人公一个个被事情的易变和名实对立所困扰，但他的主人公却并非思想家。他们是经验世界中的哲学家及其实践者。他们虽有各种困扰，但并不是停留在思考的层面，而毋宁说是以实际行动显示出他们对世界的独有的理解、把握与反应。这样一种无所适从后的独特的反应就是固执而执拗。刘震云的主人公们一个个皆显得固执而执拗，他们一旦认定自己的目标，便勇往直前，百折不挠。刘跃进本可以避免一连串的波折，如果他不再纠缠于一纸空文（欠条）的寻找；杨志本可以逍遥自在，如果他不执意认定自己的阳痿是甘肃三男一女的“仙人跳”所造成；韩胜利本可以不被新疆人套牢，如果不是到处向刘跃进追要那三千块的债。而即使如黑社会老大鸭棚曹哥，本可以不掺和进寻找 U 盘事情中来，如果不是为了所谓高尚的让自己都感动的“江东基业”的话，等等。可以说，正是这些人的固执，才导致事情由一件而变为两件、三件乃至多件，彼此纠缠而成乱麻。正所谓一生二二生三三生万物，人生的困境也由此出现。可见，人生的困境与其说源于无所适从，毋宁说更在于固执己见一意孤行。所谓南辕北辙，到头来剪不断理还乱，即此。

三

因为聚焦社会底层，展现他们的艰辛、多舛与挣扎，《我叫刘跃进》在很多时候都被置于底层写作的脉络中加以论述，确乎，小说中的主人公大多都是社会的底层，举凡刘跃进、韩胜利、杨志、马曼丽、张端端、杨玉环等，皆此。但这些都只是现实的“表象”。刘震云深知，越是生活于底层的人，越能接近现实的内核。而那些所谓高高在上的社会名流，他们是些抓住“名”——名称——不放的人，其实是距离“实”——现实——很远很远，而这也是为什么刘震云的《一腔废话》、《我叫刘跃进》和《我不是潘金莲》

等小说倾向或喜欢倾向于社会的底层的表现的缘故。

《我叫刘跃进》中的刘跃进、韩胜利等虽也常常不免显示出他们的狡黠、世故和刁钻的习性，刘震云有“丑化”底层的嫌疑，但他并没有表现出本质化底层的生活及其情感的倾向。底层自有其所不可避免的人生窘境，但他们亦有独特的韧劲和智慧。他们有他们对现实、人生和世界的独特理解，有他们自己的把握世界人生的方式，等等这些，构成了刘震云思考现实的表象的重要组成部分。

新世纪以来，底层写作甚是流行，其方兴未艾之势，影响所及，许多著名作家也不忍要小试牛刀。底层民众的苦难、困窘常常成为小说家们不能回避的话题。如果说苦难在贾平凹（《高兴》）曹征路（《问苍茫》））以及孙惠芬（《歇马山庄的两个女人》）那里是社会资源的分配公不公等原因造成的话，在刘震云这里，苦难则更多与个人的选择及其个人际遇相关。《我叫刘跃进》虽触及社会底层的生存困境，但作者既没有把苦难本质化，苦难并非底层的专利，更没有把苦难导向政治经济学的维度，困窘没有根基和来源，故而困窘并不指向对社会不公的批判。而事实上，一旦困窘失去其具体而微的基底，便有可能如卡尔维诺所预言的那样变得很“轻”，“轻”得具有厚重的象征性色彩，刘震云没有从阶层或社会分层的角度表现底层的苦难，其结果是，困窘反成为人类不同阶层面对的共同难题和人生宿命的象征。这一困窘虽难免同源自物质层面的满足与否有关，但其更指向人们认识、把握世界及其面对世界的方式方法的偏差。物质层面的困窘往往只是表征，精神层面的名与实之间的矛盾才更隐蔽也更让人难以挣脱。刘震云在这部小说中写出的正是这样一种奋力挣脱和终难挣脱的人生悖论。

第三节 底层立场与女性主体的成长

比起中篇小说《那儿》，曹征路最近推出的长篇《问苍茫》，应该算是急就章了。说是急就章，首先是因为这是一篇紧贴现实（反映的是 2008 年 1 月 1 日《新劳动法》生效前后的现实）的作品，与当下的关系十分迫近，这就决定了小说对面对现实说话的能力，但同时也缺少了冷静地反观的距离，这是其一。其二，还表现在，这种急就章暴露出了小说的粗糙和不成熟之处，这在小说中有较为明显的呈现。

但就内在的精神核心和旨趣而言，其间还是一脉相承的。这表现为小说中浓郁的忧患意识和知其不可为而为之的执着精神，以及面对苦难的勇气，小说作者的底层立场十分明显。但问题也就在这里。

一

我们知道，底层是很难发出声音的，这首先源自底层民众极为有限的受教育程度和社会资源的拥有程度。作者应该深有体会，小说中塑造的柳叶叶就是一个——应该说——体现了作者过多的思想的载体，这从小说以柳叶叶贯穿始终即可以看出。请看小说开头：

> 柳叶叶运气好，工位面对着窗户，每天都可以偷闲朝外看几眼，一抬眼皮就能看，主管也注意不到，她还一次都没被抓住过呢，这让她好开心。[①]

小说一开头，就把柳叶叶置于在一个十分有利的位置，这个位置便于“观看”别人，而别人却看不到她，这样，柳叶叶就多了一重优越性，可以从容冷静地观察、思考甚至反省。

这种有利位置，既是一种有形的，也是一种无形的，使得柳叶叶始终似乎既外在又内在于小说的整个故事情节。她“看”马阳明是如此，甚至“看”她曾经一度喜欢的常来临亦复如此，这种距离在她面对各种男人时都能保持冷静，自然也让她对很多事情都有越来越明智和成熟的看法。如果从这个角度看的，这部小说其实就是一部描写柳叶叶成长的小说。这里不是《青春之歌》那样写的是一个知识女性成为成熟的共产党员的过程，倒有

① 曹征路：《问苍茫》，人民文学出版社2009年版，第1页。

点类似于《红旗谱》中的农民成长主题，这里只不过被翻转过来了，成长的是一个从深山里出来的农村女性，在工作（打工的过程）中一步步觉悟而觉醒，最终从自发的斗争，到自觉的斗争的过程。而这里反讽的是，这种斗争并不是所谓的阶级斗争，也不是所谓爱国斗争，而是切切实实地工人为维护自己的切身利益而展开的斗争，历史富于吊诡的地方恰恰在这里，大半个世纪前，以毛泽东为代表的共产党领导工人农民为自身的利益同资产阶级及当权派进行了殊死的斗争，这种斗争获得了胜利，工人农民也成为国家的主人，但就在这个以工人农民当家作主的国度里，我们的工人农民却不得不再一次团结起来去和资产阶级进行斗争，而这次的资产阶级却是以国家的名义为了现代化而被请进来的，这个工人农民当家作主的国家的政府部门，在这个时候却莫名其妙地成了中立甚至阻碍农民工人为获取自己正当利益的力量。

或许也正是因为作者的某种怀疑精神，使得柳叶叶的身份和成长十分独特。与此前的成长小说相比，显然，苦难仍旧是成长所必须的，这在十七年的成长小说，乃至新时期的成长小说，都有所表现，只不过在此前的小说，苦难是可以克服的，区别只在对待苦难的态度以及苦难在小说的情节布局的作用。在十七年的成长小说中，苦难是迫使人反抗使人认清现实的因素，苦难和压迫联系在一起（如《青春之歌》和《红旗谱》），也是练就革命者意志考验革命者的熔炉（如《红岩》）；而在新时期的小说中，苦难则是使人的思想成熟的催化剂（如张贤亮的《唯物论者启示录》），也是造就受难英雄的摇篮（如从维熙的《大墙下的红玉兰》等伤痕小说）。而在《问苍茫》中，柳叶叶最开始为了摆脱苦难和贫苦，不惜卖“处”而来到了现代城市，但到来之后，却发现情况并没有得到什么改善，她也被所谓的现代技术的操控而麻痹懈怠，于是变得心灰意冷，无动于衷起来，苦难似乎成了一个中性的不带感情的词汇，如果不是出现逆转，即她的好姐妹张毛妹的悲剧性事件，柳叶叶可能就会这样终其一生。是苦难，不可不面对的苦难再一次唤醒了柳叶叶，使她看清了很多一度充满幻想的事情。这种态度的转变的直接后果就是，当小说结尾时，柳叶叶背负着重大任务来到一个新的工厂时，苦难在她的眼里竟是另一种场景：

> 第一天，柳叶叶做了十二个小时，修理了500件衣服，感觉时间飞快，很有一点成就感。[①]

显然，光有苦难，对一个农村出来的农家女的成长是远远不够的，还必须有引导者的出现。在这一点上，《问苍茫》与《青春之歌》是完全一致的，即都表现出了男权主义思想的倾向，小说中女性作为一个弱者需要男性的引导才能走向成熟。而同样一致的是，就像《青春之歌》中林道静的成长在前后三个男人及其所代表的三种成长观的指导下最终完成（在《青春之歌》中，因为卢嘉川的知识分子出身和江华的工人出身的差异，卢嘉川与江华显然是不能被等同的），柳叶叶的成长也需要面对不同的男性角色才能完成。

但这并不是说，这两部小说就可以化归于一个谱系。情况似乎要复杂得多。常来临是柳叶叶遇见的第一个引导者，常来临的谦谦君子风度，长者的忠厚，尤其是常来临的特殊身份——曾经的党政干部，都使得常来临的形象特别富有象征意味。而柳叶叶的从开始爱上到失望到绝望厌恶，乃至最终划清界限（虽然这里有稍显牵强的地方，即结尾处她向常来临的监狱告别就显得突兀），都可以是一场显然的"弑父行为"。可以说，常来临的形象的象征意义正在于他是处处以"党"的形象的身份出现的（这也是现代私人公司的诡计之处），但反讽的是，党的代表并不是以工人的利益为出发点，却处处打着爱国爱厂的"宏大"而虚伪的旗号——甚至是感情上的作秀，以压制工人，结果令柳叶叶大失所望。可以说，柳叶叶对他的离弃，大的意义上说，就是对以往宏大的意识形态的一次嘲讽和颠覆，是一次对父权父法的拒绝和反抗。这显然与此前小说中党的形象的绝对引导者的叙述截然不同，而毋宁说是一次戏仿和颠覆，其改写历史的意图十分明显。

柳叶叶遇到的第二个男性角色是知识男性夏悦，但小说同样表现出了讽刺的意味。在这里，夏悦被当作一个明显的诱惑者的形象出现，这与《青春之歌》中的余永泽相似，夏悦所使用的显然还是余永泽的那一套：夸奖加赞

① 曹征路：《问苍茫》，人民文学出版社2009年版，第347页。

美，以及诗歌作为武器，和温柔体贴的形式，但柳叶叶并没有冲昏头脑，她始终保持冷静，与林道静不同的是，柳叶叶倒是利用了夏悦的这点，最终能全身而退。就像余永泽是作为自由主义知识分子的形象而被加以否定一样，在《问苍茫》中，夏悦的被讽刺显然与他的知识者的身份有关，关于这点下文还要分析。

应该说，在柳叶叶的成长中，唐源的形象是一个关键。首先是因为唐源乃工人出身，这与《青春之歌》中江华的角色有类似之处。所不同的是，在《青春之歌》中江华是作为党的代表的形象来启蒙林道静的，小说中有鲜明的革命立场；而在《问苍茫》中唐源是一个没有组织没有地位也没有道义上的支持的社会底层工人的代表，小说的底层立场色彩也正在这里充分地显现出来。而柳叶叶对唐源的认识的深化也经过了一个较长的曲折过程。她最开始是对唐源充满了敌意和不信任，这主要是因为受了常来临的影响；而后来，由于毛妹的工伤事件找到唐源时，却因为唐源的一个"馊主意"，意外地导致毛妹的自杀，柳叶叶对唐源的态度又发生了逆转；只是在后来，工厂倒闭，无处可去时，无意中看到唐源的春天劳动争议服务社，才激起了她为社会做事，作为一个"社会工作者"的念头，也许就是这样一种不经意的转变（其实并非不经意，而是逻辑的必然），使她重新认识了唐源，唐源作为引导者的形象最终才高大起来，柳叶叶也迅速地得以成长。小说中的一幕使我们想起来的《青春之歌》中类似的情节，在小说的结尾林道静领导学生起来同反动派的斗争，与该小说中柳叶叶易名化装混入一个玩具厂，以鼓动工人起来为了自己的利益而斗争并最终获得胜利，同样表明了一个成熟的女性的形象得到凸显，只是富有反讽意味的是，这一次却是以个人的名义，而再也不是林道静的时代以党的名义进行的伟大斗争了。时代的巨变，却改变不了工人继续斗争的主题，历史的发展何其相似！

二

如上文分析，农村女性柳叶叶的成长，是通过否定"党"的错位的形象和知识分子形象而作为前提的，最终是工人出身的唐源充当了小说女主人公成长的“精神之父”。这是问题的一个方面。

而这种设定其实也决定了小说的结构及其叙述。小说中作为知识分子的代表无一例外不是作为被嘲讽的对象而出现的。如赵学尧、何子钢、马阳明甚至迟小姐都被作者充分漫画化，而成为某种符号式的人物形象，赵学尧作为一个假清高而虚伪的学者代表欲盖弥彰，何子钢是作为被政治异化的形象出现，马阳明则是代表了下海后无耻的知识者的典型，迟小姐呢，则成为一个唯欲望和金钱是求的化身。同样，小说中老板商人的形象也是一个个虚情假意（如徐太以及文念祖）而实质上是典型的商品拜物教徒。此外官僚们也一个是高高在上、不问民间疾苦的样子。

显然，小说中工人（包括农民）与知识者、资产阶级以及官僚之间是壁垒分明的，虽然后面三者表面上不同。而也正是由于作者这种明显的底层立场和批判精神，使得小说在人物塑造当中普遍的概念化和漫画化的倾向，人物往往成为某种预设的概念的符号。

而同样矛盾的是，这种明显的批判精神，又并非真正的底层立场，而毋宁说是一种代底层而表达的立场，其代理者的矛盾身份也是明显不过的。关于这点，作者无疑是深有感触的。不然就不会有柳叶叶的奇怪的形象身份。

对柳叶叶而言，男性形象的引导者身份，并不是最为重要的，重要的还在于柳叶叶并非仅仅是一个工人或农民，而是一个受过一定高等教育的现代女性。她到了深圳之后，在常来临的鼓励之下，参加了所谓的电大进修中文专业，并学会了写诗和文章，并一度成为“打工诗人”。应该说，这是一个十分奇特的身份（可能与作者的个人身份和经历有关），既带有底层的色彩，但无疑又吸收了现代知识的养分，是一个介于知识者和底层民众之间的角色。她来自底层，而非全日制的大专文凭似乎也没有多大的实际用处，这种始终的独特的底层处境使她对底层的命运无疑有更深刻而切身的体会，同时又能跳出这种处境运用所受的教育知识从更高处来思考以及摸索如何维护底层的权益。这可能就是作者理想中的底层立场的表达。但这种过分倚重现代知识的倾向，无疑又与作者在小说中表现出的对知识分子形象的嘲讽和批判自相矛盾。

知识分子再一次成为被怀疑的对象，这与当代中国的历史语境又奇怪地联系在一起。而其背后所显示出的时代巨变的内涵和社会形态的差异却是不能忽略的。到底是什么使得知识分子再一次成为问题被提出？我们知道，自从1977年刘心武的《班主任》发表以来，知识分子作为历史时代的中心形象迅速成为一个时代的象征，以至于整个80年代几可成为知识分子的黄金时代。但随着90年代市场经济的加速，知识分子也迅速边缘化了。知识分子的代言立场也逐渐被怀疑和质疑，应该说，曹征路的《问苍茫》就是在这种语境下出现的，但这无疑也妨碍了小说的深度和进一步挖掘的可能。同时也造成了小说的分裂。

三

小说中一个很重要的面向，就是赵学尧对文氏家族历史的研究和兴趣，而这其实就牵涉到小说中另一思考和主题的展开，即对现代工业文明的反思和警惕，这在小说中最后是以酸雨（或红云）的出现为表征的。

但显然，作者（或叙述者）对赵学尧是很怀疑的，这就使得小说在这个面向上变得暧昧不明难以推进了。文氏家族的历史文化以及文叔形象的意义，即在于对现代工业文明的批判性反思，而小说中“红云”的出现显然也是作为某种象征和警示，但这些都仅仅止于文叔的自言自语和面对现实的“失语”，这是一个向内转的想象世界，注定了要成为历史和被淘汰。但作者那种对知识分子的怀疑和嘲讽，使得文氏家族的历史及文化并不能很好地呈现和发掘，而关于现代工业文明和传统文明之间的错综关系自然不能得到更进一步地表现。小说中关于环境问题、传统文化与现代文化之间关系等的思考，最终只能成为一个似乎是不相协调的部分，若即若离似断实续，始终游离于小说的主体部分。而叙述者（作者）的，于有意无意中按捺不住的介入姿态，也使得这部分显得多少与整部小说不太一致。

此外，小说还思考了农民进城务工的问题，这和农民成长的主题是联系在一起的。从柳树椏村同时出来的有五个姐妹，但除了柳叶叶之外，其余不是死的死（如毛妹），就是傍大款做二奶（桃花），或者沦落风尘（香香、小青）。正如这五个姐妹为了要走出深山而慷慨赴死式的“开处”所显示出的荒谬和讽刺一样，其实“开处”本身就已经象征或预示了她们此后的命运：痛的成长意义，起点即一次疼痛感，成长的过程必然意味每一次的毁灭和堕落，就像香香的报复所呈现的逻辑（她的堕落分明是因为初夜的被剥夺），而要想跳出这种宿命，对她们而言，只有知识才是最终的武器和稻草，就柳叶叶一样，现代知识是所谓自我救赎的唯一可能。但作者却又分明表示出对知识分子的反讽和嘲弄。成长既然离不开知识，而承载知识的主体——知识分子却遭到了怀疑，谁之错？知识有罪吗？

作者似乎也不能解决这个问题。

第四节　底层苦难的暴力传奇

广西鬼子是近些年来被普遍看好的青年作家，因其对底层苦难的直面书写而被评论家称赞不已，其小说也被视为“中国小说 50 强”之一，《被雨淋湿的河》和《上午打瞌睡的女孩》等更是常被举例的代表作。初读鬼子的小说，不经意间被其不动声色地叙述底层民众的苦难所震撼，但读了之后便又产生疑惑：对底层民众而言，似乎每一个不经意的行为都会导向毁灭，这与我们传统中国民众充满韧性、耐性和毅力的形象似乎大相径庭。

一

无疑，鬼子是——至少他本人是这么想的——相当富有“悲悯”情怀的作家，于此，他曾深切地感叹“鲁迅那种对人、对民族的巨大的悲悯，在当下作家的笔下，不知怎么越来越弱了，即使有，也大都拿‘过去’来说事，很少让人看到‘现实’，而一些有‘现实’的作家，又很少让人看到文学的本质”，于是，他“决定做自己的努力”[①]。但那是什么样的“文学的本质”呢？从鬼子自己的创谈来看，其所谓的“文学的本质”当是这样一种文

① 鬼子：《创作与生活》，昆仑出版社 2002 年版，第 41 页。

学观，即“文学也是思考人生的一门学问”。他从老家围墙外的坟场，“痛切地看到了变化无常的人生，感受到了生的恐惧和死的哀怜”[①]，似乎明白了什么，参透了什么。在鬼子看来，一个会思考人生的人，也应该会创作，而一个目睹了太多的苦难的人，也应该对人生有所了悟，文学对于人生正如苦难对生活一般，都是思考彻悟的过程；无怪乎鬼子的小说充满了苦难、困境和死亡的笼罩。

诚然，对苦难的逼视处处显示了鬼子的博大的悲悯之心，但这也只是鬼子的一厢情愿。如按前面所引鬼子的原话“一些有‘现实’的作家，又很少让人看到文学的本质”，按此逻辑，文学中的“现实”就应该为表达对人生的思考服务，如果不能就不是真正的“现实”了，似乎现实就是悲悯，就是苦难，非此就不是现实了，无怪乎他文中要在现实上面打上引号了。我们不能否定苦难确是相当部分的国人无法逃避的现状，但苦难却不一定就是“现实”的本质，显然，鬼子的小说表现出了把现实本质化的倾向，究其实，这只是鬼子的一种现实观罢了，不必当真。

鬼子一方面表现出对苦难的迷恋和对人生的思考，一方面又执着于“很好读”和“悬念”，按照他自己的话说就是“你不让别人读进去，就等于你把别人拒之于门外，那么你再有好的想法又有什么意义呢？”[②] 以此观之，就不难理解为什么鬼子的小说往往都有一个传奇的框架，外加苦难/暴力的奇观了。当然，“好读”对文学而言并非坏事，甚至相当必要，但一旦苦难和悬念成为“好读”的要素和前提的话，苦难自然要大打折扣的，更何况苦难也只是作家的一种现实观而已。

二

底层民众的生活诚然苦不堪言，但底层也自有底层的生活逻辑，底层的悲欢离合；底层民众有苦中作乐的，也有乐极生悲的；底层民众有安于现状的，也有铤而走险的；底层民众有浑浑噩噩的，也有聪明伶俐的；与有的学

---

① 鬼子：《创作与生活》，昆仑出版社2002年版，第18页。

② 同上书，第52页。

者所言的民间一样，这也同样是一个斑驳混杂的存在，任何本质化或简化的企图都是不可能也不切实际的。如果从这点而言，显然，鬼子的小说在试图揭示出底层的苦难的同时，也有把底层本质化的嫌疑。其很多小说大致不外乎这样一种情节模式：本就苦难的现状，因一偶然的境遇导向极端的困厄，于是乎在这种情况下，主人公便往往因某种因缘巧合错杀了他人或是自杀。其结局大都较为一致，死亡是主人公命定的归宿。

从鬼子的叙述来看，小说主人公的死亡是有逻辑可循的，但导向死亡的宿命却阻挡不住，这种力量显然来自底层的苦难现状，可以称为苦难的迫力。苦难使底层民众不动声色，也使他们毫无顾忌，他们潜藏着的对苦难的抗争和仇恨，随着某个因缘巧合最终找到发泄口，这个发泄口即杀人或自戕。典型的莫过于中篇《罪犯》，小说中“我”的寄哥家境贫寒，于是便竭尽全力地力图摆脱这种现状，但总因种种龃龉而不能遂愿，因而其将满腔的仇恨投向了较为宽裕的“我”家，原因不外乎是如果土改时他父亲如果说出了曾是“我”爷爷家的长工，他家便不会这么困窘，因而“我”家是有愧有欠于他家的。他的杀死“我”父亲便是在这样一种逻辑下的最后的结果：他家的持续困窘就源于没有说出“我”爷爷家的富农成分。

无疑，鬼子在揭示底层民众的苦难方面显得十分深刻而有力度，但苦难的叙事发展却使得鬼子的小说呈现出底层苦难的暴力传奇景观，死亡不再是一种存在，而演变成一种传奇或象征，似乎主人公不死亡就不能表现出底层的深重苦难，死亡往往成为底层苦难不可解脱的象征。死亡承载了太多的意识形态内涵。

死亡虽不可避免，但死亡却事出有因，这与先锋小说中的死亡叙述显然不尽一致。在先锋小说中，诚然死亡是很多主人公的不可解脱的宿命，但死亡于他们是没有理由没有逻辑可言的，死亡即是死亡，毫无道理可言，也毫无理性的存在，一切人都奔向死亡，其间的区别只是时间上的早晚而已，这在余华的先锋小说中有鲜明的呈现，如《世事如烟》中人物的数字化即表明人物在面对死亡时的虚妄和类同，人物只是死亡时的对象符号而已。所不同的是，鬼子的小说在写到死亡的时候，却有意突出了死亡的后天性，死亡虽不可避免，充满了偶然和变数，但死亡本身是有前因后果的，导向死亡的因素也是恒定的，即苦难以及对苦难的不屈，可以说，正是这种不甘于苦难的动机最终把主人公一个个送上了黄泉路，这在《被雨淋湿的河》、《农村弟弟》、《伤心的黑羊》等中有明显的表现。鬼子的小说故此显现出这样一种矛盾：一方面是对苦难的直面书写，同时却又彰显了与苦难抗争的种种虚妄和无助。苦难既是一种先天的宿命，又是不可改变的存在，那些生活其中的人们何去何从？又有谁能给出答案呢？

我们知道，死亡是相对于生存而言的。在传统小说中，死亡要么是一种解脱，要么可能成为一种升华，死亡往往被赋予“宏大”的意义，寄托了作家对社会人生的期翼和理解。人们常说，死，有轻于鸿毛和重于泰山之分，死亡往往成为善恶清浊之间泾渭分明的分水岭，死和生实是相伴相随互为表里不可两分，因此，在一定意义上，死乃对生的发言和向生的示威，生乃死的延伸。对死亡的最为崇高的叙述乃是对上帝道成肉身的隐喻，耶稣代人类受过而被钉死在十字架，这种死成为人类最为伟大的事件，而其死后复活的故事，也向人们昭示崇高的死是可以导向永恒的生；可以说，正是在这种叙事中，确立了死亡叙述的现代性的意义：不是生而后有死，而是死启示了生，死向生展示了人生的意义，显示了生命的价值，死是生的价值体现。在传统社会，按照孔子所说，是未知生，焉知死。但在现代性社会，则是未知死，何来生？这就是死亡的辩证法。

而鬼子小说中的人物既不愿“歹活”，也没有为什么宏大的目标而赴死的慷慨，他（她）们的死纯粹是偶然或宿命，似乎人生任何一次小的过失就能将人送上不归路（其最为典型的是《上午打瞌睡的女孩》、《学生作文》、《谁开的门》以及《瓦城上空的麦田》）。这样一来，鬼子小说的死亡叙述就显现出一种悖论：死亡既因生的欲望——如按鬼子的话说就是“一种被人的生存状态所认定的”“无比强大”的“人的本能的力量”[①]——而起，但却因种种偶然或意外终不能导向对生者的启发，鬼子小说的深度和力度在这里都要大打折扣，这不能不说是一个遗憾，而所谓鬼子的“鬼气”也正在于此。

---

① 鬼子：《创作与生活》，昆仑出版社2002年版，第39页。

三

正是基于这样一种反讽式的结构，鬼子的小说故而常常采取第一人称的叙述视角。这也正是鬼子的小说耐人寻味的地方：他采用这种视角的同时，显然又放弃了判断和评价的权利，不论是“我”面对他人的苦难（《被雨淋湿的河》，《农村弟弟》、《罪犯》），还是“我”自述自身的厄运（《上午打瞌睡的女孩》、《伤心的黑羊》、《瓦城上空的麦田》），似乎都是淡然而漠然的态度，这种淡然或漠然虽然使得小说在情感倾向上暧昧不明之处，但也使其显现出极富张力的开放性和包容性，对话性的结构隐然于此显现。

鬼子的小说大多以第一人称叙述者的视角叙述故事，因而往往呈现出叙述者“我”与小说其他人物间的对话关系，这在《被雨淋湿的河》有明显体现。小说以一个从城市逃回乡村的女性“我”的视角讲述陈村一家的悲剧性故事，因为“我”的城市生活经历，无意间成了沟通现今两代农民的桥梁。资本原始积累时期的现实使得大量的农村剩余劳力流向城市，传统农民的生活观念面临深刻的危机，这种危机在陈村父子之间展开，而叙述者“我”则成了这种危机的见证者和旁观者，“我”的态度的暧昧不明正与小说的对话性结构遥相呼应。

叙述者的矛盾态度其实正体现了作者对苦难的思考和处理。在我们的文学传统中，苦难往往被做了某种本质化的处理。苦难相对于它的承受者而言，是可以超越或可以否定的，苦难是人的本质力量的“他者”，苦难的旁边矗立着一个大写的人类主体的形象，这在革命历史叙述中有集中鲜明的体现，在伤痕文学中亦复如此。在革命历史叙述中，苦难是革命的起源和前提，这种苦难既是一种现实中的状态，也是一种抽象的本质化的存在，正是在这种叙述框架中，苦难往往成为一种仪式或符号，非此不能走向革命（如《红岩》）；而在伤痕文学中，虽也有苦难的伤痛，但苦难仍旧也是必不可少的，相对于革命历史的苦难仪式化，伤痕文学叙事则表现出苦难的意识形态性，苦难成为历史迷途的象征（如长篇《芙蓉镇》），非此不能表现出日常生活意识形态的合理或合法性。虽然这两种文学思潮表现出对苦难的不同处理，但在对待苦难的态度却是一致的，即苦难是暂时的，不论革命或建设都是为了实现对苦难的超越和克服，而大写的人的时代的主体也正是在对苦难的超越当中获得一种历史的合理性。这种苦难叙述在此后的改革文学、寻根文学乃至新写实小说中都是所体现或延续，直到先锋文学，苦难被宿命所替代，人成为一种符号，苦难与人类一样变得暧昧不明，人类已然失去了自身的主体地位，苦难也就无所谓惊心动魄或触目惊心了，任何价值判断于此都是多余的。

而对于鬼子而言，显然，苦难是一种赤裸裸的必须面对的存在，成为压迫人的力量，但人却早已失去了自身的主体地位，人既不能克服它，也不能逃避，任何抗拒或阻挠都是多余，甚至可能加剧苦难的迫力；人既无所适从，又无能为力，既恐惧又冷静，正是在这种情况下，人与苦难两峰对峙旗鼓相当，其间呈现为一种对话式的结构，人的冷漠和淡然恰好表征着人与苦难之间的默契和共谋，抑或妥协和平衡？

鬼子及其小说的吊诡之处故而得以显现。其小说的叙述者表现出对世事的冷漠和不动声色，表征着的是作者的困惑和不能解释，但作者鬼子（与叙述者并非一回事）却信誓旦旦地表示“作者与读者之间的关系是不是就应该是这样的一层关系？应该是点燃和被点燃的关系？”[①] 在这样一个失去个人主体地位的年代，自己尚且不能“被点燃”，作者又凭什么去“点燃”读者？鬼子虽有阔大的胸怀和勃勃的野心，但他选择的让小说中的人物、读者和叙述者“三者保持一种平行的姿态，谁都不能在过程中把谁给任意地丢失了”[②]，却又在客观上背叛了自己。鬼子小说的开放性和包容性于此得以尽显，但已去作者的初衷远亦。不知鬼子可曾意识到否？

① 鬼子：《创作与生活》，昆仑出版社 2002 年版，第 48 页。
② 同上。

第十章　官场题材类

第一节　官场生态的现实与表象

一

自有官场以来，对官场生态的表现就不绝于缕，官场题材小说在古今中外并不陌生。从这个角度看，从题材的角度对官场类小说进行归类其实并不具有太多阐释效果。而事实上，官场题材小说也往往因表现主题/主旨的不同，被整合进各自不同的小说潮流和派别中，很少被单独对待。但也正因如此，也让我们更加看到了一个五彩缤纷万花筒式的官场景观。

就新时期以来的小说创作而论，官场题材小说与新时期之初的文学潮流之间呈互相融合与耦合的态势，伤痕、反思和改革小说中都曾大量涉及官场叙事。伤痕小说中，权力斗争的起伏，不仅关乎派系间的命运沉浮，某种程度也是时代更迭的表征，而像改革小说中的官场争斗，则往往被赋予改革与否的宏大意义，官场的变迁大都围绕改革事业的展开而展开。相比伤痕改革叙述，在反思小说中，虽然官场也是叙述的主部，但因为官场作为官僚体制的形式而过多呈现出对人的异化的一面，官场生态本身往往并没有得到正面地表现。而到了以刘震云为代表的新历史小说中，官场更是成为嘲讽的对象，官场也往往成为寓言和象征的符号得以表征。他的《单位》、《官场》、《官人》等新写实代表作，虽然也直面官场，但更多只是展现官场争斗和人性之劣，某种程度上仍是某种隐喻，对官场生态的表现并不全面客观。应该说，这些都在一定程度上限制了官场叙事的真正展开和推进。

进入20世纪八九十年代以来，官场题材小说创作常常又与反腐小说间互有重叠。《苍天在上》（陆天明）、《抉择》（张平）、《国家公诉》（周梅森）等都是这方面的代表。在这些小说中，官场斗争往往被赋予了反腐倡廉的“时代主旋律”的特征，官场生态仍没有得到正面的表象。至于20世纪末/21世纪初的现实主义冲击波中的部分小说，虽也涉及官场，仍可以放在改革小说的脉络中加以考察。而像周梅森发表于1996年的长篇《人间正道》，其在反腐与官场题材的框架内表现改革主题，也只能视为改革小说的世纪末余绪，虽然他向来以反腐和官场的写作为世人所知。

潮流之外，表现官场的小说也不在少数之列。在这些小说中，官场虽是表现的对象，但因为被置于多重关系和多重隐喻中，官场往往成为背景或前景式的存在。典型的例子，有阎真的《沧浪之水》，在这部小说中，理想与现实，尊严与谄媚，正义与谎言等多重关系都在主人公的宦海沉浮中得以象征性的表征出来。而像铁凝的《无雨之城》这部小说，官场某种程度上更是成为人性冲突的试验场和编织网。李洱的《石榴树上结樱桃》使得乡村权力舞台几被视为中国的隐喻式象征，等等。

作为现代官僚机制/体制的一部分，官场在现代社会中自是有其独特的一面。对于这一独特性，文学写作特别是小说创作向来表现不够。而这当中，真正把官场作为官场正面加以表现的，是近年来一直方兴未艾的“官场类型写作”。在这一潮流中，涌现了一大批专注于官场写作的作家，王跃文、洪放、肖仁福、许开祯、李佩甫和小桥老树等都是其中有代表性的作家。而像王跃文的《国画》、《梅次故事》和《苍黄》以及《侯卫东官场笔记》（小桥老树，8册）等，则是经常被作为官场小说的代表被举例，其中《国画》更被视为官场小说的开山之作。

虽然说，作为一种类型，官场小说业已形成了某种模式和套路，但在这一写作潮流中，对于官场生态进行全面而立体的呈现，仍是其不可抹杀的功绩所在。这对我们认识现实中的官场有不可替代的作用，而也正因为此，官场小说往往成为想进入或已在官场的公务员阶层的必备参考书。

二

作为一种类型，官场小说与其他表现官场题材的小说相区别的明显之处在于，这是一种以平视的视角对官场的表现，因而其对官场生态的表征也就相对更真实也更原生态。以往的很多小说，在表现官场时大都持一种俯视的角度或大历史的视野，官场往往不是被聚光放大，就是被结构化和漫画化。其中最为典型的莫过于新时期之初何士光的《乡场上》和王蒙的《组织部新来的青年人》。前者虽是一个短篇，但因其把农村官场的权力变迁置于一个历史转折的时代，因而别具象征："乡场"某种程度上也就成为官场/权力场的别称。这是一种明显的大历史的视野下的官场表象。而说官场被聚光放大是指，在很多小说中，官场被各种意识形态诉求烛照而至于凸显夸张乃至变形，如王蒙的《组织部新来的青年人》中，官僚主义成为批判的对象，官场本身的规则乃至潜规则则被忽略。应该说，官场被聚焦放大的结果，其实也是另一种失焦。这在王蒙新时期之初的反思写作中，仍有某种延续。

随着官场小说中这种平视视角而来的，是写作态度上的转变。正因为卸下了过多的意识形态诉求，在这些官场小说中，官场的真实性才逐渐显现。这一显现最为集中地体现在小说中的主人公和作者的情感态度上。官场成为主人公既向往又深感无奈的爱恨交织物，而这某种程度上正与民众/人们面对官场时的复杂心态吻合。这一复杂心态，在王跃文的官场小说中表现尤为明显。而这，也形成了官场小说的两种不同倾向，一种是以王跃文为代表的精英式的官场写作，一种是以小桥老树为代表的故事型官场写作。所谓这两种倾向的区别，主要是就作者/叙述者的立场和姿态而言的。前者如《国画》，虽然也以表现/刻画官场的规则或潜规则为主，但因为有一个作者/叙述者的强大气场在，主人公虽没有表现出对官场的俯视，但官场对人性的扭曲异化常令他自责，小说正是在这种自责（自我意识）和忘我（无我）的矛盾纠缠中推动叙述进程的。这样一种精英式的立场，使得王跃文的官场小说并不以讲故事为重，而也正是这点，他的官场小说也最为接近于现代意义上的纯文学或严肃文学。而至于故事型官场写作，则是一种典型的非精英式的官场写作，这些小说中的官场中人，虽并非全没有操守和情绪波动，虽然也向往高雅的精神生活，如侯卫东对郭兰的复杂心态所表现出来的那样（《侯卫东官场笔记》），但精神性追求终究不是他们的所长。这些小说的写作，以一种世事洞明的“讲故事人”姿态表现出来，故而有趣且能给人以教益就成为其首要目标。官场小说中所谓的“公务员必读”或“必备”参考书，主要指的就是这类，《侯卫东官场笔记》、《省委班子》（许开祯）等是其代表。

但也是后面这类官场写作，更容易见出其不可避免的人文性：大凡官场写作，很多都以官场中的权力斗争结构小说，《国画》中已有表征，《侯卫东官场笔记》（8卷本）系列更是有极为鲜明且淋漓尽致的呈现。小说中，随着侯卫东官场地位的逐渐上升，他也逐渐不断地卷入到各级官僚机构的错综矛盾中去。这一矛盾中，一个有趣且贯穿始终的，是各级党政负责人之间的矛盾——也即乡党委书记、县委书记、市委书记同乡长、县长、市长等之间的矛盾。虽然说哲学意义上的矛盾无处不在，但官场小说中这一矛盾设置的背后，仍然隐含了作者的某种预设，即官僚权力场域是一个独特的系统，每一层级必然是以矛盾推动、贯穿并为其表征的。斗争艺术的描写，某种程度上即是这些小说所给人的最大印象。

三

官场作为旧时官僚制度的别称，虽然说在现代社会中占有越来越重要的位置，但事实上，即使是从常被提及的《侯卫东官场笔记》系列也可看出，对于官场中人，官场也并非他们生活的全部，其充其量也只是生活领域的一部分，更何况是对于其他人群。这样我们就能明白，纯粹写作官场的小说在古今中外并不多见，甚至可以说非常少。因而这里就有了一个如何处理官场与日常生活空间之间关系的问题。官场小说在这方面的做法，大致倾向于以官场为核心组织情节安排叙事，日常生活空间某种程度上就成为官场的延续，充满了政治经济学的意味；而事实上，日常生活空间并不总是事关官场生态，对于那些有经验而懂得张弛有道的官场小说作者，总能在紧张的官场之外，适时安排一些私密的日常生活场景。而这，也是对人性的丰富性的有效表现。这方面，王跃文的《国画》处理得较好。小说虽然仍是以官场生态贯穿全书，但官场是被置于生活领域的错综网络中加以表现，其呈现给读者的也就是一个复杂的官场生态图。小说中，在主人公朱怀镜的官场生活之外，特别安排了一个与官场权力运作无关的生活圈，而正是这一生活圈的存在，也更让人见出人性的复杂和微妙之处。对于那些刻意表现官场斗争的小说，则大都以官斗组织情节，日常生活场景往往被压缩到很小甚至几无的部分。

而对于某些官场题材小说，官场则成为日常生活场景的延续和象征，官场成为人性表现的舞台，铁凝的《无雨之城》即是如此。更多的时候，官场和日常生活结合在一起，这一方面可以说日常生活中渗透了官场规则，但同样可以说，官场渗透了日常的阳光，彼此难分，看不出明显的官场的规则来。李洱的《石榴树上结樱桃》是后一种情况的代表，换届选举前的乡村生活，既紧张又显得风趣，既富喜剧色彩又难掩冰冷的一面。这些都是日常生活和权力交织下的景观，带有某种隐喻色彩。

官场小说大盛于今，虽可视为官场题材小说发展与演变的自然结果，但仍能从中看出时代的痕迹和烙印。就像“宫斗”成为一个类型，是因为封建宫廷被视为权力斗争的象征一样，官场也成为权力斗争的渊薮和聚焦。而事实上，对于当前中国的具体情况而言，就像《侯卫东官场笔记》中主人公侯卫东所常思考的，在中国内陆，不论经商，抑或从事其他职业，总也不能脱离官场规则的牵绊和约束，官场往往成为众多类人群无法绕开的人生场域。从这点看，官场并不只是官场中人的官场，也是中国人的重要生存方式和生活方式。当前官场小说以及“宫斗”类文化的繁盛，都可以从这当中得到理解。而就文学与“当世叙述”的关系而论，官场小说毋宁说是当前中国社会的复杂现实生活形态的集中而形象的重要表征。

第二节　官场现实写作与精英立场

一

《国画》是湖南作家王跃文的官场小说代表作，也是作为一种类型的中国官场小说的重要作品。官场在人们的日常现实生活中占有相当重要的位置，但一直以来对其投射的文学想象却多有隐喻和象征，很少有对其正面或平视的展现。《国画》在这方面多少具有突破性。这一突破性表现在，小说围绕市政府这一地方权力中枢展开情节和组织叙述，而大凡这一权力中枢所不能辐射或影响的枝蔓则大都被舍弃不用；这是一次正面而集中地展现地方官场的小说创作。小说的故事情节很简单，讲述的是一个名叫朱怀镜的人，由市政府办公厅的一个副处长逐渐升迁为市财政局副局长而后失势的官场沉浮故事。在这部小说中，官场沉浮只是引线的作用，真正引人注目的，是在这宦海沉浮之路上逐渐浮现出来的官场生活 / 生态，及其官场规则 / 潜规则对人的压抑和异化。其之所以被称为“中国官场小说开山之作”，部分源出于此。

所谓官场生活或生态，是指围绕权力的运作和更迭而于无形中形成的官场生活形态圈。权力渗透下的这一生活圈，早已打破了一般意义上的所谓“个人空间”和“公共空间”的区别，权力的影响或影子，不仅在公共空间中展开，其更在这之外的个人时空中延伸并延续。《国画》在这方面可谓独有心得。小说以主人公朱怀镜的官场经历为轴线，围绕其地位的升迁沉浮逐渐形成了一个有不同梯次的生活形态圈。这一官场生态主要表现在两个层面，一是与朱怀镜处于同一层次的阶层的交往圈。来自农村的妻表弟四毛在市里被骗并被酒店保安打伤，使得朱怀镜即使不顾亲情也要为了政府处级干部的面子而去找人；而事实上，作为副职的朱怀镜并不具有多少影响力，这使得他只好以市政府办公厅的幌子与之周旋。而这，对于外界却是十分有用，事情很顺利地得到解决，并因此而形成了一个交往圈。这一圈子包括酒店老总、派出所所长、社会名流、政府部门处长，以及市辖县领导干部。在这当中，起作用的，与其说是权力的直接运作，而毋宁说是权力的影响或潜在的权力资本。另一个层面，是朱怀镜通过与皮德裘市长/副市长的交往而形成的高层官场生态圈。朱怀镜通过关系，得以引起市长的注意，并通过一系列的努力，逐渐获得市长的青睐，官运因而亨通，由此形成一个权力圈。这一圈子中起作用的无疑是权力的直接效应。私人感情、金钱和礼物，等等，都在权力的直接效应中占有一定的位置，朱怀镜适时而稳妥地把握了这些，并因此而顺利上位。在这当中，皮市长的私人空间，就成为既有象征性的官场生态的表征，朱怀镜进入了这些私密空间，也就顺利进入了权力场。

官场小说之所以不同于改革小说或反腐小说，其主要区别在于表现的侧重点和角度上。大凡改革伟业或反腐大业之类的“宏大叙事”，虽在官场小说中偶有涉及，但并非表现的中心，其视角向下常常聚焦于官场中权力运作的规则或潜规则，以及这一规则影响下的官场中人的众生相。《侯卫东官场笔记》（8卷）中就常常以黑体加粗的形式明确标明官场规则的重要性，而就其运行及效率而言，对官场规则/潜规则的把握有时确比实干更为重要。虽然说《国画》中努力把朱怀镜塑造成一个有能力有操守的实干家的典型，但小说并没有写到朱怀镜实干的一面。即使是他升为市财贸处处长后的一系列举措，充其量也不过是一些有利于官场运行的润滑剂，并非实干或能力突出的表征。相反，对官场规则或潜规则的揣测和把握的能力，倒成为朱怀镜得以升迁的秘诀。小说中借曾俚转述他同学的“公共关系处理系统”，某种程度上即成为这一官场规则/潜规则的象征：

> 他（即曾俚的一个同学，现任某省副省长——引注）请夫人专门为他处理各种关系设计了一套软件，叫公共关系处理系统。他把需用利用的各种关键人物罗列出来，又据不同人物的身份、地位、作用等，为他们定了ABCD若干等级。譬如，省级领导为A级，若干有联系的省级领导就编成代码A1、A2、A3等等，厅局级干部就相应编成代码B1、B2、B3等等。一年到头，哪一天拜访什么人物，采取什么方法拜访，等等，都输入电脑。每天打开电脑，只需输入当天日期，再按回车键，

电脑马上就告诉你今天要去拜访A1或B3或某某，采取什么方法拜访；同时提示你今天如果没有空，或者拜访不成功，必须在什么时间之前执行完此项指令。……最有趣的是，还设计了一个所谓的“关系函数”，大致意思是随着你自己“能量分数”的升降而确定网内关系人物的取舍。……你的能量分数提高了，电脑就会提示你得舍掉某某级的关系。这主要是保证关系的有效性，同时让你集中精力处理好有用的关系。①

这一做法表征的是这样一种约定俗成，即官场是高度有机的“功能整体”系统。对于这一系统的运行而言，功能或效率常常是首先需要考虑的问题，而至于这一系统运行之外的诸如是非或正义等世界观或价值观、个人的尊严与价值，以及自由和民主等普适主义，就常常显得无足轻重可有可无了。小说虽然努力塑造朱怀镜的高大形象，但事实上，朱怀镜却是一个是非不分黑白不明的人物。他两次干预曾俚的新闻报道即是最明显的例子。一次交通事故，数十个生命的死亡；乌县假种案，农民两千多万元的损失，等等这些，在朱怀镜眼里竟都没有政治安定来得重要。这种政治高于一切，视人民财产和生命如无物的做法，在官场小说中常有表现。这是一个官场规则／潜规则和权力的逻辑运作于其间的空间，是一个只讲政治和利益，而无关真实、正义与道德的场域。虽然官场摸不着看不见，《国画》还是给我们还原了一个较为真实而现实的官场生态景观。

二

虽然说官场规则／潜规则是作为官场现实生态被表现出来，但作者／叙述者仍似显得进退失据犹豫不决。这一态度上的保留，表现在小说人物关系的设置和情感倾向上。而我们也知道，人物关系的设置，在小说中某种程度上体现的是作者对社会现实及其表现对象——在这里即为官场生态——的认知和态度。

---

① 王跃文：《国画》，江苏文艺出版社2011年版，第172—173页。

小说中，在主人公朱怀镜的身边，主要包括两类人，一类是官场中人，这些人构成小说人物群像的主部，他们虽然性格各异，命运分殊，但在对待官场规则 / 潜规则和权力的逻辑的态度却是惊人的一致，他们的行止也无不以此为原则。另一类则是与官场格格不入的人群，如画家李明溪、记者曾俚、酒店女副总玉琴、画作装裱店卜老，等等。他们行事有自己的原则，或本于内心的召唤，或执意于对真理和正义的追求，或求取现实之外的超脱；可以说，他们虽然身处于官场现实语境之中，但实际上都是活在官场现实之外的人。他们面对现实别具一种超越的眼光和独有的态度。在这当中，李明溪和曾俚构成了对现实的两种典型态度。作为记者的曾俚，有一种实事求是的精神，直言不讳和针砭时弊，敢于同权势作斗争，表现出的是介入现实批判现实的态度；而李明溪，则因其与国画的关系，表现的则是一种遗世独立地对现实的漠然、嘲讽乃至怀疑的态度。这样一种正反对照的人物关系的设置，不难看出作者 / 叙述者有意要把朱怀镜塑造成一个与张天奇、柳秘书长等官场鼠辈不同且不俗的官场人的意图。他既融入官场，但又与官场保持一定的距离，既世俗又脱俗，既追求金钱和权力又有自己的操守和原则。在这样一个官场“中间人物”身上，体现了作者 / 叙述者对待官场的复杂态度。前一种人，即官场中庸碌之辈，作者的态度明显，否定和批判的倾向鲜明，但他们其实构成官场的现实生态，是官场现实的集中体现，不以作者 / 叙述者的主观意志为转移。而也正是如此，在这官场现实之外的李明溪和曾俚，一个疯掉了，一个远走他乡。他们的存在和命运，一方面反照着官场现实的切实而强大，另一方面也表明了作者 / 叙述者的批判态度和忧患意识。王跃文说“这是一部孤愤之书，也是一部忧患之书”[1]，正体现于此。而事实上，即使是主人公朱怀镜，他对这一官场现实也是爱恨交织欲罢不能的。在未进入前，是充满渴望，一旦真正融入，又总想与之保持若即若离的关系。而这，某种程度上正可视为广大民众对待官场的复杂心态的表征。

① 王跃文：《国画》，江苏文艺出版社 2011 年版，第 464 页。

三

一方面是（作者 / 叙述者）对官场生态的正面表现，一方面是（主人公朱怀镜）对官场升迁的渴望，一方面却又是（作者和主人公）对官场的审视和保持距离，这一矛盾贯穿小说的始终。而也正是这一点，决定了小说官场叙述中的精英立场，其某种程度上也开创了中国官场小说中精英写作的重要一脉。这一精英立场表现在，既承认、面对和融入的同时，又有保留和批判的矛盾态度。矛盾心态的程度，正可表明官场写作中的精英立场的倾向性程度。相对而言，非精英式的官场写作，则很少有这种举棋不定犹豫不决。曾俚和李明溪的处境表明，任何忽视或回避官场现实的人，都将被官场现实所抛弃；而若无条件的投入其中，又似乎显得庸俗且媚俗。朱怀镜的“中间人物”形象特征，正好表明了作者的这一立场和复杂态度。这是一种平视的有距离的批判，平视表明了作者的立场，批判表明了作者的态度，有距离则透露出作者的矛盾和犹豫不决。

另一方面，这样一种精英立场，还表现在小说形式上的不以追求故事情节的引人入胜为主。小说虽然是围绕市政权力中枢展开叙事，但叙述进展其实十分缓慢，有很多枝蔓。王跃文在《国画》重版时指出“我的原意是把生活本身的模糊，直接投射到文本形式上”[①]，“生活本身的模糊”呈现于小说的“文本形式上”，表现为一种叙述上的看似随意而散漫。小说没有贯穿始终的故事情节，也没有推动情节的矛盾冲突，一切以一种官场现实生活“流”的形式表征呈现，小说之不分章节浑然一体，正在于此。但作者又说，这一切背后有“一只看不见的手”在掌控人的命运沉浮，任你挣扎奋起或是沉沦，也“只能在无可奈何的喟叹中顺应那只手的操纵”，“尽量调整好自己在这只巨掌中的姿态而已”。可见，生活虽看似漫漶无序，但其实有一种强大的秩序存在，在这强大的现实面前，任是“反抗者”、“运作者”，抑或“观察者”或“思考者”，都似乎已无足轻重。王跃文这部小说所深深触动我们的，正

① 王跃文：《二十年小说创作之检讨》，《国画》，江苏人民出版社2011年版，第464页。

在于揭露与描写了官场中尚存在的这种混沌和无奈，及其无力无为的深沉悲哀。

第三节 官场游戏与情爱修辞学

看完南飞燕的中篇小说《暧昧》，很多人都会想起发生在三四十年代香港和上海之间的倾城之恋的故事。当年范柳原和白流苏互相间的试探和博弈都在聂于川和徐佩蓉的身上一一重演，而徐佩蓉的那种作为离婚女人的苍凉和孤注一掷更是酷似当年的白流苏，两人身世处境的相近和命运的多桀都暗示着历史的循环和不义。但若以此认定南飞燕只是张爱玲隔代的传人或新世纪的徒孙，则显然是一种善意的误读，而毋宁说南飞燕是在对张爱玲的敬礼中有意识地倒戈一击，其背后呈现或表现了作者及叙述者自己的思考。

在张爱玲的小说中，男女之间虽有种种缱绻情爱但却几无爱情，其笔下女性不论新旧现代传统，似乎都不能免于现实的纠葛而难以做到痛快而纯粹地痴爱傻恋，而《暧昧》中的女主人公徐佩蓉却是一个纯粹的爱情至上主义者，丈夫背叛，这本是官场生活中常有的事情，她却执意离婚，但离婚后又与前夫和公婆有密切的往来，其离婚某种程度上成为对纯粹爱情的姿态和立场。而反讽的是，当她回过头来把爱情的橄榄枝重新抛向大学时代的梦中情人聂于川时，聂于川已非当年的聂于川，刚刚丧偶且膝下又有一子，想玩点男女情爱却又不愿负责，现实中的他其实只是一个庸俗而无聊的男性，因此，与其说徐佩蓉是想在聂于川身上重新拾回当年失去的爱情，不如说她是在表达对理想之爱的固执和想象。如果说现实之爱的挫败（离婚）使她退守到理想之爱的幻想的话，那么此时聂于川对她的态度的暧昧则使她的理想之爱有如绚丽的肥皂泡一样纷纷破灭。现实中的暧昧击碎了徐佩蓉对爱情的想象，留给她的就只能是在暧昧的游戏中坚守或保留对爱情的想象或幻想，暧昧/爱情之间难分轩轾，而又隐然对立，贯穿于小说叙述的始终。如果说暧昧只是一种模糊而朦胧的两性情爱的话，倒更接近我们传统理解中的爱情。中国古代文化传统中的青楼女子和文人之间的情爱即带有这种特点，其作为婚姻生活之外的补充倒也能生出无尽的浪漫情事，但世事变迁，今非昔日，当这种情爱只作为拒绝明白的表达而只追求所谓的距离和过程时，这样一来暧昧就反成了对爱情的劫持，对于寡居的徐佩蓉而言，更是无异于一场赌博：在暧昧与爱情之间的博弈和选择。这两者之间是如此地靠近，却难以跨越这鸿沟，无怪乎连聂于川这样的暧昧高手都难以决定而进退失据。

但细细品之，我们发现，暧昧其实并非无往而不胜，其不仅要视对象的不同，更要视暧昧的策略和方法，以及暧昧的目的和性质。如若双方都只求暧昧而无其他意图，如古代文人和青楼女子之间的情爱般，其可能是锦上添花，而若暧昧只是一厢情愿，或夹杂了种种隐秘的想法，则可能变雅为俗而有伤美感了。小说中聂于川就陷入了这样一种暧昧的两难之中，他想和徐佩蓉暧昧下去并从中获得政治资本，但徐佩蓉的特殊背景——和钟厅长的特殊关系——又使他犹豫不决，难以做到全身而退，其结果是暧昧不成反而陷入了情爱的泥淖，最后竟阴差阳错冲动之下立意要娶徐佩蓉为妻。

而“暧昧”其实也并非情场中的专属，若加考证，所谓暧昧如《现代汉语词典》云：即态度、用意含糊，不明白；也指行为不光明，不可告人之意。而据《王力古汉语字典》解释，暧和昧其实都指昏暗不明之意，是为同义反复。看来，其精要就在于似是而非和难以把捉处，若施之于情场，则能变男女情事为若即若离若明若暗间的朦胧美妙，使得情事也变得富有美感和质感。小说《暧昧》就是这样一部男女情事间的暧昧修辞学，其能把男女互相间的调情和试探写得回廊曲折柳暗花明，竟使得形而下的暧昧情事也变得具有了审美上的深意。中国古典美学向来注重境界的朦胧和微妙处，所谓雾里看花、曲径通幽等即此，其表现为感觉，又往往是说不清道不明，于是也就有了羚羊挂角、大音希声和大象无形等玄妙神秘的说法。这些玄而又玄的表达，反不若南飞燕的“暧昧”之说来得形象具体可感可触，其能把朦胧的美感向下而变为暧昧的美学，实是功莫大焉。而其小说以“暧昧”为题，不惟情场的写照，而实则是穿梭出入于情场和官场之间，写尽了情事和官事的种种起承转合和微妙处，其难以言传或许只能以“暧昧”名之。其施之于情场，能变男女情事为若即若离若明若暗间的朦胧美妙，而若施之于官场却是另外一回事了。

以小说《暧昧》而论，其官场写作有刘震云小说中官场之个种三味。如果说刘震云的官场小说是其重写历史的冲动之一部分的话，那么南飞燕的官场则显然是其营构和想象爱情神话之冲动下的一种别有用心的副产品。南飞燕本想写出暧昧的流风余韵，但却发现暧昧之于爱情的不伦和难以逾越，其结果暧昧不成反被缚，暧昧最终走向了现实的婚姻。如此看来，爱情对于徐佩蓉只能作为永远缺席的“在场”而存在，其在而不在的悖论预示着任何对爱情的纯粹的追求都将化为泡影，小说的最后，徐佩蓉只能对着那“并不存在的结婚照，幸福而暧昧地笑了起来”。但反讽的是，此“暧昧”已非彼“暧昧”了。如果说“暧昧”之于聂于川是两性之间关系的一种态度上的模糊和不即不离的话，那么这时的“暧昧”对于徐佩蓉则成为一种行为上似是而非表里不一了。表面看来，聂于川始终处于一种主动的地位，而实际上却是，作为暧昧高手的聂于川反不若看似幼稚而简单的徐佩蓉的高明，她一步步运筹帷幄，一点点精心算计，不经意间竟成了暧昧的高手。而惟其有意思的，不论他们的暧昧手段如何高明，徐佩蓉苦苦寻求的幸福竟是“一场可笑的官场变局”促成。就像当年的一场悲剧和一座城池的倾颓成全了白流苏的幸福，所谓倾城之恋竟然可以是废墟上的爱情或恋情，而徐佩蓉的爱情或恋情却是可笑的官场变局的产物，情场和官场原来竟可以如此轻而易举地转换，看来，南飞燕笔下的情场就是官场，其写情场也是在官场。

与其说聂于川最后拒绝政治的诱惑是出于对爱情的想象和坚守的话，不如说是出于对官场变幻无常的一次决绝。官场如若情场，暧昧就不再美妙而更多是一种对以往官场神话的反讽；而若情场即如官场，情场中尚有爱情的想象可为依托，官场中又何堪以凭借？或许只能如小说《暧昧》所呈现的那样，官场实乃情场，如能在虚幻的爱情中求得想象中的平衡和完美，又何必去执着什么真假对错呢？这是否就是南飞燕这篇小说留给我们的思考和启发，我们不得而知。

第四节 乡村政治与精神家园

《带灯》（人民文学出版社 2013 版）是贾平凹最近出版发表的一部长篇新作，讲的是一个叫带灯的乡村漂亮女干部的故事。这部小说，就情节组织和人物形塑而论，无甚独特和突出之处；其在叙述语调及语言风格上也看似琐碎而笨拙；但若放在贾平凹小说创作的脉络上来看，却是一个新变和突破。

贾平凹的小说创作有自己一向稳定的风格，但不为其所限，流风余韵所及，每每有新的拓展和发挥。其自从创作以来，风格几经变化，在在显示出贾平凹文学创作上的锐意进取精神和潜能上的无限伟力。时隔长篇巨制《古炉》出版后不到两年的时间，又一部长篇力作《带灯》问世，并有新的气象显现，这在当代作家中，实为不易，为世人所难及。贾平凹的小说探索充分显示了中国文学中“可持续发展”的一面。

一

关于这篇小说，可以谈论的地方很多。首先让人诧异的是题材上的出新。小说涉及上访这样一个敏感的话题，这在贾平凹的创作中，尚属少见。涉足上访这一题材的小说创作，在七八十年代较多，其中比较著名的有柯云路的《新星》，近几年来也有不少作品出现，如《无路之路》（李乃庆，群众出版社 2010 年版）、《信访办主任》（张育新，贵州人民出版社 2010 年版）、《上访村谜语》（薪薪，作家出版社 2012 年版）等；之前又有刘震云的长篇《我不是潘金莲》（2012）问世。刘震云笔下的上访，只是提供了主人公李雪莲为解决或表达人生困惑的途径和逻辑链条。上访在李雪莲眼中并不仅仅是上访，而是表达对人生荒谬的某种抗争。与刘震云从象征的角度写上访不同的是，贾平凹采取了写实的笔法，小说中的上访，是以一种略带自然呈现的形式表现出来的。

这是一种看似不带感情色彩的呈现，因而也更给人一种混沌的真实感。这与前面几部要么从揭露上访的艰辛悲壮，或者官场的混沌黑暗入手写作上访也不尽一致，也并非那种从精神不正常的角度去任意上访者，这是一部乡镇负责上访的综治办干部带灯眼中的上访实录。而说这是一种自然呈现，是因为带灯的那种超然的态度。她不是本地人，她也无意融入其中，她有文化，她是乡村的知识分子，故而始终带着一种“他者”的眼光去看取这一世界，这既不是一种批判的眼光，也不是认同，而是一种边缘立场和态度上的自觉。而也正是因为这种立场，就有了混杂着多重感情因素的悲愤、同情和无奈：既哀其不幸，又愤其无行；既恪守乡镇干部的职责，又对这种责任深恶痛绝。如果说，文学的价值某种程度上取决于距离简单和粗浅之远近的话，那么《带灯》的意义正在于呈现了一个既不同于主流意识形态或各类媒体所叙述和塑造，也不同于学术研究中的枯燥冰冷的描述之外的另一种别样丰富的景象。

而也正是这种超然的不含批判的视角，某种程度上泄露了作者 / 叙述者的意图，即借带灯之口表达了对上访现象的客观而独特的思考。小说以带灯这样一个女子的视角思考了中国乡镇中上访这一现象的原因：“以前不法治的时候，老百姓过日子，村子里就有庙，有祠堂，有仁义礼智信，再往后，又有着马列主义毛泽东思想，还有以阶级斗争为纲的政治运动，老百姓是当不了家也做不了主，可倒也社会安宁。现在讲究起法治了，过去的那些东西全不要了，而真正的法治观念和法治体系又没有完全建立，人人都知道了要维护自己利益，该维护的维护，不该维护的也就胡搅蛮缠着。”（带灯）这种立论的逻辑似乎是，司法制度不完善的社会，才会滋生上访的不断涌现。虽然说，这种从法制与上访之间关系的角度立论确实是切中要害，但事实上并不见得有多新意之处。因为显然，上访现象的出现并不能溯源于司法制度的不完善，虽然说司法制度的不完善也曾催生了上访现象的增多。这里面涉及的是源和流的区别。上访问题的频发可以从法制的层面加以解决，但并不能根治。法制的层面涉及的是治理和治理术，而上访的内在层面却应该是伦理和公平问题，是人民能否以及如何才能当家作主的问题。

随着中国政治生活中维稳和建设和谐社会目标的提出，上访作为一个尖锐的政治问题被适时凸显和放大。在西方，可以以法律的程序加以解决的问题，在中国却只能以一种介于法律和政府行为之间的方式加以解决，就此而言，上访这一现象确实是中国特色。但这又是古代的审判制度同现代中国的权力结构结合下的产物。上访体现的是一种寄希望于青天大老爷从天而降解决民意的思想，故而上访者的逻辑是，一直往上告，直到最高等级权力的介入。小说中，带灯被十三个乡村妇女奉为“菩萨”，柯云路的《新星》中李向南被视为“李青天”，即可以看出这点。另一方面，就像《新星》等小说所显示的那样，信访又是沟通官民隔阂的一个通道和打破科层制的一种手段，从这个角度看，这又是现代民主和反官僚主义的一种体现。上访在今天的中国社会生活中成为一个问题，自有其历史现实的原因，而对其的根治也有赖于一种社会的公平公正和在此基础上的制度的完善，而不是其他。贾平凹在这篇小说中表现出的对上访现象的看似客观的呈现，正表明了作者思想上的局限和态度的犹豫不决。他既对上访现象的复杂混沌举棋不定，又认识不到这其实也是一个道德伦理问题，而不仅仅关乎司法制度的完善与否。

二

虽然《带灯》写了信访这样一个题材领域，但对贾平凹而言，关键并不在于信访 / 上访本身。贾平凹无意借带灯这一人物形象来深入探讨信访及其涉及的重大理论或现实问题。恰如小说名《带灯》所显示的，“带灯”这一人物才是小说的关键。带灯原名萤，其取名带灯源于突然顿悟萤火虫“自行带了一盏小灯”之意，因而带灯就有了自我完满和自足，以及自己照亮自己的意味。如若再去联系带灯的工作环境，这一寓意就更为明显。

带灯在乡镇综治办工作，因而对社会的黑暗和人性的复杂也最为有深刻的体会，但她并不为识见所左右。上访者们既有蝇营狗苟的一面，也有他们的可悲可叹处，正所谓可怜者正可恨。她日日面对的是一个最为混沌也最为真实的社会面向，她身处其间，但又不愿沉溺下去。她对自身的身份位置也有清醒的认识，她既清高，也很世俗；她知道自己的职责所在，但又常常为自己的好恶所左右；她想时刻保持一种清醒，“带灯”这种自我圆满之意正表明她的一种态度。但她也知道，这种个人的自足其实是微不足道且十分微弱的，她只能把自己的希望编织在对永远缺席的元天亮的倾述中，故而面向虚空的倾述往往成为她获得自我平衡和圆满的方式。这其实是一种永远无法抵挡的圆满，是对自己的逃避和回避。

贾平凹写作这一小说，其实是表达了一种无可奈何之意。自然和社会环境的下滑，是微弱的人力所不可也不能改变的；在这样一个残缺的环境，能出淤泥而不染，仅仅洁身自好是远远不够的，首先要能抵挡出外界的污染和诱惑，其次是要耐得住寂寞和孤独。贾平凹通过塑造带灯这一形象，某种程度上正表达了自己的困惑和思考，即如何在时代巨力推动下保持个人的完满自足状态和内心的平衡。对于这一点，或许只能是反求诸己，向内伸展，而不可能是向外，用贾平凹的话说就是“环境的逼仄才使得她的想象无涯”（《带灯·后记》）。小说中，元天亮的形象的意义正在于这样一个内面性，小说中，元天亮的始终缺席和未出场正说明了这点。事实上，元天亮无须也不必出场，其在小说中和在带灯那里，是作为内心的一个镜像出现的，带灯通过写给元天亮的信，其实也是在自己同自己的对话和交流。另一方面，这一虚拟的对话者又不仅仅是另一个自我。这是一个带有启蒙意义上的具有引导作用的“他者”形象，他引导带灯处浊世而不昏，于现实中而不至于沉没。他是带灯心灵里的光（天亮之意？）。这就形成了小说中一个极鲜明的对比，一面是内心的抒情和至美，一边却是现实自然的日渐毁灭，人心的不古；两相对读，就会发现，小说中带灯的形象越是如空谷幽兰，其内在散发的悲哀和无奈就越是沉重。贾平凹其实是在以写实和抒情写大悲哀和大悲悯。

小说中元天亮的角色很重要，虽然这个人物始终没有出现，但对小说的结构和带灯的性格塑造至关重要。他就像是“缺席的在场者”，就像沉闷现实的彼岸世界，是黑暗里的明灯，正因为有了他，带灯在乡间的生活有了希望，有了光。在这部小说中，带灯的形象使我们想起了新中国成立初的农村题材小说如《山乡巨变》，以及《许茂和他的女儿们》等小说，同样是外来者的带灯，她不是蹲点，是来工作。但她是封闭乡村的异己。她不同于《山乡巨变》等小说中的外来者那样携带来现代的权力，她携带的是知识，是情调，是与乡间的格格不入。全镇人长虱子，她身上没有，即可以看出。她一方面很难融入乡间生活，另一方面她又不愿离开，身陷这一矛盾中而能始终保持平衡，其力量无疑来自缺席的元天亮。她靠着给元天亮的写信，靠着对元天亮的一厢情愿式的想象，使她的乡间生活也有了诗意，她是在用她的诗意达到对乡间沉闷生活的稀释。

但问题是，如何才能达到这两方面的平衡——既保持距离，又能融入其中？从这里可以看出贾平凹之受禅宗的影响之深。一边是混沌的世界，一边是彼岸的灯塔，带灯就在这二者之间。她身处“浊世”，而又能自我救赎，这靠的就是禅宗意义上的顿悟。但这是世俗的自身提升，既不是哲学家修行者们的顿悟，也不是靠什么灵光乍现。这只是一种自己对自己的“内面化”和对象化，是美学上的物我两忘。带灯就是这样一个现实中的审美者。从这里也可以看出贾平凹仅仅是一个小说家，其所谓的反求诸己，并不是哲学上的沉思。他的小说极富生活底气与地气，同时又极具象征。

三

应该说，《带灯》在贾平凹小说中的独特意义，还在于一种新的文体上的实验。关于这种文体实验，贾平凹在小说的后记中有明显表露：“《秦腔》、《古炉》是那一种写法，《带灯》我却不想再那样写了”，他要“寻到一种适合于（你）要写的内容的写法”[1]。而且事实上，也确实是小说的内容造就了小说的文体。这种新的文体形式的最大特点是，整体上看为一部完整的长篇，分开来却是无数在逻辑上并不必然或严格关联的叙事，这些叙事则由大量的小标题标明。故而形成了小说结构上的丝线串珠的形式，以把这些小标题连缀而成一部长篇。小说虽然由上中下三部组成，但三部分之间其实并不协调。各部分间的小标题更是看似随意，小标题所在各小节也是长短不拘，长的数千字，短的部分则不过百。这就有点像贾平凹以前创作的笔记体小说，但他此前的笔记体，大都是中短篇；而即使在形式上类似于《商州初录》和《商州再录》，实质上又有不同。《商州初录》等中，各节之间没有一

① 贾平凹：《带灯·后记》，人民文学出版社 2013 年版，第 360 页。

以贯之的人物，在《带灯》中则有。

这是以人物串珠的结构形式，即所有一切都是在带灯的眼中、笔下或围绕带灯这一形象依次呈现的。正因为一切都是围绕带灯而展开，故而某种程度上带灯的性格往往决定了小说叙述的面貌。换言之，在这部小说中，写事其实是为了写人。故而小说中的其他人物也都是在带灯的视野内依次登场，虽显得极为琐碎而散漫，但有内在的连贯和生气灌注。这都是经过了带灯的情感过滤过的，因而也无不具有抒情色彩，即使是小说中的药方和政策条文也都具有了美感而不仅仅是公文或应用文体了。而小说的琐碎繁复也都能从这里得到解释。小说结构上的随意和漫不经心，也尽皆如此。或者反过来理解，对事的叙述，其实也可以看成是带灯性格表征的折光。带灯是一个感性和理性相互冲突的人，这也就决定了小说中散乱和凝聚相交织的文体风格。面对现实和处理实际问题时，带灯虽然较为理性自制，但作为有文化而又带有小资情调的知识分子，又不免有异乎寻常的举止，这在乡民眼里，简直是不可理解。正是带灯的矛盾性格造成小说结构上的跳跃和内在的连贯，而贾平凹的新的文体实验也正表现在这里。这是一种以人物的性格特点带动叙事，而不是以对人物性格的塑造或借人物性格的发展来推进故事进展的模式。在这篇小说中，叙述者 / 作者隐退了，不是作者 / 叙述者在控制带灯的言行，而是带灯的性格发展在引导叙述者 / 作者的叙述。小说既不意于故事的讲述和性格的塑造，也不意于人物塑造中凝聚文化的象征意味。

换言之，带灯的性格从一开始就定型了，她是一种“扁平式”的人物，但这一人物又不能仅从象征的角度去理解。因而也就造成了小说中近乎自然式的写实和纯粹的抒情的奇怪的交错，以及应用文体和文学文体的结合。小说中多次出现，如药方、规章制度、工作记录等诸如此类直接入文的做法。这看似破坏了传统文学文体的纯洁性，但其实是创造了一种新的文体风格。一种既不同于散文小说，又不同于后现代谐谑式的杂糅拼贴，同时又兼具散文小说的结构特点和杂糅风格的新的文体形式。贾平凹曾用“沉而不糜，厚而简约，用意直白，下笔肯定，以真准震撼，以尖锐敲击”[①] 来概括这部小说

① 贾平凹：《带灯・后记》，人民文学出版社 2013 年版，第 361 页。

的文字风格，但这只是文字风格的一面。事实上，它时而华美，时而朴拙，时而流畅，时而滞阻，时而拘谨，时而奔放。这形成了《带灯》所独有的反讽的品格：一方面是绚烂之至的流露与表白，一边却是滞缓迟胀的罗列与呈现；一面是冷静不动声色的叙述，另一方面却是深深地不易察觉的苍凉和无可无不可。如此种种，在贾平凹的小说中，确是不多见的。

四

小说的开头，元老海带领山民阻拦高速公路经过樱镇一事极有象征意味。保全了樱镇的风水，却并不能阻止“开发的时代”（小说语）的脚步。即使是因开发老屋而风流云散的虱子也飘到樱镇，从此樱镇除了带灯和竹子，人人都有了虱子。高速公路没有经过，山区人的宁静的生活却是一去不复返地发生了改变：从开发时代的邻县矿上回来的农民纷纷得了不治之症，上访事件的增多，还有就是他地的变化引起的本地人心态上的变化，等等。从这个角度看，带灯形象之虚妄和浪漫性，恰好对应于田园的即将逝去和永不复返，带灯恰恰成了这一将逝家园的守灵人。结尾处，带灯也染上了虱子，并换上了夜游症，她不仅分不清日夜，就连现实和想象界的差别也模糊了：一觉醒来，她竟把给元天亮的信里的话讲给了他人。而这也意味着，带灯已不复原来的带灯；家园业已倾颓，要想诗意地栖居又如何成为可能？

在贾平凹的小说中，城与乡既是其永恒的话题，也是构成其小说结构的两极，带灯自城市毕业重回山野，并立志后半生要老死在山野，这自不同于毅然走向城市，也迥异于那些在城市和山村之间徘徊的贾平凹的主人公们，这个角度看，《带灯》在贾平凹小说中的重要性和独特意义十分明显。但反讽的是，当带灯从城市退守僻野时，却发现，即使氤氲混沌如樱镇，也终不能守住一片纯净的天地。重回家园的带灯，终发现，家已不再，她真正是无家可归了。而这，细心的读者想必会有自己的答案。

结　语　文学应重建作家同现实的“审美关系”及其“当代性”

近几年来，随着贾平凹《带灯》、余华《第七天》和苏童《黄雀记》等小说的陆续出现，文学与现实的关系问题重被提上议程。虽然文学已不再仅仅是现实的反映或翻版，但人们仍希望从中了解、认知并介入现实，文学理应提供针对现实的持续而深入的思考。但事实是，当作家们越来越强烈而有意识地试图表现并“干预”现实时，却往往离现实越来越远。这其中的原因或许还在于创作背后强大的知识分子精神传统的存在，而也正是因为这一若隐若现的精神传统，使得作家们并不能很好地正视现实及其存在的问题。

所谓精神传统，体现为知识分子写作时的身份自觉和文化认同，这既是古代或现代知识分子独立人格的延续，也是超越现实之外的异己力量之表征。对于新中国成立后50—70年代的文学，甚或当前的“主旋律”写作，我们或可指责其因主体性的缺失而导致现实表象的“概念化”、“模式化”，但精神传统的彰显及其过于膨胀，同样也会造成现实的“矮化”甚至扭曲。在这当中，我们应该注意两方面的问题，一是如何重建作家与现实的“审美关系”，二是如何重建文学表征现实的“当代性”。

作家同现实的审美关系，既是衡量文学表征现实的真实性的程度，也是衡量作家反思自身的有效尺度。

作家同现实的审美关系，虽非新题但却普遍为作家们所忽视。这是一个双向互逆的过程，其要求作家在审视现实的同时，也要时刻旁观审视自己，但事实上很多作家却缺乏审视自身的意识与勇气。这也是为什么中国少有真正的批判现实主义作品的重要原因。批判现实容易，审视自身却何其难！鲁迅作为文学史上为数不多的例外，他在批判现实的同时，始终没有停止对自我的决心自食与严酷解剖。对于当下的大多数作家，他们一方面强烈地意识到文学发展的日趋边缘与“小众化”，强大的精神传统的存继是他们安身立命并以此获得自我身份认同的重要保证，但另一方面他们又自恃这传统的强大与强盛，因而在面对“混沌”的现实时往往不自觉地采取一种“高高在上”审视的批判的目光，并不能真正做到客观和冷静。其结果是现实在文学中的表征，往往以一种整体上高度象征化的隐喻方式，或细节上“零散化”的“现实植入”的方式呈现出来。在这样的作品中，我们看不到或很少看到作者独有的个人面影，看到的只不过是其背后强大的知识分子精神传统。这样的作品虽然也极具风格化，但终究没有作家自身精神特质的存在与介入。对于这样一种倾向，重建作家同现实间的“审美关系”就显得尤有必要。这是一种创作前后和作品内外的双重关系之体现，表现在作品中是指作家“生活”在他所创造的现实表象中，并作为作品的人物形象的一部分呈现。换言之，作家在创造出现实表象的同时，也在创造出作家的精神自我。从这样的作品中我们不仅能看到现实的多面向与多维度，也看到真诚的、挣扎的、困惑的和努力着的作者的面影，这不是站在沸腾的生活之外的，而是与现实一起变动着、思考着的作家形象。因此，重建作家同现实的“审美关系”，关键还在于作家自身思想观念上的自省与转变。

表征现实的“当代性”文学，既是一种超越当下现实表象的文学，也是一种“在场”的文学。

文学不仅要表象现实，更要表现出对现实的思考、探索和追问，这一探索思考的深度和力度就是“当代性”。“当代性”首先是一种时间意识。这是一种从当下获得永恒的时间经验，和立足当下而又意在超越的辩证过程。它首先拒绝对生活人为的本质化，它也不是生活的零散化的呈现。这是一种生活在碎片化的时代里重建精神家园的努力。生活本身可以荒诞不经，混乱不堪，没有方向感，但置身其中并对其加以表象的“当代性”文学却必须能从中挣脱，建构起自身的总体性视野。对于作家而言，这一总体性视野的获得必须建基于其与现实间的审美关系而非某种意识形态的预设，作家必须首先把自己置于这一发展着的变动不居的现实中，与生活同呼吸而后才可能有所超越。“当代性”也不是当下性。当现实亦步亦趋甚至以“新闻事件”的形式进入文学的时候，这样的文学虽然切近当下现实，但并不是“当代性”的文学。如果说文学表现与现实进程同步是一种当下性的写作的话，“当代性”的文学显然别有怀抱。“当代性”的文学要求作家既要“活”在当代又要“活”在作品叙述当中。这是一种“在场”的文学，作家既要介入他的作品表现的火热生活，也要“在场”地思考。这不是冷眼旁观，这是一种立足于现实中的对现实展开的思考。“当代性”并不拒绝对现实的隐喻或象征，相反，只要这一隐喻或象征不是一种先入之见，不是一种价值预设，而是一种生活的整体性“在场”，这样的隐喻便能给读者以某种启发甚或启示。同样，“当代性”的文学也并不仅仅限于表现现实，“当代性”也不必然是一种题材上的限制，某种程度上，它只是从当下获得永恒的独特视角。

对于今天的读者来说，文学的现实性早已不是什么新鲜话题，但即使是这样的老生常谈其实也并没有穷尽。文学只要表现“人在现实中心的存在”，对现实主义的追求便必然是文学的题中之意。虽然说“人”的中心位置不容置疑，但如果文学仅仅以人类中心主义的精神姿态来组织现实的表象，这样的文学虽然格外充满气场，其所表现的却无论如何都难说是真的“现实”。真正的有着现实主义抱负的文学，必须是作为作家及主人公的“人”与现实间的双重互动的审美关联之表现。文学终究不是现实的镜子，文学在创造现实表象的同时也在创造作为主体的“人”的位置。

参考文献

中文书籍

北岛、李陀主编：《七十年代》，生活·读书·新知三联书店 2011 年版。

薄一波：《若干重大决策与事件的回顾》，中共中央党校出版社 1991 年版。

蔡翔：《革命/叙述——中国社会主义文学——文化想象（1949—1966）》，北京大学出版社 2010 年版。

曹惠英：《知青题材小说研究》，北京大学中文系博士论文 2003 年版。

曹文轩：《中国八十年代文学现象研究》，北京大学出版社 1988 年版。

陈国球：《文学史的书写形态与文化政治》，北京大学出版社 2005 年版。

陈建华：《革命的现代性：中国革命话语考论》，上海古籍出版社 2000 年版。

陈美兰：《文学思潮与当代小说》，武汉大学出版社 1994 年版。

陈平原：《文学史的形成与建构》，广西教育出版社 1999 年版。

陈思和：《中国新文学整体观》，上海文艺出版社 1987 年版。

陈思和：《中国当代文学史教程》，复旦大学出版社 1999 年版。

陈晓明：《表意的焦虑》，中央编译出版社 2003 年版。

陈晓明主编：《现代性与中国当代文学转型》，云南人民出版社 2003 年版。

程光炜编：《重返八十年代》，北京大学出版社 2009 年版。

程光炜：《当代文学的"历史化"》，北京大学出版社 2011 年版。

戴锦华：《涉渡之舟——新时期中国女性写作与女性文化》，北京大学出版社 2007 年版。

邓小平：《邓小平文选》，人民出版社 1983 年版。

董之林：《走出历史的雾霭》，陕西人民教育出版社 1991 年版。

甘阳编：《八十年代文化意识》，上海人民出版社 2006 年版。

高秀芹：《文学的中国城乡》，陕西人民教育出版社 2002 年版。

高玉：《现代汉语与中国现代文学》，中国社会科学出版社 2002 年版。

郜元宝、张冉冉编：《贾平凹研究》，天津人民出版社 2005 年版。

葛红兵、朱立冬编：《王朔研究资料》，天津人民出版社 2005 年版。

顾洪章主编：《中国知识青年上山下乡始末》，人民日报出版社 2009 年版。

顾昕：《中国启蒙的历史图景：五四的反思与当代中国的意识形态之争》，香港牛津大学出版社 1992 年版。

郭小冬：《中国叙事：中国知青文学》，花城出版社 2005 年版。

何言宏：《中国书写 —— 当代知识分子写作与现代性问题》，中央编译出版社 2002 年版。

韩毓海：《诗学的重建 ——1991 年小说叙事研究》，北京大学中文系博士学位论文 1992 年版。

何新：《艺术现象的符号 —— 文化学阐释》，人民文学出版社 1987 年版。

贺桂梅：《批评的增长与危机》，山西教育出版社 1999 年版。

贺仲明：《中国心像 ——20 世纪末作家文化心态考察》，中央编译出版社 2002 年版。

洪子诚：《当代文学的概念》，北京大学出版社 2011 年版。

洪子诚：《中国当代文学史》，北京大学出版社 1999 年版。

洪子诚编：《二十世纪中国小说理论资料》（第五卷），北京大学出版社 1997 年版。

洪子诚：《问题与方法》，生活・读书・新知三联书店 2002 年版。

洪治纲编：《余华研究资料》，天津人民出版社 2007 年版。

黄发有：《准个体时代的写作》，上海三联书店 2002 年版。

黄曼君主编：《中国 20 世纪文学理论批评史》，中国文联出版社 2002 年版。

黄子平：《沉思的老树的精灵》，浙江文艺出版社 1986 年版。

季红真：《文明与愚昧的冲突》，浙江文艺出版社1986年版。

金观涛、刘青峰：《兴盛与危机——中国封建社会的超稳定结构》，湖南人民出版社1988年版。

旷新年：《写在当代文学边上》，上海教育出版社2005年版。

孔范今、施战军主编：《张炜研究资料》，山东教育出版社2006年版。

雷达主编：《路遥研究资料》，山东教育出版社2006年版。

廖炳惠编：《关键词200：文学与批评研究的通用词汇编》，江苏教育出版社2006年版。

李洁非、杨劼编：《寻找的年代——新潮批评选萃》，北京师范大学出版社1992年版。

李陀主编：《昨天的故事——关于重写文学史》，生活·读书·新知三联书店2011年版。

李杨：《文学史写作中的现代性问题》，山西教育出版社2006年版。

李庆西：《文学的当代性》，人民文学出版社1988年版。

李泽厚：《中国思想史论》（上中下），安徽文艺出版社1999年版。

刘禾：《跨语际实践——文学、民族国家与被译介的现代性》，生活·读书·新知三联书店2002年版。

刘锡诚：《在文坛边缘上——编辑手记》，河南大学出版社2004年版。

刘小枫：《现代性社会理论绪论》，上海三联书店1998年版。

刘再复：《文学的反思》，人民文学出版社1988年版。

罗荣渠：《现代化新论》，商务印书馆2006年版。

马国川：《我与八十年代》（访谈录），生活·读书·新知三联书店2011年版。

毛泽东：《毛泽东著作选读》（上、下），人民出版社1986年版。

孟繁华：《梦幻与宿命——中国当代文学的精神历程》，广东人民出版社1999年版。

孟悦：《历史与叙述》，陕西人民教育出版社1991年版。

南帆：《冲突的文学》，上海社会科学出版社1992年版。

潘旭澜、王锦园主编：《十年文学潮流》，复旦大学出版社1988年版。

彭华生等编：《新时期作家谈创作》，人民文学出版社 1983 年版。

宋柄辉、张毅编：《王蒙研究资料》，天津人民出版社 2009 年版。

唐小兵：《英雄与凡人的时代：解读 20 世纪》，上海文艺出版社 2001 年版。

汪晖：《去政治化的政治：短 20 世纪的终结与 90 年代》，生活·读书·新知三联书店 2008 年版。

王斑：《历史的崇高形象》，上海三联书店 2008 年版。

王德威：《当代小说二十家》，生活·读书·新知三联书店 2007 年版。

王迪主编：《时间·空间·书写》，浙江人民出版社 2006 年版。

王若水：《为人道主义辩护》，生活·读书·新知三联书店 1986 年版。

王先霈、王又平主编：《文学理论批评术语汇释》，高等教育出版社 2006 年版。

王晓明：《人文精神寻思录》，文汇出版社 1996 年版。

王一川：《中国形象诗学 ——1985 至 1995 年文学新潮阐释》，上海三联书店 1998 年版。

王又平：《新时期文学转型中的小说创作潮流》，华中师范大学出版社 2001 年版。

温儒敏、陈晓明等著：《现代文学新传统及其当代阐释》，北京大学出版社 2010 年版。

吴亮：《文学的选择》，浙江文艺出版社 1985 年版。

吴秀明：《中国现当代文学史与生态场》，中国社会科学出版社 2009 年版。

吴义勤主编：《韩少功研究资料》，山东教育出版社 2006 年版。

吴义勤：《文学现场 —— 中国新时期文学观潮》，山东文艺出版社 2001 年版。

吴义勤：《中国新时期文学的文化反思》，江苏文艺出版社 2009 年版。

徐庆全：《风雨送春归 —— 新时期文坛思想解放运动记事》，河南大学出版社 2005 年版。

徐庆全：《文坛拨乱反正实录》，浙江人民出版社 2004 年版。

许纪霖：《中国知识分子十论》，复旦大学出版社 2003 年版。

许子东：《为了忘却的记忆——解读50篇文化大革命小说》，生活·读书·新知三联书店2000年版。

许志英、丁帆主编：《新时期小说主潮》，人民文学出版社2002年版。

杨庆祥：《"重写"的限度——"重写文学史"的想象和实践》，北京大学出版社2011年版。

杨扬编：《莫言研究资料》，天津人民出版社2006年版。

姚新勇：《主体的塑造与变迁——中国知青文学新论》，暨南大学出版社2000年版。

易晖：《"我"是谁——新时期小说中知识分子的身份意识研究》，百花洲文艺出版社2004年版。

尹昌龙：《一九八五：延伸与转折》，山东教育出版社1998年版。

查建英：《八十年代访谈录》，生活·读书·新知三联书店2006年版。

赵园：《地之子》，北京大学出版社2007年版。

张均：《中国当代文学制度研究》，北京大学出版社2011年版。

张新颖、金理编：《王安忆研究资料》，天津人民出版社2009年版。

张颐武：《新新中国的形象》，山东文艺出版社2005年版。

张颐武：《从现代性到后现代性》，广西教育出版社1997年版。

谢冕、张颐武：《大转型——后新时期文化研究》，辽宁教育出版社1995年版。

张旭东：《批评的踪迹——文化理论与文化批评》，生活·读书·新知三联书店2003年版。

张旭东：《全球化时代的文化认同》，北京大学出版社2006年版。

朱寨主编：《中国当代文学思潮史》，人民文学出版社1987年版。

祝东力：《精神之旅新时期以来的美学和知识分子》，中国广播电视出版社1998年版。

译 著

〔美〕爱德华·萨义德：《知识分子论》，单德兴译，生活·读书·新知三联书店 2002 年版。

〔英〕安德鲁·本尼特、尼古拉·罗伊尔：《关键词：文学、批评与理论导论》，汪正龙、李永新译，广西师范大学出版社 2007 年版。

〔美〕本尼迪克特·安德森：《想象的共同体》，吴叡人译，上海人民出版社 2003 年版。

〔日〕柄谷行人：《日本现代文学的起源》，赵京华译，生活·读书·新知三联书店 2006 年版。

〔法〕波德莱尔：《1846 年的沙龙 ——波德莱尔美学论文选》，郭宏安译，广西师范大学出版社 2002 年版。

〔法〕波德里亚：《消费社会》，刘成富、金志钢译，南京大学出版社 2006 年版。

〔荷兰〕佛克马、蚁布思：《文学研究与文化参与》，俞国强译，北京大学出版社 1996 年版。

〔美〕杰姆逊：《政治无意识》，王逢振、陈永国译，中国社会科学出版社 1999 年版。

〔美〕海登·怀特：《话语的转义》，董立河译，大象出版社、北京出版社 2011 年版。

〔德〕黑格尔：《精神现象学》，贺麟、王玖兴译，商务印书馆 1979 年版。

〔美〕J. 希利斯·米勒：《小说与重复 ——七部英国小说》，王宏图译，天津人民出版社 2008 年版。

〔意〕吉奥乔·阿甘本：《幼年与历史：经验的毁灭》，尹星译，河南大学出版社 2011 年版。

〔德〕卡尔·曼海姆：《意识形态与乌托邦》，黎鸣、李书崇译，商务印书馆 2000 年版。

〔德〕康德：《纯粹理性批判》，邓晓芒译，人民出版社 2004 年版。

〔美〕雷迅马:《作为意识形态的现代化——社会科学与美国对第三世界政策》，牛可译，中央编译出版社 2003 年版。

〔英〕雷蒙德·威廉斯:《马克思主义与文学》，王尔勃、周莉译，河南大学出版社 2008 年版。

〔匈〕卢卡奇:《卢卡奇早期文选》，张亮、吴勇立译，南京大学出版社 2004 年版。

〔法〕路易·阿尔都塞、艾蒂安·巴里巴尔:《读〈资本论〉》，李其庆、冯文光译，中央编译出版社 2008 年版。

〔美〕马泰·卡林内斯库:《现代性的五副面孔》，顾爱彬、李瑞华译，商务印书馆 2004 年版。

〔法〕傅柯:《知识的考掘》，王德威译，麦田出版有限公司 1993 年版。

〔英〕齐格蒙特·鲍曼:《流动的现代性》，欧阳景根译，上海三联书店 2002 年版。

〔英〕特里·伊格尔顿:《美学意识形态》，王杰、付德根、麦永雄译，广西师范大学出版社，2001 年。

〔美〕W. C. 布斯:《小说修辞学》，华明、胡晓苏、周宪译，北京大学出版社 1987 年版。

〔德〕本雅明:《启迪》，张旭东、王斑译，生活·读书·新知三联书店 2008 年版。

〔德〕本雅明:《发达资本主义时代的抒情诗人》，张旭东、魏文生译，生活·读书·新知三联书店 2007 年版。

后　记

虽然现实主义话语早已经失去了其理论吸引力而成了明日黄花，但现实主义总问题域仍是左右今天的文学创作的主要命题，现实主义创作原则或现实主义创作手法并不随人们的兴趣的转移而失去其合法性，从这个角度看，以新时期以来数十年作为前后节点，重新讨论现实主义写作的利弊得失，仍是有其现实针对性。而事实上，随着中国经验的不断延伸，和新的问题的不断涌现，在呼唤文学表现和叙事上的有效回应，都一再表明，现实主义或曰“当世叙事”仍是一个重要的文学命题。本书的写作，正是基于这一理解和思考。

从时间上看，这可能是我的书稿的写作中持续时间最长的一部了。早在攻读博士学位期间，就写有其中的部分章节，但从整体上展开，却不能不特别提到《长江丛刊》杂志社的刘诗伟社长。正是他的慷慨应允和热情鼓励，我得以在他们刊物上以“当世叙事”为题主持了将近两年的专栏，本书稿中的大部分文章，都以专栏文章的形式在他们刊物上先后发表。可以说，没有刘社长的支持和肯定，没有《长江丛刊》的各个编辑老师的宽容和爱护，这本书是不可能顺利完成的。谢谢你们！除此此外，这本书稿中的另一部分文章都以论文的形式发表在各个核心期刊。这里面特别要感谢如下这些师友：《文学评论》编辑部的刘艳老师、《当代作家评论》编辑部的韩春燕老师、《文艺争鸣》杂志社的王双龙老师和孟春蕊老师、《扬子江评论》杂志社的黄发有老师、广西民族大学的田代琳（东西）老师、《十月杂志》社的宁肯老师、《上海文学》杂志社的来颖燕老师、《文艺评论》编辑部的韦健玮老师和林超然老师、《创作与评论》杂志社的欧娟老师和马新亚老师、《百家评论》

的高方方老师等。我在写作部分文章的时候，还曾向当代著名作家贾平凹、阎连科、刘庆邦、东西、宁肯等请教过，在这里也一并致谢！另外，还要感谢商务印书馆的郭译心编辑，以及我们院里的领导，没有他（她）们的积极促成，这本书稿不能顺利地出版。

写到这里，我顿时感到十分悲伤。因为当我得知这本书稿已经通过出版社的评审这一消息的时候，我正被噩耗笼罩。我年逾八十的老母亲在我打算回家过年的当天后半夜遽然离世，这一噩耗犹如棒击让我一时愕然和无措。这不到十个小时的时间间隔，可能是我此生走过的最为漫长而难以逾越的时间鸿沟了！从此，我深陷没能为母亲送终而不断懊悔之中，事实上也是如此。我本来可以早点回去，但因为手头的诸多文章要写而一再延宕，结果是，既没有做好学问，又不能很好地尽孝。这是多么的无奈和让人痛心啊！

最后，我想把这一未尽的遗憾转化为祈祷，愿九泉之下的老母亲安息！

是为记！

徐勇

2017 年 3 月 3 日于浙江师范大学